POULET FARCI

RUPERT MORGAN

POULET FARCI

Traduit de l'anglais
par Dominique Rinaudo

belfond
12, avenue d'Italie
75013 Paris

Titre original :
LET THERE BE LITE
publié par Bantam Press, Londres.

Si vous souhaitez recevoir notre catalogue
et être tenu au courant de nos publications,
envoyez vos nom et adresse, en citant ce livre,
aux éditions Belfond,
12, avenue d'Italie, 75013 Paris.
Et, pour le Canada, à
Havas Services Canada LTEE,
1050, bd René-Lévesque-Est,
Bureau 100,
Montréal, Québec, H2L 2L6.

ISBN 2-7144-3766-4

Je dédie ce livre à Ganesh, un dieu dont je ne sais pas grand-chose hormis qu'il a le sens de l'humour.

Préface

Par quoi voulez-vous commencer ? La bonne ou la mauvaise nouvelle ?

Bon… Nous ne sommes pas seuls dans l'univers. Il existe d'autres intelligences. Bien plus proches que nous ne l'aurions imaginé, en fait : une dixième planète, environ de la même taille que la nôtre, évolue dans notre système solaire sur une orbite semblable à celle de la Terre, mais toujours à l'opposé de nous, ce qui explique pourquoi nous ne la voyons jamais.

Grâce à des conditions chimiques et climatiques similaires, la vie s'y est développée à peu près comme sur Terre. Comme chez nous, à un moment, une brusque variation de température a stoppé net des millions d'années d'évolution, éliminant d'un seul coup les dinosaures, la plupart des forêts et de la flore, et une multitude de créatures plus ou moins visqueuses et spongieuses à la structure biologique trop primitive pour mériter de porter un nom prononçable.

Triste, certes, mais assez normal, somme toute. Dieu ou pas, la Création n'est manifestement pas une science exacte. Il est temps de regarder cette vérité en face. Temps de réaliser que la réponse que nous ne cessons de chercher, la réponse avec un grand R, l'explication de toute cette saloperie qui bouche la tuyauterie de notre histoire, n'est peut-être qu'un caprice de cette foutue météo.

Peut-être arrêterons-nous alors de nous sentir à ce point personnellement visés par la Vie.

Un détail, cependant : des anéantissements aussi tragiques ouvrent la porte à de nouvelles possibilités génétiques qui, sans eux, ne se seraient jamais manifestées. C'est ainsi que, très vite, des humains sont apparus sur cette dixième planète.

Mais alors partout.

Vous voilà donc au courant : il existe une autre planète pleine d'humains.

Maintenant, la bonne nouvelle : rassurez-vous, ils y sèment le bordel autant que nous sur cette Terre.

1

Nous avons tous les deux pieds dans le caniveau, mais certains d'entre nous regardent les étoiles…

C'est exactement ça, songea Susan Summerday : dans le caniveau, les yeux sur les étoiles.

Rien de tel pour se dévisser le cou.

C'était d'ailleurs ce qu'avait fait le précédent propriétaire de l'Hôtel Excelsior… en dévissant de la terrasse du dernier étage pour aller s'écraser sur la 16ᵉ Avenue. Soit dit en passant, c'est sans doute la manière la plus élégante de se suicider à Entropolis. Évidemment, ça fait désordre à l'arrivée sur le trottoir, mais vu l'adresse, c'est un désordre chic.

Le dos tourné aux petits groupes qui bavardaient dans la salle de banquet du dernier étage, Susan contemplait la ville ; elle vida sa coupe de champagne en une longue gorgée distinguée. De lourds rideaux pendaient du plafond élevé telles des cuisses écartées aux genoux par les embrasses. Les épaules effleurées par le velours, Susan se considérait, à juste titre, membre à part entière de l'élite, puisqu'elle contemplait le monde du sommet de la pyramide humaine.

Et de ce sommet, pour être tout à fait franche, ledit monde n'était guère plus compréhensible que vu d'en bas.

Mais il ne l'avait jamais été et ne le serait probablement jamais, et cela expliquait sans doute pourquoi l'on s'affairait à toutes ces autres choses : se faire un nom, faire du bruit, du fric, ou, au moins, assurer des fins de mois qui chantent, à défaut de réussir à lui arracher la seule chose qui aurait pu donner sens à tout le reste : une logique.

Cela expliquait aussi l'existence de villes telles qu'Entropolis, mastodontes d'ambition prêts à avaler les gens tout crus pour les recracher dépouillés de leur innocence. Ils ressortaient plus ou moins inchangés en apparence, comme des grains de maïs en conserve, mais aussi fantomatiques que les images que Susan voyait réfléchies dans la vitre : son mari Michael, la cinquantaine de couples souriants qui composaient l'élite de la classe politique des grands, des puissants États-Unis d'Atlantis, et les serveurs impassibles dont on ne voyait que le blanc des yeux.

Car ils n'étaient pas obligés de sourire, eux. C'était là leur supériorité par rapport aux gens à la peau claire, à la voix onctueuse, qu'ils étaient là pour servir. Susan Summerday, pour ne citer qu'elle, était l'image même d'une publicité pour le bonheur de vivre. Elle vivait avec un sourire constant plaqué sur les lèvres : un sourire d'abord « femme de sénateur » pendant dix ans, puis « femme du vice-président » pendant huit ans, et aujourd'hui « femme du successeur logique à la tête du pays ».

Parfois elle avait l'impression que seules ses crèmes de beauté empêchaient son joli visage de se fendre en deux.

Mais ce soir, elle saurait donner à son sourire un éclat exceptionnel, un éclat destiné à leur hôte et à lui seul… à condition qu'il daigne se montrer.

Après avoir longtemps conservé le secret, on avait enfin dévoilé l'identité du nouveau propriétaire du vénérable hôtel, créant la surprise du siècle dans les milieux politiques. Qu'est-ce qui avait bien pu pousser John Lockes, le milliardaire qui vivait depuis près de dix ans une vie de reclus au siège d'Infologix, sa société de haute technologie, à reprendre l'Excelsior ? Son domaine, c'était la technologie de l'information, pas l'hôtellerie. Certes, il avait opéré une première diversification l'année précédente en rachetant P.S. Yorsakt, une chaîne de restauration rapide, mais l'Excelsior criblé de dettes ? Ce n'était même pas un hôtel sérieux, plutôt une façade derrière laquelle se cachait un club politique. Ce qu'il perdait en bénéfice, il le compensait plus que largement en notoriété, mais cet aspect des choses n'était pas pour séduire un homme comme John Lockes. Quoique…

Inévitablement, les pièces du puzzle avaient commencé à se mettre en place. À mesure que les invités triés sur le volet recevaient leur invitation à la soirée, la surprise initiale avait cédé la place à la suspicion. Tout devenait clair comme de l'eau de roche : Lockes est l'un des plus généreux donateurs envers les politiciens en campagne, de quelque bord qu'ils soient ; Lockes rachète l'Excelsior ; Lockes invite une poignée d'hommes de pouvoir à se réunir dans l'intimité… donc, après tant d'années de générosité, Lockes va présenter la facture.

Rien de plus naturel, bien entendu, mais le petit cénacle fut d'autant plus secoué que Lockes n'avait jamais contacté aucun d'entre eux personnellement, et moins encore demandé de contrepartie au soutien financier qu'il accordait depuis de longues années. Susan Summerday n'ignorait pas que dans cette situation – on n'était qu'à quelques mois des élections – son mari Michael n'était pas le seul à avoir les nerfs à vif. Rien n'était plus désagréable à un homme politique que de ne pas connaître les termes d'un marché déjà conclu. Pourtant, elle n'en avait jamais vu aucun étouffé par les scrupules, et elle avait de l'expérience.

Mais parmi eux, y en avait-il un seul qui puisse encore refuser quelque chose à leur hôte de ce soir ? Provoquer sa colère, se priver de ses largesses au profit d'un concurrent serait suicidaire : John Lockes, fondateur et président d'Infologix, était l'homme le plus riche du monde.

Il avait toutes les cartes en main.

Les chiffres cités dépassaient l'entendement de Susan ; il lui suffisait de savoir que l'une des plus grandes collections d'art moderne du pays appartenait à un homme qui, quinze ans plus tôt, avait accepté quelques actions d'Infologix en paiement d'une pizza qu'il avait livrée chez John Lockes alors étudiant. Il avait eu une veine de cocu. La légende voulait même qu'il se soit trompé de pizza.

Susan fut tirée de ses rêveries par la présence palpable d'un serveur à son côté. Elle lui présenta sa coupe et attendit en silence que l'homme, une véritable armoire à glace, la lui remplisse avec soin. C'était absurde, cette impression que la coupe et la bouteille entretenaient des rapports amicaux tandis que Susan et le serveur n'étaient eux-mêmes que des objets inanimés. Elle eut soudain envie de lui sourire, et patienta, les yeux fixés sur ses sourcils proéminents ; quand il rencontra enfin son regard et son sourire, il ne broncha pas, ne cilla pas. Face à ce pouvoir retenu, à ces traits impassibles, les coins de ses lèvres s'affaissèrent, un picotement d'anxiété lui parcourut l'échine. Pour ne pas perdre la face, elle se détourna aussitôt et sursauta en se retrouvant nez à nez avec Jefferson Smith – dont l'appendice, soit dit en passant, était rouge et bourgeonnant.

« Alors, ma chère, siffla le sénateur avec un clin d'œil complice, vous croyez vraiment qu'il conserve ses rognures d'ongles de pied dans un bocal ? »

Feu Alfred Zweistein était un artiste torturé. Certes, notre monde serait meilleur s'il montrait moins de fascination pour les artistes torturés et davantage de sympathie envers les comptables torturés, les avocats torturés et même les tortionnaires torturés, mais l'histoire de Zweistein n'en reste pas moins digne d'intérêt.

Bien que méconnu, Zweistein était peut-être le plus grand génie mathématicien du siècle. De là à dire qu'il était un savant torturé, il n'y avait qu'un pas, que beaucoup n'hésitaient pas à franchir. Mais, comme tous les préjugés, celui-ci était le fruit de l'ignorance : la plupart des gens enclins à s'attribuer des penchants esthétiques étaient étonnamment mauvais en mathématiques. C'est ainsi que les mathématiciens furent appelés savants et que les goûts du monde moderne purent, à juste titre, être considérés comme plus barbares que ceux de la Grèce antique.

Contrairement aux Grecs, le monde moderne ne pratique pas l'esclavage – du moins en tant que tel –, ce qui mit fin aux discussions.

Jeune homme, Zweistein exposa sa théorie de la Réalité, qui peut s'exprimer par l'équation $R = HA -$. Zweistein soutenait, en termes simples, que les faits sont des éléments isolés qui, étant soumis aux effets corrosifs de l'entropie, échappent à la constance, dans le temps comme dans l'espace. Aucun fait ne se répète jamais à l'identique, d'où qu'on le perçoive dans le temps et dans l'espace. En revanche, la rumeur est une substance composite dont la masse et la crédibilité croissent en proportion avec sa dispersion. En divisant le plus grand des deux, la rumeur, par le plus petit, le fait, on obtient H (H pour Histoire), soit la notion d'histoire universellement répandue.

Jusqu'ici, rien de compliqué. Cependant, en multipliant H par A −, soit la fraction de soixante-dix ans non encore vécue par un individu (disons 65/70 pour un enfant de cinq ans ou 10/70 pour un adulte de soixante ans), on obtient la perception R qu'a de la réalité l'individu en question.

C'est la raison pour laquelle plus on a vécu, moins on est sûr de ce que l'on sait. La formule R = HA − résume cette situation. En termes purement empiriques, un enfant sait davantage de choses que ses parents.

Les concepts mathématiques auxquels cette démonstration fait appel sont, on s'en doute, d'une difficulté redoutable sinon insurmontable. En tout cas, Zweistein lui-même s'y cassa le nez ; il sombra dans une dépression nerveuse catastrophique qui eut des effets inattendus sur sa chevelure. Comme la plupart des génies, il termina ses jours dans un asile d'aliénés ; sa théorie resta sous le boisseau et il ne fut jamais reconnu autrement que comme un individu feignant de lâcher des vents dans le dos de ses infirmières.

Fait tragique s'il en est, vu qu'à l'époque de la communication de masse le besoin d'une théorie de la Réalité se faisait plus pressant que jamais. Celle-ci aurait pu expliquer par exemple comment, d'une génération à l'autre, une idée telle que l'existence des ovnis, de spéculation insensée s'était pour beaucoup muée en réalité, et cela sans l'apport d'autre preuve objective que quelques photographies suggérant, dans le scénario le plus charitable, que les vaisseaux extraterrestres étaient munis d'une sorte de Bouclier antiphotos à sensation pour déjouer les assauts des paparazzi.

« Si je crois qu'il conserve ses rognures d'ongles dans un bocal ? répéta Susan Summerday, dont les jolis traits, en se détendant à la vue de son vieux complice, gagnèrent encore en séduction. Non, Jefferson, je ne crois pas. Et vous, qu'en pensez-vous ?

— Bien sûr que non, dit-il. Quelles sornettes ! Rien que cette histoire de bocal, c'est tiré par les cheveux… Que voudriez-vous que l'homme le plus riche du monde fasse d'un bocal ? Vous en avez, vous, un bocal ? »

Elle hocha solennellement la tête, les commissures des lèvres tirées vers le bas pour marquer envers les propos du sénateur tout le respect qui leur était dû. « Je ne me souviens même pas d'en avoir vu. Il doit bien y en avoir quelque part chez moi, mais forcément dans les endroits où je ne mets jamais les pieds.

— Vous m'avez parfaitement compris. Bien qu'il n'y ait pas de quoi s'en vanter, nous appartenons à la caste des sans-bocal. S'il prenait à M. Lockes l'envie de conserver ses rognures d'ongles de pied pour la postérité, je ne doute pas qu'il ferait l'acquisition d'une… d'un coffret. D'un objet rare arraché aux enchères. Je crains bien que cette anecdote soit le fruit desséché de l'imagination d'un quidam qui a une case en moins. »

Quand, vingt ans auparavant, la jeune Susan Summerday avait fait sa première apparition sur le seuil de cette même salle au bras de son nouveau sénateur de mari, un seul homme l'avait accueillie avec une hospitalité sincère. Il était resté le seul en qui elle ait entière confiance. Jefferson Smith avait un je-ne-sais-quoi qui le distinguait de tous les autres membres du gouvernement ; il inspirait un respect que son statut de chef de la majorité au Sénat ne suffisait pas à justifier.

Malgré tous les compromis auxquels il avait été contraint, malgré toutes les trahisons subies et les méchancetés côtoyées au cours de sa longue carrière, Jefferson Smith avait réussi à conserver sa bonté de cœur. Vu de l'extérieur, il n'avait peut-être pas de grandeur d'âme, et n'aurait sans doute pas impressionné un prédicateur ni un philanthrope, mais aux yeux de ceux qui savaient de quoi ils parlaient, qui avaient assisté au fil des ans à l'effritement, au morcellement, à l'émiettement de leur propre intégrité, la capacité qu'avait Jefferson Smith de résister aux tempêtes politiques tout en conservant un minimum de bon sens et de décence était tout bonnement phénoménale. Tout le monde s'accordait à dire qu'il aurait fait un grand président si seulement le peuple atlantien avait été psychologiquement capable d'élire un homme gros, fumeur et alcoolique.

« Vous me paraissez plutôt zen, vu les circonstances, Jefferson, commenta doucement Susan, consciente qu'autour d'eux l'atmosphère était tendue.

— J'ai mon mantra liquide, ma chère, murmura le sénateur en levant son verre. Je suis comme tout le monde : je meurs d'impatience de savoir ce que nous réserve cette soirée, mais tel que vous me voyez, je plane au-dessus des questions matérielles.

— Et pourquoi Lockes n'aurait-il pas simplement racheté cet hôtel pour s'amuser ? suggéra-t-elle, optimiste. Pensez donc, il pourrait sans doute se le payer avec sa carte de crédit. »

Jefferson haussa les épaules avec lassitude. « Naturellement. Il pourrait aussi acheter la compagnie bancaire des cartes de crédit avec sa carte de crédit. Mais tout ça ne nous dit pas à quoi on aime s'amuser quand on est la première fortune mondiale.

— Je croyais qu'il était la deuxième ?

— Oh, vous pensez au sultan ? Il ne compte pas. Notre homme s'est hissé à la force de son intelligence, pas grâce à un accident géologique qui a déversé un océan de lézards écrasés sous sa tente. John Lockes est l'homme le plus riche du monde… moralement parlant.

— Moralement parlant… c'est cela ! » dit Susan en riant.

La moralité de cette réussite était discutable selon que l'on trouvait normal ou non qu'un seul homme détienne les droits exclusifs sur la touche Retour® du clavier d'ordinateur standard. Susan se ralliait à ceux qui, dans le contexte de notre époque, considéraient ce privilège comme l'équivalent virtuel d'un copyright sur les pénis.

Oui, cela s'était fait en toute légalité. Et, oui, d'autres auraient pu ou dû se rendre compte aussitôt de l'importance de cette touche à l'ère de la technologie de l'information. Malgré cela, le plus scandaleux chez John Lockes n'était pas qu'il puisse conserver ses rognures d'ongles dans un bocal, mais qu'il tienne tous ses concurrents par les couilles.

Il fallait cependant lui rendre justice : il ne devait pas sa richesse à cet unique coup de génie. Infologix, sa société, produisait également des logiciels innovants. L'un des plus performants en termes de ventes était un programme appelé Abstractor, qui avait vu le jour quand Lockes s'était rendu compte que les ordinateurs fournissaient désormais de l'information en quantité telle que les utilisateurs ne pouvaient plus la gérer sans un programme capable de l'abréger en un format plus maniable.

Abstractor réduisait tous types de documents à la longueur souhaitée, en fonction du temps que l'utilisateur pouvait consacrer à leur lecture. Programmé à 100 % de réduction, il pouvait résumer quasiment n'importe quoi en une seule phrase.

Naturellement, cela ne se faisait pas sans certaines pertes de nuances. Un jour, un professeur d'université avait testé les limites d'Abstractor en lui faisant ingurgiter la totalité de l'Ancien Testament. Il avait programmé la réduction à cent pour cent et attendu. Dix heures plus tard, après avoir passé en revue la quintessence de sagesse et de philosophie contenue dans ces textes anciens, l'ordinateur avait craché sa conclusion, qui était restée célèbre :

Parce que Je l'ai dit, un point c'est tout.

« Bien sûr, vous avez raison, reconnut Jefferson. Vu sous cet angle, c'est moralement indéfendable. Mais d'un autre côté, Lockes est atlantien et Infologix est la plus grosse société de logiciels au monde. Autrement dit, il crée des milliers d'emplois pour les Atlantiens et assure la domination atlantienne de tout ce secteur. Nous sommes les bons. Les gagnants. C'est forcément moral.

— Et vous avez la réputation de ne pas être cynique…, soupira Susan en lui serrant le bras avec affection. C'est ce qui vous a maintenu si longtemps debout contre vents et marées.

— Au contraire. J'ai survécu parce que j'écoute. Savez-vous, par exemple, qui votre mari a choisi comme vice-président dans la bataille électorale ? »

Elle haussa un sourcil pessimiste. « La question n'est-elle pas plutôt de savoir si mon mari connaît son coéquipier ? Ses conseillers ne l'ont peut-être pas encore informé ?

— Oh, à mon avis, si..., souffla Jefferson, la mine déconfite. Il est en conversation avec lui à l'instant même. »

Susan Summerday tourna vivement la tête. Quand elle vit avec qui Michael bavardait, ses yeux sortirent de leurs orbites, sa mâchoire tomba.

« Oh, non ! Non ! Dites-moi que je rêve ! »

Pour le vice-président Michael Summerday, la bonne nouvelle était que le gouverneur Tyrone Wheeler avait un troisième téton. C'était la révélation de ce défaut – ou, plutôt, cet excès – génétique qui avait éliminé de la course le meilleur candidat conservateur.

Si le peuple atlantien tenait rigueur à Wheeler de quelque chose, ce n'était pas de posséder ce téton excédentaire mais d'en avoir nié l'existence quand les premières rumeurs étaient apparues. Puis il y avait eu des fuites concernant son dossier médical, et son sort avait été réglé.

Le gouverneur ne s'était pas rendu sans se battre ; pour tenter de rattraper la situation, il avait fait une apparition spectaculaire au *Lola Colaco Show* : lors d'une interview très passionnelle, non content d'admettre publiquement l'existence du téton, il s'était lancé dans une discussion franche et ouverte au sujet des sentiments qu'il lui inspirait, exposant sa honte, ses peurs cachées et même sa poitrine devant des millions d'Atlantiens. Cela n'avait pas suffi à lui épargner la hargne de ceux dont il avait trahi la confiance par son mensonge, en particulier les membres de la Tri-Téton Pride, invités par Lola à partager le plateau avec lui.

C'est ainsi que la candidature conservatrice était échue au sénateur Jack Douglas, adversaire beaucoup moins redoutable de par sa réputation d'intellectuel qui, aux yeux de certains, était un brin suspecte chez un homme sans enfants. Toutes choses étant égales par ailleurs, Michael Summerday aurait dû pouvoir compter encore sur six mois d'apathie citoyenne avant d'enfiler les pantoufles de l'actuel président, Monroe.

La mauvaise nouvelle, maintenant : il s'était retrouvé – avec son consentement – apparié à Bob Redwood dans la course à la présidence. Redwood, lui assuraient ses conseillers, répondait à tous les critères susceptibles de faire de lui son complément parfait aux yeux de la population. Il était jeune. Il était beau. Il était champion de football atlantien. Mais surtout, il mettait les gens à l'aise car son intellect n'avait rien de menaçant : il avait son franc-parler et appelait un chat un chat – en réalité, pour être tout à fait honnête, il ne connaissait pas de synonyme au mot chat.

L'équipe chargée de la campagne de Summerday avait tout calculé au centième de point, et conclu que Redwood était le candidat idéal. On n'attendait pas qu'il rallie au parti des États entiers à lui tout seul, mais qu'il comble les écarts démographiques à un niveau plus général, plus subtil.

« J'ai un *quoi* ? s'était exclamé Summerday quand on lui avait présenté les conclusions du groupe de travail.

— Vous avez un déficit en punch, lui avait répondu avec douceur son directeur de campagne Chuck Desane.

— Ce qui veut dire… quoi ? que je trouve les lynchages un peu désuets ?

— Et voilà, Mike, vous apportez de l'eau à mon moulin. Vous venez de dire "désuet". C'est ça, manquer de punch. Les gens vous trouvent fiable et responsable, mais ils vous aimeraient un peu plus… un peu plus carré. Bob Redwood, lui, a du punch. Il dirait que les lynchages sont passés de mode…

— … mais salutaires néanmoins, avait marmonné Summerday dans sa barbe. Ouvrez les yeux, voyons, ce type est un crétin fini. Il croit que la politique des quotas, c'est ce qui rend les athlètes noirs plus rapides au cent mètres. Il est totalement hors de question que je marche avec lui. »

Ainsi que la plupart des gens, Michael Summerday était à la fois meilleur et pire que l'opinion qu'il avait de lui-même. Meilleur parce qu'il n'avait pas abandonné ses principes autant qu'il le croyait, et pire parce que, placé dans les circonstances propices, il était tout à fait capable de les sacrifier.

Il accepta donc Bob Redwood comme coéquipier. Après tout, à quoi bon s'entourer de conseillers si c'était pour ne pas les écouter ? Redwood, bien que mentalement limité, n'avait pas un mauvais fond.

Comme tous les psychopathes, remarquez.

Summerday se demandait souvent si lui-même, au plus profond de soi – ce lieu mythique où se réconcilient toutes nos contradictions –, était bon ou mauvais. Il s'efforçait d'être bon, à condition d'en avoir l'occasion. Tout d'abord, une fois élu, il voulait faire d'Atlantis un endroit meilleur. Il avait des projets. De grands projets. Pour le moment, il tenait son jeu tout contre sa poitrine, si près qu'il avait du mal à voir ses propres cartes, ce qui, somme toute, n'était pas une mauvaise stratégie de survie dans la jungle de la politique démocratique ; mais, au fond, il était un fervent défenseur des grands idéaux.

Quand il était jeune homme, feu son père le sénateur Thadeus Summerday s'était enfin décidé, au moment de sa mort, à extraire quelques gouttes de sagesse de son cœur buriné par les tempêtes, et lui avait prodigué d'excellents conseils.

« La vérité, Michael, lui avait-il dit, c'est qu'un meneur d'hommes ne peut être à la fois bon et sage. L'Histoire nous montre comment, inlassablement et pour des raisons toujours bonnes, nous répétons les mêmes erreurs. C'est pour cela que nous avons inventé la démocratie : la démocratie est l'art de faire le bien pour de mauvaises raisons. »

Michael avait hoché la tête solennellement, mais les paroles de Thadeus avaient migré tout droit dans le bric-à-brac du cerveau juvénile réservé aux opinions paternelles. Si Thadeus avait été plus sage encore, il aurait su s'épargner la peine de partager cette sagesse.

Et comme on n'apprend jamais des erreurs d'autrui, son fils reproduisait maintenant celle de son père : il s'évertuait à former son jeune coéquipier à la technologie de l'information pendant les quelques minutes de répit qui le séparaient de l'arrivée de leur hôte.

« ... ce que nous appelons logiciels, Bob, ce sont les

programmes que nous faisons fonctionner sur les machines, expliquait-il quand Susan avait tourné la tête. Vous avez compris ?

— Hmm hmm.

— Vous êtes sûr ?

— Hmm hmm. Ouais, ouais. Pas de problème.

— Vous voulez que je reprenne de zéro ?

— Ça ne vous ennuie pas ? » dit le jeune sénateur qui sourit de toutes ses dents en mimant le geste de s'éponger le front.

Summerday prit une profonde inspiration et chercha comment s'exprimer de manière plus accessible à son interlocuteur.

« Bon. Vous voyez, Bob, un ordinateur, ça fonctionne à peu près comme une arme à feu, d'accord ? Vous avez la machine – le fusil ou le pistolet… Mais elle ne vous sert à rien sans les munitions, d'accord ? Eh bien, les munitions, c'est le logiciel : la chose qu'il faut mettre dans l'ordinateur pour commencer à pouvoir s'amuser avec. Bon. Ensuite, ce qui fait que ça marche, c'est en quelque sorte le percuteur : ce qui met en contact l'arme et la balle. C'est plus clair comme ça ? »

Redwood plissa les paupières d'un air subtil et se mit à hocher lentement la tête en réfléchissant. « Hmm hmm… ouais… Hmm hmm ! J'ai pigé. Oui, ça y est, j'ai pigé. » Il leva des yeux pleins d'enthousiasme enfantin. « C'est cool, les ordinateurs ! Dites, je pourrais pas m'en acheter un ?

— Excellente idée, Bob. Enfin… peut-être l'utiliserez-vous, peut-être pas, mais au moins vous pourrez dire que vous en avez un. Il faut absolument que nous ayons l'air au courant des dernières technologies.

— Emballez c'est pesé ! Alors, euh… c'est quoi le plus gros qui existe ?

— Le plus gros ?

— Ouais, enfin… gros, quoi…, insista le jeune sénateur, les yeux brillants. Du style, euh… attention-à-qui-vous-causez. Gros de chez gros. » Il gloussa.

« En fait, Bob, c'est plutôt un modèle compact qu'il vous faudrait.

— Ah bon ? » Redwood fronça les sourcils. « Vous voulez dire un ordinateur pour femme ? Eh, oh, Mike ! Je suis peut-être un débutant mais j'assure. Qu'est-ce qu'ils ont comme recul, vos petits bijoux ? »

Summerday allait répondre quand il se rendit compte qu'aucun son ne sortait de sa bouche. Redwood avait court-circuité sa faculté de parole. Même son ouïe était toute bizarre : la pièce lui sembla plongée dans le silence.

« Ben… dites, je pourrais demander à John Lockes, hein ? » chuchota le sénateur en pointant un doigt vers la porte.

Summerday se retourna, saisi de panique en comprenant qu'effectivement le silence s'était fait dans la salle.

L'homme le plus riche du monde, moralement parlant, était arrivé.

« Non…, siffla le vice-président en agrippant le bras de Redwood. Surtout pas…

— Non ? souffla l'autre, éberlué. Mais c'est dingue, ça… et pourquoi ? »

Summerday lui serra le bras de toutes ses forces, et, d'un ton sans réplique, jeta : « Parce que Je l'ai dit, un point c'est tout. »

Le jeune sénateur sembla tomber des nues. Il leva des yeux implorants sur son coéquipier mais rencontra un regard inébranlable. Déçu, mais aussi étrangement réconforté, il se soumit à l'autorité de Summerday.

« Ah… bon, d'accord », soupira-t-il.

Comme tous les autres invités, Susan Summerday n'avait qu'une vague idée de ce à quoi ressemblait John Lockes, et pourtant elle le reconnut sans hésitation dès qu'il franchit la porte. N'étant ni l'un des leurs ni, de toute évidence, un serveur, il était forcément le roi d'Infologix. Cet homme n'avait rien d'extraordinaire ; ceux qui s'étaient attendus à voir arriver un type en couche-culotte avec des cheveux jusqu'aux genoux devaient être cruellement déçus. En revanche, Lockes était le portrait craché du canard boiteux qui a réussi : le tissu raffiné de son costume et ses chaussures immaculées étaient mis en valeur par sa coupe de cheveux peu flatteuse et sa peau déjà vieillissante mais encore marquée par les traces des éruptions de l'adolescence. Dans sa poche de poitrine, il arborait deux stylos identiques. Dans l'ensemble, ses traits étaient si anodins que, bientôt, les yeux de Susan se détachèrent sans friction de son visage.

Cet homme-là serait capable de passer inaperçu dans une séance d'identification de suspect.

Dans l'expectative silencieuse qui accueillit son entrée, Lockes marqua un temps d'arrêt sur le pas de la porte en fixant un regard un peu surpris sur l'assistance. Enfin, il rectifia imperceptiblement la position de ses lunettes sur son nez et annonça :

« J'ai faim. À table. »

Et ce fut tout. Ni présentations, ni discours, ni même un mot pour excuser son retard.

Il faut être vraiment riche pour se permettre ça, pensa Susan Summerday.

Elle et Michael, étant les invités d'honneur, présidèrent de part et d'autre de Lockes, et Jefferson, au titre de chef de file de la majorité, s'assit à côté de Susan. Pour le reste, le placement se fit plus ou moins au hasard.

Le premier plat fut dégusté dans un murmure de conversations réduites à leur plus simple expression. Peut-être par une habitude contractée après tant d'années de vie recluse, peut-être tout simplement parce qu'il n'était pas un homme loquace, Lockes parut ravi de manger sa mousse de saumon sauce homard sans se laisser distraire par des bavardages futiles. Toute tentative des Summerday fut accueillie par un hochement de tête approbateur ou par un monosyllabe neutre ; finalement, dans un ultime effort pour combler le silence, le couple se mit à discuter ensemble, ce qui était en soi une petite révolution.

Pour ne rien arranger, Michael Summerday sentait sa nervosité augmenter à mesure que les serveurs passaient le plat principal. Le plus inquiétant de tous était celui qui servait le gratin dauphinois. Il faisait lentement le tour de la table, son smoking tendu sur ses muscles comme la peau d'une orange sur un fruit juteux. Son crâne chauve reflétait la lumière des lustres, mais ses yeux, protégés par l'arcade sourcilière en corniche qui avait tant fasciné Susan avant le repas, s'ouvraient telles deux cavernes noires et menaçantes. Summerday eut beau tenter de se raisonner en se disant que

24

l'homme n'était pas responsable de son physique, que celui-ci abritait peut-être une âme bucolique, il dut se rendre à l'évidence : ce n'était pas seulement son corps mais encore son entière contenance qui mettait mal à l'aise. On sentait les convives se raidir dès qu'il leur proposait ses pommes de terre à la crème d'une voix grave et rocailleuse qui semblait les écorcher de la tête aux pieds.

Du coin de l'œil, Summerday remarqua que Lockes l'observait d'un air goguenard.

« Des criminels, monsieur le vice-président, annonça-t-il du ton dont on risque une blague un peu osée mais amusante. Tous. Les Noirs.

— Pardon ? fit Summerday, qui avait parfaitement entendu mais n'était pas sûr de la réponse prévue par le protocole à un commentaire aussi raciste prononcé par un homme aussi riche.

— J'ai dit : des criminels. Vous regardiez les serveurs. Ce sont tous d'anciens détenus. J'essaie de leur donner une seconde chance. C'est le moins que je puisse faire, vu ma position. C'est pourquoi l'Hôtel Excelsior est une entreprise exonérée d'impôts – grâce à une loi votée par vous, si je ne m'abuse. Je vous en remercie au passage. »

Summerday lui rendit son sourire mais resta sans voix. Lockes avait recruté le personnel de l'Excelsior parmi des criminels ? Il fallait être cinglé… ah çà, il ne faisait pas mentir la rumeur. C'était aussi dingue que d'imaginer le Vatican engageant des prostituées.

Il refit un tour d'horizon, qui confirma son impression première : chacun de ces hommes avait quelque chose de menaçant. Même les plus gringalets ne donnaient pas vraiment envie d'être coincé avec eux dans un ascenseur.

« Oh… des criminels ! » Summerday rit comme s'il venait seulement d'entendre correctement. « Voilà qui est… qui est… eh bien… oui… exonéré d'impôts. »

Lockes lui coula un regard dénué d'expression. « Vous savez, monsieur le vice-président, la dernière fois que j'ai pris la mouche parce qu'on avait osé mettre en doute ma santé mentale, j'ai racheté la plus grosse chaîne mondiale de restauration rapide. »

Summerday regretta aussitôt les moments où Lockes ne desserrait pas les dents.

« Vous avez acheté P.S. Yorsakt comme vous auriez mangé…
une tablette de chocolat ?

— Quoi ? » Lockes fronça les sourcils. « Je ne comprends pas
un traître mot de ce que vous dites. J'ai racheté P.S. Yorsakt pour
bien montrer à ces petits salopards de la Bourse qui commençaient
à se débarrasser de leurs actions Infologix que les rumeurs concernant ma santé mentale ne les regardaient pas. Que vouliez-vous
que ça me rapporte, d'acheter des chaînes de pizzas et de
hamburgers, hein ? Mon métier, moi, c'est les ordinateurs, rien
d'autre. C'était une idée complètement saugrenue, mais justement ! Ce qui compte, c'est que je puisse faire ce que je veux et que
tout le monde l'accepte ! Et ça n'a pas loupé : ils se sont tous mis
à acheter des Infologix et des P.S. Yorsakt sans même tiquer sur
le fait que la combinaison était plutôt ridicule. Ceci est un simple
avertissement, monsieur le vice-président : ne faites pas la même
erreur qu'eux. »

Voyant l'expression paniquée de son mari, Susan Summerday
accourut à sa rescousse. « Michael n'a absolument pas voulu insi-
nuer quoi que ce soit de la sorte, monsieur Lockes. Nous ne lisons
pas la presse à sensation. »

Lockes se tourna vers elle ; soudain, il souriait, d'un sourire
étrange. « Appelez-moi John, je vous prie, madame Summerday.

— Et moi Susan.

— Du gratin ?

— Volontiers. » Lockes s'écarta pour laisser passer un bras
pythonesque armé d'une cuiller en argent sur laquelle reposaient
quelques tranches de pomme de terre. « Tout le monde lit la presse
à sensation, Susan. La définition des commérages, c'est leur capacité à s'autopropager. Il suffit qu'une personne les lise pour que
tout le monde s'y mette. C'est un virus. Comme toutes les
croyances, d'ailleurs. Dieu est un virus. En fait, nous ne savons
rien, et surtout, nous ne savons rien les uns sur les autres. Que
savez-vous de moi, par exemple ? Qui vous dit que je suis John
Lockes ?

— Du gratin ?

— Volontiers. » Susan s'écarta légèrement, le cœur battant
sous l'effet de la tirade de son voisin. « Eh bien, j'imagine que je

procède par extrapolation. Je sais que John Lockes vient d'acheter l'Excelsior, donc… »

Elle s'interrompit en poussant un cri. Quelque chose d'atrocement brûlant venait d'atterrir à l'endroit autrefois occupé par ses ovaires. Elle baissa les yeux : du gratin dauphinois dégoulinait sur sa robe haute couture. « Oh, mon… mon Dieu ! Ma Hamaki ! » Sa fureur était telle qu'elle lui fit momentanément oublier toute amabilité mondaine. Elle prit violemment le serveur à partie. « Ryuchi Hamaki ! Ce nom vous dit quelque chose ? Qu'est-ce que je fais, moi, maintenant, je porte mon assiette en guise de robe ? » Elle secoua la tête, atterrée. La Hamaki était à passer en profits et pertes.

« Je suis absolument navré », murmura le milliardaire en se levant de table pour apostropher le malabar toujours planté là, sa cuiller vide fichée bêtement dans son poing gros comme un melon. « Eh bien ? Vous ne vous excusez pas ? » lui dit-il.

L'homme eut un léger haussement d'épaules. « C'est pas ma faute, gronda-t-il de sa voix qui évoquait un tonnerre lointain.

— Pas votre faute ? Attendez, quelque chose a dû m'échapper. Comment ça, pas votre faute ? Vous avez été victime d'un tremblement de terre ?

— J'y suis pour rien, s'obstina le mastodonte. Elle porte pas de soutif. »

Un silence abasourdi, incrédule, s'abattit sur l'assistance. Lockes fronça les sourcils.

« Ah, je vois ! Vous déversez de la nourriture sur les femmes qui ne portent pas de soutien-gorge. Vous ne trouvez pas que vous auriez dû signaler cette manie au responsable qui vous a libéré sur parole, quand il vous a proposé une place dans le service de salle ? »

Mal à l'aise, le serveur dansait d'un pied sur l'autre. Il se tourna vers Susan Summerday et reprit, de son ton lent et entêté : « Je comprenais pas pourquoi vos seins étaient si… ils ont pas l'air naturel. »

Susan cessa d'éponger le devant de sa robe ; les yeux brillants de colère, le visage vert de rage, elle éclata :

« Ils ne le sont pas, abruti, ils sont faux, oui, faux ! Garantis sur facture. Vous pourriez m'attacher à une fusée qu'ils ne bouge-raient pas d'un millimètre. Bon sang ! Vous avez passé combien de temps en prison ? La pilule existait déjà ?

— Je…

— Ça suffit ! intervint John Lockes. Merci, Susan. Je m'en occupe. Vous… comment vous appelez-vous ?

— Uzi, répondit l'homme. Uzi Washington.

— Eh bien, monsieur Washington, puis-je vous demander ce que vous faisiez avant de venir ici ?

— Principalement les fourgons blindés.

— Ah ! s'exclama Lockes. Le problème, c'est que le boulot de serveur n'a rien à voir avec l'attaque des fourgons, n'est-ce pas ? Vos talents à la barre à mine ne vous sont guère utiles quand il s'agit de manier la cuiller, si vous voyez ce que je veux dire. »

Uzi Washington ne pipait mot.

« Vous ne voyez pas ce que je veux dire, monsieur Washington ?

— Non.

— Je veux dire que je vais être obligé de me séparer de vous. Mes gens se chargeront de prévenir votre responsable que vous serez sur le marché de l'emploi dès demain. Je suis sûr qu'il y a des postes à pourvoir dans la démolition ; ça vous ira comme un gant. »

Washington était sous le choc. Dans sa main, la cuiller tremblait imperceptiblement. « Vous pouvez pas me faire ça. Ça va foutre la merde dans mon dossier, vous allez me mettre dans de sales draps.

— Tiens donc, parce qu'en attendant ils sont propres ? ricana Susan. Vous pourriez alors m'en donner un pour remplacer ma Hamaki, le temps de la soirée ; je le porterai en sari.

— Allez vous faire foutre, vous et votre Hamaki ! » grommela-t-il.

Elle eut l'air abasourdi, puis murmura de façon à être entendue de ses voisins les plus proches : « Que j'aille me faire foutre… mais voyons. C'est vrai, ça, une Hamaki contre un sari, on se demande à quoi ça rime… »

« Sortez, monsieur Washington ! ordonna Lockes. Si vous me poussez à bout, vous n'imaginez même pas ce qu'il y aura dans votre dossier. »

Washington resta une seconde tremblant de rage et de dépit, puis il lâcha sa cuiller et partit à grandes enjambées vers les cuisines.

Lockes se rassit et, un sourire illuminé sur les lèvres, contempla les visages navrés de l'assistance. Dès le début de l'incident, un profond silence s'était abattu sur la tablée. Mais soudain, la porte de la cuisine se rouvrit toute grande et Washington revint en trombe dans la salle.

« Washington, grogna Lockes, vous n'avez donc pas compris ? Vous êtes viré, point final.

— Non, mec, c'est toi qui piges pas », répliqua Washington. Il fut sur lui en quatre enjambées et sortit de derrière son dos un pistolet qu'il pointa sur sa tête. « C'est toi qu'es viré ! »

2

Si l'idée que John Lockes était assez dingue pour conserver ses rognures d'ongles dans un bocal s'était répandue aussi facilement, c'était en grande partie par les soins du *Public Investigator*.

Ce journal avait tour à tour publié que le milliardaire était sujet à des crises d'amnésie, affreusement défiguré par une maladie de peau ou encore transsexuel, qu'il s'était fait enlever par des extra-terrestres, qu'il était lui-même un extraterrestre, ou un androïde, qu'il se mourait du cancer ou qu'il cherchait désespérément à se faire cloner dans une clinique sud-atlantienne. À plus d'une reprise, l'*Investigator* avait même annoncé sa mort.

Ces articles avaient fini par provoquer l'OPA hostile sur la plus grosse chaîne de restauration rapide du monde, qui rassemblait les restaurants Pitt's Burger, Pizza-Moor et Taco-Trac. Tous plus infects les uns que les autres.

Comme les articles du *Public Investigator*.

Lesquels articles étaient tous signés du même auteur, le reporter spécialisé dans le bizarre, le scandaleux, le franchement incroyable : Macauley Connor.

L'après-midi du jour où les invités de l'Hôtel Excelsior s'étaient retrouvés nez à nez avec un psychopathe armé, Macauley Connor arrêtait sa voiture dans une cour de ferme. Il s'en extirpa avec raideur, s'étira les jambes, rentra les pans de sa chemise dans son pantalon froissé, puis, les paupières plissées dans le soleil aveuglant, il jeta un regard désespéré autour de lui en poussant un soupir.

Il fallait être plus nul que nul pour se taper douze cents kilomètres et atterrir dans un trou pareil.

La ferme Billson aurait eu grand besoin de nettoyage ; pour faire simple, disons qu'elle ressemblait aux écuries d'Augias. D'un côté, il y avait un empilement anarchique de pièces détachées à moitié cassées, de barils cabossés, de sacs de jute troués, la myriade de morceaux de caoutchouc et de bois qu'on garde parce que « ça peut toujours servir » ; de l'autre, la ferme délabrée. Entre les deux s'étendait tout l'arbre généalogique du règne du bric-à-brac.

Au bas de l'échelle, on trouvait les objets inanimés de base – simples non-êtres tels que pots de peinture ou enjoliveurs – qui avaient récemment fait leur premier pas hésitant vers la différenciation en se muant en boîtes à chiffons ou en mangeoires pour poulets. Juste au-dessus venaient les éléments à structure sociale plus complexe – une vieille pelote de ficelle à botteler, une fourche à une dent et un poteau de ciment, par exemple, avaient établi une relation mutuellement enrichissante et s'étaient adjugé une niche évolutive en tant que corde à linge. Du chaos primitif étaient nés des poulaillers dont les ancêtres n'avaient pas eu de plus haute aspiration que leur existence de palettes, sacs d'engrais, pneus et autres portes dégondées. Des rangées entières de clapiers s'étaient élevées au-dessus du sol en un amas évolutif qui leur assurerait certainement un jour le privilège de se tenir debout. Derrière une resserre, tassée et indéniablement resserrée, se dressait une grange qui dominait la cour avec l'arrogance d'une baleine maîtresse de l'océan.

Et il y avait Brody Billson lui-même.

Dès l'instant où Macauley l'avait aperçu, qui lui faisait un signe mollasson sur le pas de sa porte, il avait compris qu'il s'était fourré dans un sacré guêpier. Il avait développé un sixième sens pour ce genre de choses. Son impression s'était confirmée quand le type s'était avancé vers sa voiture du pas chaloupé d'un acteur de troisième zone qui espère décrocher un rôle dans un film d'horreur à petit budget.

La Bête transgénique.

Billson prétendait accéder à la notoriété avec une histoire de poulet enlevé – comme il l'expliqua succinctement – par des extra-terrestres venus d'une autre planète. L'univers mental d'un Billson, naturellement, était peuplé d'extraterrestres, entendez toute personne débarquant d'une agglomération urbaine de plus de cinquante mille habitants.

Le journaliste en avait rencontré plusieurs de son espèce : des gens totalement déconnectés, qui tournaient tellement en rond dans leur tête qu'il ne leur paraissait pas anormal d'imaginer qu'un extraterrestre équipé d'une soucoupe et d'un vaisseau intergalactique dernier cri ait traversé les univers pour venir lui dérober son volatile.

« C'est que, comprenez-vous, monsieur Connor, ma poulette n'avait rien d'ordinaire, si vous voyez ce que je veux dire, lui souffla-t-il à l'oreille sur un ton de conspirateur dont Macauley était censé déduire sur-le-champ de quelles vertus était doté l'oiseau. Ils le savaient. C'est pour ça qu'ils l'ont emportée.

— Oui, oui, bien sûr, je vois, c'est évident », dit Macauley en hochant la tête et en prenant des notes. Avec ces énergumènes, il avait sa tactique : toujours commencer par être d'accord, poser des questions ensuite. Il n'essayait jamais de les raisonner car il savait pertinemment que, faute d'avoir une arme et un doigt sur la détente, il ne les ferait jamais changer d'avis. « Simplement pour que mes lecteurs puissent se faire une idée, comment défini-riez-vous ce qu'elle avait de particulier ? »

Le visage de Billson, tanné et ridé comme un gros raisin sec, s'illumina d'un sourire. « Annette aimait ça.

— Oui, oui, bien sûr, répondit Macauley en notant. C'est qui, Annette ?

— Annette ! De qui on parle, là, monsieur Connor ? Annette, c'est la poulette !

— Naturellement. Annette la poulette. Parfait, parfait. Je vois. Et donc… pour nos lecteurs, vous comprenez… qu'entendez-vous exactement par "elle aimait ça" ? » Plume en l'air, Connor attendit la réponse.

Billson le dévisagea d'un air sombre ; ses yeux secs ne cillaient pas, ses lèvres parcheminées ne souriaient plus.

« On est des hommes, vous et moi, monsieur Connor, je devrais pas avoir à vous expliquer. Vous devez bien comprendre ce que je veux dire, non ? »

Macauley sentit son cœur se glacer. Il avait bien entendu. Il espérait encore se tromper, mais l'homme avait été parfaitement clair. Il parlait de baiser. Des poules. Et il avait dit « vous et moi ».

Ces choses-là arrivaient. Pas très souvent, mais bien deux fois par an. Macaulay se retrouvait au fin fond d'un bled paumé en train de courir après un article pour le *Public Investigator* – toujours les mêmes conneries, mais il fallait prendre la photo du chien qui parle sinon personne n'y croirait – et tout d'un coup, le cœur glacé, comme aujourd'hui, il se rendait compte qu'il venait de serrer la main d'un dangereux maniaque sexuel. Et invariablement, comme aujourd'hui, il aurait pu s'époumoner pendant des heures sans que personne ne l'entende car il n'y avait pas âme qui vive à des kilomètres à la ronde. Il n'y avait rien que la prairie à l'infini, et les épis de maïs qui ricanaient doucement.

L'*Investigator* savait toujours où il se rendait, certes, mais c'était plutôt mince comme réconfort. Tout au plus, la police retrouverait son corps un peu plus vite. Enfin… ça dépendait du type de machine agricole dont disposait Brody Billson… pour disposer de lui.

Billson, avait remarqué Macauley, élevait des porcs.

Et les porcs, ça mange n'importe quoi pourvu que ce soit mouliné à leur convenance.

Une telle situation exigeait de penser vite et bien. Il se savait entre les mains d'un détraqué, mais les questions vitales demeuraient : détraqué à quel point, et comment ? Il lui fallait peser ses paroles, savoir jusqu'où le ménager. Finalement, avec les fous comme avec les gens normaux, tout était question de bonnes manières : sentir le moment où on pouvait repousser son assiette sans vexer son hôte.

« Moi-même, je n'ai jamais connu de poule qui aimait ça. » Il sourit. « Pas que je sache, du moins. Ça se voit à quoi ? »

Billson le dévisagea fixement. « Ça se voit. Vous avez déjà été avec une femme ?

— Naturellement.

— Elle a fait semblant ? »

Macauley jugea peu avisé de compliquer les choses en suggérant qu'il avait connu plus d'une femme en quarante-quatre ans d'existence.

« Oui, elle a fait semblant.

— Comment vous l'avez vu ? »

Macauley prit une voix monocorde, aussi plate que la prairie.

« Je l'ai vu. C'était une garce qui mentait comme elle respirait. Comme toutes les femmes. Sauf ma mère. Et la vôtre. »

Billson le transperçait du regard en hochant imperceptiblement la tête. Enfin il sourit.

« Eh bien, les poules, c'est pareil », glapit-il en donnant une grande tape amicale et virile sur l'épaule du journaliste. Ils étaient seuls au monde contre un univers de garces, de bonnes femmes et de poulettes. Des potes, quoi.

Un poulet passait devant eux, picorant la poussière d'un air concentré. Billson l'attrapa par le cou et le brandit sous le nez de Macauley. « Ça, c'est Rita. Les extraterrestres ne l'ont pas emportée. Elle a des dispositions – pas comme Annette, mais vous verrez la différence. Ça vous dirait qu'on sorte notre asticot et qu'on se la farcisse, monsieur Connor ? »

Macauley perdait carrément le contrôle de la situation. Il fallait prendre le large, et vite.

« Bonne idée, Brody. Eh, ça ne te dérange pas qu'on se tutoie, hein ? Ça fait un peu bizarre, toutes ces formalités entre nous alors qu'on va fricasser du poulet ensemble, non ? » Il tendit la main. « Moi, c'est Mac. »

Le visage de Brody se fendit, découvrant deux rangées de dents noires ; il fit passer Rita, qui battait furieusement des pattes, dans sa main gauche et se mit à pomper le bras de Macauley avec vigueur. « Bien vu, Mac ! éructa-t-il. Mais t'es quand même mon invité, d'accord ? Je m'en voudrais de passer avant toi sur la Rita. Allez, vas-y, mon gars !

— Merci, merci, Brody, dit Macauley en ouvrant sa braguette et en sortant un pénis tristounet.

— Tu veux que je te la tienne ou tu vas faire ça tout seul ? demanda Brody en lui tendant le volatile, dont les pattes pédalaient toujours dans le vide.

— Oh… peut-être que tu ferais mieux de la tenir, parce que je sais pas trop comment elle va réagir.

— Ah, elle a du tempérament !

— Je veux bien te croire. T'as le Lovematic ? »

Billson redressa la tête tout net, les yeux exorbités ; on aurait dit… un poulet en train de se faire violer.

« J'ai le *quoi* ?

— Le Lovematic ? Tu sais, la crème ! le lubrifiant !

— Merde, non, j'ai pas ça. J'ai de la graisse à essieux… ça t'irait pas ?

— Hé, si t'as jamais embroché un poulet au Lovematic, t'as jamais embroché un poulet, Brody. Tiens-moi Rita deux minutes… j'en ai dans la voiture. »

Il s'éloigna d'un pas mesuré et décontracté, son pénis brinque-balant entre ses jambes dans le soleil de l'après-midi. La voiture était à cinquante mètres, la clé sur le contact. Elle démarrait quasi-ment toujours au quart de tour.

En y arrivant, il se retourna pour faire un sourire à Brody, qui était toujours là où il l'avait laissé, Rita pendouillant avec résigna-tion dans sa main gauche. Le fermier lui rendit un sourire salace – accompagné d'un geste d'anticipation obscène et suggestif. Macauley monta en voiture.

Sa dernière vision du fermier fut brouillée par le nuage de pous-sière qu'il avait soulevé en démarrant en trombe. L'homme était passé de l'étonnement stupéfait à la fureur et hurlait des injures en cherchant un projectile à jeter contre la voiture. N'en trouvant pas, il lança Rita, de toutes ses forces.

Trois heures plus tard, terré dans un motel à deux cents kilomètres de là, déchaussé mais tout habillé, Macauley Connor écoutait allongé sur le lit les chuintements et les cliquetis du climatiseur antédiluvien. Billson lui avait fichu une telle frousse qu'il avait parcouru plus de cent kilomètres la queue à l'air. Il avait fallu qu'il sente une brise insidieuse tandis qu'il faisait le plein, et croise le regard bizarre du caissier, pour s'en rendre compte.

Après six ans au *Public Investigator*, Macauley en avait plein les bottes d'être le témoin du malaise social. Les gens avaient beau – lui compris, autrefois – s'acharner à croire que le problème provenait d'une répartition inégale de l'argent, de l'éducation et des chances, en vérité, les inégalités commençaient à la distribution des gènes. Il avait suffisamment parcouru l'Atlantis profonde pour se persuader qu'il ne fallait pas espérer de monde meilleur tant que les étudiants ne cesseraient pas leurs stupides discours utopiques, tant qu'ils ne prendraient pas le taureau par les cornes pour se lancer dans un vaste programme de reproduction avec les péquenots.

Cette opinion n'était pas de nature à lui gagner des amitiés dans un camp ni dans l'autre, ce qui le confortait dans l'impression qu'il avait raison. Si le problème dérange, n'est-il pas logique que sa solution dérange davantage encore ? Oublions la politique, l'éducation, l'économie, et essayons la méthode vieille comme le monde : une bonne baise à la papa. Battons le paquet de cartes génétiques et distribuons une nouvelle donne pour un nouveau monde.

Comment espérer un monde meilleur tant que la campagne serait peuplée d'idiots ? Comment engager un débat intelligent avec des gens qui s'intéressaient à des histoires de pénis extraterrestres et de viols fantomatiques, de prophéties par mots croisés et de démons planqués dans une chaîne hi-fi ?

Lors de ses premières rencontres avec les individus bizarres et lamentables qui peuplaient les basses couches de la société atlantienne et dont l'imagination fétide lui avait fourni les éléments de ses articles – quand il ne les inventait pas lui-même –, il s'était vraiment amusé. Mais, une fois la nouveauté épuisée, il avait commencé à déprimer. Il avait l'impression d'être devenu le champ d'épandage des histoires les plus tordues, des théories les plus démentes, de la tristesse et de la frustration torpides de leurs rêves brisés, de leurs esprits en miroir déformant, des mirages de leur désert culturel…

Macauley Connor était l'exemple type des représentants intelligents et talentueux d'une génération désabusée qui, ayant perdu la foi dans leur propre culture, s'étaient consolés en la tournant secrètement en dérision. Autrefois journaliste dévoué, il avait cessé de vouloir découvrir la vérité le jour où il s'était rendu compte qu'elle était presque toujours soit trop compliquée, soit trop banale pour intéresser les lecteurs.

Le point de rupture datait de l'époque où il couvrait l'affaire B. C. Simmons. Ironie du sort, il s'était battu comme un diable pour obtenir cette mission, car il savait que, vu la célébrité de l'accusé et le retentissement de l'affaire, ses articles feraient la une pendant toute la durée du procès. Mais il ne savait pas que le procès durerait six cent vingt-trois jours atrocement épuisants.

Comment l'aurait-il su ? Les faits étaient somme toute assez simples.

Les preuves de l'accusation comprenaient l'arme du crime – un couteau de chasse gravé aux initiales *B.C.S.* trouvé dans le vestiaire de Simmons, à son club de sport, et taché du sang des deux victimes ; des moulages en plâtre des traces de pas relevées sur les lieux du crime, et qui correspondaient exactement aux chaussures que Simmons s'était fait faire sur mesure ; la cassette du répondeur de Simmons, sur laquelle il avait enregistré le message suivant : « Bonjour, vous êtes bien chez B. C. Simmons, je ne peux pas vous répondre pour le moment mais laissez-moi un message et je vous rappellerai dès que j'aurai donné à ma salope de femme une leçon qu'elle n'oubliera pas de sitôt. » Et enfin, une cassette vidéo amateur du meurtre, filmée par un passant et sur laquelle on voyait B. C. Simmons frapper ses victimes à mort avec un couteau de chasse en hurlant : « Crève, salope, crève ! »

Croyant son dossier solide, l'accusation n'avait pas consacré plus d'un après-midi à sa présentation.

Les 622 jours suivants, cependant, avaient été accaparés par le défilé à la barre d'un nombre record de témoins de la défense. Les témoignages les plus longs et les plus complexes avaient été ceux d'historiens spécialistes de l'époque de l'esclavage, de professeurs de linguistique, de diététiciens behaviouristes et d'experts dans des domaines aussi divers que la mythologie comparative, la météorologie, les mathématiques quantiques et la mode.

À la fin, le jury avait été forcé d'accepter l'argument de la défense, selon lequel Simmons n'était pas plus coupable des meurtres que le pape (qui avait témoigné avec une clarté et une concision admirables) et que, si quelqu'un devait être tenu pour responsable de ces deux morts tragiques, c'était soit Caïn soit Abel, sans qu'il soit précisé lequel des deux.

Ensuite, Macauley avait un peu perdu le fil. Pour ne rien arranger, il était plongé dans les aigreurs d'un divorce qui exacerbait dangereusement son penchant pour la boisson ; et pour couronner le tout, il avait agressé une femme politique au cours d'une interview. Interprétée complètement de travers, l'affaire avait donné l'impression qu'il avait essayé de violer cette femme alors qu'il avait simplement obéi à son instinct de journaliste, et refusé de la croire quand elle lui disait qu'elle n'avait pas d'implants au silicone dans les seins. Avec le recul, il avait pris conscience d'être allé trop loin mais, sur le moment, il avait vécu ces événements comme une motion de censure.

Sa réputation en avait tellement souffert que tous les journaux respectables lui avaient fermé leurs portes. Seul et abandonné de tous, alcoolique, démuni, il s'était peu à peu rendu à l'évidence qu'aucun de ses prétendus amis n'avait pris la peine de lui imposer *manu militari* une cure de désintoxication dans une clinique à la mode. Ce n'était pas tant cette histoire de prétendu viol qui les gênait que le fait qu'il ait brisé un tabou bien plus grand en devenant un raté. Et ça, c'était impardonnable.

À l'époque où il toucha vraiment le fond, il n'avait plus de toit et dormait dans sa voiture, sans même payer le parking.

À quoi bon payer ses contraventions quand on n'a pas d'adresse ?

Dilapidant ses derniers sous dans des bars minables, Macauley atteignit les bas-fonds de la déchéance le jour où il ressentit le besoin de s'épancher. Un soir où il importunait un barman impassible avec son histoire, il fut soudain secoué d'un rire sans joie, frappé par l'ironie de la situation : voilà, c'était ça le véritable journalisme d'investigation.

Il avait découvert le grand secret de la société atlantienne.

Il aurait beau faire éclater tous les scandales, déjouer tous les complots, démasquer tous les fourbes, jamais il ne dévoilerait vérité plus lumineuse que ce qu'il venait de comprendre : comment, dans ce pays mirifique et libre, du jour au lendemain n'importe qui pouvait cesser d'exister. Le rêve atlantien n'était rien que le masque de son double cauchemardesque : pour chaque individu arrivé en partant de rien, dix mille autres disparaissaient dans les fissures des trottoirs et tombaient dans l'oubli.

Ce fut une révélation. Tous ceux qui touchent le fond en rapportent quelque chose. Certains y trouvent la vérité, d'autres Dieu. La vérité tue, rend fou ou fortifie.

Dans son omnipotence, Dieu assure simultanément au minimum deux de ces trois actions.

Macauley Connor en sortit fortifié. Pour la première fois depuis des mois, il ressentit le désir de revenir au journalisme, bien décidé cette fois-ci à donner à la société les nouvelles qu'elle méritait plutôt que celles qu'elle demandait. Toujours secoué par le fou rire, il sortit son ordinateur portable du coffre de sa voiture et se mit à taper un article, dont il inventait le contenu à mesure.

Cet article prétendait raconter l'histoire d'une mère célibataire pauvre à qui un mystérieux étranger avait offert 50 000 dollars pour son nez. Prête à tous les sacrifices pour nourrir et vêtir ses enfants, elle avait accepté et s'était fait poser une prothèse en silicone. Imaginez son choc, écrivait Macauley, le jour où elle découvrit sur une vidéo Messiah Jones, la pop star milliardaire, affublé de son propre nez : scandalisée, elle comprit aussitôt qu'elle avait bradé son appendice. Macauley concluait en disant qu'elle réclamait cinquante pour cent des royalties sous prétexte qu'il est impossible de chanter sans nez, et qu'elle avait donc apporté à la chanson une contribution « organico-artistique ». Les avocats de Jones lui avaient proposé à l'amiable un pour cent des royalties – calculé en fonction du rapport de la masse nasale à la masse corporelle totale du chanteur –, mais la victime avait trouvé l'offre si insultante qu'elle avait décidé de porter son affaire devant les tribunaux. Il terminait en citant brièvement l'un des nombreux dénicheurs de nez dont s'était entouré Jones : le chanteur, témoignait-il, devait changer de protubérance nasale tous les quinze jours à cause d'une dégénérescence tissulaire. Puis il envoya son article au *Public Investigator* et alla tranquillement prendre un verre au bar le plus proche.

Une semaine plus tard il était embauché.

Six ans et un péquenot amateur de poulettes plus tard, il avait de nouveau perdu l'inspiration.

Il se demanda soudain s'il n'était pas déjà venu dans ce motel. Il en avait connu tant et tant, et qui se ressemblaient tous, qu'il fut incapable de le dire. Depuis six ans qu'il parcourait Atlantis d'un océan à l'autre pour en extraire la matière de reportages tous plus nuls les uns que les autres, il commençait à perdre la mémoire. Il avait entendu raconter quelque part que certaines peuplades indigènes limitaient leurs déplacements journaliers de manière à laisser le temps à leur âme de les rattraper. Connor n'était pas du genre à avaler les conneries New Age, mais, fort de sa propre expérience, il trouvait que, là, ils n'avaient pas tout à fait tort.

Peut-être avait-il laissé son âme assoupie dans quelque chambre de motel deux ou trois ans auparavant, son corps seul continuant à partir tous les matins après avoir avalé un café à la va-vite, les yeux irrités par la fumée de cigarette ? Ce serait tellement typique de sa déveine d'avoir non pas pactisé avec le diable, non pas vendu son âme éternelle en échange des richesses de ce bas monde, ou de la jeunesse, ou de femmes à croquer, mais d'avoir tout bêtement négligé de laisser une adresse où faire suivre. Peut-être, un jour, son âme et son corps se rejoindraient-ils dans un routier, et son moi spirituel, repérant son enveloppe charnelle assise sur un tabouret de bar, viendrait s'y glisser joyeusement ; à ce moment-là, il assénerait une claque sur le comptoir en criant : « Il est rudement bon, ce café ! »

Macauley Connor n'était pas loin de penser qu'il avait complètement raté sa vie. À quarante-quatre ans, de quoi pouvait-il se vanter ? D'avoir eu une femme fantastique auprès de qui il avait sincèrement souhaité vieillir, perdre ses dents et mourir ? Mariage brisé. D'avoir démarré une carrière prometteuse dans le journalisme haut de gamme, en espérant la rédaction en chef d'un journal dans un avenir plus ou moins proche ? Espoir ruiné. D'avoir eu un foie ? Cirrhose. Une âme ? Égarée.

Sa carrière et son foie, il s'en arrangeait. En revanche, jamais il ne se pardonnerait d'avoir laissé Rachel se détacher de lui. Pourquoi, se demandait-il, les hommes comme lui n'étaient-ils capables d'apprécier une femme que dans l'absence ? Il fallait être particulièrement stupide, un peu comme ces enfants à qui on est obligé de retirer leurs jouets avant qu'ils ne les mettent en pièces. Le plus drôle était qu'ils ressentaient presque tous le besoin de renouer avec l'enfant qui était en eux.

Le blocage, visiblement, était plutôt dans la difficulté à trouver l'adulte qui n'était pas encore en eux.

Au moins, il avait acquis la maturité nécessaire pour prendre du recul, respirer un bon coup et nommer le responsable de tous ses problèmes.

John Lockes méritait tout ce qui lui arrivait.

John Lockes n'était peut-être pas plus responsable que n'importe qui des problèmes de Macauley, mais il symbolisait les aspirations atlantiennes, c'est-à-dire des valeurs plus ou moins diamétralement opposées à ce qu'était Macauley Connor.

Lockes était génial. Lockes était riche. Lockes s'était forgé à la force du poignet. C'était un homme de progrès dénué de toute attache sentimentale avec le passé, qui avait vendu sa vision de l'avenir au monde entier. L'homme qui, avec le dévouement d'un supporter d'équipe de foot, avait provoqué une révolution dans les modes de vie, de travail, de pensée, de relations entre les gens. L'homme qui avait tué le passé et fait fortune en ouvrant un service de pompes funèbres. Demain, demain, toujours demain, sans jamais se permettre une pause dans le présent, comme si le doute était le signe d'un manque de patriotisme. On jetait le passé et, dans la foulée, tous ceux qui s'y attardaient trop.

Lockes était le cauchemar atlantien camouflé en rêve.

Le grand-prêtre de la sainte trinité : plus vite, plus propre, moins cher.

Mais Macauley, lui, savait que le dieu de Lockes était un

imposteur. Loin d'être ouvert à tous, son paradis high-tech était réservé à la nouvelle élite qu'il aidait à créer, la technocratie. Il n'était pas fait pour les gens pathétiquement simples que Macauley côtoyait au quotidien dans son travail, des gens si déroutés par les changements, si déstabilisés par l'éternelle fuite en avant, que leur petit esprit cherchait refuge dans des histoires absurdes de vaisseaux spatiaux et de complots universels.

Macauley comprenait mieux que quiconque ces laissés-pour-compte de la génétique. Leurs croyances apparemment idiotes, il en était persuadé, étaient en fait de subtiles stratégies défensives : comme ils ne comprenaient plus rien à leur vie, puisque le monde leur échappait de plus en plus, ils recherchaient une explication hors du domaine de la raison – une explication par conséquent inattaquable.

Finalement, soupçonnait-il, il est plus rationnel d'imaginer sa vie à la merci d'extraterrestres que de s'estimer plus stupide que la moyenne des gens.

Dans un monde d'incertitude, toute croyance capable de mettre de l'huile dans les rouages était rationnelle.

Les réflexions de Macauley furent interrompues par la sonnerie de son téléphone portable. D'abord trop déprimé pour répondre, il se convainquit que c'était Iago Alvarez, le rédacteur en chef du *Public Investigator*, qui l'appelait pour lui confier un nouveau lièvre à lever dès le matin. Il n'avait aucune envie d'apprendre combien d'heures il serait obligé de se taper le cul dans sa voiture le lendemain. Il n'avait aucune envie d'aller où que ce soit. Il faut bien, un jour, s'arrêter de courir et regarder la réalité en face. Ce n'est pas parce qu'on se déplace qu'on avance.

L'heure était venue de marquer une pause, de s'allonger sur le lit de cette chambre de motel et d'y rester aussi longtemps qu'il en aurait envie.

Mais tout d'un coup, il eut l'espoir insensé que ce soit Rachel. Après trois ans de froideur, leurs relations se réchauffaient petit à petit. Ils ne s'étaient toujours pas revus – Rachel avait déménagé peu après leur divorce à Petersburg, sur la côte –, mais ils s'appelaient tous les deux ou trois mois. Il la soupçonnait de prendre plaisir à l'entendre raconter combien il menait une existence sordide.

Entre-temps, elle avait bien avancé ses pions. Un bon psychanalyste trouve toujours du travail sur la côte, mais en plus, un de ses cousins avocat avait glissé un mot favorable à son propos à ses amis. Tous avocats aussi, naturellement. Rachel exploitait à fond le filon du masochisme.

Macauley plongea sur le téléphone avant que la messagerie ne prenne l'appel ; dans sa hâte, il manqua de tomber du lit.

Ce n'était pas Rachel mais ce n'était pas Iago non plus.

Non, cet appel allait changer sa vie. Il venait d'un homme dont il n'avait jamais entendu parler, et qui lui faisait une proposition inattendue. Le lendemain matin, Macauley montait dans sa voiture comme d'habitude, mais dans un état d'excitation comme il ne se rappelait pas en avoir connu depuis longtemps.

Après six ans de déplacements, il avançait enfin.

Dans deux jours, il serait à Entropolis.

3

« Ne tirez pas ! »

Dans la fraction de seconde qui suivit l'instant où le canon s'était posé sur la tempe de Lockes, une seule personne dans toute l'assistance avait encore l'usage de sa langue pour proférer cet ordre simple. Uzi Washington se tourna lentement, et ses yeux caverneux s'assombrirent en se posant sur Susan Summerday, source de tous ses ennuis.

« Et en quel honneur, bordel ?

— Parce que… parce que… Mais… parce que, quoi ! » Exaspérée, elle leva les mains au ciel, soudain à court de mots pour justifier une telle évidence.

« Parce que quoi ? ricana l'homme armé, ses lèvres sombres se retroussant sur des dents d'une blancheur parfaite comme un couvercle de piano sur les touches.

— Parce qu'il ne faut pas tuer !

— Et pourquoi ça ?

— Parce que Je l'ai dit, un point c'est tout ! »

N'émanant pas de Dieu, la réplique manquait singulièrement d'autorité.

Uzi Washington se mit à rire et sa main se raidit sur la crosse de l'arme ; sur sa chaise, Lockes observait une immobilité de statue. Cependant, l'intervention de Susan Summerday avait donné aux autres les secondes nécessaires pour retrouver l'usage de la parole.

« Monsieur Washington, nous sommes sensibles à votre point de vue, dit Michael Summerday avec un calme feint. Vous êtes visiblement fort en colère. Je respecte votre colère. Mais… comment espérez-vous vous tirer d'une situation pareille ? »

Washington serra la mâchoire et enfonça le canon de son arme dans la peau de Lockes en criant : « Vous me prenez pour un crétin ? J'essaie même pas de m'en tirer. Je m'en fous, moi. Je veux lui éclater la cervelle contre le mur ! Comment vous allez vous y prendre pour m'en empêcher ?

— Pensez à ces deux mots, monsieur Washington, intervint Bob Redwood avec le courage arrogant des parfaits imbéciles. "Couloir" et "Mort". »

Washington roula lentement les yeux. Son arme semblait animée d'une vie propre : ce troisième œil vint se poser sans trembler sur le sénateur. Les yeux écarquillés, Redwood soutint ce regard métallique et scrutateur pendant quelques secondes. Enfin, Washington daigna tourner la tête vers lui, mais sans le regarder directement. Il semblait fixer des détails, un insecte minuscule qui aurait rampé sur son nez, une miette sur sa lèvre. Redwood conserva quelque temps un semblant d'assurance, puis, à mesure que Washington s'avançait vers lui pour permettre à son troisième œil une inspection rapprochée, il succomba à cette dissection clinique et s'affaissa peu à peu, bientôt secoué de spasmes incoercibles. Transpercé d'horreur, la gorge serrée, il subit le regard du canon qui se concentrait sur la zone réduite occupée par son cerveau, l'obligeant à sonder les profondeurs terrifiantes du tube de métal glacé.

Quand il eut appuyé son arme pile au milieu du front du sénateur bredouillant, Uzi Washington se pencha vers son oreille droite en lançant un tonitruant : « Allô ! »

Le sifflet coupé net, Redwood pissa dans son pantalon.

Washington partit d'un rire glapissant ; puis, la voix perchée deux octaves plus haut, il s'exclama : « Eh, les mecs, vous planez complètement, merde ! Le couloir de la mort ? Vous croyez que les frangins ont peur de ce truc, hein ? Eh bien, qu'est-ce que vous dites de ça : moi, j'ai des frangins qui sont comme des coqs en pâte dans le couloir de la mort parce qu'ils vont mourir plus vieux que ceux qui sont dans la rue. Tu parles d'un châtiment ! C'est une planque, oui ! Et vous croyez nous foutre la trouille avec ça ? C'est tout ce que vous avez trouvé ? Vous n'avez plus rien pour nous menacer ! Plus de lois ! Avec quoi vous allez affoler les populations, maintenant ? »

Le silence se fit.

Apparemment, il avait marqué un point.

« Nous ne sommes pas vos ennemis, monsieur Washington. »

Le problème de Jefferson Smith avait toujours été de ne pas savoir se taire. Ayant depuis longtemps découvert que cela ne causait que des ennuis, il avait pourtant essayé, mais sa conscience était plus forte que sa raison. Il allait jusqu'à boire pour s'imposer le silence, il dissolvait ses opinions dans l'alcool, mais elles refaisaient toujours surface au moment le plus inopportun, comme des boutons d'acné juste avant un rendez-vous galant. Washington inclina la tête et, d'une voix dégoulinante de sarcasme :

« Racontez-moi un peu ça.

— Per… personne ici présent ne veut d'une société inique et injuste, monsieur Washington ! Nous nous sommes tous battus activement pour l'intégration des minorités raciales. Personne ne prétend que c'est facile, ni qu'il existe des solutions rapides, mais les progrès sont là ! Il y a des Noirs au gouvernement d'Atlantis, un Noir à la Cour suprême, et des Noirs dans toutes les professions et dans tous les domaines de la vie active. Quelle preuve voulez-vous encore de notre sincérité ? »

Du haut de son paquet de muscles, Washington posa sur le corps bouffi et suffocant de Smith le regard d'un critique d'art qui vient de débarquer par hasard dans un cours de sculpture municipal.

« Je veux baiser ta fille ! annonça-t-il enfin. T'as une fille, gros tas ? Tu vois, pour un mec comme moi, y a qu'une seule manière de s'intégrer : en faisant des bébés !

— Eh bien justement, monsieur Washington, l'une de mes filles était mariée à un Noir atlantien. Vous êtes satisfait ?

— Était, hein ? Était de chez était ?

— Oui, *était*. Mais le fait qu'ils soient séparés ne change rien.

— Un peu, que ça change ! cria Washington en pointant le

46

canon de son arme vers le front de Smith. Et tu le sais très bien que ça change tout, hein, gros lard ? Alors dis-le. »

Les joues molles de Smith se tendirent, ses yeux s'enfoncèrent dans leurs orbites, disparaissant dans les plis de ses paupières grasses.

« … Si.

— Dis-le !

— Si, ça change tout.

— Et pourquoi ? Allez, accouche ! »

Smith le libéral choisit ses mots. « À long terme, la nature inter-raciale de leur union a soumis à certaines tensions spécifiques la…

— La nature interraciale de… Qu'est-ce que tu me baves, là ? J'y comprends que dalle ! Mais je parie que t'étais pas vraiment chaud à l'idée qu'une queue noire se glissait dans ta petite chérie, hein ? »

Jefferson Smith paraissait au bord des larmes. Quand donc apprendrait-il à la boucler ? Pourquoi fallait-il toujours qu'il aborde les sujets qui fâchent ? Depuis quarante ans qu'il était dans cette ville, il se retenait pour ne pas entraver le cours des choses, mais il était incapable de brider ses pensées, de tourner sept fois sa langue dans sa bouche.

Et la boisson n'arrangeait rien.

Le problème de Jefferson Smith était qu'il avait un bon fond.

« Monsieur Washington, je voulais simplement… »

L'ex-serveur enfonça le canon de son arme dans son front rembourré en répétant lentement : « T'aimais pas l'idée qu'une queue noire se glissait dans ta petite chérie, oui ou non ? Action ou Vérité ? C'était un jeu quand vous étiez mômes, vous vous souvenez ? »

Toute l'assistance retenait son souffle. Dans le regard mauvais de Washington, une sorte d'attente suggérait que, quelle que soit la réponse, ce ne serait jamais la bonne. Smith le devina, et sentit sa gorge se contracter de terreur.

Le doigt se resserra sur la détente, la phalange bougea sous la peau tendue.

Soudain, Susan Summerday fut debout. Elle s'étonna elle-même, car sa raison lui criait de ne pas bouger de sa chaise, de ne pas attirer l'attention, mais un déclic s'était produit. Smith était son ami : il l'avait chaperonnée avec gentillesse quand elle était arrivée en ville. Sentant tout d'un coup la jeune femme débordante de reconnaissance resurgir en elle, elle avait simplement obéi à son instinct.

L'arme toujours plantée sur le front de Smith, le doigt toujours sur la détente, Washington tourna vivement les yeux vers elle.

« Moi, j'aime les queues noires ! » lança-t-elle.

La manœuvre était désespérée, mais elle réussit. Le doigt de Washington se détendit, le canon s'écarta légèrement de sa cible, laissant la chair marquée d'un anneau blanc. On entendit la tablée entière reprendre son souffle.

Washington éclata de rire. « Eh, princesse ! T'as vraiment baisé un Nègre ou t'as demandé à un toubib de greffer une grosse bite noire sur ton mec ? Sérieusement... Je suis resté si longtemps au placard que, vous autres, les riches, vous avez eu tout le temps de mettre l'article en vente dans les magasins d'accessoires ! »

Un sourire tordit la bouche de Susan. « Faites sortir tout le monde et je vous le prouverai. »

Un murmure choqué parcourut l'assistance. Susan sentit une centaine d'yeux braqués sur elle mais ne s'en troubla pas. Très calme, elle restait détendue dans les plus infimes parcelles de son corps, même les rares qui étaient encore organiques.

« De quoi avez-vous peur ? le plaisanta-t-elle, poussant son avantage. Du dispositif de sécurité ? Les portes de cette salle sont en chêne massif – vous aurez même le temps de fumer un cigare avant qu'ils aient forcé les serrures. »

Washington sourit de toutes ses dents. Il commençait à s'amuser. « Bien, bien, bien... » Il fronça les sourcils en clappant de la langue. Pendant une bonne minute, il regarda Susan qui avait posé crânement une main sur sa hanche ; puis il parcourut du regard l'assemblée unie en une prière silencieuse. « Vous espérez tous que je vais dire oui, hein ? Vous espérez très fort que cette gentille dame blanche va sauver vos culs gros et gras ! Ah, vous êtes très forts quand il s'agit de nous faire croire qu'on est dans le même bateau, mais là, laissez-moi vous dire que vous ressemblez plutôt aux rats qui quittent le navire ! Eh bien moi, j'arrive pas à me décider… »

Un sourire méchant lui illumina le visage.

« Voyons, voyons… qui va voter pour que je vous libère et que je baise Madame votre amie ? »

Sans même peut-être en être consciente, Susan Summerday avait puisé l'inspiration de son extraordinaire intervention à une source étonnante : les écrits de Li Pau, le grand philosophe baoïste, qu'elle avait lus récemment.

Bien que rédigés il y a plus de deux mille cinq cents ans, les enseignements contenus dans le Bao Wa Yap sont toujours d'actualité. Susan démontrait en ce moment même combien ils étaient restés utiles face aux problèmes de notre époque – par exemple dans la neutralisation de cinglés armés prêts à se venger d'une société moins préoccupée de la pauvreté et des inégalités que de ses problèmes dentaires. Comme l'enseignait Li Pau, la résistance n'engendre que la résistance. Il est possible aux doux et aux faibles de terrasser les puissants et les durs en pliant tel le roseau dans le vent. Comme nous le voyons, en choisissant la voie baoïste qui consistait à céder physiquement à la force écrasante d'Uzi Washington, Susan avait obtenu un résultat là où la discussion et le raisonnement n'avaient su s'imposer.

Incidemment, le Bao Wa Yap est l'un des rares textes qui résistent à l'Abstractor d'Infologix. Ce phénomène est principalement dû aux subtilités et aux ambiguïtés linguistiques inhérentes au sinosien d'origine, qui amènent Abstractor à produire trois versions au choix dans les dernières étapes de la réduction. À quatre-vingts pour cent, par exemple, le logiciel résume comme suit la signification de l'œuvre de Li Pau : « Tout ce que c'est est tout ce que c'est », « Tout est comme c'est », ou bien « Est-ce, tout c'est tout, tout est tout et est est est. » De nombreux baoïstes trouvent ce condensé de la sagesse de Li Pau parfaitement satisfaisant.

Les désaccords quant au mérite d'Abstractor naissent lorsque, arrivé à quatre-vingt-quinze pour cent, le logiciel affine encore son travail en proposant soit « La merde arrive », soit « Toutes choses défèquent », soit encore « Rien de tel qu'un bon tas ».

Ce qui est sûr, c'est que les convives avaient de la chance de compter une baoïste telle que Susan parmi eux ce soir-là, d'autant qu'elle venait à peine de découvrir la sagesse du Bao Wa Yap. Juste avant, elle avait lu *Votre canot de sauvetage est-il assez grand ?* de Faith Bangsputts.

« Alors ? J'attends. Aucune main ne se lève ? »

Dans les secondes qui suivirent l'ultimatum, le silence scandalisé fut palpable ; la haine qui couvait semblait épaissir les secondes et les minutes. Ce qui choquait les convives n'était pas tant l'obscénité du sujet du vote que la parodie de la procédure démocratique et de tout ce qu'eux-mêmes représentaient.

Un vote à main levée, ben voyons.

Susan comprit avant Washington la nature du problème. « Je vais me retourner, proposa-t-elle. Fermez tous les yeux. M. Lockes comptera. »

Ils lui jetèrent un regard implorant, mis au supplice par l'horreur de la situation ; plus elle tentait de leur faciliter la tâche, plus leur culpabilité devenait cuisante. Au fond, se dit Susan, c'étaient des gens bien. Leur sens profond du bien et du mal se rebiffait contre son sacrifice, à elle qui endossait toute la douleur et tout le danger sans rien exiger en échange.

Oui. Enfin…

« Bon, dit Susan en tentant d'affermir sa voix. Vous n'avez rien vu, rien entendu. Si jamais il devait en être autrement, ce ne pourra être que quand et si j'en décide ainsi. Que personne ne s'avise de divulguer cette affaire à la presse. Si jamais elle s'ébruite, inutile de préciser que j'exige les droits du livre et du film – la totalité des droits –, étant entendu que les noms seront changés. »

Elle se força à sourire et leva les bras au ciel. Elle avait fait tout son possible. Son regard se posa sur Jefferson Smith, qu'elle fixa longuement. Le visage de son vieil ami était blême, sa bouche nauséeuse marmonnait une prière, sans doute, mais elle lui fit un simple signe de tête et il comprit. Il se soumit à sa froide détermination, et ferma les yeux. Un à un les autres l'imitèrent, et Susan leur tourna le dos.

Lockes eut le tact d'annoncer simplement que la majorité s'était prononcée en faveur de la proposition, et évita de citer des pourcentages. En fait, la motion avait été adoptée à l'unanimité moins deux voix, celle de Smith – dont Susan avait dès le début et sans le vouloir conquis si irrémédiablement le cœur timide que le sénateur avait sombré dans la boisson à mesure qu'elle s'ennuyait dans les cocktails et se faisait retoucher toutes les parties du corps – et celle de son mari. Celui-ci, cherchant à la protéger à sa manière, n'avait pu résister à l'envie d'entrouvrir les paupières pendant le vote.

« Ha, ha ! voilà qui calme les donneurs de leçons, hein, les gars, leur lança Washington, sarcastique. Où sont passés vos beaux idéaux ? Vous qui nous balancez votre moralité à la figure, comme si vous saviez de quoi vous parlez, où elle est, votre moralité ? Vous avez du fric, c'est tout. Je dis pas que je suis plus moral que vous, je dis simplement qu'une fois que vous avez un pistolet sur la tempe, on se vaut, vous et moi. Mais vous en faites donc pas. Rentrez chez vous et continuez à vous enrichir. Continuez à entretenir l'illusion et à prétendre qu'il n'y a pas de relation de cause à effet entre les choses. Ça n'a pas vraiment d'importance parce que le boomerang va vous revenir dans la gueule, et alors on sera quittes. Tenez, vous vous dites peut-être que tout sera terminé dès que vous aurez passé cette porte ? Eh bien, vous avez tout faux. Vous êtes aveugles ? L'étau se resserre autour de vous ! »

Il les toisa avec dédain, hochant la tête d'un air de pitié. « Pourquoi vous n'allez plus à pied dans les rues ? Pourquoi vous vous entourez de tous vos dispositifs de sécurité ? Vous ne voyez pas que vous ne pouvez plus vous passer d'un voiturier pour vous garer votre voiture ? Et c'est pas du luxe ! Mais vous vous voilez la face, vous continuez de voter des lois de plus en plus restrictives et de vous éloigner de la ville, de vous replier dans des endroits où vous pouvez encore essayer de faire croire que la moralité existe… Mais y a pas de moralité. Vous serez peut-être les derniers à le savoir, les mecs, mais y en a pas ! C'est vous, les salopards, qui l'avez tuée. Vous êtes restés assis sur le magot tellement longtemps, à raconter vos conneries hypocrites, que même les gens bien, là, en bas de l'échelle, ont commencé à se dire que votre seule idée, c'était de faire en sorte qu'*eux* aient la moralité et vous le fric. C'est pas la vérité ? Soit vous voulez pas croire que notre pays est devenu ce que vous en avez fait, soit vous prenez les gens pour des cons finis incapables d'entrevoir la vérité ! Eh bien, les mecs, c'est raté ! Vous voyez, la bêtise a des limites. Les gens en ont marre de traverser dans les clous. »

Il eut un rire amer et bref, puis se redressa de tout son corps, prit une profonde inspiration et expira lentement. « Parce qu'il faut bien comprendre que j'aurais pu en choisir un parmi vous et le tuer si j'avais voulu… Dites-moi un peu ce qui m'en empêchait ? Hein, pourquoi je pourrais pas faire ça ? Ça changera rien à la face du monde ! Quelqu'un d'autre enfilera les godasses du mort, et tout sera pareil. Et si ça change rien, ça peut pas être bien ou mal, hein ? Alors pourquoi je le fais pas ? » Il parcourut toute la tablée des yeux, lentement.

« Que quelqu'un me donne une bonne raison, une seule… »
Silence.
« Vous voyez ? Maintenant vous savez de quoi on parle. »

Pour la première fois, l'assistance le regardait moins avec crainte qu'avec fascination. Quelque part, on enviait la clarté terrifiante avec laquelle il voyait sa vie, ce genre de clarté qui lui permettrait de tuer sans remords.

« Moi, j'en vois une, de raison », dit John Lockes.

Toutes les têtes se tournèrent vers lui. Washington lui fit un grand sourire. « Vous allez nous en faire profiter, j'espère ? » demanda-t-il.

Lockes le regarda longuement dans les yeux ; il lui rendit son sourire, comme s'il partageait avec lui la complicité d'une bonne blague.

« Votre pistolet est en plastique. »

Il y a un homme, dans le couloir de la mort, qui a commis un crime avec une arme en plastique. Son nom est Winston Loosum.

N'ayant pas les moyens de se procurer une arme honnête pour les crimes qu'il avait en tête, Winston Loosum essaya de braquer une armurerie appartenant à un certain Avril Burkes avec un faux calibre 44 Jeroboam. Burkes, qui avait une vie entière d'expérience en matière d'armes à feu et qui s'était fait cambrioler plusieurs fois, ne fut pas dupé une seule seconde par l'imitation et sortit calmement son fusil automatique de dessous son comptoir. Il voulait donner une bonne leçon au jeune homme ; mais au moment où il allait lui loger une balle dans le corps, il fut terrassé par son quatrième et dernier infarctus. Hélas, il lutta contre la mort le doigt crispé sur la détente, et tua quatre clients ainsi qu'une femme et son bébé qui passaient devant le magasin. Par miracle, il rata Loosum qui, complètement abasourdi, vola le fusil juste à temps pour se faire arrêter.

Il convient de préciser que Loosum était noir ; son avocat se figura donc qu'avec un jury composé exclusivement de Noirs il aurait de bonnes chances de s'en tirer, d'autant que les médecins légistes avaient corroboré sa version des faits. Mais le procureur, qui était blanc, le mit en garde : on ne lui ferait jamais avaler qu'on pouvait être assez stupide pour voler une arme qui venait de tuer six personnes.

Après moult délibérations en son âme et conscience, et même en tenant compte des conclusions des légistes, le jury noir envoya Winston Loosum à la chaise électrique. Ainsi donc, bizarrement, la justice est-elle aveugle, après tout.

Dès que John Lockes prit la parole, il se fit un silence tel, dans la salle de banquet présidentielle de l'Hôtel Excelsior, qu'on aurait entendu une mouche voler. Les hommes politiques ravalèrent l'indignation naturelle que leur inspirait l'incident, aidés en cela par la calme mais ferme invitation du milliardaire à l'écouter jusqu'au bout s'ils tenaient à son soutien. Les épouses furent dissuadées par le regard éloquent et insistant de leurs maris d'obéir à leur instinct et de sortir en trombe de la salle.

Susan Summerday comprise.

« J'ai été élevé dans une petite ville du nom de Farview, dont l'habitant le plus riche s'appelait Hoover. Jay Hoover. Avec sa grosse maison et son petit cœur, il était haï de tous. Dans son jardin poussait un vieux pommier magnifique ; nous autres, les gosses, nous n'avions pas le droit d'en cueillir les fruits, même si Hoover lui-même se contentait de les regarder pourrir. C'étaient ses pommes, voyez-vous. Vous imaginez aisément que nous n'avions qu'une envie : les lui voler. Seulement c'était impossible car, même si Hoover lui-même était vieux et affaibli, d'autres se chargeaient à sa place de veiller sur ses pommes. Mme Wayne, sa voisine d'en face, et tous les habitants du quartier devaient avoir des radars dirigés vers le pommier parce que, chaque fois qu'on s'en approchait, on se faisait prendre. Ils n'appréciaient pas plus que nous le vieux barbon, non, mais étant gosses ils avaient eux aussi voulu lui voler ses pommes et ils n'avaient jamais pu, parce que à l'époque Hoover les surveillait lui-même. Alors vous comprenez bien qu'ils auraient préféré se faire pendre plutôt que de nous laisser profiter de ce que l'autre était vieux et à moitié aveugle pour emporter le butin qui leur avait été refusé. C'était, disons, une question de moralité. »

Lockes marqua une pause et se mit un morceau de viande dans la bouche en contemplant le plafond. Susan le regardait, muette d'ébahissement. Décidément, cet homme était fou. D'abord on découvrait que l'arme était un jouet ; ensuite, et bien pis, on s'apercevait que ce faux pistolet était tenu par un faux Washington, dont le rôle était joué par un acteur intelligent et courtois du nom de Bryce Wilson, payé par Lockes pour la soirée. Et Lockes trouvait tout naturel et légitime de se prévaloir de sa fortune pour les humilier tous. Il allait sans dire que le but était atteint. Mais Susan n'était pas en campagne électorale et ne s'intéressait pas à la fortune du milliardaire. Elle avait fait ce geste pour lui sauver la vie, et lui, il restait tranquillement assis à sa place, à mastiquer en racontant ses histoires de pommes !

En elle se disputaient la colère et la honte. Elle s'était prostituée publiquement, prête à aller jusqu'au bout si tel était le prix à payer. Et pourtant, quelques minutes plus tôt, elle aurait affirmé qu'il n'aurait rien pu lui arriver de pis. Maintenant elle se disait qu'elle aurait cent fois préféré aller jusqu'au bout plutôt que de crier en pure perte devant tous ces gens : « Moi, j'aime les queues noires. »

Pour la première fois, elle éprouvait l'envie de tuer. Seule la pensée qu'en quittant la salle elle ne ferait qu'aggraver l'injure subie l'avait persuadée d'obéir à Lockes et de se rasseoir à sa place. Et seul le regard implorant de son mari l'avait retenue de verser le contenu de son assiette sur la tête de leur hôte. Elle sentit la main amicale de Jefferson se poser sur son bras, mais, à ce contact, elle eut l'impression que sa propre peau lui était devenue étrangère. Son intégrité s'était réfugiée loin au-dedans d'elle, cherchant un endroit où mourir ou, du moins, où échapper au regard des autres.

« Voilà qui est fascinant, John », commenta son mari. Elle fixa sur lui un regard vide, ne sachant pas s'il tentait de calmer un fou ou s'il cherchait encore à gagner les faveurs d'un riche. « Et ça s'est terminé comment ? »

Lockes baissa brusquement les yeux sur la table en fronçant les sourcils. « Pardon ?

— Oui, qu'est-il arrivé aux pommes de M. Hoover ?

— Eh bien, rien du tout, monsieur le vice-président, dit Lockes d'une voix douce. Vous n'écoutiez pas ?

— Ah, je vois : il possédait un pommier dans le seul but de ne jamais se faire voler une pomme. Je n'avais pas compris. Et ça s'est passé dans votre ville natale ? Eh bien, depuis ? Et Hoover ?

— Hoover ? Il a fini par mourir, naturellement.

— Ah ! Et alors ? Que sont devenues ses pommes ?

— Monsieur le vice-président, je vous l'ai dit : Rien du tout. Je croyais avoir été clair. Qui allait s'y intéresser une fois qu'il était mort ? Ce n'étaient que des pommes. Ce n'est pas comme s'il avait eu un manguier. »

Autour de la table, tout le monde se regardait bouche bée de stupéfaction. Ils avaient tous en tête les articles du *Public Investigator* qu'aucun d'eux n'avait lus bien entendu.

« Ce que je veux dire, monsieur le vice-président, c'est qu'autrefois un homme tel que Jay Hoover, et par extension tous les gens riches et mesquins comme lui – et comme nous – pouvaient compter sur leurs subalternes pour préserver leurs propres intérêts. Cette attitude policière avait beau s'arroger des airs de moralité et, par conséquent, donner bonne conscience à tout le monde, c'était en réalité un espionnage mutuel bien organisé qui maintenait la société dans une obéissance passive et silencieuse. Ce que je veux dire, c'est que ce système a disparu.

— Ma foi, voilà une opinion discutable, monsieur, intervint Redwood à la surprise générale. La répression policière a produit des résultats. Les chiffres de la criminalité nationale sont en baisse. »

En bout de table, quelqu'un poussa un grognement audible.

« Euh, vous êtes… ? soupira Lockes. Je ne voudrais pas apporter mon soutien financier à un homme politique qui me prendrait pour un imbécile.

— Bob Redwood. Mais comprenez-moi bien, la société est pourrie, John, je vous suis tout à fait là-dessus. La question est de savoir pourquoi.

— Pourquoi ? répéta Lockes, abasourdi. Mais c'est évident, non ? Quel individu sain d'esprit irait s'amuser à surveiller le pommier de M. Hoover alors qu'il a tous les divertissements qu'il veut à la télé ? D'un côté un éventail quasiment illimité de drames, de scandales et d'actions, de l'autre quelques malheureuses pommes. Le choix n'est pas bien difficile. Voilà pourquoi plus personne n'espionne personne et la société part à vau-l'eau. Autrefois, lorsque quelqu'un se faisait hacher en menus morceaux par un psychopathe, ses voisins s'en apercevaient. Aujourd'hui, vous pouvez hurler "Au secours, pitié !" à vous éclater les carotides, vos voisins vont se mettre à zapper comme des malades pour savoir quelle chaîne vous regardez. »

Il s'enfourna un morceau de viande dans la bouche en soupirant.

« Au moins, grâce à la télé, ils ne sont pas dans les rues en train de manifester ! renchérit Redwood, croyant à tort que Lockes prenait plaisir à la discussion.

— Oh, de grâce ! ricana Lockes. Ils se documentent ! Ils observent comment vit l'autre moitié de la population. Autrefois, ils n'approchaient jamais plus près des riches qu'en se faisant asperger quand on roulait dans une flaque, alors forcément ils s'accommodaient de leur pauvreté. Aujourd'hui, ils savent mieux que nous à quoi ressemblent nos cuisines. Et vous savez pourquoi c'est ce qui pouvait nous arriver de pis ? »

Il marqua une pause, embrassant toute la tablée d'un seul regard.

56

Le silence pesait.

« Parce que ça veut dire qu'ils connaissent leur ennemi. Exact, l'illusion de moralité s'est complètement évanouie. Exact, les pauvres sont devenus incapables de maintenir la discipline dans leurs propres rangs. Mais pis encore, et bien pis, est le simple fait qu'ils connaissent leur ennemi. Et tout au fond de nous-mêmes, ça nous effraie. C'est ce que j'ai voulu démontrer par mon petit interlude de ce soir. J'ai voulu vous prouver à quel point nous sommes terrorisés. Tellement terrorisés que l'idée qu'un étranger puisse à tout moment braquer une arme à feu sur notre tempe est devenue une éventualité tangible ; que, incapables de trouver la faille dans le discours de votre agresseur, pas une minute vous n'avez douté que vos vies étaient menacées ; tellement terrorisés que, comme l'a si courageusement démontré mon extraordinaire voisine de table, nous sommes prêts à nous jeter mutuellement en pâture aux loups. »

Tout le monde avait reposé sa fourchette.

« Je vous le demande : combien de temps tiendrons-nous si nous sommes incapables de défendre une femme comme Susan ? »

Les entrelacs fragiles des trois lustres – de grandes coupes de larmes de cristal suspendues au-dessus d'eux – étincelaient de tous leurs feux. Les cuisses rouges des somptueux rideaux de velours filtraient le fracas citadin des klaxons, des crissements de pneus, des hurlements de sirènes, qui troublait à peine le silence.

Malgré le luxe et tout ce que pouvait représenter une invitation à dîner entre ces murs, la pièce était devenue un endroit bien solitaire.

Lockes regarda autour de lui d'un œil où ne brillait nulle pitié, nulle lueur de doute. Un œil de dément, car seuls les déments possèdent une telle lucidité.

« Dites-moi, reprit-il d'une voix douce en sortant de sa poche un petit objet sphérique, ça ne vous amuserait pas de changer les règles du jeu ? »

4

Quelques jours plus tard, un homme et une femme de chez Infologix se présentaient au pénitencier le plus répressif d'Atlantis munis d'un mandat que le Congrès leur avait procuré en procédure accélérée. Ils arrivèrent, au sens strict, par en haut, vu que la partie émergée de la maison d'arrêt de Parry se limitait à la cafétéria des visiteurs, à la boutique de souvenirs, d'ailleurs déserte, et à la réception. Il n'y avait ni murs, ni clôtures, ni miradors, ni chiens de garde. Inutile. Parry était enterré à vingt mètres sous terre.

Cet établissement était le dernier cri en matière de prison ; entièrement automatisé, il fonctionnait avec un personnel réduit à sa plus simple expression : le directeur, une poignée de gardiens qui surveillaient les détenus sur écran, un service de restauration et une équipe médicale. Sauf circonstances exceptionnelles, ces personnes n'avaient aucun contact avec les criminels, dont la vie quotidienne était gérée par ordinateur. L'ensemble du bâtiment était autonettoyant – cellules et parties communes étaient aspergées chaque jour par un système d'arrosage intégré. Les repas étaient acheminés par un tapis roulant qui reliait les cuisines au réfectoire. Les prisonniers s'enfermaient eux-mêmes le soir, car ils savaient qu'à partir d'une certaine heure la grille d'acier qui constituait le sol des parties communes était électrifiée sur toute sa surface. Découpée en damier, elle pouvait aussi ne l'être que partiellement, en cas d'infraction à la discipline. L'ensemble étant actionné par un système de commande à distance à partir de la salle de contrôle de la prison, les portes n'avaient ni serrures ni clés, et chaque centimètre carré du complexe était placé sous vidéosurveillance.

Si la construction de Parry avait lourdement grevé les finances publiques, en théorie son coût de fonctionnement aurait dû être très inférieur à celui des prisons traditionnelles. Cependant, des problèmes techniques inopinés avaient induit un dépassement de budget de deux cent cinquante pour cent par an depuis l'ouverture, quatre ans plus tôt. « Le bébé faisait ses dents », comme disaient les experts ; ces petits hoquets allaient des portes qui s'ouvraient toutes seules ou pas du tout jusqu'aux toilettes stérilisées alors que les détenus les occupaient encore, en passant par les panneaux de sol qui restaient électrifiés en permanence.

Bientôt, promettaient les experts, la prison serait parfaitement opérationnelle, et toutes ces histoires de détenus morts écrasés par des portes automatiques mal réglées ne seraient plus qu'un mauvais souvenir. Les coûts de fonctionnement chuteraient et les établissements de ce style apporteraient la réponse la mieux adaptée aux échecs de notre société. Un jour, Parry servirait de modèle à un nouveau produit d'exportation.

Le gouvernement, lui, savait parfaitement que c'était un gouffre. Au train où allaient les choses, Parry ne serait jamais aussi économique qu'un pénitencier classique avec ses gardiens armés et ses bons vieux trousseaux de clés. Mais cela n'avait pas d'importance : personne ne critiquait ouvertement les dysfonctionnements perpétuels de l'établissement ni la spirale infernale de ses coûts de maintenance, parce que tout le monde s'accordait sur un fait patent : Parry, c'était le top du top. Personne, nulle part, ne pouvait se vanter d'avoir une prison automatisée.

Et adulée du public, qui plus est. Présentée comme l'établissement destiné à accueillir la crasse de la crasse de la pègre, elle était aussitôt entrée dans la légende. Dans tous les films récents, un séjour à Parry était un gage de « respectabilité » pour tout personnage de caïd. En théorie, les détenus de Parry étaient ceux qu'on ne pouvait pas garder dans les prisons anciennes parce qu'ils étaient soit trop violents, soit trop ingénieux, soit trop influents.

De toute façon, les autres prisons ne pouvaient pas abriter les détenus envoyés à Parry… par manque de place.

Néanmoins, mythe ou pas mythe, pour qui recherchait le dessus du panier en matière de cambriolage à main armée, par exemple, Parry était le premier nom qui venait à l'esprit. Or, c'est précisément ce qui amenait nos deux jeunes cadres d'Infologix en ces lieux.

Le gardien-chef Sam Pelle lut jusqu'au bout le mandat délivré par le Congrès et présenté par les visiteurs, puis il le laissa tomber sur son bureau et se renversa dans son fauteuil de cuir pivotant.

« Si je comprends bien, je suis censé libérer quatre de nos détenus et vous les confier ? »

Adam Delapod, apparemment plus âgé que sa collègue, lui répondit par un hochement de tête énergique. Il n'avait pas cessé de sourire depuis son arrivée, et le gardien-chef avait les nerfs en pelote. « Trouvez-moi ce que vous avez de pire », confirma le jeune homme en costume gris.

La bouche de Pelle esquissa un rictus sarcastique.

Au pied, gamin, songea-t-il.

« Ce que j'ai de pire…, répéta-t-il à mi-voix. Eh bien, voilà qui ne devrait pas poser de problème. Monsieur cherche-t-il plutôt le style psychopathe blindé à mort ou salopard borné et violent ?

— Il nous faut des gens ayant une expérience vécue de l'attaque à main armée, expliqua calmement Lauren Patakio, la collègue.

— Attaque à main armée ? Madame, je suis sûr que notre gamme d'articles vous donnera entière satisfaction. »

Pelle les regarda tour à tour d'un air las en grommelant : « Je peux vous demander ce que c'est que cette histoire à la con ?

— Je crains que nous ne puissions vous le révéler, répondit Delapod, tout sourires.

— Tiens donc, comme c'est bizarre. Excusez ma franchise, mais vous deux, vous n'avez pas l'air d'y connaître grand-chose en matière de désaxés. Est-ce que vous savez vraiment quelle responsabilité vous prenez, là ? » Il agita le mandat d'un air accablé. « Apparemment, je n'ai pas le choix ; je vais vous donner ce que vous voulez. Mais, simple curiosité de ma part : est-ce que vous vous rendez compte qu'il y a un gouffre entre un individu capable de braquer une banque et les petits délinquants rebelles que vous côtoyez tous les jours ? »

Pelle ressentait de l'aversion pour ces deux jeunes cadres. Il ne les connaissait que depuis cinq minutes, mais ils lui apparaissaient comme les stéréotypes mêmes des connards pleins d'assurance et d'exaltation, purs produits de l'ère informatique qu'il ne rencontrait que trop souvent depuis qu'il dirigeait Parry. Dès le jour où il avait accepté ce poste, sa vie avait été empoisonnée par ces gens-là. Des gens pour qui il n'y avait jamais de problèmes, uniquement des solutions ; des gens qui excellaient à transformer les fiascos en défis ; des gens à qui il était inutile de parler normalement, inutile de crier : « Vos saloperies de toilettes soi-disant autonettoyantes refluent la merde au lieu de l'avaler ! Vous êtes foutus de réparer, oui ou non ? » parce qu'ils se contentaient de sourire en répondant qu'en effet les toilettes automatiques les interpellaient comme le défi du moment. Des gens endoctrinés au point d'être persuadés qu'il suffisait de penser positivement pour tout résoudre. Des gens incapables de comprendre que les cris et les jurons étaient parfois la seule réponse appropriée à une situation.

« Mais si, monsieur, nous en sommes tout à fait conscients ! s'écria Delapod avec un grand sourire enthousiaste.

— Ce ne sont pas des criminels virtuels, vous savez, poursuivit Pelle. Ils mordent.

— C'est pour ça que nous sommes ici, monsieur. Nous voulons le fin du fin, le vrai de vrai ! »

Pelle regarda leurs visages frais et nets avec un dégoût non dissimulé. Il haussa les épaules et pivota sur son siège pour attraper derrière lui un énorme dossier en accordéon plein de papiers mal classés, qu'il souleva à deux mains en grognant et laissa lourdement tomber sur son bureau.

« Voici le menu, m'sieur-dame. Faites votre choix. Tous les détenus de Parry sont là. »

Les deux cadres le regardèrent, interloqués.

« Vous ne les avez pas référencés en entrées multiples, par catégorie ? s'étonna Delapod avec un hoquet.

— Bien sûr que si. C'est dans l'ordinateur, répondit Pelle avec un grand sourire. Il est en panne. »

Pendant deux jours entiers, les deux cadres d'Infologix passèrent les dossiers au peigne fin ; ils firent une première sélection de candidats éventuels, qu'ils affinèrent progressivement jusqu'à leur choix final. Cependant, dès le début de ses recherches, Lauren Patakio avait été frappée par un nom qui se grava dans sa tête : Lincoln Abrams.

L'homme à qui l'on devait son arrestation, un certain agent Winston Pepsi, le décrivait comme nourrissant une haine pathologique à l'encontre de toute forme d'autorité, mais aussi comme étant doté d'une intelligence exceptionnelle et d'un sens très développé du bien et du mal. Lui-même incarnait le bien, les autres le mal. Lauren s'était particulièrement délectée d'un rapport psychiatrique suggérant que, dès son plus jeune âge, Lincoln avait été incapable d'accepter le vol quotidien de ses déjections corporelles par les toilettes. L'auteur du rapport interprétait les attaques de banques perpétrées trente ans plus tard par le même Abrams comme une manière symbolique de réclamer son dû, ce qui avait amené Lauren à le soupçonner de ne pas avoir réglé tous ses problèmes névrotiques.

Son obsession pour ce détenu l'intriguait, car l'homme était loin de répondre aux critères qu'elle s'était fixés pour définir le candidat idéal. Quelles que soient les raisons du comportement d'Abrams – il était l'un des rares criminels à avoir délibérément choisi de faire carrière hors la loi –, ils cherchaient un volontaire et il ne correspondait pas au profil. Abrams n'était déjà pas du genre à se porter volontaire pour gagner à la loterie, inutile, donc, d'espérer sa coopération sur ce genre de projet.

C'était bien dommage. Pour que les tests soient validés, il leur fallait quelqu'un de son niveau d'intelligence. Il leur fallait la fine fleur du crime, et Abrams, qui comptait à son actif toute une série de braquages originaux et bien pensés n'ayant attiré les soupçons sur lui que du jour où il s'était mis à payer la pension alimentaire de ses enfants, était idéal. Lauren l'élimina à regret et continua ses recherches.

Avec Delapod, elle dressa une première liste de vingt candidats. Dans l'ensemble, ils étaient déçus par la qualité du choix qu'offrait Parry. Dans leur grande majorité, les détenus étaient des brutes épaisses et stupides, qui s'étaient retrouvés criminels comme d'autres se retrouvent avocats : parce qu'il ne leur était jamais venu à l'esprit de gagner leur vie honnêtement.

Ils affinèrent la sélection à une douzaine de noms, après quoi rien ne semblait pouvoir départager les candidats. Ils allaient se résoudre à tirer à pile ou face quand, soudain, Lauren se rendit compte que le nom d'Abrams lui trottait toujours dans la tête. Elle ressortit son dossier et le tendit à son collègue.

« Il ferait parfaitement l'affaire, déclara celui-ci après l'avoir étudié en détail, mais il n'acceptera jamais. Tel que je le sens, il préférerait mourir.

— Peut-être, mais essayons tout de même, le pressa-t-elle. J'ai comme l'impression qu'il risque d'accepter précisément pour la raison qui nous fait dire qu'il n'acceptera pas. »

Les auditions du comité de libération sur parole eurent lieu dans l'une des salles les plus agréables de Parry. N'étant située que cinq mètres sous terre, elle était munie d'un étroit puits de lumière qui apportait, par le biais de rares odeurs naturelles, des indices des changements de saison. Pour des hommes vivant depuis des mois, des années même, dans la lumière artificielle et les odeurs d'eau de Javel, une comparution devant le comité prenait des allures d'excursion à la campagne.

Lincoln Abrams ne savait rien des deux jeunes visiteurs en costume et en tailleur qui se tenaient derrière la vitre, ni des raisons pour lesquelles il était convoqué. Son long séjour dans le monde souterrain de Parry lui avait peut-être fait perdre la notion du temps, mais pas au point de lui faire croire qu'il était libérable sur parole : pour ça, il avait encore huit ans à tirer.

Il les soupçonna donc d'attendre quelque chose de lui. C'étaient peut-être des agents secrets qui voulaient des renseignements sur un ancien associé. Comme ils n'avaient pas l'air d'être des gens de terrain, ils devaient travailler dans les bureaux. Si ça se trouvait, ce fils de pute de Pepsi les envoyait en sachant très bien qu'Abrams refuserait de lui parler en personne. Bref, s'ils espéraient lui soutirer un arrangement, conclut-il, ils ne savaient visiblement pas à qui ils s'adressaient.

Contrairement à l'opinion qu'il suscitait dans la société, Abrams se considérait comme un moraliste. Il incarnait son propre idéal de l'honnête homme. Pour le comprendre, il suffisait de regarder le monde à travers ses propres yeux. Il suffisait de voir son père se tuer au travail dans une usine fermée et relocalisée en Extrême-Orient avant qu'il ait fini de rembourser son emprunt sur la maison ; de voir sa mère sacrifier sa beauté, son rire et enfin sa santé mentale pour un boulot de femme de ménage mal payé ; de voir son frère aîné, le fier soldat, se faire tuer dans ce même Extrême-Orient, lors d'une guerre qui avait permis d'assurer les bases non pas de la démocratie mais du développement du commerce et du fric.

Dans ces choses-là, il ne voyait rien d'honnête. Où était l'honneur quand on se laissait déposséder de sa vie ? L'immoralité, pour lui, c'était vendre le don le plus précieux qu'on ait reçu, la vie, en échange d'un salaire minable et d'un plan de retraite, et de vivre deux jours sur sept. Il jugeait la liberté trop précieuse pour accepter de la limiter à ses week-ends, il refusait de voir la vie comme l'issue d'un âpre conflit entre le ventre et le cœur.

Abrams avait choisi d'enfreindre les règles parce que ces règles étaient une duperie. Il savait qu'au plus haut niveau personne ne les respectait. On ne payait pas d'impôts, on ne craignait pas les lois, ni la mort, une mort sans indulgence envers les pauvres mais prête à négocier avec les riches. Il n'avait donc jamais regretté son choix, pas même le matin où trente hommes en gilet pare-balles étaient venus le tirer du lit. Au moins, à Parry, son intégrité était restée intacte.

À travers les cinq centimètres d'épaisseur de vitre, il fixait sur les cadres d'Infologix un regard calme et arrogant. Ils n'avaient pas encore ouvert la bouche ; quant à lui, il avait tout son temps.

« Vous vous plaisez ici ? demanda enfin Delapod, son éternel sourire sur les lèvres.

— Au poil, répondit-il d'un ton neutre. Vous savez, je vous coûte plus cher ici que si vous me payiez pour bosser pour vous, alors, si j'étais vous, je ravalerais mon petit sourire suffisant. Vous avez l'air d'un cheeseburger écrasé sous la semelle d'un étourdi. »

Delapod éclata de rire. « Nous ne sommes pas des représentants du gouvernement, monsieur Abrams.

— Ça dépend où vous mettez la limite entre le gouvernement et la liberté, non ? C'est pas à vous de décider comment je dois vous voir. »

Delapod était plus convaincu que jamais qu'ils perdaient leur temps. Ce type était un mur d'obstination. Mais puisqu'ils étaient là, autant aller jusqu'au bout.

« Que diriez-vous si nous vous donnions une chance de sortir d'ici ?

— Je dirais : "Combien ?"

— Combien quoi ?

— Tout a un prix.

— Nous y viendrons dans un instant, si vous voulez bien nous écouter.

— Ça fait déjà une minute que je le fais. Vous, c'est clair, vous avez quelque chose à me demander. Qu'est-ce que c'est ?

— Nous ne voulons rien vous demander qui aille contre votre volonté, monsieur Adams, croyez-moi.

— J'en doute, figurez-vous. Moi, ce qui me plaît, c'est de braquer les banques.

— Eh bien, justement, c'est là que vous vous trompez. » Delapod lui resservit son sourire. « Braquer des banques, c'est précisément ce que nous attendons de vous. »

Pour une fois, Abrams fut décontenancé. Il se méfiait toujours autant de cet homme et de sa silencieuse collègue – plus, peut-être, depuis cette révélation – mais, surtout, il n'était plus maître de la situation. Il n'avait aucune idée de ce à quoi les autres voulaient en venir.

« Nous vous autoriserons une certaine souplesse, poursuivit Delapod, qui commençait à s'amuser. Vous pourrez attaquer un fourgon blindé, ou un supermarché, peu importe, du moment que vous ne vous faites pas prendre. Voilà à quoi vous vous engagerez. En échange, si vous arrivez à échapper à la police pendant une semaine au minimum, votre casier judiciaire sera effacé et vous serez libre. »

Abrams, qui avait besoin de retomber sur ses pieds depuis qu'on lui avait coupé l'herbe en dessous, avait adopté une tactique d'urgence qui consistait à ne pas répondre, obligeant ainsi la partie adverse à se dévoiler.

Delapod marqua une pause pendant laquelle il attendit une réaction. Figé derrière un masque impénétrable, les yeux fixes, Abrams s'obstina dans son mutisme.

« Vous aurez le droit de vous faire assister par trois personnes, poursuivit Delapod, dont le sourire s'estompa. Comme vous-même, elles devront être recrutées dans un pénitencier, se porter volontaires pour l'opération et en accepter les mêmes termes. »

Sourcil haussé, il jeta un bref coup d'œil à Patakio et attendit en vain de sentir la communication s'établir avec Abrams.

« Nous testons un nouveau système de prévention criminelle, poursuivit-il à contrecœur, déstabilisé par le silence de son interlocuteur. C'est une puce électronique très sophistiquée qui permet de localiser son porteur au mètre carré près. À tout moment, votre position sera enregistrée sur un plan de la ville en trois dimensions. Dès que vous approcherez d'un site à fort potentiel de criminalité, l'ordinateur qui vous suivra alertera automatiquement la police ; toute tentative pour vous débarrasser de la puce déclenchera une alarme et amènera aussitôt des représentants de la loi sur le lieu où vous aurez été localisé. Le défi est simple : vous disposez d'un mois pour trouver la faille et prendre le système en défaut. Au cours de ce mois, vous commettez un crime, vous évitez l'arrestation pendant une semaine, et, comme récompense, vous avez gagné la liberté. »

Abrams ne bougeait toujours pas, mais ses paupières se plissèrent imperceptiblement.

Il s'abîma dans son silence.

Delapod tira un gros manuel de son attaché-case. « Voici le descriptif technique de l'appareil. On vous en fournira un exemplaire dès votre sortie de Parry. Ça vous aidera à trouver la faille du système, si tant est qu'il y en ait une. Qu'en dites-vous ? »

Abrams s'autorisa un léger froncement de sourcils, mais sa bouche resta obstinément close. Pendant tout le laïus, il avait observé les yeux de Delapod avec attention ; il avait remarqué que celui-ci les avait très légèrement détournés en lui posant cette dernière question. Subtil, mais révélateur. Il n'avait pas tout dit.

Les deux hommes se dévisagèrent en silence. S'étant déjà découvert plus que prévu devant son candidat sans obtenir de lui aucune réponse, Delapod était bien décidé à attendre avant de dévoiler l'ultime détail.

Les secondes s'égrenèrent, une minute s'écoula.

Jusque-là, Lauren Patakio avait observé un silence délibéré. Elle voulait pouvoir étudier les réactions d'Abrams, vérifier que son intuition l'avait bien aiguillée. Ce mutisme calculé avait été plus payant qu'Abrams ne l'avait imaginé.

« Vous savez ce que je pense, monsieur Abrams ? demanda-t-elle en quittant son siège pour s'approcher de la vitre. Je pense que dans moins d'une minute vous nous aurez dit où nous pouvons nous carrer notre proposition. Question de sauver la face, n'est-ce pas ? Tant que vous ne relevez pas le défi, vous ne pouvez pas perdre. Si vous le relevez, vous pouvez gagner à condition d'être plus malin que nous. Mais vous pouvez aussi perdre… et vous ne supportez pas de perdre, est-ce que je me trompe ? »

Lauren sourit en voyant la paupière d'Abrams agitée d'un tic nerveux.

« Vous avez raison de jouer la prudence, monsieur Abrams, parce que mon collègue ne vous a pas tout révélé sur l'appareil en question. Vous l'aviez deviné, n'est-ce pas ? C'est pourquoi vous êtes si peu bavard tout d'un coup… Vous avez peur de vous faire mettre… si je peux me permettre l'expression. »

Elle plongea la main dans la poche de sa veste et la ressortit, le poing fermé sur quelque chose. Puis, en venant s'appuyer contre la vitre, elle ouvrit les doigts sur un petit objet sphérique, gros comme la moitié d'une balle de golf.

Abrams ne put résister à la tentation de se pencher près de la vitre pour mieux le voir.

« C'est ça ? murmura-t-il.

— C'est ça, monsieur Abrams. J'imagine que, pour un homme comme vous, perdre devant un aussi petit objet serait une grande humiliation. Surtout que, littéralement, vous allez vous le faire mettre… »

Abrams leva brusquement les yeux vers elle.

« Ah, je vous avais bien dit que vous n'accepteriez pas, monsieur Abrams, reprit-elle en riant. Laisser le gouvernement implanter chirurgicalement cet appareil dans votre rectum ? Après une telle défaite, vous ne pourriez plus jamais vous regarder dans la glace, n'est-ce pas ? »

Bien que conscient d'être manipulé par la femme en tailleur, Abrams se rendit compte qu'elle avait raison : s'il suivait son instinct et refusait le marché, il devrait vivre en sachant qu'il avait eu peur de perdre. Moralement parlant, le système serait gagnant.

« Je vous emmerde, gronda-t-il. Et moi, je vais vous dire où vous pouvez vous la foutre, votre proposition… vu les circonstances.

— Marché conclu, donc ? lança Patakio, rayonnante.

— Appelez ça un marché si vous voulez ; pour moi, ce sera un combat. »

5

Quelqu'un a dit : « Si vous êtes fatigué d'Entropolis, vous êtes fatigué de vivre. Vous n'avez plus qu'à vous suicider. »

Entropolis était une ville dure, grossière, une ville névrosée. Macauley Connor l'évitait depuis six ans. Il n'était pas entropolitain de naissance, et si, pendant le temps où il y avait travaillé, il avait réussi à râler et gronder avec la meute, le jour venu il avait été plus que ravi de la quitter.

En fait, il avait découvert qu'Entropolis n'était pas aussi épouvantable que voulait le faire croire une certaine propagande. S'il était vrai que, dans ses jours de gloire, elle avait été la capitale du crime, ces dernières années une répression policière sévère combinée à une série d'étés exceptionnellement humides avaient permis de maintenir le couvercle sur la marmite. Même si les Entropolitains répugnaient à l'admettre – les villes simplement désagréables à vivre étaient légion, tandis qu'il y a une sorte de chic apocalyptique à vivre dans un univers dantesque –, on ne voyait presque plus fleurir sur les pare-chocs ces anciens autocollants qui proclamaient fièrement VOIR ENTROPOLIS ET MOURIR, ABRUTI.

Les bureaux de Janus Publishing, pour ne citer qu'eux, s'abritaient derrière les arbres d'une rue tranquille aux grands immeubles de pierre de taille où les gens n'étaient que très rarement violés et assassinés puis découverts quinze jours plus tard par le concierge à l'état de cadavres putréfiés. Janus était une petite entreprise vieillotte ; Macauley se sentit aussitôt à l'aise en pénétrant dans le hall de réception au charme désuet. Il aima les fauteuils de cuir fatigués, les magazines jaunis, la beauté fanée de l'hôtesse entre deux âges et la fêlure de la tasse de porcelaine dans laquelle elle lui apporta un café. Au premier coup d'œil, il comprit qu'une maison comme Janus était un dinosaure dans un monde où les gros groupes de presse avaient bouffé tous les petits éditeurs qui s'intéressaient encore aux livres.

Les quelques recherches qu'il avait faites depuis ce coup de fil inattendu lui avaient appris que Janus publiait des ouvrages de qualité – histoire, biographie, poésie, et aussi quelques romans – qui n'atteignaient jamais des ventes phénoménales mais avaient su trouver un créneau auprès des lecteurs en possession d'un cerveau encore digne de ce nom. Vingt ans auparavant, rien n'aurait été considéré comme plus normal – un éditeur publiant des livres, à l'instar de tous les autres – mais, de nos jours, Janus était à l'édition ce que la culture biologique était à l'agriculture.

« Macauley Connor ? » dit une voix, toute proche.

Il leva les yeux.

« Joel Schonk. C'est moi qui vous ai appelé. »

Le directeur de Janus n'était pas du tout tel que Macauley l'avait imaginé à en juger d'après ses bureaux. Assez jeune – environ du même âge que Macauley –, le visage avenant et l'œil vif, ce bel homme élégant n'avait rien à voir avec le sexagénaire flétri en veste de tweed et pipe dépassant de la poche qu'il s'était attendu à rencontrer.

Macauley le suivit dans son bureau, où régnait un désordre chaleureux. Du sol au plafond, des rayonnages débordaient de livres qui s'éparpillaient par terre, montaient à l'assaut des chaises et de la table, épreuves et manuscrits luttant pour s'adjuger un morceau d'espace dans une débauche de raison. Tout seul dans un coin, un percolateur chuintait au-dessus d'un récipient où un millier de lentes évaporations avaient déposé des taches brunes. Schonk s'empressa de débarrasser une chaise en balançant un jeu d'épreuves sur la moquette ; puis, emplissant deux tasses de lubrifiant à neurones, comme il disait, il attaqua d'emblée.

70

« Bien. Je vous ai déjà expliqué que je compte sur vous pour publier une biographie de John Lockes, le patron d'Infologix. J'ai cru comprendre que l'avance dont nous avons parlé vous conviendrait ?

— Tout à fait », répondit Macauley. En réalité, la somme en question le mettait dans un état proche de la folie douce.

« La seule chose qui m'importe, c'est de m'assurer que vous êtes bien l'homme de la situation, monsieur Connor, déclara Schonk en se retournant vers lui, une tasse dans chaque main. J'ai recherché dans les archives de presse le journaliste qui avait écrit le plus d'articles sur John Lockes ces cinq dernières années. Votre nom est apparu avec une bonne longueur d'avance sur les autres. »

Macauley eut un sourire modeste.

« Ensuite, j'ai jeté un coup d'œil à vos articles… »

Le sourire de Macauley s'évanouit.

« C'est-à-dire… il faut tenir compte du public pour lequel ils ont été rédigés, se défendit-il en s'agitant sur sa chaise pour cacher son malaise. Si vous voyiez mes autres papiers…

— Je les ai vus, l'interrompit Schonk. C'est uniquement à cause de ça que vous êtes ici aujourd'hui. J'ai trouvé bizarre qu'on puisse passer ainsi du journalisme sérieux à… comment dire ?

— Un boulot de plumitif ?

— Je dirais plutôt… l'art d'étaler la merde. Il paraîtrait que vous ayez eu des petits problèmes, il y a quelques années.

— Il y a eu malentendu. Ce n'est pas ce qu'on a raconté.

— Ah bon ? Et qu'a-t-on raconté de faux ?

— J'étais persuadé qu'elle mentait, je me suis laissé emporter, ça a été interprété comme une agression. »

Schonk sourit en hochant la tête comme quelqu'un qui vient de se faire confirmer une impression. « Mais elle mentait ?

— Peu importe. J'ai eu tort. Mais je sais que, le jour du Jugement dernier, ses seins n'auront toujours pas besoin de baleines pour les soutenir. »

Schonk prit place dans son fauteuil de cuir brun en émettant un petit gloussement. Il referma ses deux mains sur sa tasse et pivota doucement sur son siège, d'un côté, de l'autre.

« Que savez-vous de Lockes, au juste ? »

Macauley redoutait cette question depuis l'instant où Schonk s'était demandé s'il était l'homme de la situation. Pour être franc, il ignorait quasiment tout de l'intéressé. Du moins il n'en savait pas plus que ce que n'importe qui pouvait apprendre par la presse populaire. Toute sa carrière de harcèlement s'appuyait sur l'image mentale qu'il s'était formée de l'homme. Il s'en voulut de n'avoir pas pensé à faire quelques recherches avant de venir au rendez-vous, mais Schonk lui avait donné l'impression que l'affaire était dans le sac. Peut-être avait-il lu ses articles après le coup de téléphone. Macauley sentit l'à-valoir brièvement mentionné lui filer entre les doigts, emportant avec lui ses rêves d'échapper à l'interminable défilé de dingues auquel l'exposait son travail pour l'*Investigator* ; malheureusement, il n'y pouvait rien.

Son ignorance était telle qu'il s'interdisait de prendre le risque de mentir.

« Je sais ce que je pense de lui, soupira-t-il d'un air de défaite. Mais à part ça… rien.

— Oh, fit Schonk. Eh bien… que pensez-vous de lui ?

— Il est le dernier mauvais tour que nous a joué le diable. Il définit le progrès non pas comme une destination, mais comme la vitesse à laquelle nous l'atteindrons. Et tout le monde le prend pour un héros parce qu'il est parti de rien, sans avoir compris que l'avenir qu'il nous propose, c'est toujours rien.

— Et c'est pour ça que vous écrivez ces mensonges absurdes à son sujet ?

— J'écris des articles dans lesquels Lockes n'est pas un idéal mais une aberration, un être aussi éloigné que possible des préoccupations du lecteur, rectifia Macauley en inventant à mesure. Est-ce mentir ?

— Chez Janus, nous considérons la biographie comme un genre extrêmement sérieux. Sans en revendiquer le mérite et sans exagérer, je crois pouvoir dire que nous avons publié plusieurs ouvrages qui font et feront longtemps autorité dans leur domaine. Nous sommes fiers d'éditer des livres pénétrants, qui s'appuient sur des recherches exhaustives et rigoureuses, des livres qui résisteront à l'épreuve du temps. Des livres sérieux. »

Macauley Connor haussa les épaules, posa sa tasse de café et fit mine de se lever.

Schonk lui indiqua d'un geste de rester assis. « Mais ce n'est pas ce que j'attends de vous. » Il fixa sur lui un regard matois. Ses yeux brillèrent d'une lueur dangereuse, folle, encore inexistante une seconde plus tôt.

« Ah bon ? souffla Connor.

— Absolument pas, Macauley. Ça ne vous dérange pas que je vous appelle par votre prénom ? Ce que je veux, et c'est pourquoi vous me semblez taillé sur mesure pour ce boulot, c'est une diffamation sordide, sensationnelle, des coups au-dessous de la ceinture qui mettent K.-O. la bonne réputation de John Lockes. »

Macauley se redressa sur son siège, ne sachant pas comment interpréter un tel compliment.

« Désolé, lui dit Schonk, tout sourires, en lui tendant son café. Si c'est un éloge, il est bien déguisé, n'est-ce pas ? Ce qui ne veut pas dire que votre travail ne devra pas aussi être exhaustif et sérieux ! Mais soyons clair : mon but n'est pas d'aller grossir son fan-club.

— Quel est-il, justement, votre but, si je puis me permettre ? »

Schonk s'affaissa dans son fauteuil, en suggérant par un rictus que Macauley venait de toucher un sujet épineux. Les mots semblèrent remonter du fond de ses tripes en lui arrachant une grimace.

« Argghh ! grogna-t-il. Mon but ? Ah, votre question est légitime, tout à fait légitime. John Lockes… vous n'avez peut-être pas tort de voir en lui l'incarnation du diable. Nous vivons les derniers jours de la liberté d'esprit. Le cerveau humain s'atrophie, inexorablement privé de l'oxygène de la pensée par des mécanismes qui pensent pour nous. Je suis persuadé que le doute c'est la liberté. L'incertitude est la condition essentielle de la liberté. La crainte, la terreur, la peur de l'inconnu, voilà les dons conférés par nos génies, qui nous rappellent que nous ne sommes pas seulement des êtres de chair et de sang mais de brèves flammes vacillant au vent, et qui doivent transmettre leur étincelle tant qu'il en est encore temps. Pourtant, aujourd'hui, l'équilibre délicat des doutes et des questionnements dont nous ont dotés nos plus grands architectes mentaux est laminé au rouleau compresseur, et remplacé, grâce aux soins de John Lockes et de ses semblables, par une culture porte-clés où la pensée est réduite à des gadgets de poche. »

Dans le chaos de son bureau, il chercha un mince volume broché qu'il brandit sous le nez de Macauley : *Les Vies de dix grands penseurs*.

« Connaissez-vous ceci ? s'emporta-t-il. De nos jours, voici ce qui passe pour une lecture élitiste. Voici ce que lit le citoyen qui résiste. Au mieux, le reste se nourrit des suppléments culture des journaux du dimanche, c'est-à-dire d'articles sur les gens qui écrivent, les gens qui lisent, les gens qui pensent. Nous vivons dans le parc à thèmes de notre propre histoire, nous prenons le petit train qui nous emmène visiter notre hit-parade culturel. Et en général, nous sommes trop anesthésiés pour nous rendre compte que c'est pour ça que le monde réel, le monde de l'emploi, des sociétés et des devises, ressemble de plus en plus à une machine à sous – un millier d'employés empalés sur un dividende, des sociétés dissoutes pour être vendues en pièces détachées – parce que nous avons perdu la capacité de prendre du recul. Notre principal but, aujourd'hui, c'est d'avoir des désirs, de consommer et de continuer d'alimenter la machine. La pensée indépendante n'est pas utile parce qu'elle mène à une économie de marché fractionnée. De tous côtés, nous sommes encouragés à perdre la mémoire, à vivre dans l'instant présent en suivant l'actualité, la mode, les célébrités et le scoop du moment. L'Histoire se résume à des anniversaires – Untel est mort il y a vingt ans aujourd'hui, tel événement s'est produit il y a cinquante ans. Il nous faut toujours plus de nouvelles, chaque jour. Les politiciens se forcent de plus en plus au silence et à l'inaction ; ils dirigent de moins en moins parce que tout est régi par la loi du plus petit commun dénominateur et que moins on en dit et moins on en fait, plus on approche du produit acceptable par tous.

— Est-ce la faute de Lockes ? demanda Macauley, se surprenant à défendre le fondateur d'Infologix.

— Toute religion a besoin d'un messie. Lockes est cet homme ; il a annoncé l'avènement du monde nouveau, un monde presse-bouton où la somme des connaissances sera disponible sur ordinateur. Il met le cerveau humain, cet organe grâce auquel la

74

civilisation a vu le jour, au rebut. Logiquement, cette voie aboutit à une impasse le jour où nous renversons complètement l'ordre établi. L'avenir, Macauley, c'est le gouvernement assuré par Mickey Mouse et le divertissement par Big Brother. »

Schonk était bien pire que lui, pensa Macauley avec un soupir d'épuisement. Il était plutôt d'accord avec ce qu'il venait d'entendre, mais il préférait ne pas se lancer dans ce genre de réflexions avant le déjeuner. Schonk devait mener une vie de chien s'il se préoccupait de ces choses avant dix heures du matin. Comment arrivait-il à dormir ?

« Ce n'est pas une biographie de Lockes, même bien vicelarde, qui va y changer quoi que ce soit, dit-il.

— Qui sait ? répliqua Schonk en riant. Je crois aux livres. Je crois au pouvoir de l'écrit. Je n'ai pas le choix, parce que le jour où je perdrai ma foi en le livre, j'aurai perdu mon combat. Alors je vais me défendre de la seule manière que je connaisse, mais je ne suis pas assez naïf pour ne pas utiliser contre eux leurs propres armes : c'est pourquoi le livre doit faire scandale. Il faut qu'il s'appuie sur la machine hypersophistiquée qui tient lieu de journalisme aujourd'hui, excusez-moi de le dire.

— Peut-être Lockes n'a-t-il aucun secret à cacher ?

— Tout le monde a des secrets, Macauley. Et le travail du journaliste, c'est pour moitié l'art de les rendre scandaleux. Êtes-vous partant ? À-valoir payé à la signature, naturellement ? »

Il sortit un chèque déjà rédigé à l'ordre de Macauley et signé, et un contrat. Macauley respecta un délai qui lui parut décent, deux, trois secondes peut-être, puis il demanda :

« Puis-je utiliser votre téléphone ? »

Il connaissait le numéro par cœur. La voix par trop familière de Iago Alvarez, rédacteur en chef du *Public Investigator*, lui parvint à l'autre bout de la ligne.

« Iago ? Ici Mac. Désolé, j'ai une mauvaise nouvelle.

— Vous êtes déjà en retard pour me remettre vos papiers, Connor. Le reste, je m'en fiche.

— Eh bien, pourtant, il y a pire. Je me suis fait enlever par des extraterrestres.

— Qu'est-ce que c'est que ces conneries ?

75

— Je vous laisse deviner, mon vieux. Salut. »

Il reposa le combiné en souriant, tendit la main vers un exemplaire du contrat et prit un stylo dans sa poche.

« Mais si jamais je ne trouve rien ? » demanda-t-il, le stylo suspendu au-dessus du bas de page.

Schonk écarta les bras et, sur un ton de prédicateur, déclama : « Cherche et tu trouveras, Macauley Connor… Cherche et tu trouveras. »

6

Lauren Patakio et Adam Delapod observaient depuis trois semaines les mouvements de leurs bénévoles sur ordinateur et commençaient à se dire qu'ils avaient surestimé Abrams. À suivre leurs déplacements sur le plan d'Entropolis en 3D, il devenait de plus en plus manifeste que Abrams et les trois détenus qu'il avait choisis pour l'accompagner se contentaient de jouir à fond de leur mois de liberté. Ils étaient partis chacun de son côté retrouver femme ou compagne, et ne se rencontraient que rarement dans des bars ou chez Abrams. Ils menaient une vie routinière et ordinaire, entre sorties au cinéma ou à la piscine et courses au supermarché : rien qui puisse approcher de près ou de loin le plus petit délit. Au début, Abrams avait passé pas mal de temps chez lui, ce qui leur avait fait penser qu'il étudiait le manuel de la Rectopuce. Or il semblait avoir laissé tomber, et fréquentait de plus en plus assidûment les sex-shops.

Patakio recula sa chaise et alla se chercher un café. Franchement, ce projet la déprimait : il marchait trop bien. Elle qui avait espéré voir les capacités du système testées à leurs limites, elle n'avait rien d'autre à faire qu'à guetter, tel un voyeur virtuel, à longueur de journée.

Le signal capté par l'ordinateur leur fournissait un nombre incroyable de détails sur la vie privée des sujets de l'étude. La Rectopuce, cette invention que John Lockes avait présentée aux grands et puissants de ce monde à la soirée de l'Excelsior, avait été conçue pour le tractus anal pour une raison bien particulière : elle pouvait décrypter une empreinte électrochimique, l'odeur unique que chacun de nous émet à l'extrémité de son système digestif. Ainsi, Patakio et Delapod savaient que deux des quatre bénévoles avaient consommé de la drogue depuis leur sortie de Parry et que, Abrams excepté, ils s'étaient soûlés à plusieurs occasions. S'ils l'avaient voulu, ils auraient pu faire analyser l'empreinte pour déceler ce qu'avaient ingéré les individus pendant les dernières vingt-quatre heures. L'ordinateur acceptait des programmations personnalisées pour chaque sujet – accès interdit à certains territoires, couvre-feu. Toute infraction à une règle serait aussitôt révélée par le signal émanant de leur derrière. C'était vraiment un équipement hors du commun.

La rumeur prétendait que Lockes aurait puisé son idée dans l'observation des chiens.

Selon la version arrivée aux oreilles de Patakio, leur patron s'était mis dans la tête que l'humanité avait pris un tournant évolutif désastreux le jour où elle avait abandonné le reniflement rectal comme mode de socialisation. Il n'avait pas tout à fait tort, pensait Patakis – bien des problèmes de la vie moderne auraient peut-être pu être évités si les humains ne s'étaient pas coupés de leurs cousins mammifères à cause de ce détail d'étiquette.

Pendant plusieurs milliers d'années, tant que la civilisation était restée principalement rurale, ce phénomène était passé inaperçu. En effet, le réseau de connexions sociales permettait à chacun de posséder quelques renseignements sur quasiment toutes les personnes qu'il était susceptible de rencontrer. Au fil de l'urbanisation, cependant, les effets pervers de l'abandon de la reconnaissance anale apparurent plus clairement. Plus que jamais, la nécessité se fit sentir d'établir un contact simple entre les individus. La ville abriterait-elle autant d'êtres solitaires si les hommes et les femmes prenaient quelques secondes pour se renifler le derrière en se croisant dans la rue ?

Naturellement, Lauren avait du mal à s'imaginer la scène. La logique, toutefois, lui soufflait qu'il aurait suffi d'une évolution à peine différente du comportement humain pour qu'il soit aujourd'hui tout aussi inimaginable d'inhaler exprès la fumée émise par des feuilles de tabac incandescentes.

Et Patakio se représentait un monde où, de même que chaque personne sourit d'une manière qui lui est propre, on ne trouverait jamais deux personnes plaçant leur nez sur un derrière de manière identique. Entre ceux qui tourneraient distraitement le visage dans la direction d'un derrière et ceux qui prendraient de longues inhalations inspirées en fourrant leur nez dans la raie, il y aurait une infinie variété de styles. Certains séduiraient par la grâce chorégraphique du mouvement qu'ils feraient en se penchant en avant ; d'autres, maladroits invétérés, se cogneraient sans arrêt le nez sur les sacs et les ceintures. Dans le processus, le reniflé révélerait lui aussi sa nature profonde. En sentant un petit coup sur leur derrière, certains conserveraient leur calme alors que d'autres sautilleraient en serrant les fesses. À bien des égards, les rues seraient donc des lieux d'échanges animés plutôt que ces cañons d'indifférence étudiée qu'elles étaient devenues.

Après une première rencontre – moins guindée et plus révélatrice qu'une poignée de main, tout en restant moins intime qu'un baiser –, les conversations démarreraient à un niveau plus profond ; on ne parlerait pas du temps qu'il fait mais de sa journée, de ses espoirs et de ses déceptions, de sa vie, de l'amour et, souvent, du dîner de la veille. Dans les conditions idéales, si l'approche et la réponse se faisaient sans faux pas, on parlerait de « cul de foudre ».

Malheureusement, rien de tout cela ne verrait jamais le jour, parce que l'homme avait bifurqué à un certain embranchement de l'évolution et qu'on ne pouvait pas revenir en arrière ; mais Patakio aimait penser à la Rectopuce d'Infologix comme à une sorte de retour high-tech à cette époque simple.

Elle posa son gobelet de café sur sa table et s'affala de nouveau dans son fauteuil, en consultant sa montre pour savoir dans combien de temps Delapod allait venir la remplacer. Encore deux heures, soupira-t-elle tout en avalant une gorgée de café, un œil vitreux fixé sur les écrans.

Tout d'un coup, elle poussa un hurlement : elle s'était brûlée en renversant son café sur ses genoux. Mais surtout, et bien pis, les quatre signaux avaient disparu de l'écran.

« Va te faire foutre. Pas question », avait répondu Dean Lewis quand Abrams lui avait exposé son plan.

Abrams n'avait pas été long à trouver le défaut de la cuirasse. La solution lui était subitement venue à l'esprit alors qu'il n'avait lu que la moitié du manuel technique accompagnant la Recto-puce. L'appareil était parfait, et les capacités du logiciel auquel il était relié tout simplement époustouflantes. Mais il suffisait de rompre le lien entre les deux pour rendre le système totalement inopérant.

Il s'était rendu compte qu'il existait un moyen très simple d'y parvenir.

Il avait alors passé deux semaines à essayer de trouver une alter-native, en vain.

« Non, mec, avait dit Bob Crosby avec un hoquet. Pas possible. Infaisable.

— Si, c'est faisable ! avait insisté Abrams. Je connais des gens qui l'ont fait. Pas aussi longtemps que ce qui sera nécessaire pour nous, mais c'est le début qui sera dur.

— Tu les connais ? avait insisté Stan Hardy.

— Pas comme tu crois mais, oui, je les connais. »

Il y avait eu un silence impressionné.

Ils dévoraient des yeux quatre mécanismes énormes et sophisti-qués qu'Abrams avait posés sur la table, devant eux.

« C'est des gens qu'on connaît nous aussi ? » avait demandé Dean Lewis.

On ne parlait plus de vibromasseurs, mais de « sculptures géni-tales animées ». Les quatre exemplaires qu'Abrams avait placés devant ses collègues étaient des répliques fidèles du pénis de Fred Hammer, star de nombreux films génitaux classiques. À l'époque où il était encore taxé de pornographie, naturellement, le septième art génital était jugé indigne de l'attention des critiques sérieux

80

même si, en termes de volume de production et de gains financiers, il éclipsait toutes les autres formes de cinéma. Le tournant décisif datait de la parution du livre de Pierre Foutiste, *Analyse sémiologique du mâle et du pis*, une véritable bombe, dans lequel l'auteur franchit le pas entre l'analyse de la pornographie en termes de qualités cinématographiques traditionnelles et l'analyse du drame génital, où la tension dialogique des parties du corps, prises une à une et en conflit les unes avec les autres, se révèle contenir une dynamique shakespearienne. L'essai « *Le Roi Lear* » dans « *Le Palais des princesses perverses* », en particulier, bousculait l'opinion établie grâce à sa brillante analyse du motif crucial un pénis/trois vagins si manifestement dominant dans l'œuvre.

La nouvelle approche critique dépassa l'entendement du grand public, qui demeura englué dans le paradigme classique du drame comme espace d'expression de l'être humain entier. Quels ne furent pas le scandale et le choc quand l'Université de Cornard nomma Ginger Lovejuice – dont les diverses parties du corps avaient tenu l'affiche dans plus de trois cents drames génitaux – Vagin en résidence dans son programme d'études cinématographiques ! La fureur sacrée eut au moins l'effet positif d'encourager le public à se pencher de nouveau sur l'art en question, en particulier les cinq œuvres capitales de Lovejuice : *La Nuit de la Salope*, *Salope anale*, *La Salope en redemande*, *Confessions d'une Salope au Vatican* et, bien entendu, *Moi, une Salope*.

Ces œuvres épiques, dans lesquelles le vagin de Ginger Lovejuice avait pour partenaire principal le pénis de Fred Hammer, son mari dans la vie, forçaient couramment la comparaison avec *Hamlet* en ceci que chacun des longs et extraordinaires monologues du pénis constitue en réalité une tentative de pénétrer plus profondément au cœur de la question cruciale dont la meilleure paraphrase est sans doute « Être ou avoir été ». C'est cette certitude torturée, la conscience qu'a le pénis du fait que la résolution du dilemme aboutira inexorablement à sa propre mort, qui soustend l'unité thématique de l'œuvre tout entière. Bien qu'en théorie les stars de ces films aient été le vagin, l'anus, la bouche et les seins de Ginger Lovejuice, la performance assurée par le sexe de Fred Hammer était exceptionnelle. Enfin un pénis capable d'exprimer toute la gamme des émotions – de la douceur à la fureur d'un marteau-piqueur attaquant l'asphalte, tour à tour pensif, vulnérable dans son approche, et de nouveau animé de la fureur d'un marteau-piqueur attaquant l'asphalte ! La performance était grande, généreuse, et certes aidée par le physique impressionnant dudit pénis, dont les quarante-cinq centimètres vibraient sous le contrôle d'un véritable génie.

Malheureusement, Fred Hammer connut une fin prématurée sur le plateau de tournage d'un film d'avant-garde, *Les rhinocéros sont-ils des salopes ?* Mais son sexe avait dès lors atteint l'apogée de sa gloire, immortalisé qu'il était sur pellicule et dans une série de moulages animés grandeur nature. Ceux-là même achetés par Lincoln Abrams, qui avait deviné juste en se disant qu'un objet assez gros et vibrant placé à proximité de la Rectopuce bloquerait la transmission du signal électrochimique.

Une heure après la disparition simultanée des quatre signaux sur les écrans de Patakio, une agence de la First National Credit Bank était braquée en plein cœur d'Entropolis. Les quatre cambrioleurs pénétrèrent lentement dans l'établissement, marchant d'un pas raide et funèbre. Trois d'entre eux pointèrent leur arme tandis que le quatrième sortait un porte-voix de son sac et annonçait dans un murmure amplifié :

« Tout… le… monde… à terre. »

La sueur perlait à travers le bas tendu sur son visage, et il haletait dans le porte-voix. Visiblement, cet homme était à bout. La poignée de clients et d'employés obéit aussitôt.

L'homme s'avança vers la caisse ; il semblait marcher sur une patinoire, à petits pas presque hésitants qui lui arrachaient des gémissements de douleur. Ses trois partenaires gardaient le silence, mais leurs corps étaient secoués de tremblements incoercibles qui les obligeaient à se cramponner à leur arme pour continuer de braquer leurs victimes. Il se dégageait du gang un sentiment de tension extrême, et d'autant plus dangereuse.

« *Mmghh…* fric, grogna le chef qui, arrivé à la caisse, posa un

grand cabas de nylon sur le corps prostré de la caissière. Vite…
fric… dans… sac… »

Il parlait comme quelqu'un qui économise son souffle, et qui
arrache les mots un à un, à la petite cuiller, du sommet de son
palais. Quasiment sûre que son agresseur n'hésiterait pas à tirer
pour peu qu'elle tarde une seconde de trop, la caissière se remit
péniblement sur ses pieds et jeta les billets par poignées dans le
cabas. En attendant qu'elle ait terminé, l'homme agrippa d'une
main le bord du comptoir, et ses articulations blanchirent aussitôt.
D'une voix éteinte, il siffla entre ses dents serrées : « Assez…
bouahhh… suffit » alors qu'elle n'avait vidé qu'une seule caisse,
et il tendit le bras d'un geste mécanique pour qu'elle lui remette le
sac.

Elle lui obéit sans discuter et se laissa retomber sur le sol sans
même en attendre l'ordre.

« Restez… *pouhh*… pouar terre », ordonna-t-il enfin en reculant d'un pas.

Le gang battit en retraite aussi lentement qu'il était arrivé et
atteignit la porte dans un bizarre concert de *houff*, de *pouhh* et de
hou-tcha-tcha. Enfin la porte se referma sur eux, et ils s'enfuirent
dans la voiture qu'ils avaient garée devant la porte.

Une semaine plus tard, à la minute près, les signaux réappa-
rurent à l'écran. Au fil des jours, de brefs bips avaient éclaté sur
les moniteurs, quand on remplaçait les piles ou qu'on satisfaisait
ses besoins, mais ils étaient toujours isolés et jamais au même
endroit. Le temps d'arriver sur les lieux, le signal et le prévenu
avaient disparu sans laisser de trace. Cette fois-ci, cependant, les
quatre signaux furent enregistrés et restèrent à l'écran.

Les équipes envoyées en urgence trouvèrent des hommes qui
n'étaient plus que les ombres d'eux-mêmes. Le combat contre la
Rectopuce avait exigé d'eux un très lourd tribut, et pourtant Dieu
sait qu'Abrams était déterminé. Au terme d'une longue convales-
cence, les quatre anciens détenus quittèrent l'hôpital libres, mais
aucun d'eux ne goûterait plus jamais le plaisir simple d'aller aux
toilettes où et quand il le voudrait.

Leurs épreuves étaient terminées, mais ils ne connaîtraient plus de répit.

Peu après leur libération, les quatre acolytes se séparèrent. Ils ne furent de nouveau réunis qu'une seule fois, quelques années plus tard, dans une triste circonstance, l'enterrement de Dean Lewis. Lewis, qui avait quitté sa femme peu après sa sortie de l'hôpital, avait tragiquement trouvé la mort dans la backroom d'un bar gay : cherchant désespérément à lui donner la satisfaction sexuelle qu'il attendait tant, l'un des multiples partenaires qui s'affairaient autour de lui lui avait inséré un extincteur dans l'anus et avait dégoupillé l'appareil.

7

Quatre mois plus tard, un soleil matinal resplendissant entrait à flots par la fenêtre, inondant la table en pin autour de laquelle la famille Summerday était rassemblée pour le petit déjeuner. Une lumière dorée baignait le grand pichet de jus d'orange, les petits pains au blé complet, le miel, la cafetière et la brique de lait, et faisait perler des gouttelettes de condensation sur le beurre récemment sorti du réfrigérateur. Dans l'une des fenêtres, au loin, s'encadrait la silhouette familière du Monument de l'Indépendance.

Bien que rasé de frais, Michael Summerday avait gardé son peignoir blanc en éponge douce, tout comme Susan et Penny, leur fille adolescente. En ce moment paisible où personne n'avait envie de parler, l'on se contentait d'échanger des regards en se passant le sucre ou le lait, ou de sourire comme à l'évocation d'un souvenir commun. Michael termina la lecture de son journal, qui titrait à la une *Atlantis joue la fermeté dans la crise du Moyen-Orient*, et le replia doucement en soupirant :

« Bon, ce n'est pas tout ça, mais le travail m'attend.

— Oh, non, papa, on est dimanche ! protesta Penny, qui s'étira en bâillant.

— Je sais, chérie, répondit son père avec patience, mais même le dimanche, la Terre continue de tourner. »

Par-dessus la table, Susan posa doucement la main sur son bras.

« Le vice-président ne peut donc pas consacrer quelques minutes aux femmes de sa vie ce matin ? »

Il les regarda tour à tour d'un air peiné en leur donnant une petite caresse sur le bras. « C'est parce que je vous aime que je dois aller travailler », dit-il.

Les femmes hésitèrent un instant, échangèrent un coup d'œil, puis lui firent un sourire compréhensif.

« Va où le devoir t'appelle, mon chéri », murmura Susan.

Summerday se leva et leur déposa à chacune un baiser tendre sur la joue.

« Et… coupez ! Super ! Très authentique. »

Susan Summerday se regarda dans la glace en enlevant l'épaisse couche de maquillage et fronça les sourcils. Elle guettait toujours les signes extérieurs des profondes frictions qui l'agitaient intérieurement, et pourtant c'était toujours le même visage qui l'accueillait, presque moqueur dans sa placidité.

Elle ne se sentait plus dans la peau de cette femme dont le miroir lui renvoyait l'image.

Tout avait commencé le jour du dîner à l'Excelsior, avec le sentiment de honte horrible qui l'avait envahie quand on s'était aperçu de la supercherie de Lockes. Ce soir-là, son mari aurait tout sacrifié pour l'argent de leur hôte ; il n'avait donc pas levé le petit doigt pour défendre la fierté humiliée de sa femme. Leur relation n'en avait pas pris un tour nouveau pour autant. Force lui était de constater que leur union dégringolait depuis des années sur une pente savonneuse et de plus en plus vertigineuse, et que rien ne pouvait plus la détourner de la voie dans laquelle elle s'était engagée bien avant qu'elle, Susan, se rende compte du problème. C'était elle qui avait changé ; quand autrefois elle se serait mise en colère, elle n'éprouvait plus que de la pitié pour son mari et pour l'ambition qui avait régné sur leur vie commune. Plus Michael avait acquis de stature sociale, plus il avait diminué à ses yeux. Tout à coup, elle le comparait aux êtres vivants les moins évolués. Il était un virus qu'elle avait contracté dans sa jeunesse et dont les effets à long terme commençaient seulement à se manifester.

Comment ressentir autre chose que de la pitié pour un homme capable de se présenter à la présidentielle affublé d'un Bob Redwood ? Le plus important, aux yeux de Susan, ce n'était pas de savoir si les fameuses opinions de Redwood sur le crime, le chômage, la pauvreté et les mères célibataires étaient de nature à rassurer les électeurs conservateurs et réactionnaires. Non, il y avait plus grave : Redwood était un parfait imbécile, et pourtant son mari l'avait choisi comme second dans la course à la présidence. Elle n'était pas la seule à en être choquée. La rumeur courait que les Services secrets avaient un plan d'urgence pour faire assassiner Redwood au cas où il arriverait quelque chose à Michael après sa victoire. Ainsi la présidence reviendrait-elle à Jefferson Smith qui, au titre de leader de la majorité, serait le troisième en lice. Jefferson lui-même avait mis Susan au courant, en lui faisant remarquer avec une ironie désabusée que les barbouzes préféraient apparemment un homme aux neurones noyés dans l'alcool à un homme sans neurones du tout.

Malgré cela, Susan était incapable d'arrêter une ligne de conduite. Elle avait envisagé de s'extraire de ce panier de crabes, de quitter Michael, ses compromis et sa carrière pour refaire ce qu'il lui restait de vie, mais elle savait qu'elle n'y était pas prête. En tout cas pas encore. Un profond besoin de symétrie l'obligeait à aller jusqu'au bout. D'une manière ou d'une autre, l'histoire connaîtrait son dénouement après les élections. Quitte à tourner une page, autant que ce soit la dernière du livre.

Son mari ne se doutait aucunement de ses dispositions d'esprit. Elle le laissait mariner sous la menace perpétuelle de le quitter en pleine campagne électorale. Elle savait son procédé mesquin, mais avait-elle vraiment beaucoup d'armes à sa disposition ? Entre-temps, elle continuait d'assumer en public tous les devoirs d'une future First Lady. Elle assistait aux meetings, aux dîners, elle souriait devant les caméras, elle faisait semblant de prendre un petit déjeuner en famille. Aucune importance. C'était à l'intérieur que la véritable Susan Summerday commençait à se révéler.

Le miroir ne trahissait rien.

De retour dans le studio, où la fausse salle à manger ouvrait par de fausses fenêtres sur un monument miniature en carton-pâte, Michael Summerday discutait à voix basse mais animée avec son directeur de campagne, Chuck Desane. Ils essayaient de ne pas se faire entendre d'Orson Eisenstein, le réalisateur, qui hurlait son mécontentement à la figure de l'éclairagiste dont le soleil matinal était, disait-il, absolument pisseux.

« Non, Mike, Orson n'est pas vraiment mécontent, mais… c'est un artiste, vous comprenez ? expliquait Desane. Un perfectionniste. »

De toutes les choses qu'il abhorrait dans une campagne politique, le tournage des clips arrivait en tête, et de loin. Ce travail le forçait à réunir dans une coopération fructueuse les deux bouts de la chaîne : le candidat et le créateur. Inévitablement, chacun cherchait à voler la vedette à l'autre.

« Je ne comprends pas, Chuck. Cette dernière prise correspondait exactement à ce qu'il voulait, non ?

— Absolument, Mike, vous avez tous été formidables. Surtout Penny. Elle m'a stupéfié… Je ne la croyais pas si talentueuse, sérieusement.

— N'est-ce pas ? dit Summerday, rayonnant. Elle va tenir le rôle principal dans la représentation scolaire de fin d'année. Alors qu'est-ce que vous me racontez, où est le problème ? »

Desane prit une profonde inspiration. Ce qu'il avait à dire n'aurait pas pu tomber plus mal, vu le soupçon de rumeur qui courait au quartier général de la campagne : apparemment, tout ne serait pas doré sur tranche dans le couple Summerday. Hélas, il ne pouvait pas reculer. Il y allait de la réussite de la campagne.

« C'est Penny, Mike. Le problème, c'est Penny. »

Summerday plissa les paupières. « Hein ?

— Penny est… je ne sais pas si vous avez remarqué, Mike, après tout vous êtes son père… mais elle… enfin, c'est une très jolie fille, naturellement, mais comme nous tous à un certain âge elle a quelques petits désagréments…

— Penny a de l'acné, Chuck. J'ai remarqué. Elle aussi, d'ailleurs. Nous lui avons expliqué que c'est normal, elle prend très bien la chose. Que voulez-vous dire ?

— Orson n'a jamais travaillé avec des problèmes de peau, Mike. Il dit qu'on ne voit que ça sur la pellicule. Il dit qu'avec Pixie…

— C'est quoi, Pixie ? Un cosmétique ? »

Desane se tortilla sur place. Quel cauchemar ! « Nous avons tout prévu, Mike. Au cas où. Pixie n'est pas une crème, mais une personne. Une jeune fille.

— Une jeune fille, tiens, tiens ? lâcha Summerday d'un ton acide. Et une jeune fille pour quoi faire, Chuck ?

— Elle… dans notre jargon on appelle ça une doublure. Tous les acteurs en ont. L'idée, c'est de…

— Je sais ce que c'est qu'une doublure, Chuck. Ça sert à vous faire un beau cul. Mais nous ne filmons pas le cul de Penny.

— Non, mais Pixie double parfaitement Penny… au-dessus du cou. La seule différence entre elle et votre fille, c'est que Pixie… Pixie…

— N'est pas…

— Hormonalement, non.

— Vous voulez dire génétiquement ?

— Je veux dire qu'elle n'a pas de boutons.

— Alors maintenant, ma fille a des boutons. Il y a une seconde, c'était des problèmes de peau, maintenant ce sont des boutons. Merci, Chuck. Pourquoi ne pas aller droit au but et dire qu'elle a la figure pleine de furoncles ? "Désolé, Mike, mais on ne peut pas faire un clip avec votre gosse qui a la gueule bourrée de pustules", c'est ça ?

— Mais enfin, Mike, vous-même avez reconnu qu'elle avait de l'acné, pour l'amour du ciel !

— Je suis son père, Chuck. Elle pourrait avoir la peste bubonique que ça ne changerait rien à mon amour pour elle. Mais vous, vous avez l'air de dire que ma fille a une tellement sale gueule qu'on ne peut même pas la montrer dans un clip censé exprimer mon amour pour elle.

— Mais ce sera elle, Mike. Dans le principe, ce sera elle !

— Le *principe* ! Vous voyez, Chuck, ça c'est un mot de trop. Vous vous rendez compte de ce que vous me demandez de faire ? Comment voulez-vous que j'explique ça à Penny ?

— Mais justement, vous n'êtes pas obligé ! murmura Desane sur un ton enthousiaste, retrouvant soudain l'énergie de la conviction en s'accrochant à ce qu'impliquait subtilement la question de Summerday. Nous attendrons que Penny soit partie pour refaire les prises avec Pixie ! Croyez-moi, elle ne s'en apercevra jamais. Nous utiliserons sa bande sonore, et elle sera ravie de se voir aussi belle. Vous lui ferez le plus grand plaisir de sa vie, Mike !

— On renvoie Penny à la maison et on tourne un second clip en douce ? hoqueta Summerday. Et Susan, abruti, comment vous croyez qu'elle va prendre la chose ? »

Desane hocha la tête pensivement et baissa encore davantage la voix.

« Nous avons assuré nos arrières, sur ça aussi, Mike. Au cas où. Le mieux serait de renvoyer également Susan. On prendra Mindy.

— Alors comme ça, maintenant il y a aussi Mindy... et vous avez amené Bill, pendant qu'on y est ?

— Bill ? Qui est Bill ?

— Je ne sais pas, j'ai dit Bill comme j'aurais dit Ken, Joe ou Buck. Vous avez bien dû prévoir quelqu'un... au cas où.

— Ah ! Vous voulez parler de Derek ? Non, pas besoin, vous vous débrouillez très bien.

— Merci. Merci beaucoup, Chuck, enfin... si tant est que vous soyez Chuck, naturellement. Bon, récapitulons... Vous me demandez de faire ce clip publicitaire sur le foyer, sur l'importance des choses simples de la vie, sur notre responsabilité envers les êtres qui nous sont chers, avec deux bonnes femmes qui me sont totalement étrangères. C'est tout, ou vous me réservez d'autres surprises ?

— Non, c'est tout, Mike. »

Summerday dévisagea son directeur de campagne d'un œil consterné et stupéfait. « Non, Chuck, dit-il, c'est non, non et non ! »

Desane marqua une pause en plongeant son regard dans celui de son patron. Il y lut la détermination. « D'accord, n'en parlons plus, Mike. Je vous comprends.

— Je ne peux pas faire ça à ma famille. Je tourne avec elles ou pas du tout. »

Desane hocha la tête. « C'est votre dernier mot ? Bon, je vais dire à Penny et à Susan qu'on a terminé et j'appelle leur chauffeur.

— C'est ça, allez-y. On a terminé, point final.

— Vous restez, n'est-ce pas ? On a une réunion pour discuter du projet Rectopuce. Avec Chandra.

— Pour discuter ? Discutons, discutons. Pas de problème pour discuter. Mais pour ce qui est de faire, Chuck, alors là, pas question. »

Desane lui tapota l'épaule en souriant. « Vous êtes un chic type, Mike. »

Aucun doute. Il y viendrait.

Autrefois, il y avait bien longtemps, Michael Summerday avait cru qu'il méritait d'accéder à la présidence parce qu'il avait des principes. Maintenant qu'il avait avancé en âge et en sagesse, il croyait qu'il méritait d'accéder à la présidence parce qu'il avait sacrifié ses principes. Il avait payé son tribut. Soupé avec le diable. Et fait la plonge.

Peu de compromis égalaient celui qu'il avait fait huit ans auparavant : il avait accepté de devenir le coéquipier de John Monroe. Celui-ci incarnait l'antithèse de toutes ses convictions : c'était un politique pur jus, que rien n'avait jamais motivé hormis son avancement personnel. Ni l'un ni l'autre ne s'étaient jamais fait la moindre illusion sur la nature de leur alliance. Summerday était utile par sa réputation d'intégrité, qualité que Monroe avait le plus de mal à imiter ; en échange de cette garantie contre le vide moral de Monroe, huit ans plus tard, Summerday – ou ce qu'il en restait – serait logiquement le mieux placé pour reprendre le fauteuil présidentiel.

Le pacte avait été scellé un soir décisif au Carlton Pacific Hotel, au terme d'une offensive de charme lancée contre Summerday par l'homme même qu'il avait publiquement qualifié, trois mois plus tôt, de « cancer ».

« À nous deux, nous formons le candidat idéal, Mike, avait roucoulé Monroe. Vous avez la moralité et moi la carrure. Vous avez l'intellect, moi l'intelligence. Pour l'électeur moyen, c'est la mixture idéale.

— Peut-être…, avait concédé Summerday. Mais l'électeur intelligent se rendra vite compte qu'il y a moitié huile, moitié eau. »

Monroe avait été décontenancé. « Quoi ? avait-il soupiré en fronçant un sourcil impatient. Qu'est-ce que vous me chantez là, Mike ? Vous plaisantez ? Je pige pas… Voilà, vous voyez ? c'est ça qui fait que ça ne passe pas entre vous et le public. On vous fait une remarque banale et il faut que vous sortiez un truc hyperintellectuel. On les emmerde, les électeurs intelligents ! Si leurs opinions avaient un poids quelconque dans le monde, Mike, tous les magnétoscopes fonctionneraient sur système Betamax. À mon avis, le mieux c'est de les éviter. Comme tout le monde, d'ailleurs.

— Alors, si j'ai bien compris, le slogan de la campagne, c'est : "on emmerde les gens intelligents" ?

— Grosso modo, oui. Après tout, ils sont antidémocratiques.

— Pardon ?

— À votre tour de ne pas piger, hein ? Les électeurs intelligents réclament des programmes politiques pragmatiques et détaillés pour améliorer la société – surtout leur couche de la société, remarquez – et quand ils ne les obtiennent pas, ils vous sanctionnent. Mais la démocratie n'a rien à voir avec ça ! La démocratie, c'est l'art de fabriquer le consentement. Notre mission en tant que politiques, c'est d'assurer la cohésion naturelle de la société, à n'importe quel prix. Il n'y a rien de cynique là-dedans, et si cela nous oblige à insulter l'intelligence d'un petit nombre, parfait ; cette élite-là se débrouille très bien toute seule, Mike. Elle n'a pas besoin de nous. Ce sont les idiots qui ont besoin de nous !

— Je ne vous savais pas idéaliste à ce point, John.

— Je suis un opportuniste, je le reconnais. Mais dans un monde imparfait et injuste, l'opportuniste est le seul idéaliste qui soit également pragmatique. Je vous offre là une chance extraordinaire. »

Sur quoi Monroe s'était excusé pour aller aux toilettes, laissant à Summerday juste le temps d'hésiter. Celui-ci avait l'impression de se couper en deux. Il se rendait compte que Monroe avait raison, mais aussi de ce que cela avait de choquant. Tout ce qu'il savait de cet homme lui répugnait moralement, et pourtant personne ne lui offrirait sans doute jamais une aussi belle chance d'accéder peut-être un jour aux plus hautes fonctions. De plus, Monroe avait la désarmante habitude d'avouer ses défauts, ce qui déroutait totalement Summerday, lui si totalement incapable de prendre du recul par rapport à lui-même.

« Comment voulez-vous qu'on fasse équipe ensemble alors qu'il y a seulement trois mois je vous traitais de cancer ? » avait-il protesté quand Monroe était revenu.

L'autre avait souri, sentant aussitôt que sa proie jouait là sa dernière carte.

« *Seulement* trois mois ? » Monroe avait ri en sortant du seau à champagne une bouteille qu'il déboucha aussitôt. « Vous vous rendez compte de ce que ça représente dans la réalité ? Je suis peut-être simpliste, mais trois mois, c'est ce qui sépare un été d'un hiver. Combien de feuilles ont changé sur combien d'arbres pendant ce temps-là ? Combien d'oiseaux ont migré vers le sud ? Depuis votre pique, toutes les fleurs sont mortes, tout le mobilier de jardin a été rentré, les garde-robes refaites… Nous vivons déjà dans un monde différent, Michael, un monde qui a subi plus de changements que sous l'effet d'un remaniement politique ou économique. Les gens ont le droit de changer d'avis aussi. De plus, combien on parie que tout le monde a oublié votre mot ? »

Formulé ainsi, cela ne manquait pas de logique.

Huit ans plus tard, Summerday abandonnait au diable une parcelle supplémentaire de son âme, en acceptant de reprendre le tournage du clip avec des actrices dans le rôle de sa femme et de sa fille. Mais comme cette âme avait pas mal rétréci depuis qu'il avait trinqué au champagne avec John Monroe, ce geste ne lui coûtait pas autant qu'il aurait dû. Et il devait à ce qu'il avait déjà sacrifié de ses principes de ne pas les laisser tomber maintenant.

À cinq semaines des élections, Michael Summerday aurait dû dominer la situation. Pour commencer, il comptait dans son équipe Chandra Dissenyake, prophète des urnes, gourou des gourous, le seul et l'unique. Homme profondément spirituel dans l'univers

93

impitoyable de la politique, Dissenyake pouvait afficher trois victoires d'affilée à son palmarès : Monroe deux fois, et avant lui Burgess. Son infaillibilité légendaire datait de la première élection de Monroe, quand il avait retiré son soutien au populaire et rééligible président Burgess pour l'apporter à l'outsider Monroe.

La manœuvre avait paru pure folie. Monroe était un vrai boulet à traîner. Il abritait dans son placard éthique non seulement un tas de squelettes, mais aussi une véritable boîte de Pandore pleine de jeunes femmes nubiles et faciles prétendant l'avoir connu au sens biblique du terme, dont une se prévalait plus particulièrement de la Genèse.

Pourtant Dissenyake, qui avait pris sa décision en se fiant au système personnel qu'il utilisait pour prédire les résultats des urnes, avait toujours cru dur comme fer à la victoire de Monroe, même en plein Macchabgate, le scandale nécrophile. Et les faits lui avaient donné raison. Monroe avait sauvé la situation grâce à une interview télévisée en direct dans laquelle il avait nié si énergiquement avoir rencontré le cadavre en question que les gens avaient commencé à douter du témoignage des gardes du corps qui prétendaient le lui avoir procuré. Ensuite, une étude plus approfondie des archives de la morgue avait révélé que le corps d'un superbe mannequin était en stock la nuit en question, ce qui avait soulevé la question de savoir pourquoi les gardes du corps seraient revenus avec la dépouille d'une femme de ménage entre deux âges.

C'était Dissenyake qui avait orchestré ce revirement sensationnel. Il avait canalisé l'énergie positive de Monroe avant l'interview cruciale, et insufflé au candidat la force nécessaire pour convaincre le public de sa sincérité. Quand Monroe dit qu'il ne connaissait le cadavre ni d'Ève ni d'Adam, les gens le crurent. Et il était effectivement sincère, car il avait présents à l'esprit les mots du gourou : « Spirituellement parlant, on ne peut pas rencontrer un cadavre, John. On ne peut qu'être en sa présence. »

Vice-président en fonction et vierge de tous les scandales qui avaient entaché la campagne de Monroe, Summerday aurait dû être un candidat plus facile à gérer pour le gourou. De plus, en tant qu'adversaire, Jack Douglas n'avait pas la carrure de Tyrone Wheeler. Aux yeux de certains, la manœuvre qui avait consisté à divulguer le dossier médical de celui-ci à la presse aurait pu paraître déloyale mais, comme le fit remarquer Dissenyake, il était plus juste d'incriminer l'énergie négative dégagée par Wheeler, qui avait commencé par mentir sur son troisième téton.

Ainsi donc, Chandra Dissenyake aurait dû pouvoir se reposer sur son poulain. Or, Douglas ne cessait de grimper dans les sondages, lentement, sans faire exploser les chiffres, mais régulièrement. Contre toute attente, l'opinion commençait à tendre l'oreille à ses critiques de la politique économique. Et maintenant, pour ne rien arranger, son propre candidat refusait de laisser son équipe diriger la campagne. Monsieur se targuait d'avoir des idées.

« Puis-je vous parler à cœur ouvert, monsieur le vice-président ? demanda poliment le gourou, leur conversation à peine entamée.

— Comme toujours, Chandra. »

Dissenyake se leva lentement, en partie pour ménager ses effets et en partie parce que, vu sa petite taille et son obésité, tout mouvement brusque menaçait de lui faire perdre l'équilibre. Il se redressa crânement – sa silhouette prenant la forme d'une poire rebondie – et marqua une pause pour rassembler ses pensées, qu'il exprima ainsi :

« *Aargh ! Aargh ! Aargh !* »

Il attendit en silence que l'assistance se soit remise de ses émotions, puis il fit le commentaire suivant : « Excusez-moi… j'ai senti en moi un mauvais *chi* qu'il fallait que j'évacue.

— Dois-je en conclure que vous accueillez en termes plutôt négatifs mon idée d'inclure la Rectopuce dans mon programme électoral ? demanda Summerday.

— Le positif et le négatif sont les deux faces d'une même médaille, monsieur le vice-président, annonça le gourou d'un ton beaucoup plus posé. Il est vrai que je vois votre corps écartelé sur la roue et vos ennemis dansant et forniquant parmi vos entrailles éparpillées. Je vois l'édifice autrefois si fier de votre candidature brisé en mille morceaux, votre femme et votre mère en pleurs et votre fille léchant les pieds d'une idole païenne, privée de son légitime héritage présidentiel. »

Il reprit son souffle.

« Mais négatif ? Non. Toutes choses sont ordonnées pour le mieux dans l'univers, monsieur le vice-président. Cependant, si vous me permettez, je sens le moment venu de faire une retraite.

— Une retraite ? hoqueta Summerday. Les élections ont lieu dans cinq semaines, Chandra. Combien de temps, cette retraite ?

— Pas longtemps. Un an, deux peut-être. Le temps est immatériel. »

Le petit homme tourna les talons et quitta la pièce à pas menus et traînants, laissant les autres bouche bée.

« Il nous plaque ? s'écria le vice-président, pris de panique, quand il fut sorti. Il est parti ? Je ne comprends pas ! C'est la Recto-puce qui l'a mis dans cet état ?

— Sauf votre respect, Mike…, s'aventura Chuck avec prudence de façon à calmer les esprits, c'est un sujet tout de même très délicat à aborder en période électorale.

— Chuck, juste deux mots, vous permettez ? intervint Bob Redwood, qui arborait un sourire confiant et tapotait son crayon contre la table pour souligner ses paroles. À la guerre comme à la guerre, n'oubliez jamais ça.

— Tout à fait, Bob, tout à fait, répondit Desane avec entrain, et totalement dérouté tant il était clair que Redwood croyait avoir dit quelque chose d'original. Mais une élection n'est pas le meilleur moment pour ça. Si vous adoptez une position claire et nette sur une question comme la répression criminelle, vous ouvrez la porte à toutes les attaques de l'opposition. Le rôle des hommes en place – et vous me paraissez vous en approcher –, c'est toujours d'occuper le terrain conquis, parce que l'inertie est leur meilleure alliée. Douglas a beau grimper dans les sondages, si nous campons sur nos positions, si nous continuons de soutenir les valeurs familiales, la force de caractère, la ligne modérément réformatrice, nous nous en tirerons honorablement. Il a beaucoup de chemin à faire pour nous rattraper.

— Douglas a un bon programme. Pourquoi pas moi ? protesta Summerday. John Monroe s'était présenté en avançant toute une série de mesures, ne l'oubliez pas !

— John Monroe avait un gros problème de libido, Mike, lui

96

expliqua Desane avec calme. Ces mesures étaient là pour prouver qu'il ne pensait pas seulement avec sa queue ; celles-là ou d'autres, les gens s'en fichaient. On ne vous interdit pas d'avoir un programme, Mike, mais pourquoi y faire figurer une question qui va susciter le débat ? Si vous tenez à présenter un programme, honnêtement, quelque chose dans le genre réduction d'impôts des classes moyennes serait beaucoup plus approprié. »

Michael Summerday abattit ses deux mains sur la table. « Non ! Douglas aborde des problèmes sérieux et on l'écoute ! La Recto-puce est la contre-attaque parfaite. C'est fort, c'est spectaculaire, et en l'associant à mon programme je m'identifie à la plus impor-tante avancée de l'histoire de la nation en matière de répression criminelle ! Vous ne voyez donc pas que la Rectopuce, en générant de grosses économies dans le système judiciaire, nous permettra de réduire les impôts des classes moyennes ?

— Des économies ! répéta en écho Redwood, qui asséna un grand coup de poing sur la table.

— Les réductions d'impôts, c'est très bien, Mike, tant que les gens ne font pas leur calcul. Pourquoi tout gâcher ? Vous mettriez-vous à expliquer à un enfant, sans qu'il vous le demande, comment le Père Noël arrive à déposer ses cadeaux dans toutes les cheminées en une seule nuit ? Les électeurs ne vous ont rien demandé.

— Les électeurs ne sont plus des enfants, protesta Summerday, mais des adultes.

— Exact, reconnut Desane avec patience, mais ça ne les satis-fait pas totalement et il ne faut jamais aborder les sujets qui fâchent. »

Summerday ne s'était pas attendu à rencontrer une telle résis-tance. Le nouveau système avait été soumis à divers tests rigou-reux qui n'avaient pas décelé les faiblesses découvertes par Abrams et son équipe. Il fonctionnait à la perfection. John Lockes lui-même avait présenté le rapport final à Summerday et à la petite sélection de sénateurs présents lors de l'étrange soirée à l'Excel-sior. S'il avait bien insisté sur son intention de vendre son idée, c'était davantage par politesse que par nécessité. Chacun avait profité des largesses de Lockes, et le soutien à son projet en était la monnaie d'échange. Par chance, ils pouvaient accorder ce soutien en toute bonne conscience, car le système était opérationnel et utile à la société. La Rectopuce était efficace, simple et sûre.

Une explosion s'était produite lors des tests, mais dans des circonstances exceptionnelles ; pour éviter que l'accident se répète, il suffisait de prévenir les porteurs de ne pas tenter de provoquer un court-circuit en se plantant des fils électriques dans le derrière.

Mais surtout, le produit était très peu onéreux. Infologix prendrait à sa charge les coûts de production et de développement du réseau dès que Lockes obtiendrait du gouvernement l'accès à l'élément vital dont dépendait le succès de l'opération, à savoir le seul emplacement spatial encore libre pour accueillir un satellite géostationnaire couvrant l'ensemble du territoire national.

Une fois en place, une redevance journalière de 5 dollars serait perçue pour chaque détenu sous surveillance. Comparé aux 60 dollars que coûtait un détenu enfermé, auxquels il fallait ajouter annuellement 100 000 dollars pour l'amortissement et l'entretien de la cellule et 20 000 dollars pour le personnel, l'économie était phénoménale.

Et, pourtant, la décision de Michael Summerday d'inclure la Rectopuce dans son programme électoral et d'en faire lui-même l'annonce au grand public venait apparemment de lui coûter son gourou.

« Mais qu'est-ce que vous avez tous ? s'exclama-t-il, exaspéré. Je vais à la fois combattre le crime et réduire les coûts budgétaires... n'est-ce pas la combinaison idéale ?

— Non, monsieur le vice-président, lui lança Dissenyake depuis la porte. La combinaison idéale, en termes célestes, c'est la conjonction d'une reprise économique et d'un adversaire beaucoup plus petit que vous.

— Ou qui porte un nom d'origine latine, renchérit Desane dont le visage s'illumina en voyant que le gourou était revenu.

— Exact. Un nom latin nous fait voir un homme dix centimètres plus petit qu'il n'est. »

Tout en soupirant, Dissenyake s'avança de sa démarche tressautante.

« Les signes deviennent de plus en plus difficiles à interpréter. Dans le temps où le cœur de l'homme était plus simple, les lois régissant la politique étaient claires : le plus grand gagnait. Mais nos morphologies traversent actuellement une époque où le devin doit décrypter tous les éléments cachés qui s'ajoutent ou se soustraient à la taille spirituelle d'un candidat. Les politiques spécifiques, mes amis, sont le domaine des gens petits. Soustrayez deux centimètres et demi pour chaque mesure ne concernant pas une baisse d'impôts. Je suis sûr que vous vous souvenez, Charles, de la dernière fois où nous avons eu un véritable débat politique lors d'une campagne électorale ?

— C'était Burgess contre Gold, grogna Desane en secouant la tête. Ne m'en parlez pas !

— Vous devez affronter cette douleur, Charles. Sinon, si vous la laissez couver dans votre chakra inférieur, elle vous donnera des hémorroïdes. Gold, la brebis qui avait été confiée à votre garde, a perdu ; et pourtant, il était plus grand, il était vice-président, mais son karma le voulait ainsi. L'univers ne se trompe jamais.

— Gold aurait dû gagner ! Il était le meilleur des deux.

— Wouff, marmonna Redwood dans sa barbe.

— J'en suis persuadé, Charles, poursuivit le gourou en ignorant la contribution du sénateur. Mais il était aussi celui qui avait le plus d'idées, et ces idées ont causé sa perte. Comment croyez-vous que j'ai pu prédire une victoire écrasante de Burgess contre toutes les conjectures des petits pandits ? Si je me souviens bien, les deux hommes mesuraient environ un mètre quatre-vingts, mais après une profonde méditation sur leurs programmes j'ai vu que Burgess se maintenait à un mètre trente-huit alors que Gold avait chuté à un inéligible mètre zéro cinq. Les instituts de sondage n'avait rien vu venir parce qu'ils interrogeaient les électeurs sur leurs intentions de vote. Mais peu importe ce qu'on a dit avant : quand la main va prendre le bulletin, l'esprit est attiré vers le candidat spirituellement plus grand. C'est une loi de la nature. »

Les collaborateurs qui ne connaissaient pas les méthodes de travail du légendaire Chandra Dissenyake le regardaient avec des yeux de merlan frit, convaincus qu'il était fou. Les autres souriaient.

99

« Allez, Chandra, l'asticota Desane. Il y avait autre chose, tout de même.

— Naturellement. Il y a toujours autre chose. Il faut deviner les autres paramètres, dont beaucoup exercent des attractions contraires selon le sexe et l'âge de l'électeur. Des lèvres minces peuvent coûter plus de deux centimètres auprès des femmes, mais rapporter autant auprès des hommes. Des lèvres pleines ont l'effet inverse. Le voyant doit méditer sur toutes les facettes d'un visage : taille et forme du nez, couleur des yeux et force de l'arcade sourcilière, angle des oreilles, distance entre nez et menton… L'art du gourou est de déchiffrer la vérité dans ces signes. Sincèrement, Charles, j'ai vu dès le départ qu'avec ses lobes d'oreilles pendants Gold ne gagnerait jamais le vote des femmes. Tous les commentateurs glosaient sur l'adhésion des femmes à ses propositions concernant les congés de maternité et l'augmentation du nombre des femmes ministres… Personne, à part moi et les caricaturistes, n'avait remarqué son problème d'oreilles. Parfois, la vérité est difficile à déceler. »

Il inspira entre ses dents et regarda Michael Summerday. « Vous êtes décidé à aller jusqu'au bout et à annoncer le programme Rectopuce avant les élections, n'est-ce pas, monsieur le vice-président ?

— J'ai pris ma décision, en effet, Chandra.

— Et cela en dépit du pacte que vous avez passé avec Douglas, et qui vous interdit d'en parler ?

— Comment le savez-vous ? dit Summerday en manquant s'étrangler. C'était un secret.

— Plus un secret est important, plus il faut de gens pour le garder. Vu mon poids, on a dû penser que je l'empêcherais de s'envoler. Comment pensez-vous qu'il va réagir ?

— Comment voulez-vous qu'il réagisse ? Il ne peut pas s'ériger contre sans se mettre Lockes à dos, or Lockes a contribué au financement de sa campagne ; et il ne peut pas soutenir la Rectopuce sans me soutenir, moi.

— Ah, si seulement la vie était aussi simple ! Enfin, ce qui est fait est fait. Oublions un instant la lutte contre le crime et occupons-nous des poils au nez.

— Mais…, bégaya Mike Summerday, éberlué. Je n'ai pas de poils au nez !

— Vous, non, mais Douglas si. C'est significatif. Je n'arrive pas à comprendre pourquoi aucun de ses collaborateurs ne s'en est préoccupé… Ce n'est certainement qu'une question de temps. Il faut que nous récupérions à notre profit ce joyau que la nature a placé sur notre chemin. Lui trouver un surnom qui attirera l'attention sur cette particularité ; et alors, quand il se les coupera, il sera trop tard. Il aura perdu dix centimètres.

— Ça me plaît bien », confirma Redwood en hochant la tête avec sérieux.

Dissenyake soupira, croulant soudain sous le fardeau de la tâche qui l'attendait.

« C'est un peu puéril, vous ne trouvez pas ? grogna Summerday qui avait espéré pouvoir mener sa campagne en évitant ce genre de tactique.

— La vie est une cour d'école, monsieur le vice-président, lui rétorqua le petit homme, une pointe de tristesse dans la voix. Ce qui s'y passe est bien plus important que ce qui se passe dans la salle de classe. La cour est l'endroit où s'appliquent les lois de la nature ; le véritable test, c'est de savoir qui va dominer dans cette curée, dans cette marée d'injures, pas de savoir qui est le premier en orthographe. C'est pourquoi la Rectopuce est une erreur. Elle va contre les lois de la nature. L'univers lui résistera.

— Mais comment ? Que va-t-il se passer après l'annonce ?

— Tout à l'heure, dans le couloir, j'ai longuement et activement cherché au fond de mon âme la réponse à cette question, monsieur le vice-président… »

Sa conclusion fut attendue dans un silence inquiet.

« Eh bien, je ne sais pas ce qui va se passer, annonça enfin le gourou. Je n'arrive pas à me persuader que les membres de la communauté criminelle vont accueillir à bras ouverts l'idée qu'on leur implante un mécanisme dans le rectum. C'est pourquoi, monsieur le vice-président, je vous propose un marché : je reste pour le moment, mais dès que ça se met à sentir le soufre, je pars faire ma petite retraite comme je vous l'ai annoncé, et je vous laisse vous débrouiller tout seul. »

8

Deux choses avaient amené Macauley Connor à Petersburg. L'une était une piste prometteuse pour le livre sur John Lockes, qui faisait renaître ses espoirs car toutes les avenues dans lesquelles il avait cru s'engager ces derniers mois s'étaient avérées des impasses. Les langues refusaient de se délier. Connor ne regrettait absolument pas d'avoir quitté le *Public Investigator*, mais tout de même, l'époque où il inventait ses papiers avait été plus facile.

Le découragement avait commencé à le miner quand il avait entendu parler du Village mondial. Le Village mondial était un cybercafé minable où des ingénieurs en informatique virés de leur boîte tuaient le temps en sirotant de la bière et en évoquant leurs souvenirs. Pas brillant comme endroit, cette sorte de taverne où la connexion à Internet était gratuite et où le proprio se fichait de savoir qui on était et ce qu'on faisait du moment qu'on ne vomissait pas sur les claviers. Les habitués étaient tous des hommes déchus : d'anciens premiers de classe brimés dans la cour de l'école ensuite devenus de jeunes cadres dynamiques qui bombaient fièrement le torse dans le monde nouveau de la technologie de l'information, mais qui, les ailes soudain coupées en plein vol, étaient retombés brutalement pour s'écraser au sol. De vilains petits canards transformés quelques instants en cygnes avant de découvrir qu'ils n'étaient que les dindons… de la farce.

Ils se faisaient peu d'illusions quant à leur avenir. Une fois qu'on avait commencé à fréquenter le Village mondial, on n'essayait même plus de faire croire aux autres – ni à soi-même – qu'on était entre deux jobs. Ils se retrouvaient en général célibataires, car licenciés par leur famille qui avait procédé à des restructurations dès que la vie était devenue trop dure. Pour la plupart, ils ne possédaient que les vêtements fripés qu'ils avaient sur le dos, et l'ordinateur portable qu'ils transportaient dans une sacoche et dont ils refusaient de se séparer, eux qui avaient lâché tout le reste. Personne ne s'avisait de demander avec quel argent ils payaient leurs consommations, mais il n'y avait pas besoin d'être détective pour deviner que les conversations qui se tenaient à voix basse dans les coins de la salle ne concernaient pas la recherche d'emploi. Un informaticien à court de liquidités trouvait toujours un moyen de se faire un peu de cash rapidement – pirater par ici, balancer un nouveau virus par là. On ne s'en vantait pas, mais cela permettait d'avoir un toit au-dessus de sa tête et, de toute manière, si on ne le faisait pas, quelqu'un d'autre s'en chargerait.

Le type qui se faisait appeler Don Benson était un peu moins revêche que les autres ; moyennant un petit billet et un verre de bière toujours plein, il accepta de répondre aux questions de Macauley. Il avait environ trente-cinq ans mais déjà le teint cireux et l'œil creux du cadre épuisé. Il y avait un peu plus d'un an, il travaillait encore chez Infologix où il occupait de hautes fonctions qu'il refusa de spécifier.

« J' peux pas discuter de ça avec vous, Mac, grogna-t-il en avalant sa bière avec une grimace. Dans mon contrat, j'ai une clause de confidentialité grosse comme *Guerre et Paix*.

— Mais vous étiez un grand ponte, non ? le pressa Macauley tout en lui remplissant son verre. Alors comment se fait-il que vous n'ayez pas retrouvé de travail ailleurs ?

— Le truc habituel. Manque d'expérience.

— Comment ça, manque d'expérience ? Vous étiez cadre supérieur chez Infologix ! Qu'est-ce qu'il vous faut de plus comme expérience ? »

Benson lui jeta un regard navré en secouant la tête. Il poussa un grognement de dégoût et avala une autre goulée de bière. « Vous connaissez rien à rien, vous, hein ? Je vous l'ai dit : j'ai une putain de clause de confidentialité dans le cul ! Alors faites le calcul, patate ! »

Un peu perdu, Macauley fronça les sourcils tandis que Benson frappait, d'écœurement, un grand coup sur la table.

« Écoutez. Vous posez votre candidature pour un poste, et on vous demande ce que vous avez comme expérience, d'accord ? Qu'est-ce que vous allez répondre si vous n'avez pas le droit de dire ce que vous faites depuis plusieurs années, Mac ? Le maximum que je pouvais divulguer en toute légalité, c'était que j'avais travaillé sur un projet qui ne m'était pas spécifié, et que maintenant que le projet était terminé je me retrouvais au chômage. Ils ne peuvent pas savoir qui ils engagent. Vous pouvez être le candidat idéal comme avoir travaillé dans un tout autre domaine que ce qu'ils cherchent ! Du coup, ils préfèrent embaucher un jeune frais émoulu de son école, brillant mais sans expérience, le ligoter avec une clause C avant de le former, et le jour où il envisage de changer de boulot il se rend compte qu'il travaille chez eux depuis X années mais que pour le marché de l'emploi il n'a aucune expérience ! Et c'est comme ça qu'il atterrit ici. Le scénario classique... Nous sommes les idiots du Village mondial. »

Il se tut et s'abîma, morose, dans la contemplation de son verre ; tout à coup, il sembla chasser ses pensées et déclara : « Et puis merde. Sans compter que j'ai trente-cinq ans, nom de Dieu ! La roue tourne, hein ? »

Macauley hocha la tête d'un air triste, sachant d'expérience comment ces choses arrivent. Enfin, il lui demanda non sans une pointe d'irritation : « Qu'est-ce que vous entendez par là, "la roue tourne" ? Ça ne veut rien dire.

— Je n'ai jamais très bien compris moi-même. Mais, si, ça dit bien ce que ça veut dire. En fait, voilà : il y a plusieurs années, le sport est devenu un gros business ; alors, pour que le business se mette à ressembler au sport, ce n'était plus qu'une question de temps. À trente-cinq ans, dans ma branche professionnelle, on est sur la mauvaise pente. C'est inévitable... »

Il s'adossa à sa chaise et laissa son regard vagabonder du côté de la télé fixée au mur. Elle braillait toute la journée, et montrait un monde dont les clients du Village mondial étaient exclus ;

Macauley avait remarqué dans l'expression des habitués une nostalgie un peu perplexe qui semblait cacher une détresse inexprimable. Il lui fallut un certain temps pour nommer ce qu'il lisait dans leurs yeux ; quand il trouva, il se dit que c'était probablement le plus affreux commentaire imaginable pour décrire l'horreur de leur situation.

Ma vie est-elle donc si vide, semblaient-ils tous penser, que ce spectacle ne m'ennuie même pas ?

« Parlons de John Lockes, suggéra Macauley, qui était allé chercher un nouveau pichet de bière. Ce n'est pas interdit par votre clause ?

— Non, non, dit Benson en haussant les épaules. Tant que ça n'a rien à voir avec mon travail. Les sujets neutres, ça va. »

Macauley remplit les deux verres, avala une gorgée du sien et se lança.

« Qu'est-ce qui le fait vibrer ? »

Benson haussa légèrement les sourcils ; il but lui-même pour se donner le temps de réfléchir et répondit enfin : « Le vibreur de son réveil.

— C'était une métaphore.

— Je sais. Ça ne change rien à ma réponse. La chose fondamentale qu'il faut que vous compreniez à propos de John Lockes, c'est qu'il est toujours tellement pressé qu'il ne prend pas le temps de dormir. Il est toujours rattrapé par le temps – plus Infologix grossit, plus il accélère le rythme. J'imagine que quand on est trop riche on arrive à un point où tant de possibilités s'offrent à nous que la vie devient absurde. Selon quels critères choisit-on de faire telle chose plutôt qu'un million d'autres chaque jour ? La seule manière de conserver un sens à sa vie, c'est de foncer à l'aveuglette, de continuer de s'enrichir sans jamais s'arrêter pour se demander si on n'est pas allé trop loin.

— La peur, alors ? »

Benson réfléchit posément ; son visage se contracta et prit l'expression silencieusement douloureuse de quelqu'un qui a du mal à expulser une selle trop grosse. Enfin, il lâcha :

« Non, je ne crois pas qu'il essaie d'échapper à quelque chose. Je dirais plutôt qu'il se bat sans arrêt pour rattraper ses propres pensées. C'est comme si son esprit avait deux ou trois longueurs d'avance sur son corps ; il lui laisserait des notes invisibles au passage, et Lockes passerait son temps à les ramasser et à assurer. Il est coincé entre deux univers : en avance sur tout le monde mais en retard sur sa propre imagination. Je me souviens d'une fois où nous lui avions organisé un anniversaire surprise. Il est entré dans la pièce et on a tous crié "Surprise !" en chantant *Joyeux anniversaire*. Il était là, complètement paumé au milieu des bouchons de champagne qui sautaient et des ballons qui s'envolaient autour de lui ; tout d'un coup, il nous sort : "Mais mon anniversaire, c'était la semaine dernière !"

— Et c'était vrai ?

— Pas du tout ! Complètement louf… Ce mec est tellement en avance sur lui-même que, dans sa tête, il avait avancé son anniversaire d'une semaine…

— Peut-être parce qu'il est un génie.

— Peut-être. Bien qu'avec lui, honnêtement, on n'ait jamais l'impression d'être en face d'un génie. Côté intellect, il n'est pas si impressionnant que ça. Il m'est arrivé de sortir de réunion convaincu qu'il n'avait pas compris un traître mot de ce que j'avais dit. Et puis je recevais un e-mail qui me renversait totalement… Pour moi, il est incapable de penser en direct, vous comprenez ? Il ne peut s'exprimer que sur un ordinateur. »

Macauley hocha la tête ; il prenait des notes en sténo. « À votre avis, quelle est sa vision de l'avenir ? » Il se corrigea aussitôt : « Je veux dire : où cela s'arrête-t-il ? À quel moment considère-t-il qu'il a réalisé le plan d'ensemble ?

— Je serais incapable de le dire.

— À cause de votre contrat ?

— Infologix est une énorme structure, Mac, où on travaille sur des dizaines, peut-être des centaines de projets en même temps. Chacun bosse à ses petites tâches sans savoir ce que fait le voisin. Si bien qu'on ne sait même pas où ni comment on s'intègre dans le paysage. C'est comme la vie, avec John Lockes dans le rôle de Dieu. Je me suis toujours dit que c'était ça qui le branchait, d'être le seul à savoir ce qui se passe dans sa boîte. Je ne crois pas que ce soit l'argent qui l'intéresse.

106

— Qu'est-ce qu'il en fait, de l'argent ? »

Benson haussa les épaules, perplexe. « Eh bien justement… rien ! Vous savez qu'il a une villa sur le Campus, n'est-ce pas ? Elle ne casse vraiment pas des briques. Il m'y a invité quelques fois ; c'est… c'est une maison confortable, sans plus. Meublée en grande surface, pas tout à fait bas de gamme mais à la portée de toutes les bourses. Comment vous expliquez ça ?

— Peut-être qu'il est avare.

— Non. » Benson pianotait distraitement du bout de l'ongle sur son verre. Il n'avait rien bu depuis que la conversation s'était branchée sur John Lockes. « Soit il ne s'intéresse pas du tout à l'argent, soit il le dépense à autre chose. Dieu seul sait quoi. Ce type aurait les moyens de s'acheter tout un… »

Sa voix mourut : quelque chose avait retenu son attention à la télé. Macauley se retourna et poussa un grognement : c'était un clip différé de la conférence de presse donnée par Summerday sur la Rectopuce.

« Vous n'avez pas vu ce truc ? C'est absolument… » Les yeux rivés sur l'écran, Benson lui imposa le silence d'une main levée, et il s'interrompit net.

« Le peuple atlantien…, disait Summerday, marquant comme toujours une pause respectueuse après avoir fait allusion à ses électeurs, souffre depuis trop longtemps parce qu'un petit nombre refuse de se plier aux règles d'une société libre. Notre grand pays… ne tolérera plus de voir monter le coût du crime. La liberté… est trop précieuse pour que l'on permette à une petite minorité de faire régner la terreur sur la majorité. Les citoyens vertueux… ne devraient pas avoir à payer pour les corrompus. »

On apercevait Monroe debout derrière le vice-président, légèrement sur sa droite, ce qui suggérait son soutien implicite au projet. Le rôle de Lockes dans l'affaire fut passé sous silence, ainsi que l'approbation donnée par les principaux acteurs du Congrès. Summerday présentait la chose comme émanant de lui seul.

« Ce programme est un grand pas en avant… vers la liberté ! » poursuivit Summerday en s'efforçant d'imiter les crescendos du style oratoire de son patron mais sans arriver à investir les mots clés de la même résonance émotionnelle. Alors que, quand

Monroe marquait une pause, on sentait pleinement le pouvoir du dernier mot, Summerday, lui, donnait l'impression d'avoir perdu le fil de son discours. « Libérés… du crime ! Libérés… de la peur ! Libérés… des milliards de dollars d'impôts gaspillés chaque année pour assurer la police de nos rues, pour faire fonctionner notre justice, pour payer le personnel de nos prisons ! »

Il s'interrompit pour sortir de sa poche la petite sphère si inoffensive en apparence, qu'il tendit entre deux doigts, tout sourires.

« Merci bien », murmura Macauley en poussant un grognement de dégoût.

« Une fois la Rectopuce en place, non seulement nous connaîtrons la fin de la criminalité sous sa forme actuelle, mais aussi les honnêtes gens cesseront de payer pour les malfaiteurs. Puisque la Rectopuce nous permet de relâcher ces gens dans la société sous une surveillance sans faille, désormais les criminels auront l'obligation de travailler pour assurer leurs besoins et payer leur dette… »

« Salopard, marmonna Benson en s'agrippant des deux mains au bord de la table.

— M'en parlez pas, soupira Macauley. La belle chaîne de forçats que voilà.

— C'est même pas le dernier modèle…

— Ça devait bien finir par arriver, hein ? Les criminels réduits en esclavage », poursuivit Macauley.

Soudain, il s'arrêta au milieu d'une gorgée de bière. « Pardon, qu'est-ce que vous dites, Don ? Qu'est-ce que vous avez dit, à l'instant ? »

Benson baissa les yeux de l'écran, comme se souvenant tout à coup qu'il n'était pas seul.

« Rien. Ne faites pas attention.

— Non… vous avez dit : "C'est même pas le dernier modèle." Quoi, Don ? Vous savez quelque chose sur la Rectopuce ? »

Benson leva les yeux au ciel en articulant un juron silencieux. Il se pencha, regarda Macauley droit dans les yeux et murmura :

« Oui. Je sais beaucoup de choses. Et rien du tout. Mais… je ne vous ai rien dit, d'accord ?

— Comment ça ? Et comment je le sais, moi ?

— Vous ne savez rien. Vous ne savez même pas que ça existe, croyez-moi.

— Allez, racontez. »

Le visage de Benson se figea, sa bouche se crispa comme celle d'un gosse qui refuse un médicament.

« Allez, Don… ce n'est plus un secret ! Si c'était ça votre grand projet, tout le monde est au courant ! Et si John Lockes est derrière, les gens ont le droit de le savoir, tout de même !

— Impossible, Mac. Ça peut me coûter mon job.

— Quel job ? » Macauley rit. « Vous n'en avez plus ! Vous passez vos journées à vous soûler dans un bar ! »

Benson repoussa sa chaise et se leva. « Au moins, c'est une occupation. J'aimerais la conserver.

— Don, je vous en prie, voyons ! le supplia Macauley. Je sais garder un secret. »

L'informaticien aux yeux vitreux lui jeta un regard condescendant en secouant la tête. Il termina son verre d'une traite et le reposa sur la table, puis il murmura : « Tu peux toujours rêver, emmerdeur. Merci pour la bière. Et si jamais l'envie te prend de revenir, abstiens-toi. »

Tous les efforts de Macauley furent vains. Un groupe important d'ex-ingénieurs hostiles l'avait entouré sur un signal de leur ami. On lui montra la porte et on le poussa sans ménagement dans cette direction.

Mais au moins, se dit-il en s'époussetant une fois dehors, il tenait une piste. Schonk avait raison. Cherche et tu trouveras. Non seulement Lockes était derrière la Rectopuce, mais Macauley était convaincu qu'il y avait anguille sous roche. À l'époque où il faisait du véritable journalisme, il se flattait d'avoir du flair pour ces choses-là. Il était sûr que le revirement soudain de Benson cachait autre chose que la peur de trahir sa clause de confidentialité. Mais pas forcément, après tout. Tout dépendait de ce que contenait la clause.

Son ciel s'éclaircissait. En plus de cette piste, il restait la seconde raison qui l'avait amené à Petersburg.

Rachel n'était plus la jeune femme que, six ans auparavant, il avait plantée, furieuse, au beau milieu de la foule des spectateurs qui s'engouffrait dans un théâtre pour filer, tout en se répandant en excuses, sur la piste d'un bon article qui s'était terminée en cul-de-sac. Des signes de vieillissement se lisaient dans les rides autour des yeux et de la bouche, dans les lèvres imperceptiblement plus sèches. Elle lui ouvrit la porte de son appartement en jean délavé et ample chemisier blanc, dont elle avait noué les pans sur son ventre et laissé les boutons ouverts pour révéler la naissance des seins ; ses cheveux auburn étaient relevés par une barrette sur le sommet du crâne. Elle avait pris du poids, ou peut-être ses muscles étaient-ils moins toniques ; en la regardant, il comprit qu'ils avaient tous les deux franchi le seuil de la maturité.

« Bonté divine, j'ai été mariée avec ça ? » dit-elle avec un sourire désabusé en apercevant ses vêtements fripés et ses cheveux en bataille.

Ne sachant s'il devait l'embrasser ou lui serrer la main, il se pencha en avant d'un air gauche ; mais elle recula pour lui laisser le passage, tranchant la question en n'acceptant ni l'un ni l'autre.

Son appartement était modeste et chaleureux, impeccable comme toujours, et il se surprit à ressentir un pincement au cœur en revoyant les objets qui avaient peuplé leur vie commune en un autre temps, au bord d'un autre océan : sa sculpture de la civilisation chavin, mi-homme mi-faucon, qui était sortie d'Atlantis du Sud par des moyens douteux, ou alors qui était fausse ; ses tapisseries anciennes et ce foutu tas de pierres qu'il n'avait jamais eu le droit d'approcher, les étagères pleines d'ouvrages de psychanalyse : *Le Phallus détachable*, *Cartographie du domaine cérébral*, *Mathématique quantique de la psychanalyse*, bref, les lectures de détente du bourreau, en quelque sorte. Les poissons tropicaux étaient toujours là ; il y en avait même davantage, lui sembla-t-il. Qui sait, peut-être les avait-elle tous remplacés ?

Sans doute les intéressés, n'étant que des poissons, n'en étaient-ils pas sûrs eux-mêmes.

C'était un appartement de célibataire, évoquant celui qu'elle occupait avant leur rencontre. Qui lui était en tout point semblable, même. On aurait dit qu'elle avait toujours sur elle un sachet de

Rachel Instantanée, auquel il lui suffisait d'ajouter un peu d'eau dès qu'elle s'installait quelque part. Désormais, la nouvelle formule précisait « Avec adjonction de poissons ». Macauley tournait cela en dérision parce que c'était sa manière d'aborder le monde, mais il trouvait la potion toujours séduisante, même si l'expérience lui avait appris qu'elle était incompatible avec ses propres goûts et habitudes.

« Je me reconnais bien chez toi », commenta-t-il en enlevant sa veste. Il allait la jeter sur le dossier d'une chaise quand il se reprit à temps et se retourna d'un air indécis, cherchant où la suspendre.

Il y avait forcément un portemanteau.

Rachel sourit affectueusement devant ce désir de lui faire plaisir ; derrière la porte d'entrée, elle ouvrit un placard où s'alignaient des manteaux bien rangés le long d'une tringle.

« Encore mieux, plaisanta-t-il tandis qu'elle glissait la veste sur un cintre, tu les gardes à l'ombre.

— Tu devrais voir la salle de bains, répondit-elle. Les médicaments sont rangés par ordre alphabétique.

— Ce n'est pas ta faute. Il existe des remèdes contre ça, mais ceux qui pourraient te les procurer n'utilisent pas de shampooing.

— Je sais. C'est le drame de ma vie. Je crois qu'en t'épousant j'ai choisi la seule alternative légale. »

Il rit, soudain très heureux d'être là.

Leurs regards se croisèrent, et une lueur de complicité passa entre eux, qui les cloua sur place. C'était étrange. Ils ne s'étaient pas vus depuis six années, dont les trois premières sans s'adresser la parole, et pourtant Macauley trouvait tout naturel d'être là à échanger des petites piques avec elle comme du temps où ils s'aimaient.

Cet appartement étranger lui donnait davantage l'impression d'un refuge que l'espèce de consigne de gare froide et impersonnelle qui lui tenait lieu de chez-soi. Quant à Rachel, l'usure de ces dernières années la rendait encore plus séduisante à ses yeux que par le passé. Il s'aperçut qu'il était excité par ces rides nouvelles sur son visage, par le sourire mélancolique qui lui relevait les commissures des lèvres, par la lueur de la lampe qui éveillait un éclat solaire dans ses yeux. La maturité lui allait bien ; elle lissait les aspérités de son caractère et révélait une chaleur qu'elle lui avait distillée au compte-gouttes dans les derniers temps de leur mariage.

« Viens ici, femme, que je t'embrasse », lui ordonna-t-il doucement en lui ouvrant ses bras.

« Ne te crois pas pardonné pour autant, Macauley », lui dit-elle. Sa tête reposait sur son épaule, sa main caressait oisivement son pénis endormi. « Je te considère toujours comme un raté. »

Il tourna la tête sur l'oreiller pour l'embrasser dans les cheveux. « Et c'est sans doute pour ça que tu m'aimes bien, envers et contre tout. Tu as besoin d'un raté dans ta vie, et tu le sais. Je me sens utilisé.

— Oh, je vois, le railla-t-elle, en refermant ses ongles en pince autour de ses testicules. Je ne suis pas comblée tant que je n'ai pas ta carcasse rotante affalée sur mon canapé et tes slips troués dans mon lave-linge, c'est ça ?

— À peu de choses près, répondit-il d'une voix rauque tandis que ses testicules criaient à l'aide. Demande à un analyste ce qu'il en pense. Il doit bien y en avoir un dans le coin. »

Rachel eut un petit rire ; sa main retourna au pénis, qu'elle pétrit entre ses doigts comme un rouleau de pâte tiède.

« Je pourrais m'acheter un chien.

— Excellente idée. C'est un chien qui m'a appris tout ce que je sais sur l'amour.

— Je sais. Le teckel.

— César n'était pas un simple teckel. C'était un être humain né dans un corps de chien à cause d'une erreur de manip céleste. Il a veillé sur ma mère pendant des années, quand mon père était absent.

— Ciel ! Dommage que tu n'aies pas plus d'instincts canins ! C'est fiable, un chien : on siffle et ça vient.

— Pas les teckels. S'ils ont flairé un lapin, tu peux tirer un trait sur tes projets pour le reste de la journée.

— C'est bien ma chance d'avoir épousé le seul homme dont l'idéal soit un quadrupède de vingt-cinq centimètres de haut qui

112

court le lapin. Il faut le faire ! J'imagine que je devrais être reconnaissante du peu qu'il t'a appris. Grâce à lui, tu ne pissais pas sur le tapis.

— Sauf dans le voisinage immédiat de la cuvette des toilettes.

— Exact. Je corrige. »

Macauley était si heureux d'être là, au lit avec Rachel qui jouait de ses doigts frais avec son sexe comme s'ils ne s'étaient jamais séparés, qu'il fut tenaillé au ventre par l'envie de connaître ce sentiment tous les jours. Comment avait-il pu aller jusqu'à la perdre pour des articles sur de parfaits inconnus, lus par d'autres parfaits inconnus et oubliés dès le lendemain ? C'était absurde. Existait-il un seul aspect de sa carrière qui lui ait jamais procuré plus de bonheur que d'être avec cette femme ? Ou qui ait autant provoqué sa colère, naturellement ? Mais c'était dans l'ordre des choses. Rachel était une vraie personne avec ses défauts et ses charmes bien à elle, et non pas une actrice de cinéma noyée dans le magma sans fin du commérage et du scandale. Même les célébrités, pourtant, vivaient quelque part dans le réel. Et les lecteurs aussi. Seuls des gens comme lui vivaient dans le monde virtuel entre les uns et les autres, en se persuadant qu'il est important d'être dans le secret.

« C'est vrai, je ne suis pas pardonné ? » s'enquit-il avec sérieux.

La main de Rachel s'immobilisa. Elle souleva légèrement la tête et le regarda. « Ne commence pas, l'avertit-elle.

— Quoi ?

— On a essayé, Mac. Ça n'a pas marché, on s'est séparés. Restons comme ça. C'est parfait ; ça me fait très plaisir que tu sois ici, mais il ne suffit pas de passer quelques instants sans s'envoyer des injures à la figure, ou d'avoir fait l'amour, pour que la même histoire ne recommence pas si nous nous remettons ensemble. Tu n'as pas changé, et moi non plus, alors pourquoi espérer que ce soit différent ? On finirait par se haïr, et je préfère de loin le statu quo, deux amis qui baisent de temps en temps. Tu ne trouves pas que c'est mieux ?

— J'aurais pu changer.

— Tu as changé ? demanda-t-elle sans y croire.

113

— Non… mais, je veux dire, peut-être que je pourrais. Que j'y suis prêt. Pour toi.

— Mais ça ne marche pas comme ça, Mac ! On ne change pas pour s'adapter aux goûts de quelqu'un, pas en permanence en tout cas. Nos défauts et nos qualités sont inséparables. On ne peut pas abandonner les uns et garder les autres. De plus, cette idée a quelque chose de choquant : quelque part, j'aimerais bien te rapporter au service après-vente pour faire remplacer ce que je n'aime pas, mais je ne peux pas et il n'y a pas de service après-vente… Et puis, qui dit que c'est moi qui ai raison et toi qui as tort ? Il y a simplement des gens qui sont faits pour vivre ensemble et d'autres non. Cela n'empêche pas qu'ils s'aiment, mais vivre ensemble, c'est une question d'habitudes, de goûts, ça met en jeu un million de choses terre à terre auxquelles on ne pense pas quand on tombe amoureux. Cet état de fait est dramatique, ça fiche une sacrée pagaille, mais c'est inévitable. N'y pense plus. Ça ne nous conduirait qu'à nous haïr une fois de plus, mon chéri. »

Elle le regarda d'un air implorant. Elle comprenait parfaitement ce que cachait son expression peinée, parce qu'elle ressentait la même chose ; cependant, à l'inverse de Macauley, elle possédait un côté rationnel qui lui permettait de ne pas placer ses attentes trop haut. Elle l'aimait en partie pour ce romantisme, mais priait le ciel pour que leur relation ne se solde pas par une rupture complète parce que c'était sa seule manière à lui de régler le problème.

Il s'abîma dans un mutisme qui lui parut de mauvais augure ; une grimace malheureuse sur les lèvres, elle se laissa retomber sur son épaule en disant : « Ne gâche pas tout, je t'en prie, ne gâche pas tout… Nous sommes bien, pourquoi exiger davantage que ce que nous pouvons avoir ? »

Un long silence s'installa entre eux ; perdus dans leurs pensées, ils se turent pendant dix minutes. Rachel tenta de se consoler en jouant de nouveau avec le pénis de Macauley ; du temps de leur mariage, elle avait appris que, dans des moments pareils, il était inutile de parler. À l'époque, elle ne l'avait pas compris ; elle avait toujours essayé de le circonvenir, provoquant trop souvent des disputes alors qu'il aurait été plus sage d'attendre qu'il ait fini de bouder ; aujourd'hui, elle était bien décidée à lui laisser tout le temps nécessaire.

Elle perçut un premier signe de radoucissement quand il tourna la tête vers elle et enfouit son nez dans ses cheveux en soupirant. Elle l'embrassa légèrement sur la poitrine et cala sa joue au creux de son épaule.

Ils ne disaient toujours rien. La main de Macauley descendit lentement le long des côtes de Rachel jusqu'à son ventre, dont le creux n'était pas aussi prononcé qu'auparavant car son tempérament nerveux ne jouait plus aussi efficacement son rôle de régime amincissant. Elle gémit doucement en sentant ses doigts caresser ses hanches, et accepta avec soulagement de voir la dispute évanouie pour l'instant.

Elle sentit alors un frémissement sous ses doigts.

« Ah, ah ! murmura-t-elle, approchant la tête de son membre qui s'éveillait. On ne dort plus, à ce que je vois ! »

9

Comme l'avait subodoré Chandra Dissenyake, l'annonce du programme Rectopuce n'éveilla pas un écho favorable chez les criminels. Ni, d'ailleurs, chez les magistrats, qui virent aussitôt dans cet appareil une menace pour leurs moyens de subsistance. Les deux parties réagirent conformément à leur nature : des émeutes éclatèrent en prison tandis que, dans les villes, le crime monta en flèche en l'espace d'une nuit. La profession juridique, elle, intenta à la nation tout entière une action collective pour risque de baisse de revenus.

Si la situation des juristes laissa naturellement la population indifférente, on ne put pas en dire autant de la réaction des criminels, qui furent saisis de l'équivalent d'une soudaine poussée de fièvre acheteuse : Michael Summerday avait parfaitement réussi à les convaincre qu'ils pouvaient dire adieu à leur mode de vie. Au début, l'homme de la rue ne remarqua pas le phénomène, pas plus que les victimes ne s'étonnèrent de ne pas pouvoir joindre la police par téléphone ; mais une fois la presse sur l'affaire, il fut impossible de passer à côté.

Ce fut Kevin McNeil de l'*Entropolis Daily Post*, l'un des anciens patrons de Macauley Connor, qui mit un nom sur le phénomène en examinant les épreuves de la une de la première édition, trois jours après l'intervention de Michael Summerday.

« La criminalité augmente de trente pour cent à Entropolis…

lut-il à haute voix et sur un ton pensif, signe certain de mécontentement que confirma sa conclusion : Hmm hmm.

— C'est un paquet de mensonges ? hasarda timidement Ben Clarke, le rédacteur en chef-adjoint.

— Eh bien, non… indéniablement, c'est une information factuelle, commenta McNeil avec dégoût. D'une certaine manière, ça me plaît. Du style *Récolte record de blé dans les coopératives*, vous voyez ce que je veux dire ? Un truc à nous faire tous sortir du lit, quoi.

— D'accord. Désolé… j'ai cru que dans ce cas-ci on pourrait laisser les faits parler d'eux-mêmes. Je me suis trompé. »

Sur tout un côté du visage de McNeil, les muscles se contractèrent. « Précisément, notre boulot consiste à ne pas laisser les faits parler d'eux-mêmes ! À quoi serviraient les journalistes ? Les gens n'achètent pas le journal pour avoir des faits, mais des émotions ! Pour lire des histoires ! Où est-elle, l'histoire, ici ?

— Depuis l'annonce de la Rectopuce, le crime a crevé le plafond, les flics sont débordés, ce n'est pas une histoire, ça ?

— Mais si, bien sûr ! *La police débordée !* Ça, c'est une histoire ! *Une vague de crime s'abat sur Entropolis !* Ça, c'est une histoire. On voit les flics s'agiter dans tous les sens au milieu des larcins et des pillages, des femmes innocentes se faire violer, des vieilles dames se faire tabasser ! Notre rôle, Ben, c'est de raconter des histoires non pas à dormir debout mais à rêver assis : Il était une fois un monde en plein chaos, *Un vilain dragon monstrueux viole une jeune fille !* et ils vécurent peureux et eurent beaucoup d'enfants… vous pigez ?

— Donc, *Une vague de crime s'abat sur Entropolis* ?

— Parfait, Ben. Ça au moins, ça donne le ton pour la journée. »

Du jour au lendemain, et alors qu'on n'était qu'à quelques semaines seulement des élections, la Rectopuce et la vague de crime qui s'abattait sur Entropolis devinrent le souci majeur de la nation. Au début, les deux candidats conservèrent leur calme. Douglas réfréna son irritation devant la trahison de Summerday et évita de se prononcer pour ou contre le programme en se disant que son adversaire n'avait fait que précipiter un peu les choses. Summerday, lui, arbora un air d'assurance joviale, certain que la vapeur ne tarderait pas à retomber et que la police reprendrait les rênes rapidement.

Deux jours plus tard, McNeil et Clarke examinaient de nouveau les épreuves de la une du jour. McNeil, cependant, commençait à avoir de sérieux doutes sur les compétences de son second.

« *La vague de crime augmente de trente-cinq pour cent*, lut-il à haute voix. *La vague de crime augmente de... trente-cinq pour cent...* Hmm hmm.

— *Devient énorme* ?

— Tout va bien chez vous, Ben ? Vous savez que vous pouvez toujours venir me parler si vous avez un problème. Comment va Marion ?

— Mais le crime a augmenté de trente-cinq pour cent ! Les prisons débordent, les flics sont débordés et c'est le bordel !

— Je sais, je sais. Vos enfants vont bien ?

— Très bien. Euh... Miriam, pas Marion. *La vague de crime monte encore* ?

— Eh bien, Ben, c'est justement ça le problème... Qu'est-ce que c'est que cette vague ? C'est une vaguelette qui vient lécher le sable de la plage, ou c'est un truc du genre "Écoute-nous, Seigneur, qui prions au nom des naufragés" ? *La vague de crime augmente*, c'est un peu gentillet, vous ne trouvez pas ? Quant à *La vague de crime monte*, bon, la marée monte, je déplace ma serviette de quelques mètres.

— Mais quoi, alors ? fit Clarke exaspéré. Qu'est-ce que vous voulez qu'elle fasse, cette foutue vague ? »

Kevin McNeil posa les deux mains sur les épaules de son subalterne et leur imprima une petite pression amicale. « Si la vague s'amplifie, Ben, alors elle devient une grosse vague, d'accord ? Et comment appelle-t-on une grosse vague ? Filez la métaphore... Comment peut-on faire comprendre au lecteur que, maintenant, on est devant une putain d'énorme vague ? »

Un instant, Ben Clarke eut l'air perdu, anéanti ; puis une étincelle d'inspiration l'embrasa et il se mit à bégayer, cherchant ses mots :

« Oh, oh ! Merde, c'est un... un raz de marée ! »

118

— Oui ! Maintenant, nous sommes face à un raz de marée !
Une catastrophe naturelle. *Un raz de marée criminel déferle sur
Atlantis.*

— *Un raz de marée criminel déferle sur Atlantis…*, répéta
Clarke, tout émoustillé au son de ces mots sortant de sa bouche.

— Parfait, Ben. Nous sommes à l'aube d'un jour nouveau et
nous nous réveillons dans un monde encore plus pourri qu'hier
soir ! »

Michael Summerday ergota sur le concept de raz de marée, mais
plus personne ne l'écoutait. La nation en crise commençait à chercher un soutien auprès de Jack Douglas. Incapable de cacher plus
longtemps son sentiment, celui-ci déclara avoir toujours été contre
la Rectopuce. Il manifesta même le côté moral de sa désapprobation en restituant la contribution financière qu'il avait reçue de
John Lockes.

Entre-temps, Ben Clarke consacrait chaque minute de sa vie à
prouver qu'il était à la hauteur de la tâche. Ce n'était déjà pas
facile, cela le devint de moins en moins chaque jour, à mesure que
la vague de criminalité s'amplifiait et que des criminels de tout
bord étaient poussés dans un déchaînement de folie par les articles
et commentaires de la presse. Depuis le jour où le *Daily Post* avait
choisi une image maritime pour son gros titre, Clarke était
contraint de s'y tenir. La situation ne faisait qu'empirer, or rares
étaient les phénomènes surpassant en puissance un raz de marée.
Mais il s'accrochait, il faisait de son mieux.

Une semaine après l'annonce du programme Rectopuce, Kevin
McNeil était assis en silence à son bureau, les yeux fixés sur
l'épreuve de la une du matin. Quand il releva la tête, un soupçon de
larme perlait dans ses yeux.

« Bon Dieu, Ben, c'est magnifique, soupira-t-il.

— Ça vous plaît ? Vraiment ?

— Si ça me plaît ? lâcha le rédacteur en chef. Non, Ben, non, ça
ne me plaît pas, j'adore ! Si jamais je pouvais imaginer une page
avec laquelle j'aie envie de m'installer et de me marier, une page
qui soit la mère de mes enfants, ce serait celle-ci, Ben. » Il baissa
les yeux en souriant, prit les épreuves à deux mains et déposa un
baiser tendre sur la une.

« *La calotte glaciaire du crime fond !* roucoula-t-il. Quel monde merveilleux que celui dans lequel nous vivons, Ben. Quel monde absolument merveilleux ! »

Le lendemain, Douglas dépassait Summerday dans les sondages.

10

Tant sur le plan professionnel que personnel, George Bailey Jr était considéré par ses collègues du Global & Western Credit comme quelqu'un de bizarre. Grand et efflanqué, avec un visage qui exprimait une sensibilité étonnée, il avait l'air d'un adolescent attardé dans un corps de cinquante-sept ans. On aurait dit que la nature lui avait alloué par erreur une enveloppe charnelle beaucoup trop grande pour sa personnalité. Les chaises n'avaient jamais la bonne forme, la distance entre son épaule et ce qu'il voulait atteindre était toujours trop longue ou trop courte, et ses doigts cherchaient sans arrêt à ramasser des objets qu'il avait fait tomber de son bureau en tentant maladroitement de les attraper. Par ailleurs, il était poli et attentionné, et d'une honnêteté absurde. Il ne jurait jamais, et les expressions les plus osées ayant jamais franchi ses lèvres étaient des archaïsmes tels que « mince » ou parfois, mais sous la pression, « flûte ». L'un dans l'autre, si un jour la police l'arrêtait pour suspicion de meurtres en série, la plupart de ses collègues témoigneraient en disant que cela ne les étonnait guère : il était trop gentil.

Trop gentil pour concevoir de la haine envers John Lockes, qui avait pourtant gâché sa vie. Non que Lockes ait élu la personne de George Bailey pour exercer sur elle un châtiment, mais enfin, c'était à cause de lui que Bailey se retrouvait, à quelques années de la retraite, seul et isolé à Entropolis. Le programme Bankmanager avait été mis au point par Infologix sur une idée de John Lockes, or George Bailey Jr avait travaillé presque toute sa vie comme directeur de banque.

Il avait dirigé précisément le genre d'agence locale que les grosses banques nationales s'étaient empressées de remplacer par les terminaux informatiques automatisés de Lockes. Il faut dire que les petites agences ne faisaient qu'un travail de routine, et, à notre époque, on n'avait pas besoin d'une personne à plein temps pour gérer les décisions clés de la vie d'un client. Un système informatisé centralisé pouvait parfaitement juger de l'éligibilité d'une personne à un prêt ou de la nécessité de faire jouer les hypothèques sur son bien pour retard de paiement, et ce pour un coût incomparablement plus bas.

Dès lors qu'il s'agit de décisions cruciales, naturellement, les gens préfèrent un contact personnel ; c'est pourquoi Bankmanager n'avait pas visiblement affecté les pratiques en vigueur dans les grandes villes. Pour rien au monde les clients urbains n'auraient rompu avec leur habitude de traiter avec un caissier ; il y avait donc toujours, dans les grandes succursales, des employés qui assuraient l'interface entre le client et les décisions prises par Bankmanager. Cependant, une telle extravagance était tout à fait inutile dans une petite ville comme Bedford Falls où, faute d'alternative, les clients n'avaient pas la possibilité de changer de prestataire.

George Bailey avait de la chance : lors des restructurations, il avait été promu sous-directeur dans la plus grosse succursale du Global & Western Credit à Entropolis. Bankmanager avait calculé qu'il serait plus économique de le garder comme salarié jusqu'à la retraite que de se séparer de lui moyennant une prime de licenciement. La chose lui étant proposée comme une promotion, avec une légère augmentation de salaire, George s'était retrouvé confronté au choix désagréable de quitter la maison qu'il aimait pour la grande ville, ou alors de démissionner et de subir les diktats de Bankmanager comme tous les autres employés mis au rebut.

C'était la triste fin d'une saga commencée deux générations plus tôt, à l'époque où son grand-père avait monté le Bailey Building and Loan. Mais George était un réaliste ; il avait préféré prendre l'option la plus raisonnable du point de vue économique plutôt que de suivre l'exemple de son père, qui s'était jeté du haut d'un pont au moment de sa faillite et du rachat de Bailey Building and Loan par la Potter Bank. Enfant, George s'était juré de ne jamais travailler pour la Potter, mais quelques années plus tard celle-ci avait subi une OPA de la part des Western National Banks, et il s'était trouvé libéré de son serment. Western National Banks et Global Eastern avaient ensuite fusionné pour devenir le Global & Western Credit, qui faisait maintenant l'objet d'une OPA hostile de la part de World Wire Coathangers, une manufacture de cintres en fil de fer.

George était devenu très détaché de tout cela.

La dernière fois qu'il était retourné à Bedford Falls, il avait eu la surprise de voir un restaurant Pitt's Burger à la place de la banque. Certains de ses anciens collègues avaient même retrouvé du travail dans l'équipe énergique et motivée de jeunes professionnels à qui, vu sa croissance rapide, cette passionnante société de services offrait de grandes perspectives de carrière.

L'ancien vestibule avait été transformé en salle du restaurant, les lambris de chêne avaient été arrachés et remplacés par du pin, le parquet par du carrelage et la façade par une immense baie vitrée. Bailey en fut peiné, mais du moins put-il se réjouir pour son ancienne caissière adjointe, Julie Bell, qui semblait véritablement enthousiasmée par sa nouvelle carrière à la tête de l'établissement.

« Qui aurait cru, monsieur Bailey, lui avait-elle déclaré, tout excitée, quand il était entré lui dire bonjour, qu'un jour je serais directrice, que je me fixerais des objectifs quotidiens, que je suivrais une évolution personnelle qui m'avait toujours paru impossible ? Pas plus tard que le mois dernier, j'ai participé à un séminaire sur les savoir-faire auquel la société m'avait invitée, et je me suis dit : Julie Bell, il y a deux ans tu étais une chenille et tu ne savais pas qu'un jour tu deviendrais un magnifique papillon qui s'envolerait dans le ciel ! »

Julie lui fit faire une visite guidée de son domaine ; très fière de ses cuisines – ou plutôt des consoles de préparation des aliments, pour reprendre ses termes –, elle lui présenta ses collègues occupés à la préparation des aliments. L'ancien bureau de Bailey était désormais la salle de détente, où les employés pouvaient souffler un peu entre deux équipes. Au mur, plusieurs écriteaux proclamaient : DITES À VOS DENTS QUE VOUS LES AIMEZ – SOURIEZ ! ou UN CLIENT EST UN COLLÈGUE QUI NE LE SAIT PAS.

Julie tint absolument à l'inviter à déjeuner, même s'il n'avait pas eu l'intention de manger là, n'ayant jamais réussi à savoir si, quand les Pitt's Burger prétendaient contenir cent pour cent de bœuf de première qualité, on parlait du hamburger entier ou seulement de la partie bœuf. Ne pouvant refuser sans la vexer, il avait hésité entre le Happy Bacon et le Funny Fish, pour finalement changer d'avis et jeter son dévolu sur le Cheese Smiler avec frites et tarte aux pommes en dessert.

Pour ajouter à son désarroi, lui qui considérait comme totalement dénué de dignité le spectacle d'un homme âgé attablé devant un hamburger, elle s'assit en face de lui et le regarda manger. Elle était si emportée par son enthousiasme pour toutes choses burgeroïdes qu'elle n'avait aucune idée de la gêne qu'elle lui causait ; partager le plaisir qu'elle lui offrait n'était pour elle qu'une simple politesse. Soucieux de ne pas ébranler sa foi, il marqua son approbation par de petits bruits et des hochements de tête ; mais chaque bouchée lui restait en travers de la gorge.

Une fois rassurée, et ne doutant plus que le Cheese Smiler avait été à son goût, Julie commença à s'agiter sur sa chaise.

« Vous serez toujours en ville lundi prochain, monsieur Bailey ? » lui demanda-t-elle enfin.

George haussa les sourcils et hocha la tête tout en continuant de mâcher.

Ravie, Julie bondit sur son siège et se pencha en avant d'un air complice. « Promettez-moi de ne le répéter à personne, monsieur Bailey, lui dit-elle en baissant la voix, mais lundi prochain c'est… Journée du Nouveau Burger géant ! »

George essuya de la mayonnaise au coin de sa bouche avec sa serviette en papier et fronça les sourcils.

« C'est top secret, poursuivit-elle d'une voix rauque, seuls les collègues directeurs sont au courant, mais la recette du Burger géant va changer pour la première fois en trente ans ! Je sais que je peux vous faire confiance, monsieur Bailey. Ç'a été si dur de n'en parler à personne, surtout ces dernières semaines, vous comprenez ?

— En effet, je comprends, répondit George en avalant sa dernière bouchée de vache hachée. Puis-je vous demander ce qui va changer ? »

Julie lança de brefs coups d'œil à droite, à gauche, puis se pencha encore plus près.

« Des graines de pavot, souffla-t-elle. Nous mettons des graines de pavot sur le pain. C'est meilleur pour la santé… Ce serait un honneur pour moi si vous acceptiez d'être le premier client de Bedford Falls à le goûter, monsieur Bailey. Vous viendrez, n'est-ce pas ?

— Bien sûr, Julie, ce sera un honneur pour moi aussi, l'obligea-t-il. À quelle heure ?

— Sept heures du matin. Je vous le préparerai moi-même. »

Sept heures du matin. Le sourire qui se figea sur les lèvres de George avait tout de la rigidité cadavérique.

Pitt's Burger appartenant désormais à John Lockes, George aurait pu ajouter l'indigestion à la liste de ses griefs contre celui-ci ; mais il n'était pas dans sa nature de se répandre en reproches. Il croyait fermement à la pensée positive.

Par exemple, n'ayant pas de véritables responsabilités comme sous-directeur, George essayait de mettre son temps à profit en organisant des visites guidées de la banque pour des groupes d'enfants défavorisés. Les directeurs ne s'étaient pas opposés à son idée : cela l'occuperait, ce serait bon pour l'image de la banque et, qui sait, à long terme, cela rapporterait peut-être de nouveaux clients. Ce matin-là, c'était un groupe de vingt enfants d'un orphelinat local que George guidait à sa manière douce et gauche.

Les plus jeunes étaient Mary Walton, onze ans, et son petit frère Joe, onze ans. (Aux yeux de la plupart des gens, cette caractéristique équivalait à dire qu'ils étaient jumeaux, mais Mary ne cessait de rappeler à Joe que, vu qu'elle était née le 7 juin à vingt-trois heures quarante-six et lui le 8 juin à zéro heure vingt, il était son petit frère. Joe trouvait cette conclusion injuste mais n'arrivait pas à prendre la logique de sa sœur en défaut.)

George, qui avait lui-même souffert en bas âge de la perte d'un de ses parents, tenait gentiment Mary et Joe par la main, ce qui l'obligeait à marcher courbé en deux comme un chasseur sur la piste d'un très petit animal. Il arrivait au vestibule central, la partie de la visite qu'il préférait car il aimait entendre les cris d'admiration des enfants lorsqu'ils découvraient la grandeur palatiale de l'architecture.

Le siège du Global & Western Credit était sis dans un immeuble de la fin du XIXᵉ siècle auquel les architectes avaient réussi à donner une impression de pérennité et d'assurance. L'opulence des matériaux – marbre, acajou et bronze – associée aux proportions grandioses du bâtiment ne laissaient aucun doute quant au pouvoir et à la stabilité de l'établissement auquel on confiait ses économies amassées à la sueur de son front. La voûte était soutenue par de hautes colonnes doriques qui s'élevaient de toutes parts. Aux comptoirs d'acajou, en bas, les échanges entre clients et guichetiers se faisaient dans une intimité et un recueillement dignes d'un temple, et les bruits de voix et de pas étaient absorbés par le volume de la salle. Au plafond, des frises dépeignaient des scènes de l'industrie et du commerce, des cargos à vapeur, des trains, des moissons abondantes récoltées par une main-d'œuvre bon marché et heureuse, des peuplades étrangères serrant la main de grands commerçants occidentaux, des familles braves et honnêtes qui surveillaient d'un œil fier, en compagnie de leur banquier, la maison de leurs rêves qu'on achevait de construire. La Standard Mutual Bank, pour laquelle le bâtiment avait été érigé, avait beau ne plus exister depuis l'époque lointaine où elle s'était fait mettre en pièces par les chiens affamés du capitalisme, l'endroit restait tout aussi rassurant et impressionnant. Le Global & Western Credit, semblait-il dire, avait prêté à Noé de quoi construire son arche.

« C'est déjà arrivé que la banque soit attaquée, monsieur Bailey ? » demanda Mary Walton de sa petite voix douce.

Le drame de la vérité, c'est qu'elle a très rarement le visage qu'on voudrait lui voir. C'est pourquoi les gens polis essaient de l'esquiver. Étant quelqu'un d'honnête, George, qui s'entendait poser cette question à chaque visite, aurait voulu pouvoir répondre en toute sincérité que la banque avait repoussé toutes les tentatives des malhonnêtes gens. Les dirigeants, qui avaient la réputation de la banque à défendre, auraient également aimé qu'il en soit ainsi, et avaient donné à George l'ordre strict de faire comme si c'était le cas. George, qui avait l'ambition de vouloir en même temps faire plaisir et dire la vérité, se trouvait donc dans une position difficile.

« Ah ça, Mary... il ne doit pas y avoir beaucoup de banques qui n'ont jamais été attaquées. »

Cette réponse satisfaisait la plupart des enfants, tout en laissant intactes son honnêteté et sa loyauté. À peu près. Mais elle ne satisfit pas Mary Walton.

« Ils étaient armés ?

— Que... que..., bégaya George comme à son habitude quand il ne savait pas quoi répondre. Mince... c'est difficile à dire, tu sais. Enfin, ça dépend.

— Comment ça, ça dépend, monsieur Bailey ?

— Parce qu'il existe toutes sortes d'armes, j'imagine... Ils étaient peut-être armés, et peut-être pas. Enfin, tu comprends, je n'y connais pas grand-chose en armes à feu. »

Elle leva sur lui des yeux pleins de surprise, ou de suspicion.

« Mais enfin, vous devez bien connaître l'AK-48, monsieur Bailey !

— Euh, flûte alors... non, non, je ne crois pas. C'est un fusil, l'AK-48, c'est ça ? Je... je... je l'ignorais. C'est très intéressant.

— Et vous saviez, intervint Joe, le souffle court, que tous les gens qui ont un AK-48, eh bien, on va leur mettre un truc dans le derrière ?

— Non !

— Si, si, on l'a vu à la télé !

— C'est vrai, monsieur Bailey ! renchérit Mary. Tout le monde est au courant. Dans le derrière !

— Ah bon ? Et alors, qu'est-ce que vous en dites ?

— Merci bien ! »

« — Merci bien, hein ? Vous n'avez pas tort… Dites, les enfants, ça vous plairait d'aller voir le coffre ? »

La salle des coffres était généralement le point culminant de la visite, que George réservait pour la fin. Cette fois-ci, il décida de changer le circuit pour faire diversion. Sa suggestion fut acceptée à l'unanimité, mais malheureusement ils n'eurent pas le temps d'y arriver.

« Tout le monde par terre ! »

Le cri retentit alors qu'ils traversaient le vestibule au sol dallé de marbre. Trois hommes pointaient leurs armes sur la clientèle, qui obtempéra sans demander son reste. Seuls George et ses orphelins furent longs à réagir, parce que les enfants avaient reçu de leur surveillante l'ordre strict d'obéir à M. Bailey.

Restait à M. Bailey de leur donner des instructions précises.

« Bouffez la poussière, enfoirés ! » hurla l'un des trois hommes en le visant.

Acte peu ragoûtant, mais l'ordre était clair.

« Je crois qu'il vaudrait mieux qu'on s'assoie, les enfants. »

M. Bailey replia soigneusement ses longs membres et s'assit par terre en tailleur. Il surveilla les enfants qui s'agenouillaient à leur tour en les encourageant d'un sourire ; tout à coup, il sentit qu'on lui asticotait les côtes.

« Pssst !

— Chut, Mary. »

Mary s'efforça de tenir sa langue, mais à la fin, n'en pouvant plus, elle siffla entre ses dents : « Monsieur Bailey, un AK-48, c'est ça ! »

George s'était souvent étonné que personne ne s'interroge sur la sophistication des dispositifs de sécurité des grandes banques citadines. Il y avait des boutons d'alarme sous les comptoirs, des trombones piégés, des sonnettes au sol, pour le cas plus que probable où le personnel devrait « bouffer la poussière, enfoirés ». Grâce à tout cela, il était pratiquement impossible de braquer une banque sans alerter la police. Les braqueurs étaient obligés d'agir en un temps record : pas plus de deux minutes entre leur entrée et leur sortie. Naturellement, soumis à une telle tension, ils devaient s'imposer par la force brutale, ce qui expliquait le nombre croissant de criminels de bas étage parmi les braqueurs. Dans l'ensemble, donc, George avait le sentiment que si les innocents avaient davantage de chances de se faire tuer lors d'un braquage aujourd'hui que par le passé, c'était grâce aux banques.

Un jour, il avait abordé le sujet avec ses supérieurs mais ils l'avaient pris pour un fou.

Conformément aux règles imposées par les banques elles-mêmes pour les braquages, les trois hommes armés qui venaient de faire irruption au Global & Western Credit – Julio López, Duey Martínez et Luís Alvares – vidaient donc les caisses moins de quinze secondes après leur arrivée. Julio Løpez avait déjà ôté d'une liasse de billets un trombone piégé qui reliait la succursale au commissariat de police du 12e district, mais la précaution était inutile : six sonnettes d'alarme avaient été déclenchées par le personnel dès l'apparition des criminels.

Le commissariat du 12e avait aussitôt diffusé un bulletin d'alerte à ses voitures de patrouille, qui étaient presque toutes retenues ailleurs par deux autres cambriolages. George Bailey Jr n'aurait pas pu choisir plus mal son moment pour promener ses petits orphelins.

Jusque-là, les enfants réagissaient bien. Ils ne bronchaient pas, il n'y avait pas de crises de larmes. Se voulant calme et protecteur, George sourit d'un air rassurant au petit Joe, dont la lèvre inférieure commençait à trembler. Il leva lentement un doigt à ses lèvres, lui fit un clin d'œil, et l'enfant esquissa un sourire.

Ce genre de chose n'était jamais arrivé à Bedford Falls, mais depuis qu'il vivait en ville c'était le troisième braquage qu'il subissait. Dans ces cas-là, le temps s'écoulait toujours à une lenteur d'escargot, pourtant il savait que les cambrioleurs ne pouvaient pas se permettre de s'attarder et il les sentit sur le point de partir.

« Une minute ! cria l'un des hommes à ses comparses. Je ne veux pas entendre un seul bruit ! »

Une minute seulement ? Le tremblement de la lèvre de Joe s'était étendu à sa mâchoire, et George voyait ses larmes monter. Du coin de l'œil, il remarqua non sans un regain d'anxiété que Luís

Alvares pointait son arme tour à tour sur tous les clients, qui étaient étalés en croix à même le sol. Le bandit réagissait au moindre frémissement, au moindre mouvement susceptible d'évoquer une amorce de riposte. George pria de toute son âme pour que le gamin arrive à retenir ses larmes quelques secondes de plus… le temps que les voleurs terminent leur besogne et fichent le camp.

« Allez, on y va ! Magnez-vous, putain ! »

La bouche de Joe s'ouvrit et se referma comme celle d'un poisson, ses joues tremblèrent furieusement tandis que le son s'extirpait à grand-peine de sa gorge. Des yeux, George l'implorait de tenir bon encore un tout petit peu.

« Suffit ! Assez pris de pognon ! »

Le gamin se mit à vibrer sur place ; on l'aurait dit secoué dans tout son corps par un braillement gigantesque et silencieux qui se serait cogné à ses organes en cherchant la sortie. Les deux hommes qui s'affairaient encore aux caisses jetèrent leurs sacs sur le comptoir et sautèrent par-dessus. Enfin, ils avaient terminé. George retint son souffle pendant qu'ils passaient devant lui, fric sur l'épaule, arme au poing. Ils s'en allaient, ils s'en allaient. Tout est bien qui finit bien.

« Tout le monde à terre ! »

Les trois hommes étaient arrivés à mi-hall quand, de nouveau, le cri retentit. Ils stoppèrent net.

« Qu'on se foute… », dit l'un d'eux.

Et il s'interrompit, décontenancé, le temps de comprendre ce qui se passait. Il y eut un silence menaçant, puis Luís Alvares retrouva l'usage de la parole.

« Qu'est-ce que vous foutez ici, putain de merde ? »

Le cœur chaviré, George vit trois inconnus encadrés dans la porte, arme braquée. Les enfants les virent aussi.

Alors, le petit Joe éclata en sanglots.

11

Susan Summerday profita de ce qu'elle se rendait en voiture avec son mari à un meeting de campagne pour lâcher le morceau. Michael avait été si accaparé par son équipe qu'ils ne s'étaient pas adressé la parole pendant le vol en provenance de la capitale ; elle avait donc attendu d'être seule avec lui dans la limousine pour dégoupiller sa grenade.

« Michael, déclara-t-elle, j'ai décidé de ne pas te quitter. »

Summerday, qui regardait par la vitre en ressassant sa chute vertigineuse dans les sondages depuis l'annonce du programme Rectopuce, posa sur elle un œil éteint. « Bon », dit-il avant de retourner à sa contemplation du paysage.

Le souffle coupé, Susan fixa la nuque de son mari. « Bon ? répéta-t-elle. C'est tout ce que ça t'inspire ? Je t'annonce que je ne demande pas le divorce et toi, tu… tu trouves ça tout à fait normal ?

— Que veux-tu que je te dise, Susan ? Tu as pris ta décision, tu as tes raisons, nous sommes tous les deux des adultes, il n'y a rien à ajouter.

— Tu ne veux même pas savoir pourquoi j'ai décidé de rester ?

— J'imagine que tu as pitié de moi », lança-t-il en haussant les épaules.

Elle laissa échapper un râle : « Pitié de toi ? Tu es devenu fou ?

— Bon, bon, d'accord, pas pitié. C'est vrai, d'ailleurs,

pourquoi de la pitié ? Je suis une catastrophe ambulante. Je ne te mérite pas. Tu aurais raison de me quitter.

— Mais justement, je ne te quitte pas !

— Eh bien alors… le sujet est clos, n'est-ce pas ? »

Ils retombèrent dans le silence, Michael perdu dans la contemplation des friches industrielles qui jalonnaient les routes de banlieue ; Susan éberluée, les yeux fixés sur la nuque du chauffeur à travers la vitre fumée.

« C'est ça que tu voudrais, hein ? Que je te quitte ? » aboya-t-elle soudain en pivotant vers son mari.

Il ne réagit pas.

« Qu'est-ce qui se passe dans ton petit esprit calculateur, Michael ? Tu crois que les électeurs voteraient pour toi par pitié si je te quittais maintenant ? »

Les yeux rivés sur ce paysage de désolation, il ne semblait pas l'entendre.

« C'est ça, hein ? Le pauvre Mike Summerday, frappé de sang-froid par sa sale garce de femme alors qu'il est à terre ! Regardez comme il affronte courageusement l'adversité ! Au nom du ciel, tu es donc tombé si bas ? »

Il tourna lentement vers elle un visage où se lisaient la douleur et le mépris de soi. « Hé… on peut trouver plus bas.

— Chez un bipède ? »

Summerday s'arracha l'ombre d'un sourire.

« Je ne veux pas que tu partes, Susan. Contrairement à ce que tu penses peut-être, je t'aime encore.

— Enfin… ce que tu appelles aimer.

— Je souhaiterais sincèrement être digne de toi. Personne d'autre ne m'inspire ce sentiment. Ce doit donc être de l'amour. » Il haussa les épaules et se détourna. « Mais honnêtement, je me demande ce qui te retient auprès de moi… Tu ne vas même pas devenir First Lady, tu sais.

— Tu crois que ça compte pour moi ?

— Forcément. Tu ne serais pas humaine si tu t'en moquais complètement.

— Écoute-moi, Michael, siffla-t-elle en l'attrapant par le bras et en le forçant à lui faire face. Je n'ai jamais voulu te voir président. Je n'ai même jamais voulu que tu fasses de la politique.

— Eh bien… tant mieux, dit-il en souriant. Parce que tel que c'est parti, tu vas être exaucée.

— C'est ce que tu crois ! lâcha-t-elle, furieuse. Je ne me suis pas sacrifiée pour toi pendant toutes ces années pour te voir déclarer forfait sur le dernier obstacle. Tu vas te battre, et tu vas gagner cette élection comme tu en avais l'intention, Michael, ou sinon, je… je…

— Quoi ? Tu me quittes ? J'espère que non, Susan, parce que je me demande vraiment quels griefs tu invoqueras.

— Nous ne divorcerons pas ! fit-elle sèchement en le giflant. Nous nous serrerons les coudes, comme nous l'avons toujours fait, jusqu'à ce que tu assouvisses cette stupide, cette satanée ambition, ou alors jusqu'à ce que tu crèves dans la bataille, parce que moi, je n'ai pas l'intention, mais alors pas la moindre intention, de voir s'envoler en fumée toutes les années que j'ai gâchées pour toi, Michael Summerday ! »

Summerday resta sans voix ; il n'avait pas vu les yeux de sa femme briller d'une telle flamme depuis la soirée à l'Excelsior. Son intuition lui dicta de ne pas la contrarier.

La limousine se gara devant la mairie, où il devait faire son discours. Une foule importante s'était amassée devant. Les gens criaient des slogans et agitaient des banderoles sur lesquelles on pouvait lire le sort qu'ils avaient envie de réserver à son rectum. Le candidat sentit son estomac se contracter d'horreur à l'idée de ce qui l'attendait.

Susan lut la peur dans ses yeux.

« N'y songe même pas, gronda-t-elle en lui pinçant la cuisse. Bon, maintenant, qu'on en finisse. »

Alors qu'ils attendaient en coulisse, un tonnerre de battements de pieds et de sifflements leur donna une illustration vivante des prévisions des sondages. Les événements des derniers jours avaient métamorphosé le bon peuple de Redford en une foule digne d'une arène romaine, assoiffée de sang et prête à se jeter sur

Summerday pour lui faire payer son erreur. La petite ville tranquille avait beau avoir été épargnée par la vague de larcins, tous les habitants se sentaient néanmoins personnellement menacés par la célèbre fonte de la calotte glaciaire du crime. L'équipe au complet était terrifiée, Michael plus encore que les autres. Ils voyaient les représentants de la presse amassés dans les premiers rangs, les caméras filmant des panoramiques au-dessus de la foule déchaînée tandis que les journalistes hurlaient dans leurs micros des descriptions superflues de l'atmosphère de la salle. Ce n'était plus une soirée électorale mais un lynchage.

Mike et Susan Summerday, Bob Redwood et Chuck Desane profitaient des quelques minutes qui les séparaient du moment de vérité pour se consulter fiévreusement.

« On peut annoncer un malaise subit, suggéra Desane.

— Personne ne nous croira, gémit Summerday. Tout le monde saura qu'on a eu les jetons.

— Sans doute, mais au moins les chaînes de télé n'auront aucune image à se mettre sous la dent. Si vous vous montrez, vous ferez l'info capitale du journal du soir avec votre crucifixion par les bons citoyens de Redford. Tout sauf ça. »

Normalement, Susan restait à l'écart, car elle savait que son rôle se limitait à sourire et à soutenir son mari. Cette fois-ci, elle mit son grain de sel dans la discussion. Cette fois-ci, son soutien allait prendre un tour actif.

« Michael va faire une apparition, Chuck, annonça-t-elle d'un ton sans réplique. S'il se défile, les élections sont perdues. Vous le savez.

— À la guerre comme à la guerre, Mike, psalmodia Bob Redwood.

— On se fout de la guerre, bordel ! C'est l'intelligence qui permet de se sortir des mauvais pas ! explosa Desane. Maintenant que Chandra s'est retiré de la bagarre, je suis le seul responsable de cette campagne, et mon avis c'est que cette fois-ci il faut laisser passer l'orage. Ensuite, nous pourrons regrouper nos forces et reprendre l'initiative. Il nous reste exactement quatre semaines, beaucoup de choses peuvent changer en quatre semaines. Pour commencer, il y a toujours le risque que Douglas se casse la gueule lui aussi ! Vous y avez pensé, Susan ? Écoutez cette foule ! Michael ne peut pas se montrer, c'est aussi simple que ça. Vous croyez qu'ils vont le laisser placer un mot ?

— Ce n'est pas important. Ce qui compte, c'est qu'il ne batte pas en retraite. Question de caractère.

— Il ne s'agit pas de retraite, mais de ce que les militaires appellent un repli stratégique, Susan.

— Un repli stratégique, mais bien sûr ! dit-elle en riant. Et ce que les hommes d'affaires appellent un profit négatif, c'est ça ? Arrêtez vos conneries ! Le véritable enjeu, Chuck, c'est de savoir si Michael a ce qu'il faut dans le ventre pour devenir président. C'est aussi simple que ça. Vous pouvez oublier votre gestion de l'information. Les caméras sont déjà en train de filmer, et quoi qu'il arrive, les images seront au journal télé de ce soir. »

Elle se tourna vers son mari, prit son visage entre ses deux mains et l'obligea à la regarder dans les yeux. « Tu ne peux pas esquiver, Michael ! Tu n'as aucune échappatoire excepté dans la défaite. Si tu veux vraiment être digne de moi, vas-y. Alors, ton dernier mot ? »

Summerday resta cloué sur place, la tête bourdonnant des trépignements, des huées et des sifflements. Au fond de son cœur, il savait que Susan avait raison, mais il préférait la chance infime de rattraper la situation plus tard par une manœuvre prudemment orchestrée plutôt que le cauchemar d'un discours improvisé.

« Ils ne vont rien vouloir entendre, Susan… », murmura-t-il en baissant les yeux, vaincu.

Il sentit les mains de sa femme glisser de ses joues.

« Ils ne vont rien vouloir entendre, répéta-t-elle en mettant les poings sur ses hanches et en regardant tour à tour Desane et son mari. Eh bien, c'est ce que nous allons voir. »

Sans leur laisser le temps de comprendre ce qu'elle faisait, elle passa devant le rideau de velours rouge et s'avança à découvert, dans la lumière des projecteurs. Un rugissement monta de la foule.

La curée.

« Mon Dieu… mon Dieu…, bégaya Desane. On va tous mourir… piétinés… brûlés… c'est la fin… »

Susan demeura debout une éternité, paupières plissées dans la lumière crue, tandis que la salle vibrait, ébranlée par les beugle-ments et les sifflements. Elle jeta un regard en coulisse, un petit sourire sur les lèvres, une lueur de démence dans les yeux ; puis elle s'approcha du pupitre et ajusta le micro à sa hauteur.

Les trépignements et les cris s'élevaient tel un mur de fureur pure, irrationnel, impitoyable, immuable. Elle dut attendre une minute entière qu'il s'abatte sur elle ; elle en prit la mesure, parcourant des yeux les visages tordus des citoyens et l'œil impa-vide des caméras puis, lorsqu'elle eut apprivoisé cette folie furieuse, elle se pencha tout près du micro et, d'une voix basse et claire qui jaillit des haut-parleurs placés au fond de la salle, elle dit :

« J'ai été violée. »

On aurait cru les chutes du Niagara arrêtées net par une main invisible.

Une toux unique résonna, telle la dernière goutte.

Susan fit sensation. Pendant vingt minutes elle tint la salle en haleine en racontant l'histoire d'une jeune étudiante brusquement jetée dans la noirceur du monde : l'histoire d'une innocence perdue, d'une pureté souillée, de rêves anéantis. Elle se décrivit, jeune fille naïve à peine sortie d'une enfance protégée, la tête pleine d'idéaux romantiques et de contes de fées, brutalement plongée dans la réalité par la vilenie d'un homme qu'un hasard malheureux avait mis sur son chemin un soir où elle rentrait d'une fête, un homme qui lui avait pris sa virginité, l'abandonnant à sa blessure et à sa honte. Elle leur révéla comment, après, elle s'était crue marquée à jamais par sa première expérience d'adulte et inca-pable de jouir de l'intimité d'un homme. Elle leur dit ses senti-ments de culpabilité, de révulsion envers elle-même, et elle leur dit aussi comment son incapacité à partager ses émotions avec quiconque l'avait peu à peu et inexorablement conduite vers les bras hospitaliers d'une mort choisie.

Elle ne s'en remettait pas à leur pitié, car, leur rappela-t-elle, son sort était banal : elle ne doutait pas qu'il y ait dans cette salle même d'autres femmes porteuses d'une histoire similaire et qui n'avaient peut-être pas eu, comme elle, la chance de rencontrer celui qui avait su lui rendre l'envie de vivre avant qu'il ne soit trop tard, celui dont la force et la douceur lui avaient inspiré confiance et dont l'amour tendre avait réparé ses ailes brisées, celui qui avait promis de la protéger et de la chérir.

« Nom de Dieu, elle est sensationnelle ! s'écria Desane en coulisse tandis qu'une vague d'applaudissements déferlait sur la salle. C'est la chose la plus incroyable que j'aie jamais vue ! C'est franc et direct, ça va droit au cœur, c'est poignant, c'est… c'est… comment dire ?… c'est…

— Le terme que vous cherchez, ce ne serait pas "foutaises" ? suggéra Summerday qui secouait la tête, plein d'admiration.

— Haut de gamme, le contra Desane, pas démonté pour deux sous. Foutaises haut de gamme. Foutaises caviar… »

Il commençait à entrevoir des milliers de scénarios. Si Susan Summerday pouvait reproduire à l'échelle nationale le tour de force de ce soir, ils étaient de nouveau dans la course. Tout redevenait possible. Mais surtout, pas de faux pas. Il fallait donner à sa confession l'impact maximal. Et pour cela, il savait parfaitement où s'adresser.

Le snob qui sommeillait en lui se rebiffait un peu à cette idée, mais si le progrès – la roue, le lave-linge, la pizza livrée à domicile – consistait à décharger l'homme de ses fardeaux quotidiens, alors Lola Colaco représentait le summum du progrès. Elle avait réussi à débarrasser des millions de gens du fardeau de la pensée et des émotions. Le *Lola Colaco Show* avait la réputation d'exercer davantage d'influence sur les attitudes et la perception de la réalité que toutes les plus grandes religions et philosophies du monde réunies. Heureusement, Lola avait la tête sur les épaules ; elle n'avait jamais exigé le sacrifice du fils aîné ou le massacre des habitants de la vallée. C'était là qu'il fallait faire apparaître Susan. Et vite.

« Contactez ABS, murmura-t-il à son assistant qui se tenait dans son ombre. Offrez-leur une interview exclusive de Susan Summerday, victime d'un viol et future Première dame, pour l'émission de demain. »

12

« Je suis devant le siège du Global & Western Credit, où se déroule un drame épouvantable : vingt orphelins de moins de treize ans ont été pris en otages par des…

— Ouah ! désolé, Vanessa… je ne suis pas sûr que "orphelin" soit le mot qui convient, qu'en penses-tu ?

— Ah ? Bon, d'accord. Je vais les appeler… des mineurs parentalement indépendants.

— Non, je veux dire… c'est un problème technique… Les téléspectateurs doivent comprendre que ce qui fait la spécificité de ces enfants, c'est qu'ils n'ont pas de parents. C'est le mot clé du reportage. "Orphelin", c'est peut-être un peu trop élitiste.

— D'accord. Je suis devant le siège du Global & Western Credit, où se déroule un drame épouvantable : vingt orphelins sans parents de moins de treize ans ont été pris en…

— Oh, oh, oh ! Vanessa, tu viens de dire que ces enfants n'ont pas de parents de moins de treize ans !

— Absolument pas. Comment aurais-je pu dire ça, Ken, vu qu'ils n'en ont pas, de parents ? Ils sont orphelins…

— Tu as dit : "Vingt orphelins sans parents de moins de treize ans !"

— Non, j'ai dit : "Vingt orphelins sans parents", virgule, âgés "de moins de treize ans", virgule, bla-bla-bla.

— Oui, mais le problème, c'est qu'on les entend pas, tes

virgules. Il faut que tu changes l'ordre des mots, sinon tu donnes l'impression que tu racontes une histoire de détournement de mineur. Désolé.

— Bon, d'accord… Je suis devant le siège du Global & Western Credit, où se déroule un drame épouvantable : vingt orphelins, de moins de treize ans, sans parents, ont été pris en otages par… Quoi ? Quoi encore ?

— Alors maintenant, ce sont les parents qui ont été pris en otages ?

— Ken, ce sont des orphelins ! Des petits gosses sans papa ni maman. Alors fous-moi la paix avec leurs parents, compris ?

— Des petits gosses sans papa ni maman ! On ne peut pas le dire comme ça ? Ce serait clair, au moins.

— Mais ce n'est pas compliqué, Ken : il existe un mot pour désigner les orphelins. Ce mot, c'est "orphelin", et s'il existe, c'est pour que tout le monde sache de quoi on parle. Moi, ça ne me pose aucun problème, au contraire, ça me facilite le boulot. Mais si tu commences à me dire qu'il y a des téléspectateurs tellement cons qu'il faut leur fournir le mot *plus* l'explication du mot, alors il ne faut pas m'en vouloir si ça donne une grammaire tordue.

— Excuse-moi, Vanessa, tu fais un boulot formidable, si, si, je t'assure. On ne pourrait pas faire une phrase qui coule, avec "sans parents" quelque part où ça ne gêne pas ? S'il te plaît, Vanessa.

— J'ai besoin d'une cigarette.

— Tu te remets à fumer, Vanessa ? Et au fait, qu'est-ce qu'elle t'a fait, ma grand-mère ? Hein ? Qu'est-ce que j'ai dit ? »

Une heure plus tôt, cependant, personne ne savait ce qui se passait à l'intérieur de la banque.

Le casse du Global & Western était dans une impasse. Le match nul entre les deux gangs rivaux – les Crouneurs et les Saigneurs – avait fait perdre des minutes précieuses avant l'arrivée de la police, et les deux bandes se retrouvaient piégées.

Mais ce n'était pas leur principal souci. Plus préoccupante, et de loin, était la question de savoir qui braquait la banque. Étant arrivés les premiers, les Crouneurs considéraient qu'ils avaient les cartes en main, mais pour les Saigneurs, l'important était d'être les braqueurs des braqueurs.

L'enjeu ce n'était pas l'argent.

C'était le respect.

La situation s'avérait d'autant plus délicate que les Crouneurs et les Saigneurs étaient par ailleurs engagés dans de fragiles négociations de paix pour mettre fin aux Guerres du Crack du Lower East Side ; un mouvement précipité de l'un d'eux pouvait suffire à tout faire capoter, et à plonger les deux gangs dans une nouvelle spirale d'attaques et de représailles que personne n'avait les moyens d'assumer. Les deux parties s'affrontaient donc, armes pointées, dans l'attente d'une décision.

La seule option avait été d'appeler les chefs sur téléphone portable, et de les laisser négocier un accord ménageant le respect de chacun. Cela prendrait du temps. L'arrivée imminente de la police toutes sirènes hurlantes était un problème secondaire.

On n'était pas obligé de respecter la police.

Mais on respectait les Fédéraux, et comme le Global & Western Credit était assuré par la Federal Reserve, tout crime commis en son sein était un crime fédéral. Les Fédéraux arrivèrent peu après la police, appelant aussitôt en renfort un Groupe d'intervention armée dont les vingt tireurs d'élite prirent position sur les toits avoisinants.

Les flics n'apprécièrent pas du tout cette manœuvre, qu'ils considéraient comme un manque de respect. Pour eux, il s'agissait non plus d'un braquage de banque mais d'une prise d'otages, et ils firent venir leur négociateur. Les Fédéraux contre-attaquèrent : si c'était une prise d'otages, la présence de leur Équipe de sauvetage des otages, un corps d'élite, était indispensable. Une heure plus tard, l'ESO était sur place.

Mais le Groupe d'intervention armée, fort d'une grande expérience en matière d'attaques de banques et de violences en tout genre, accueillit très mal l'arrivée de l'ESO, qui s'était permis de prendre le commandement des opérations alors que ses compétences se limitaient à libérer des otages.

L'enjeu n'était pas la loi – mais le respect, une fois de plus.

Visiblement, quelqu'un devrait trinquer. Ne serait-ce que pour sauver la face.

Parmi les otages du Global & Western, le choix se porta d'emblée sur George Bailey Jr. George s'était distingué dès le début en osant le premier parler aux hommes armés : levant une main timide, il avait demandé s'il serait possible d'organiser une distribution de lait et de sandwiches pour les enfants confiés à sa charge.

Ainsi était-il devenu le porte-parole de tous.

Ce n'était pas la première fois : pour des raisons obscures à lui-même, George se retrouvait toujours à défendre les intérêts des autres. Il y excellait ; avec son air de s'excuser poliment, il arrivait à obtenir des choses que les intéressés eux-mêmes n'auraient peut-être jamais obtenues, mais il n'avait jamais compris pourquoi on lui faisait confiance a priori.

On lui trouvait des qualités dont il n'avait pas conscience et qui, en temps de guerre, auraient fait de lui un héros. Les héros, contrairement à la propagande scandaleuse dont ils font l'objet, sont par nature des gens doux et honnêtes. Ils ne sont pas comme les autres, ils ne se prennent pas pour le nombril du monde. En temps de paix, cependant, on les traite de poires.

George n'avait jamais rien fait dans son propre intérêt. Il n'avait jamais demandé d'augmentation, ni profité de sa position, ni même utilisé le téléphone de son bureau à des fins personnelles. C'est pourquoi le Messie avait prêché que les richesses terrestres ne pourraient venir aux doux que par héritage.

George avait déjà assez de pain sur la planche à surveiller ses vingt enfants sans devoir en plus s'occuper des vingt-huit adultes de la banque, mais il ne voyait pas comment leur refuser son aide s'ils la lui demandaient. Il était exactement le genre de bonne poire qui, dans une embrouille, finit par porter le chapeau parce que sa capacité à se défendre est inversement proportionnelle à sa capacité à défendre les autres. C'est pourquoi les gens comme lui se font décorer de médailles militaires à titre posthume pendant que chacun rentre chez soi retrouver sa femme et s'atteler à la mise en route de la génération suivante.

Les héros sont par nature des marchandises jetables, et il n'est donc pas surprenant qu'en matière de respect ils ne récoltent rien en temps de paix.

Dans la banque, un téléphone sonnait depuis un bon moment. L'agent spécial Winston Pepsi attendait en vain que quelqu'un décroche. Toutes les lignes avaient été basculées vers le véhicule de surveillance garé en face, dans la rue, pendant que les représentants de la loi se préparaient à négocier avec les cambrioleurs. Mais quelque chose clochait. Depuis plus d'une heure, le téléphone sonnait dans le vide.

À l'intérieur, les hommes en armes avaient dévisagé George froidement quand il avait soulevé la question des sandwiches. Deux heures après l'attaque initiale, seuls deux des six bandits, Luís Alvares des Crouneurs et Ben Cage des Saigneurs, couvraient les otages. Julio López et Cray Jones parlaient au téléphone avec leurs chefs respectifs, pendant que Duey Martínez et Sonny Day se couvraient mutuellement.

Alvares et Cage se jetaient des regards méfiants, conscients qu'il faudrait tôt ou tard arriver à un traité casse-croûte au cas où le blocage de la situation se prolongerait. D'ailleurs, ils commençaient tous les deux à avoir un petit creux ; des sandwiches seraient donc les bienvenus. Mais pour cela, une confiance mutuelle était indispensable.

« T'es cool ? demanda Cage, les yeux fixés sur Alvares et le fusil mitrailleur sur les otages.

— Non, non, mec. Est-ce que *toi* t'es cool ? répliqua Alvares d'une voix tendue.

— J'ai demandé en premier. »

Il y eut une pause. Entre eux l'air vibrait, bourré de testostérone. Sur le visage d'Alvares jouaient des émotions contradictoires. La sonnerie du téléphone lui mettait les nerfs à vif.

« Qu'est-ce que t'insinues ? J'ai pas l'air cool ?

— J'insinue que dalle, répondit Cage, dont les yeux couraient sans arrêt d'Alvares aux otages. J'ai posé une question. Si j'étais sûr que t'étais pas cool, j'aurais pas demandé.

— Eh bien oui, je suis cool, déclara enfin Alvares. Je suis toujours cool. Ne l'oublie jamais. Et toi ?

— Je pourrais pisser sur la neige qu'elle fondrait même pas. »

Ils se dévisagèrent d'un air détaché quelques instants de plus, histoire de le prouver, puis Alvares se tourna vers George et lui beugla à la figure :

« Allez, vas-y, connard ! Y a un flic au bout du fil. Décroche, passe ta commande, mais si tu lui dis un mot, un seul mot sans rapport avec les sandwiches, tu seras tellement mort que tu te prendras pour un fossile.

— Et pas de poulet dans les sandwiches, hein ? précisa Cage comme George se dirigeait d'un pas chancelant vers le téléphone.

— Hé, te monte pas la tête ! dit Alvares en riant. Comment tu veux qu'ils planquent un poulet dans un sandwich ? »

Cage le regarda comme si le fait qu'un type aussi stupide sache tenir un fusil dans le bon sens relevait du miracle.

« Je voulais dire poulet volatile, pas poulet flic, trouduc. J'en mange pas. Et pas de porc non plus, c'est contraire à ma religion. «

Alvares loucha dangereusement, ne sachant plus, tout d'un coup, s'il pourrait éviter de perdre la face sans se servir de son arme. Puis, s'adressant à George, il cria : « Hé, connard ! Et pas de noisettes non plus !

— T'es allergique ? demanda Cage.

— Noisettes *cojones*, pas noisettes noix, trouduc. J'en ai à revendre, moi, merci bien. »

Ben Cage eut un sourire sinistre. C'était bien ce qu'il avait toujours dit : Impossible de négocier avec ces types-là.

« Allô ? Allô ? s'affola une voix d'homme au bout du fil à la seconde où George décrocha le combiné.

— Allô, répondit-il.

— Oui ! Qui est à l'appareil ?

— C'est Bailey.

— O.-K., Bailey, ici l'agent spécial Winston Pepsi. Je veux que vous compreniez que même si nous avons une puissance de feu suffisante pour envoyer tout l'immeuble à l'hosto, nous n'avons pas l'intention de vous faire du mal si vous relâchez les otages et si vous vous rendez sans résistance. Nous nous comprenons bien ? »

George jeta un coup d'œil inquiet à Alvares et à Cage, qui fixaient sur lui un regard intense.

« Hum. Non.

— Allons, Bailey. Vous n'êtes pas en situation de tenter un bras de fer avec moi. Vous ne ferez que vous enliser davantage. La seule issue c'est de coopérer. Vous êtes dans la merde jusqu'au cou, mon vieux, et moi je suis votre seule perche. Marchez avec moi, Bailey. Qu'est-ce que vous voulez ?

— Des sandwiches.

— Des sandwiches, hein ? D'accord, Bailey, je pourrais vous donner ces sandwiches, mais dans la vie on n'a rien gratis. Si je vous donnais ces sandwiches, qu'est-ce que vous me donneriez en échange ?

— Euh… de l'argent pour payer les sandwiches ?

— Laissez tomber l'argent, Bailey ; de toute façon, ce n'est pas le vôtre. Soyez un peu réaliste… Vous n'avez pas l'air de comprendre la gravité de votre situation. »

George s'excusa d'un regard auprès d'Alvares et de Cage, pointant un doigt sur le combiné en haussant les sourcils.

« Au contraire, agent Pepsi. Je crois que c'est vous qui ne comprenez pas la gravité de ma situation. Je m'appelle George Bailey et cette banque, je ne la braque pas, j'y travaille ! »

Il y eut une longue pause. À l'autre bout de la ligne, George entendit un « merde » étouffé.

« Bon, d'accord, déclara enfin l'agent Pepsi. Je suis désolé, George, mais vue d'ici, la situation n'était pas très claire, vous comprenez. Donc, vous êtes otage. Bien. Pouvez-vous parler librement ?

— De sandwiches, oui. »

De nouveau, George entendit Pepsi jurer discrètement tout en réfléchissant.

« Bon… merde… bon, d'accord… Est-ce que quelqu'un écoute ce que je dis, George ?

— Non.

— D'accord. Bon. Je me rends compte que vous subissez un stress terrible mais j'ai besoin de renseignements. Je vais vous faire livrer tous les sandwiches que vous voulez, mais d'abord, nous allons avoir une conversation codée où je vous poserai des questions sur la situation et où vous pourrez répondre en termes de sandwiches, vous avez compris ?

— Je crois.

— Bon, George, tout d'abord, commandez un sandwich dont le nombre d'ingrédients correspondra au nombre de braqueurs enfermés avec vous dans la banque. »

George se concentra si fort qu'il fronça les sourcils. Tout d'un coup, aucun ingrédient ne lui venait à l'esprit.

« Euh… Dinde… laitue… et… pommes de terre… sur du pain de seigle.

— Trois ! C'est bien ça, George, ils sont trois ?

— Et aussi oignons… bœuf… et cornichons… sur du pain blanc.

— Mais ça fait deux sandwiches, ça, George. Je me rends compte que vous devez être à cran, mais essayez de vous concentrer.

— Qu'est-ce que c'est comme saloperie, un sandwich aux oignons, bœuf et cornichons ? marmonnait Alvares dans son coin. Hé, Ducon ! J' veux pas de cornichons, moi !

— Pas de cornichons, excusez-moi, transmit George.

— Pas de cornichons, collationna Pepsi. Vous vous êtes trompé ? Ils sont donc cinq, pas six ?

— À la place des cornichons, des tomates !

— Des tomates, maintenant ! Ce qui nous ramène à six. Mais on a toujours deux sandwiches. Parlons-en, de ces sandwiches, George. Vous avez dit un au pain de seigle, un au pain blanc. Essayez-vous de me dire quelque chose sur l'origine ethnique des assaillants ? Dites olives pour oui… et cacahuètes pour non. »

George commençait à avoir des sueurs froides. « Des olives, oui… et aussi des cacahuètes.

— Hep ! aboya Alvares. On veut pas de cacahuètes. Pas de noix d'aucune sorte, j'ai dit !

— Désolé, pas de cacahuètes. Nous ne voulons pas de cacahuètes. Des olives et des chips.

— Olives et cacahuètes…, récapitula Pepsi. Pas de cacahuètes… des olives et des chips. Ce qui donne oui et non… pas non… oui et peut-être ? Je ne comprends pas très bien, George. Vous croyez qu'on pourrait recommencer avec un sandwich ?

— Non.

— Ça fait trop d'ingrédients, hein ? Vous ne voulez pas commander une pizza ?

— Non, non, non… j'ai dit pain de seigle et pain blanc. Ce sont deux sandwiches complètement différents. Pas une pizza.

— Qu'est-ce que… ? Je comprends rien. On dirait que… que vous êtes doublement otage.

— Des olives ! confirma George avec enthousiasme. Olives noires et olives vertes !

— Vous êtes doublement otage ! Retenu par deux groupes séparés, c'est ça ?

— Olives fourrées !

— Hé ! cria Cage. Y en a assez de tes putains d'olives, mec !

— Bien, bien, enfin on arrive à quelque chose, George. (Pepsi s'animait dans le combiné.) Vous nous êtes très utile. Maintenant, j'ai besoin que vous me disiez pour les autres otages… nombre et genre. Commandez du bacon pour les hommes et du thon pour les femmes. »

George eut un pincement au cœur. Il regarda Cage en murmurant dans le téléphone : « Vous n'auriez pas autre chose que du bacon ?

— J'ai rien du tout, moi, George… Je suis agent fédéral, pas charcutier, merde ! Pourquoi ça va pas, le bacon ?

— J'ai reçu des ordres stricts de ne pas commander de sandwiches à la viande de porc… pour des raisons morales.

— Pas de porc ? Vous êtes otage des Juifs ?

— Noooon…

— Des Arabes ! Les fils de putes ! Des terroristes ?

— Non…

— Quoi, alors, pour l'amour du ciel ? cria Pepsi, qui perdit carrément patience. Vous êtes otage de végétariens militants ? De chrétiens convertis à l'islam ? Répondez-moi, George !

— Écoutez, lui rétorqua George, dont la patience s'effritait devant tant d'agressions, pas de bacon, un point c'est tout, s'il vous plaît. La dinde, ce sera parfait, d'accord ? Nous voulons environ quinze dindes, quinze thons… et… vingt sandwiches au beurre de cacahuète et confiture… mais sans cacahuètes. Vous avez ça ?

— Beurre de cacahuète et confiture ? lâcha Pepsi dans un hoquet. Je suppose que vous voulez parler d'enfants ?

— Oui. Vingt. »

Pepsi émit un sifflement. « Vingt beurre de cacahuète et confiture sans cacahuètes ? Vous êtes bien sûr, George ?

— Des radis ! fit George sous le coup de l'inspiration, sur un ton qu'il espéra affirmatif.

— Oui ? Vingt enfants ?

— Des pommes !

— Ils sont avec le thon ?

— Non… avec des rollmops.

— Ils ne sont pas avec le thon ? C'est qui les rollmops ? Des grand-mères ?

— Hé, tu vas commander des desserts pendant que tu y es, mec ? cria Cage. Ça ira comme bouffe, tu crois pas ? Raccroche, maintenant. »

George hocha la tête en soupirant. Il voulait désespérément faire comprendre le statut des enfants, mais n'arrivait pas à trouver une métaphore alimentaire pour le concept d'orphelins.

« Il faut que je vous quitte.

— Non, George, attendez… Ces enfants, ils sont accompagnés par qui ? »

George eut une idée.

« Des œufs, mais pas de poule, dit-il en guise d'au revoir.

— Attendez, attendez ! Et les armes ? Ils ont des armes de poing, des fusils, des fusils automatiques ? Ils ont quoi, George ? »

Cage et Alvares, l'air menaçant, le regardaient hésiter. Cage lui fit signe de reposer le combiné. George amorça le geste, puis remit prestement le combiné contre son oreille.

« Des maxi Coca pour tout le monde ! » siffla-t-il avant de raccrocher.

« Allô, George ? Allô ?… Et merde ! »

L'agent Pepsi arracha les écouteurs de ses oreilles ; écœuré, il les jeta sur la console du « sous-marin ».

« Alors ? demanda l'enquêteur Weiss. Quoi de neuf ?

— Nous savons désormais… » Pepsi baissa les yeux sur le bloc où il avait griffonné la commande, et traduisit à mesure. « … que nous avons deux groupes distincts de braqueurs. Armés de… ma foi, franchement, les maxi Coca, ça m'évoque des fusils automatiques. Plus environ cinquante otages répartis en quinze femmes, quinze hommes et vingt enfants.

— Merveilleux, commenta Weiss, qui se retourna en levant les bras au ciel. Et il faut que ça tombe sur moi. Le viol et l'assassinat de la religieuse ou le massacre du restaurant Pitt's Burger, c'est pas pour moi. La femme enceinte de son troisième prise dans le feu croisé de la fusillade d'un gang, c'est pas pour moi non plus. Non, moi, c'est carrément vingt enfants pris en otages. On a des amis à dîner ce soir mais c'est pas grave, ils me raconteront, hein ? Merci, toi, là-haut !

— Et ce n'est pas fini.

— Parfait. T'aurais pas une pierre blanche, qu'on soit sûrs de ne pas oublier la journée ?

— En parlant d'enfants, qu'est-ce que ça t'évoque si on te dit : "des œufs mais pas de poule" ? »

Weiss fronça les sourcils et leva les yeux. « Des orphelins ?

— Oui, c'est ce que je me suis dit aussi. Donc on peut partir sur la base d'une prise d'otages de vingt orphelins.

— Des orphelins, des orphelins… » Weiss se tapota la lèvre du bout du doigt en évaluant la situation. « Hmm-hmm. Ne me cache rien, maintenant, Pepsi. C'est tout, côté mauvaises nouvelles, ou il y en a d'autres en réserve, du genre : orphelin de l'année ? »

Pepsi hocha la tête d'un air sinistre. « Je parie que chacun à sa manière a su courageusement défendre sa candeur et son innocence tout en vivant une tragédie déchirante, tu n'es pas de cet avis ?

— Honnêtement, je serais scandalisé, écœuré, de découvrir qu'ils ne sont pas de parfaits petits anges. »

Ils se regardèrent, blancs comme des linges : l'atroce réalité de leur situation venait de les frapper de plein fouet, et leur tentative de cynisme ne l'avait en rien atténuée. Le visage de Pepsi se durcit et, d'une voix basse et sinistre, il constata :

« Si seulement c'étaient des adolescents, on pourrait se permettre d'en perdre quelques-uns. Mais à moins de quatorze ans, ce sont nos carrières qui sont dans le collimateur, si tu vois ce que je veux dire… »

« Pas de parents. Vingt enfants de moins de treize ans. Orphelins. Deux gangs de cambrioleurs armés. Une banque. Des otages. Des enfants sans parents. Un drame épouvantable se déroule…

— C'était super, Vanessa ! On va le diffuser toutes les cinq minutes au cas où ils perdraient le fil. C'est parfait, tu te rends compte… Je commençais à craindre que cette histoire de raz de marée du crime s'essouffle un peu, pas toi ? Tu veux faire une pause pour le déjeuner ? »

13

De même que certaines personnes sont accro au chocolat ou kleptomanes, de même Jean Grey adorait traverser les ponts en voiture les yeux fermés. Dieu seul sait combien de fois elle s'était promis de ne pas recommencer, mais tôt ou tard elle se retrouvait seule dans sa voiture sur une route dégagée qui menait à un pont… et la tentation était simplement irrésistible.

Plus jeune, elle avait été horrifiée par cette perversité ; chaque fois qu'elle cherchait à la satisfaire, elle mourait de honte et s'adressait des reproches sans fin. Elle était persuadée d'être atteinte d'une tare grave, et en arrivait à se demander si elle n'était pas folle. Elle aurait pu rechercher l'aide d'un psychanalyste, mais elle n'avait pas l'intention de déballer tous les aspects de sa vie privée sous prétexte que l'un d'eux était manifestement anormal. Au lieu de cela, elle avait appris à s'en accommoder. Aujourd'hui, à trente-quatre ans, elle se faisait plaisir – un plaisir calculé – une fois par semaine, à un endroit qu'elle avait repéré à une heure de son lieu de travail, et où il passait très peu de voitures. Elle culpabilisait moins, et se persuadait que ce défoulement hebdomadaire faisait d'elle quelqu'un de plus stable et de plus équilibré qu'elle ne le serait si elle s'interdisait cette entorse et vivait dans une frustration permanente.

Elle ne s'était confiée à personne, naturellement, car ç'aurait été injuste envers son confident. Comment espérer qu'un tiers puisse garder ses secrets les plus intimes, les plus choquants, si on en était incapable soi-même ? Et malgré toute la confiance qu'elle accordait à certains de ses amis, elle ne pouvait se permettre de courir ce risque. En admettant que la nouvelle tombe dans une oreille malveillante, elle n'osait même pas envisager les conséquences sur sa vie et sa carrière. Ses employeurs exigeaient de leur personnel qu'il ait non seulement la tête froide, mais le cœur de glace.

Traverser un pont les yeux fermés était un comportement totalement inacceptable chez un astronaute, point final.

Longtemps, elle s'était crue sous l'emprise d'une pulsion de mort, probablement due à sa culpabilité après le suicide de son frère aîné, Scott, à l'âge de dix-sept ans. Ce suicide avait presque certainement eu pour cause la tournure prise par leur relation peu avant qu'il décide de se jeter du Tawnysuckit Bridge.

C'était une explication plausible.

Mais plus elle explorait cette période sombre de sa jeunesse, moins elle était persuadée que c'était la bonne ; la conclusion lui paraissait séduisante parce qu'il est tentant d'attribuer tous ses problèmes à un traumatisme unique, comme découvrir le corps disloqué de son frère dans un fossé et savoir que s'il est là, c'est à cause de la relation incestueuse qu'on a eue avec lui.

Tout au fond d'elle-même, cependant, elle ne se sentait pas vraiment responsable. Elle attribuait la faute à Scott. Elle avait résisté à ses avances, puis, quand elle y avait cédé, elle n'avait pas cherché à le culpabiliser. Elle avait minimisé la chose. Elle croyait alors, et continuait de croire, que ce n'était qu'un acte physique entre deux personnes qui s'aimaient et qui n'avaient pas été très sages. Ce n'était pas un péché plus terrible, plus passible de la rôtissoire de Satan, que de voler un magazine à l'étalage. Plutôt moins, si elle avait été Dieu. S'ils s'étaient mariés et avaient eu des bébés au groin de cochon et aux pieds palmés, là, oui, ils seraient allés trop loin.

Elle avait eu beau l'aimer, elle avait beau l'aimer encore, cet amour ne lui cachait pas la réalité du problème, à savoir les testicules. C'étaient ses testicules qui avaient poussé Scott dans sa chambre et par-dessus le parapet du pont. Les jeunes mâles sont comme des toxicomanes, drogués à la testostérone.

Il ne s'écoulait presque jamais un seul jour sans qu'elle pense à lui, mais avec moins de culpabilité que de tristesse ; plus les années passaient, plus se fortifiait son unique bonheur au milieu de toute cette tristesse : au moins ils avaient fait l'amour.

Alors, non. Ce n'était pas ça, avait-elle conclu, s'économisant ainsi plusieurs milliers de dollars de thérapie.

Mais ces pensées étaient loin d'elle en ce jour d'automne où, dans son cabriolet noir, elle gravissait la montagne à vive allure pour gagner le chalet de sa mère. Elle pensait à la mission.

Elle pensait au passager.

Dans un paysage de feuilles jaunies, la journée était assez belle pour rouler capote baissée, et Jean souriait en sentant l'air plaquer sur ses joues des mèches de cheveux dorés. Dans le rétroviseur, elle aperçut les larmes que lui arrachait le vent, et qui ruisselaient de ses yeux verts : elle les essuya de l'index, qu'elle lécha ensuite avec insouciance pour en goûter le sel.

C'était des choses comme ça, pouvoir conduire seule à travers des bois magnifiques par une belle journée, qui rendaient la vie si merveilleuse, se dit-elle, comme en en prenant conscience pour la première fois. Les arbres auraient pu dire la même chose d'elle, mais Jean ne tirait aucune vanité de son apparence physique. Son nez, trop grand de toute manière, semblait s'harmoniser avec le temps et changer constamment de forme. Sa peau était un peu rugueuse à cause de mystérieuses imperfections qui allaient et venaient, n'évoluant presque jamais en boutons, encore que, lorsque cela arrivait, cela prenait des allures d'éruptions volcaniques. Pour elle, être belle ou jolie, c'était la même chose ; elle ne serait donc jamais belle. Elle n'était pas jolie, mais elle avait un charme indéfinissable qui retenait le regard des hommes. Jean avait du chien. Mais un chien à l'ancienne : elle ne possédait pas d'ordinateur.

Elle essayait autant que possible d'éviter l'informatique en dehors du travail, ce qui ne manquait pas de surprendre ses collègues. Mais Jean n'en avait tout simplement pas l'usage. Rien, dans sa vie, n'en justifiait l'emploi, alors pourquoi s'en encombrer ? Elle n'avait pas besoin de lave-vaisselle non plus, et de cela, personne ne s'étonnait. Ce n'était pas parce qu'elle travaillait dans le domaine technologique le plus pointu qu'elle était tenue d'aimer les ordinateurs. C'était l'espace qu'elle aimait.

Le vide.

Le silence.

Voilà pourquoi le passager la dérangeait. L'espace était son temple, son grand temple noir, et ses collègues astronautes des compagnons pèlerins. Elle ne voulait pas d'un emmerdeur de touriste. Mais ils avaient bien été obligés de l'accepter : la mission était financée par Infologix, également propriétaire du satellite. Le type les accompagnait dans le seul but de pousser le bouton de lancement du satellite, de la même manière qu'il aurait fracassé une bouteille de champagne sur la coque d'un bateau. Pourquoi fallait-il toujours tout déprécier ?

Ils ne connaissaient pas encore l'identité du voyageur. Il avait même fallu attendre l'annonce de ce satané programme Rectopuce pour savoir à quoi servait le satellite. Jean s'étonnait, d'ailleurs, que Memphis 2, le nom de code par lequel ils continuaient de l'appeler, soit si grand. Il était conçu pour suivre à la trace quelques centaines de milliers de criminels, et pourtant il avait la taille des plus grands satellites de télécommunications qu'elle avait lancés.

Elle s'en voulut quelques instants de toutes ces pensées, elle qui était en congé et censée oublier les tracas du boulot. La route montait en lacet sous un tunnel de verdure, dans une lumière pommelée qui défilait devant ses yeux. Encore quelques kilomètres et sa mère l'accueillerait à bras ouverts, impatiente de la régaler de bons petits plats faits maison. En vérité, depuis quelque temps, les bons petits plats étaient plutôt réchauffés maison, mais c'était toujours rassurant de manger dans les assiettes de son enfance. Pauvre maman, songea-t-elle, soudain coupable de ne pas venir la voir plus souvent. Mais sa mère avait beau lui vouer un amour inconditionnel, elle lui posait surtout beaucoup de questions. Quand allait-elle se trouver un homme ? avoir des enfants ? Elle ne comprendrait jamais que ces choses-là puissent ne pas préoccuper sa fille. Autre génération, autres mœurs. Pour sa mère, la place d'une femme était aux fourneaux, quitte à abuser des euphorisants.

Malgré ses réticences quant à cette semaine de vacances qui l'attendait, Jean était contente de se retrouver loin de New Toulouse. Son travail à Star City l'accaparait tant que, les jours de repos, elle n'aspirait qu'à une chose : prendre une longue douche dont elle sortirait la peau rose et douce, puis boire un café en robe de chambre et traquer le poil rebelle sur ses jambes à la pince à épiler. Une demi-journée quasiment envolée en fumée. Elle avait besoin de prendre de vraies vacances.

En fait, elle avait envisagé une autre théorie pour expliquer les ponts : peut-être réagissait-elle contre l'extrême discipline et le contrôle total qu'exigeait d'elle son travail ? Discipline et contrôle avaient été les mots d'ordre de toute sa vie d'adulte, et même avant ; cela remontait aux matières qu'elle avait choisies dès son entrée en fac en sachant qu'elles lui vaudraient un bonus le jour où elle voudrait s'engager dans l'Air Force, étape indispensable pour devenir astronaute. Tout avait été programmé dès le début avec cet objectif en tête. Dieu sait, pourtant, qu'elle aurait préféré des études de littérature ou d'art à des études d'ingénieur, mais la connaissance de Shakespeare n'était d'aucune utilité en apesanteur.

Par-dessus tout, Jean avait voulu connaître l'espace. Les ténèbres infinies. Pourquoi ? Elle l'ignorait.

Son dévouement à la cause avait été absolu et indéfectible. Elle s'était interdit la détente, les distractions et sans doute plusieurs aventures amoureuses. N'avait-il pas été malsain de brider ainsi ses plaisirs au nom de son ambition ?

Probablement, conclut-elle. Et alors ? Plus elle y pensait, plus elle s'irritait de voir les gens faire tant de cas de leurs désirs refoulés et de leur stress.

Que voulaient-ils, à la fin ?

Quelle était la valeur d'un acte si facile qu'il ne coûtait rien ? Les contraintes n'étaient-elles pas une condition sine qua non pour réaliser ses projets ? Les gens s'attendaient-ils sérieusement à ce que leur carrière, leur famille, leur vie, leur soient données gratis comme un cadeau dans un paquet de céréales ?

Si on se mettait à croire que toutes les difficultés de la vie laissaient des traces affectives indélébiles, combien de temps pourrait-on vivre encore sans assurance pique-nique ? Combien de temps avant qu'un avocat gagne une plaidoirie en faisant valoir que son client avait besoin de tuer pour s'exprimer ?

Alors, non, ce n'était pas ça qui la lançait yeux fermés sur les ponts, décida-t-elle, privant ainsi un pauvre thérapeute d'une nouvelle voiture. Machinalement, elle leva le pied de l'accélérateur en apercevant le Tawnysuckit Bridge, et ralentit jusqu'à l'arrêt à quelques mètres de l'entrée.

Le soleil de l'après-midi dardait sur la route et vers les arbres des rayons solides qui rappelaient les piliers d'un temple païen. Un souffle de vent aurait suffi à ébranler leurs fondations et à rompre le charme de l'endroit, mais tout était si calme et silencieux que Jean frissonna. De l'autre côté du pont, la route continuait à l'assaut de la colline en trois virages en épingle à cheveux, après lesquels le chemin qui desservait le chalet de ses parents partait sur la gauche. Tout au long de son enfance, ils y étaient venus chaque fois que son père pouvait quitter son escadrille pour quelques jours de permission. Le lieu était l'antidote parfait au vacarme hurlant d'une base aérienne : pas un chat, pas de voitures, pas de règlement, rien que la nature. Avec Scott, elle faisait la course à vélo jusqu'au pont, et ils freinaient en dérapant à l'endroit même où elle venait d'arrêter sa voiture, moteur au ralenti. Chaque seconde de la folle descente était une tranche de terreur pure, et la vitesse lui arrachait tant de larmes que Jean débouchait du dernier virage aveuglée, obligée de faire confiance à son vélo comme à un cheval. C'était une torture d'entendre le *wouf wouf wouf* des poutrelles du pont qui défilaient à toute vitesse ; elle hurlait de joie quand ses freins crissaient, brûlant de la gomme, et elle clignait les paupières en cherchant son frère.

Qui gagnait invariablement. Il avait dix-huit mois de plus, il était plus grand. Elle n'aurait pu espérer le battre qu'en le surpassant en courage ou en folie. Et du courage et de la folie, Scott en avait toujours eu à revendre.

Elle resta assise quelque temps dans la voiture immobile,

155

sentant vibrer la pédale d'accélération sous son pied, feignant d'ignorer ce qu'elle avait en tête.

Elle le savait parfaitement, pourtant. De même qu'elle savait très bien ce qui la poussait à le faire.

Les orgasmes.

Elle ferma les yeux avec un sourire langoureux et, du pied, enfonça l'accélérateur. Elle sentit la voiture rouler vers le pont, la brise légère lui caresser les joues et un chatouillement douloureux monter de la pédale le long de ses jambes, tandis que ses pieds luttaient contre l'envie de freiner.

La lumière jouait sur ses paupières closes ; elle laissa la voiture accélérer, prit une inspiration profonde, se mordit la lèvre inférieure et mit le pied au plancher. Le cabriolet fit un bond en avant ; elle s'exhorta à s'arrêter, ou alors à ouvrir les yeux, refusa, et ce masochisme augmenta encore les vagues de plaisir qui montaient en elle à mesure que le *wouf wouf wouf* des poutrelles sifflait dans ses oreilles et se répercutait de ses tympans dans tout son corps.

Elle avait l'impression d'avoir un barrage entre les jambes, et qu'à chaque *wouf* un peu d'eau giclait par-dessus pour tomber, en contrebas, sur une fleur en bouton assoiffée. Et le barrage cédait à mesure que la fleur s'ouvrait, son corps se raidissait, ses jambes se tendaient, son pied appuyait plus fort encore sur l'accélérateur, et *wouf wouf* et *crac*, le barrage cédait enfin, elle ouvrait les yeux et luttait pour maîtriser sa voiture, les muscles secoués de spasmes incoercibles.

Se tortillant sur son siège, elle fonçait à toute vitesse vers l'autre bout du pont, où la route amorçait un virage serré à droite. Les yeux voilés de larmes et les poumons réclamant de l'air, elle donna un brusque coup de volant, et la voiture couina délicieusement. Elle évalua mal le deuxième virage, qu'elle prit trop large, en dérapant, mais le sang qui tambourinait dans ses oreilles couvrit le bruit que fit la roue arrière en soulevant une gerbe de gravillons. Le plaisir était si intense qu'elle ne prit même pas la peine de ramener la voiture sur l'asphalte. Enfin, en abordant la ligne droite, les chocs décrurent telle une moto qui rétrograde progressivement et Jean respira de nouveau, soûlée par l'air de la montagne.

Elle leva le pied et laissa la voiture terminer en roue libre jusqu'à l'arrêt, s'effondrant alors sur le volant telle une poupée de chiffons. L'esprit vide, elle respirait à petits coups saccadés proches du sanglot. Au bout d'une minute, elle s'adossa à son siège et se regarda dans le rétroviseur en essuyant ses larmes.

Elle était dans un bel état, avec son air moins de sortir du lit que de ne s'être pas couchée de la nuit. Sa mère, qui l'attendait à une minute de là maintenant, ne manquerait pas de lui faire remarquer que c'était à cause de cela qu'elle n'avait pas d'homme dans sa vie.

Le téléphone de la voiture sonna.

« Jean ? Où es-tu ? résonna la voix impatiente de Frank Baxter, son chef de mission.

— Sur la route. Je rentre chez moi. Pourquoi ?

— Fais demi-tour. La mission est avancée.

— Et mes congés ?

— Annulés. La vague de crime est en train de flinguer le vice-président dans les sondages. Résultat : il faut que le satellite soit lancé et la Rectopuce opérationnelle avant les élections. Ce qui veut dire que tu es du prochain vol.

— Je n'ai pas besoin de préparation ! C'est un lancement de routine. Je ne vois aucune raison d'annuler mes vacances.

— Tu es peut-être prête, Jean, mais ton passager ne l'est pas, lui. »

Jean eut un pincement au cœur. « Oh, non, Frank. J'ai mal entendu, dis-moi que j'ai mal entendu !

— Tu as très bien entendu. Il s'appelle Josh Cloken. Nous ne savons rien de lui sinon qu'il a trente-neuf ans et que sa seule expérience de l'air s'est faite sur le genre d'appareil équipé d'un chariot à boissons. C'est pourquoi je te le confie. Nous avons besoin de quelqu'un qui a… comment dire ?…

— La tête sur les épaules, peut-être ?

— C'est exactement ça ! La tête sur les épaules !

— Bon, eh bien… C'est tout moi, on dirait ?

— Jean… tu seras gentille avec lui, hein ? Je sais ce que tu en penses, mais ces gens-là paient le lancement. Ils sont nos clients. »

Elle sentit le soleil jouer sur ses paupières. Elle soupira.

« D'accord. Je peux être très gentille quand je veux, tu le sais, Frank.

— Tu es sûre ? insista-t-il. Tu te sens d'attaque ?

— J'irais les yeux fermés », affirma-t-elle en souriant et en reposant le téléphone.

Elle resta deux minutes encore à savourer la paix des bois, puis elle téléphona à sa mère pour lui expliquer qu'elle ne pouvait pas venir. Bientôt, lui promit-elle.

Elle essuya ses dernières larmes, fit demi-tour sur l'étroite bande asphaltée et redescendit doucement vers le pont.

14

Comme toujours, Lola Colaco portait une tenue parfaitement adaptée aux circonstances. Aujourd'hui, elle était en vert foncé, sobre mais sophistiqué, élégamment sexy, gouttes d'argent aux oreilles et cheveux en chignon sur le haut du crâne qui lui donnaient le look vierge-froide-avocate-qui-bouffe-du-juge.

On parlait du viol.

Ou plutôt, pour être précis, des « Épouses d'hommes célèbres victimes de viol ».

L'émission tout entière tournait autour de la déclaration faite la veille par Susan Summerday mais, au dernier moment, on avait réussi à faire venir sur le plateau d'autres victimes célèbres pour équilibrer. Il y avait Teri Winston, la femme de la star de football atlantien Crud Winston, qui défrayait la chronique parce qu'elle était à quelques jours de son procès contre son violeur présumé, son mari.

Et il y avait Alice Chandler, épouse de l'acteur Lewis Chandler, qui aurait été violée par le metteur en scène alors qu'elle jouait un rôle mineur dans un film d'horreur, mais les détails étaient un peu flous. Tout serait dit, annonçait-elle dans son autobiographie, *Tu ne suceras plus dans cette ville*, qui paraîtrait dès que les avocats auraient fini de la réécrire. Lola et ses producteurs avaient hésité à l'inviter : si c'était pour qu'elle se contente de sous-entendre fortement qu'une personne qu'elle ne nommerait pas lui avait fait des choses qu'elle ne préciserait pas… Mais les invités étaient rares et Alice avait promis de compenser la pauvreté des détails de son histoire en éclatant en sanglots à un certain moment de son récit.

La prestation de ces deux femmes n'avait cependant pas grande importance, puisque la garniture du sandwich était Susan Summerday. Lola avait déjà entendu la déclaration que Susan allait répéter, et savait qu'elle tenait un sujet télévisuel d'autant meilleur que le mari était en lice dans la course à la présidence. C'était bon pour le show à plusieurs titres : recevoir la femme d'un grand homme politique lui assurerait un certain poids, à elle qui n'avait pas fait la une des journaux depuis le jour où, alors qu'elle avait obtenu l'exclusivité des retrouvailles de deux jumeaux séparés à la naissance, l'un des deux avait calanché en direct avant même d'avoir eu le temps d'ouvrir la bouche.

Lola en faisait encore des cauchemars. Elle avait essayé de le ranimer en lui administrant elle-même le bouche-à-bouche, en vain. Prête à tout pour le sauver, elle y avait mis la langue aussi, mais le type était plus mort que mort. Il avait tiré sa révérence sans payer la facture.

Sans même un mot d'adieu.

Susan Summerday était au maquillage, où on la barbouillait de fond de teint pour atténuer l'éclat blafard des projecteurs. Depuis son arrivée, elle ne s'était pas départie de son air grave, sinistre même ; elle n'était pas nerveuse comme la plupart des invités, mais plutôt oppressée, pareille à un général la veille d'une bataille. Lola était rarement impressionnée par ses invités ; elle entendait même plutôt leur inspirer une sorte de crainte au moment où elle se matérialisait en trois dimensions devant eux, qui ne l'avaient vue que sur leur petit écran. Mais il y avait quelque chose, chez Susan Summerday, qui imposait le respect. Elle faisait partie de ces rares personnes si sûres d'elles qu'elles n'avaient pas besoin d'apparaître à la télé pour vérifier quelle était leur place dans le monde.

Lola n'imaginait pas quel effet cela faisait de posséder une telle assurance, de savoir qui on était rien qu'en se regardant dans la glace.

Mais la médaille avait son revers : ces personnes-là étaient les invités les plus coriaces, car elles ne laissaient pas Lola aiguiller la conversation. Elles avaient leurs idées. Elles la contredisaient. Elles voulaient exprimer les choses à leur manière au moment choisi par elles, et ne comprenaient pas la nécessité de glisser sans s'appesantir sur les détails de leur vie. Elles étaient de loin les plus gratifiantes et intéressantes dans une conversation privée, mais un cauchemar pour l'équipe de production.

Lola s'encadra dans la porte du salon de maquillage, espérant que Susan l'apercevrait dans le miroir, mais celle-ci était plongée dans ses notes, qu'elle lisait à voix basse pendant qu'on la coiffait.

« Et je me souviens…, marmonnait-elle. Mike m'a prise dans ses bras pour que je pleure sur son épaule, en me jurant qu'un jour… un jour il rendrait ce pays sûr pour les femmes comme moi. Sur le moment, je n'ai pas compris ce qu'il voulait dire ; j'étais bien trop heureuse de me sentir protégée pour le lui demander, mais aujourd'hui je crois que, déjà à l'époque, il envisageait un système du genre de la Rectopuce… »

« … qu'il ne le fait pas seulement pour moi, mais pour toutes les femmes qui ont connu l'horreur d'une agression, pour tous ceux qui ont connu la terreur en marchant dans les rues de leur propre quartier, pour tous ceux qui craignent pour la sécurité de leurs enfants dans la société d'aujourd'hui. »

« La salope ! La vulgaire menteuse ! » s'écria l'adversaire Jack Douglas, qui, après un dernier regard de dégoût sur son écran, s'approcha à grands pas furieux de son chariot à boissons. Il plongea la main dans le seau à glace et lâcha les glaçons dans son verre de whisky. « C'est du bluff ! Une arnaque totale !

— Ça ne fait aucun doute, lui répondit Travers de Lyne, son directeur de campagne, en arrêtant la vidéo sur le visage de Lola, toujours aussi séduisant bien que ravagé par l'émotion. Mais même si c'était vrai, l'effet serait tout aussi réussi. Elle est maligne.

— Maligne ! cracha Douglas, la gorge brûlante d'avoir avalé l'alcool trop vite. Ça en dit long sur l'état de notre pays, quand on en vient à trouver malins les gens qui arrivent à dégrader le processus démocratique par le parjure et un sensationnalisme tiré du ruisseau !

— On est bien obligé de faire preuve d'une inventivité fracassante si on veut se renouveler… Calmez-vous, Jack. Je ne dis pas qu'ils sont plus malins que nous. Ce sont *vos* militants qui brisent les vitrines toutes les nuits pour continuer de faire grimper les statistiques du crime.

— Je connais Susan Summerday, Travers, et laissez-moi vous dire qu'elle n'a pas été plus violée que moi.

— On s'en fout, Jack ! Le problème, c'est qu'on est incapables de prouver qu'elle ment ; si on émettait le moindre doute, même en s'y prenant avec subtilité, on serait réduits en charpie ! Vous imaginez de quoi on aurait l'air si on accusait de mensonge une femme qui a eu le courage de parler d'un épisode profondément douloureux de son passé ? Tout d'un coup, ce serait nous qui en serions réduits à la dernière extrémité pour reprendre l'avantage politique. Le camp Summerday sait parfaitement que nous n'oserons jamais attaquer la véracité de son histoire.

— Qu'est-ce qu'on fait, alors ? grogna Douglas avec amertume, en arpentant de long en large la pièce. On lui exprime poliment notre sympathie ? »

De Lyne garda le silence quelques secondes, le temps de remplir son verre. Enfin il répondit d'une voix apaisée, et plus déterminée : « C'est une option que nous avons envisagée. »

À ces mots, Douglas s'arrêta net ; bouche bée, il tourna lentement la tête vers son conseiller.

« Naturellement, vous… plaisantez. Vous plaisantez, n'est-ce pas ? Nous savons tous que c'est un mensonge et vous voulez non seulement que je l'avalise, mais encore que j'y participe ? Pas question, Trav… Non, vous ne me ferez pas boire le vin jusqu'à la lie, il y a des limites.

— Réfléchissez, Jack. Mensonge ou pas, ça y est, l'affaire a éclaté. Dès demain, le pays entier aura vu l'émission de Lola Colaco ou en aura entendu parler. Si nous ne pouvons pas prévoir comment va réagir l'opinion, en revanche nous savons très bien que ce salaud de Summerday tirera les marrons du feu. Tout d'un coup, elle a planté un drapeau et tout le monde va se rallier autour.

Un message de sympathie bien étudié de votre part pourrait atté-nuer la claque politique. De toute manière, nous ne parviendrons pas à éluder la question… À votre prochaine conférence de presse, on ne vous interrogera que là-dessus, croyez-moi.

— Vous imaginez peut-être que je ne le sais pas ? Mais il n'empêche que ça me révolte d'avoir à leur céder le terrain de la moralité en feignant de croire à leurs salades. C'est obscène. Je me fais l'effet d'un chien de garde qui se roule sur le dos pour qu'on lui gratte le ventre.

— Vous n'avez pas à leur céder le terrain de la moralité. Vous pouvez contre-attaquer, mais pas en doutant de la sincérité de la confession de Susan Summerday, c'est tout. Parce que ça, c'est un coup perdu d'avance.

— D'accord… Alors, qu'est-ce que vous attendez pour me faire profiter de votre idée de la contre-attaque ? »

De Lyne fit tinter les glaçons en regardant tourner le whisky dans son verre, puis il en avala une gorgée. Il avait l'air nerveux.

« C'est simple. Vous présentez votre sympathie, votre plus profonde et plus sincère sympathie en ce moment de douleur… et vous dites que vous comprenez combien cette épreuve a dû être pénible à surmonter parce que votre femme, elle aussi, a été victime d'un viol. »

Depuis quelque temps, le directeur de campagne ne pensait quasiment plus qu'à la manière dont Douglas réagirait à sa sugges-tion. De tous ceux qui avaient eu l'occasion de voir le candidat en colère, aucun n'avait envie de faire les frais de son ire. Le corps raidi dans tous ses muscles, il attendit l'explosion.

Elle ne vint pas. Sous le choc, Douglas avait perdu la parole.

« Martha ? Violée ? murmura-t-il enfin. Ma Martha ? »

Il ne trouvait plus ses mots. Il avait beau saisir la logique de De Lyne, l'idée de souiller de cette manière la mémoire de feu sa première femme lui inspirait une répugnance bien au-delà de la colère. Non, ce qu'il ressentait, c'était de la tristesse. Il était triste de voir ce qu'était devenu le processus politique dans son pays, triste de constater qu'on pouvait mener une campagne de la sorte, triste de s'être engagé dans cette voie.

« Vous ne trouvez pas ça un tantinet suspect ? reprit-il. Susan

Summerday annonce qu'elle a été violée, et tout d'un coup je me mets à raconter qu'il est arrivé exactement la même chose à ma femme ?

— Pas exactement la même chose, c'est évident, expliqua de Lyne. Il faut changer un peu. Nous nous… » Il s'interrompit, incapable de prononcer les mots.

« Allez, de Lyne, dites ce que vous alliez dire.

— Nous nous demandions… si, dans son enfance, elle n'aurait pas pu subir des abus sexuels de la part de son père…

— Hum… Et si demain le frère de Mike Summerday annonce qu'il est accro à l'héroïne ? Hein ? Il faudra que je me trouve un parent qui s'injecte du détergent javellisé ?

— Je sais. Ça ne me plaît pas plus qu'à vous, croyez-moi. Mais en période électorale, il faut accepter les règles du jeu. On ne cambriole pas une armurerie avec un couteau, d'accord ? Eh bien, les règles du jeu, c'est ça.

— Je me dis parfois qu'il serait plus sain pour la société que les deux candidats en lice grimpent en slip sur un ring plein de boue et jouent la partie au pugilat. »

À la note d'humour qu'il décela dans la voix de Jack, de Lyne comprit qu'il n'était pas totalement hostile à sa suggestion. Après tout, il n'avait pas encore dit non. « Mais vous êtes partant ? » lui demanda-t-il, plein d'espoir.

Jack prit une profonde inspiration et ferma les yeux ; on aurait dit un homme sur le point de se jeter d'un pont.

« J'ai le sentiment que, pour cette élection, nous n'allons reculer devant aucune bassesse.

— Dois-je comprendre que c'est oui ? Vous allez déclarer que Martha a subi des violences sexuelles de la part de son père ?

— Eh bien oui, répondit Douglas en vidant ses poumons. De toute manière, elle ne l'a jamais aimé, ce vieux salaud. »

15

L'humeur de Macauley Connor s'était peu à peu assombrie au fil de son long voyage en voiture ; quand il s'arrêta et se mit à fourrager furieusement sur le siège arrière, il bouillait d'une colère stérile. Il avait soif et, depuis son arrêt au Pitt's Burger quatre-vingts kilomètres avant, ses semelles collaient au tapis de caoutchouc : en voulant faire tomber les graines de pavot de son Big One, il avait renversé son coca. Le couvercle avait sauté en heurtant le sol, et maintenant le tapis était recouvert d'une couche poisseuse. Sa voiture avait besoin d'un sérieux nettoyage, mais ce n'était pas nouveau, ça datait de plusieurs mois. Et plus elle était sale, moins il avait envie de s'y mettre.

Il fouilla avec rage la masse de papiers et de vêtements sales sur le siège arrière, extirpant du chaos général des pages arrachées à son atlas routier, pour les rejeter à mesure en grinçant des dents.

« Où t'es passée, saleté ? » marmonna-t-il tandis qu'il reprenait les pages qu'il venait de jeter. Page 128. Il devait être quelque part sur la page 128. Mais où était-elle passée, cette page ?

« Ha ! s'exclama-t-il, triomphant, en décollant de la feuille coupable une note de motel vieille de six mois qu'il froissa en boule. M'emmerde pas, toi ! »

Il examina la page poisseuse avec un ricanement, à la recherche de la ville qu'il avait traversée quelques kilomètres auparavant. Ah, ici. Il était sur la bonne route, à quelques minutes de sa destination. Macauley jeta la page sur le siège du passager et sortit de la voiture en claquant la portière.

Peut-être sa colère noire était-elle due au sentiment qu'il perdait son temps. Toute cette route dans le seul but de découvrir le lieu de naissance de John Lockes ! Ce n'était pas en allant interviewer ses anciens maîtres d'école et ses copains de maternelle qu'il sonderait les mystères de la Rectopuce, mais Joel Schonk avait insisté pour qu'il boucle toutes ses recherches avant de commencer à écrire son livre. Qui ça intéresse, de savoir où les gens sont nés et où ils ont embrassé leur première fille ? Macauley fulminait. On n'a envie de connaître leur enfance que parce qu'ils sont devenus célèbres une fois adultes. Il avait défendu son point de vue avec passion, mais Schonk était très têtu. Et c'était lui qui signait les chèques. Voilà pourquoi Macauley venait de passer deux jours d'affilée dans sa voiture pour aller s'échouer dans ce trou paumé.

Certes, on ne savait pas grand-chose des années formatrices de Lockes, mais pour une excellente raison : dans la petite ville de Farview, qui l'avait vu naître et grandir, il ne s'était rien, absolument rien passé d'intéressant jusqu'à son départ pour une école privée, la Welton Academy pour enfants surdoués, qui était à plus de mille kilomètres.

C'était là qu'il avait gagné son premier million.

Ou alors, peut-être était-ce le paysage qui lui tapait sur les nerfs, se dit Macauley en contemplant la campagne environnante. En cinq secondes, le tour du panorama était fait : le berceau familial de John Lockes était plat. Plat comme le dos de la main. De la prairie à perte de vue, où que le regard se porte. Pas une ombre, seul le soleil au zénith dardant ses rayons verticaux sur du blé vertical que n'agitait aucune brise. Pas un oiseau, pas un avion.

Macauley alluma une cigarette ; le devoir l'obligeait à ne pas rester sur cette première impression, mais il s'ennuyait déjà. Sans doute parce qu'il était un gars de la ville, il n'avait jamais beaucoup apprécié la campagne. Il était prêt à admettre qu'elle avait ses charmes, des charmes de blonde un peu sotte, mais elle lui paraissait surtout très ennuyeuse. Par définition, il n'y avait rien à y faire. Et dès qu'on y trouvait quelque chose à faire, les écolos se plaignaient qu'on la défigurait.

D'ailleurs, Macauley avait une théorie sur les écolos. Ils étaient bêtes. Ils n'avaient rien trouvé de mieux, pour compenser le fait qu'ils étaient incapables de se détacher de la foule, que de juger les foules contre nature. Macauley les aurait bien vus, eux, séparés en petits groupes de marcheurs et largués en pleine cambrousse, où la seule chose un peu excitante susceptible de faire oublier leur bêtise aurait été qu'ils se fassent dévorer par un ours.

Un complot brillamment subtil.

Et une théorie qui lui avait valu quelques discussions très vives. Pas nécessairement avec les écolos eux-mêmes, mais avec des gens qui s'étaient laissé laver le cerveau par leur propagande et qui croyaient dur comme fer à la suprématie verte. Cependant, la nature, l'évolution et la science étaient de son côté, parce que le bien-fondé de sa théorie s'appuyait sur une preuve objective : les bons gènes recherchent d'instinct le plus grand pool génétique possible pour s'accoupler. Ce qui fait que le bon matériel génétique migre vers la ville et que le mauvais reste à la campagne, où il aura de meilleures chances de trouver son complément parce qu'il n'y a vraiment rien d'autre à foutre.

Donc, les gens de la campagne étaient des moins que rien.

Constatation pas même ouverte à discussion.

Contrairement à la campagne blondasse, la ville aux yeux de braise, elle, recelait des mystères et vibrait d'une intelligence subtile. Image plutôt sexiste – il en avait conscience, et c'est pourquoi il ne l'employait jamais quand la conversation venait sur ce sujet – mais néanmoins fort juste.

La pire forme de nature qui soit, et de loin, était la prairie, ce grand parking de Dieu.

Macauley suivit du regard le long ruban de route droite qui s'étirait vers l'horizon, aussi plat que l'électrocardiogramme d'un mort, puis cria, d'une voix tonnante : « Qu'une vaste étendue plate soit ! Je vous le dis, car sachez que le Seigneur votre Dieu s'ennuie aujourd'hui ! Ainsi, dans Son infinie sagesse créera-t-Il ce pays PLAT ! Et sachez qu'un jour viendra où l'un d'entre vous se lèvera et dira : "Regardez ! J'ai inventé le Crunchyflake !" Et grand sera l'étonnement parmi la foule en voyant le Crunchyflake, car on saura alors que là était l'intention du Créateur quand Il avait créé la vaste étendue plate ! »

Bizarre, ce fichu engouement qu'avaient les habitants de la prairie pour la religion alors que tout, alentour, leur criait que Dieu Lui-même prenait des vacances. Quel tas d'idiots. Et Macauley détestait les Crunchyflakes par la même occasion et pour le même motif. Non seulement parce que ces céréales réussissaient le prodige de n'avoir aucun goût, mais aussi à cause de tout ce qu'il associait à ce nom – en particulier les pubs soporifiques qui interrompaient ses dessins animés du samedi matin quand il était gosse, et dans lesquelles des familles blondoïdes couraient dans des champs de maïs à perte de vue comme si, hormis un bon lynchage, il n'y avait rien de plus amusant. Et le lait plus blanc que blanc qu'on versait de si haut dans le bol de céréales que le premier imbécile venu voyait tout de suite que ça finirait sur la nappe. Mais, dans la prairie, en s'identifiant à cette image, peut-être les mangeurs de Crunchyflakes s'imaginaient-ils être de vieilles canailles désinvoltes ?

Ce monde-là aurait dû s'éteindre avec les coupes en brosse et les traitements par électrochocs, mais aujourd'hui encore – après tout ce que le sexe, la drogue et le rock and roll avaient fait pour sauver la civilisation – il existait des gens qui mangeaient des Crunchyflakes, et des pubs pour les Crunchyflakes, et personne n'avait jamais rien fait pour éradiquer la prairie.

Tout bien pesé, ce ne serait pas si difficile. Il y avait quelques années de cela, Macauley avait eu une idée de génie qui permettrait non seulement de résoudre le problème de la prairie mais aussi d'écouler toutes les ordures produites par la société : il suffisait de les décharger sur la prairie, en façonnant quelques collines et vallées, nom de Dieu ! Il faudrait racler avec soin la première couche de sol, puis l'étaler de nouveau proprement par-dessus les paquets de chenilles au fromage, en tassant bien. Certes, les écolos crieraient au meurtre, mais comme ils ne voyaient pas plus loin que le bout de leur nez, personne ne s'en étonnerait. Dans cent ans, quand des arbres auraient plongé leurs racines jusque dans les ordures et recouvert les immondices d'une bonne couche d'humus, l'endroit abriterait toutes sortes de bêtes et d'insectes, un ours ou deux, même, pourquoi pas, et les descendants de nos chers écolos scandalisés exigeraient qu'on fasse de Connor Hills un parc national.

Inutile d'espérer trouver un écho auprès de ses congénères, naturellement. Même les gens par ailleurs sains d'esprit vouaient une étrange vénération à la prairie. C'étaient sans doute tous ces westerns qui leur avaient inculqué l'idée qu'elle abritait des personnes honnêtes, qui vivaient dans la crainte de Dieu et élevaient des enfants si sains et si purs qu'ils feraient de parfaites serpillières pour éponger les marées noires. Les femmes y préparaient une cuisine simple et nourrissante parce qu'on ne trouvait pas un seul supermarché à deux mille kilomètres à la ronde, et les hommes y marchaient droits comme des I parce que leur chapeau était le point culminant entre eux-mêmes et l'horizon.

Logique, se dit Macauley en écrasant du talon son mégot de cigarette, que Lockes ait grandi ici. Le paysage du cyberespace était-il autre chose qu'une immense prairie ?

Il remonta lentement la Grand-Rue de Farview (qui, dans un monde plus honnête, se serait appelée l'Unique Rue) sous un soleil de plomb. Les seules ombres étaient projetées par les rebords des fenêtres, qui donnaient aux façades le regard perdu, épuisé, sans rêve, des culturistes. Il ne se passait apparemment pas grand-chose, à midi, dans cette ville aussi endormie qu'à quatre heures du matin derrière les rideaux baissés de ses boutiques. Macauley fut d'ailleurs très surpris de trouver des boutiques, car la plupart des villes de cette importance avaient depuis longtemps laissé dépérir leurs petits commerces, et même leurs églises, au profit de quelque centre commercial lointain. Farview – il fallait au moins lui rendre cette justice – avait su conserver tous les commerces indispensables.

D'un autre côté, le choix présenté dans la vitrine du magasin de vêtements – Stella Nouveautés – était tellement passé de mode qu'on pouvait se demander si, à Farview, on savait ce qu'était un centre commercial. Deux mannequins, un homme et une femme, fixaient sur Macauley leur regard vide, affublés de nippes qui remontaient à quelques années avant la révolution rock and roll. Quant aux clients auxquels elles étaient destinées, ils avaient maintenant l'âge de compter un anus artificiel parmi leurs accessoires de mode.

Dieu, que Macauley méprisait les petites villes. À croire qu'elles le faisaient exprès ! Sinon, quelle explication rationnelle donner au fait qu'elles conservaient si résolument trois bonnes longueurs de retard à une époque où les satellites mettaient la même merde à portée de tout le monde ? Elles avaient dû d'un commun accord décider de faire des économies sur les calendriers. Certains paysans soviétiques étaient plus modernes.

Il se gara sur la place, sous un châtaignier qui offrait l'un des rares coins d'ombre assez vastes pour abriter une voiture, et descendit, curieux de voir si, en agitant un bâton dans les ouvertures des bâtiments, il arriverait à déloger quelque forme de vie. Il fit une première tentative au restaurant Chez Delia, qui, lorsqu'il en poussa timidement la porte pour passer la tête à l'intérieur, lui parut lui aussi fermé pour le déjeuner.

« Y a quelqu'un ? cria-t-il aux tables de Formica nues. Ohé ! »

Il y eut un bruit de chaise qu'on repousse sur un lino, quelque part à l'arrière, et des pas traînants qui venaient vers lui. Une femme maigre entre deux âges s'encadra dans la porte à l'autre bout du comptoir, ses cheveux blonds si gonflés par une permanente qu'elle n'avait probablement pas besoin d'oreiller.

« Oui, 'è pour quoi ? demanda-t-elle en s'essuyant la bouche avec une serviette de table.

— Pourriez-vous me dire si, à Farview, quelqu'un a connu un type originaire d'ici qui s'appelle John Lockes ?

— Un type qui s'appelle John Lockes ? s'enquit-elle en souriant d'un air intrigué. Vous voulez sans doute parler de John Lockes ?

— Eh b… euh, oui.

— Ses parents sont morts il y a un bail, paix à leur âme. Il a plus de famille, le pauvre.

— On dirait que, vous-même, vous l'avez bien connu.

— Hmm hmm, fit-elle, toujours aussi aimable et inefficace.

— J'écris un livre sur lui, voyez-vous, et il me serait très utile d'avoir quelques renseignements sur son enfance à Farview.

« — Oui, oui, je comprends bien », assura-t-elle, souriante, apathique.

Ah, les petites villes, soupira Macauley en son for intérieur. Les gens semblaient soupçonner les étrangers de ne venir chez eux que pour les mettre à l'épreuve. Delia devait craindre, si elle se dévoilait trop, que Macauley lui fasse fumer de la marijuana et l'oblige à danser nue devant l'autel de Satan avant le soir.

« Quel est votre meilleur souvenir de lui enfant ? lui demanda-t-il en espérant la question suffisamment neutre pour la dérider un peu.

— Il mangeait mes muffins.

— Vraiment ? s'exclama Macauley, fasciné. Ainsi donc, je me tiens à l'endroit même où John Lockes a mangé ses premiers muffins ?

— Non, vous, vous êtes sur le seuil. John s'asseyait sur ce tabouret, là. » Elle lui indiqua le dernier tabouret d'une rangée, devant le comptoir, juste à côté du plateau de présentation abrité sous sa cloche de verre. Macauley le regarda comme un objet sanctifié par le postérieur de Lockes.

« Il venait tous les jours ?

— Non. J'ouvre pas tous les jours.

— Mais il venait presque tous les jours… d'ouverture ?

— Il venait presque tous les jours d'ouverture.

— Et il mangeait des muffins.

— Non.

— Non ? Je croyais que vous aviez dit…

— Je fais pas de muffins tous les jours.

— Ah ! Qu'est-ce qu'il prenait, alors ?

— Des cookies, du gâteau au chocolat. Ce qu'il y avait.

— Hmm…, fit Macauley comme devant une révélation exceptionnelle. Et que buvait-il ?

— Du lait.

— Des cookies et du lait ! résuma Macauley en souriant, du ton du reporter qui vient de plonger au cœur du sujet. Très bien… Très… M. Tout-le-Monde.

— C'est parce que presque tous les gosses aiment les cookies et le lait, mon petit. Vous êtes sûr que ça va intéresser les gens ?

— Et comment ! affirma Macauley en hochant la tête vigoureusement. Mon but, c'est de les faire entrer dans la vie de John Lockes. Ils ne connaissent que l'homme le plus riche du monde, pas le gosse ordinaire qui se régale de muffins. C'est avec ce genre de détails qu'on met de la vie dans un livre.

— Eh ben, mon petit…, dit-elle en riant, vous n'avez qu'à en manger un vous-même, si c'est si important pour votre livre.

— Bien volontiers. C'est un jour à muffins, aujourd'hui ?

— Oui, ça tombe bien. Venez, asseyez-vous là, sur le tabouret. »

Il s'avança dans la salle en se félicitant de sa chance, et s'approcha du Saint Tabouret. Il ne s'y assit pas tout de suite, mais marqua une pause comme pour faire, dans son esprit, le vide nécessaire à ce moment historique où il allait poser ses fesses dans les traces de celles de John Lockes.

Delia – car cette femme devait être Delia – se dirigea vers le comptoir et prit un muffin sous la cloche. Ce n'était pas un muffin aux pépites de chocolat, ni un muffin aux myrtilles, mais un muffin de base. Plutôt étouffe-chrétien, se dit Macauley quand la première bouchée de pâte absorba toute sa salive. Il mâcha un certain temps en souriant et, sitôt que la chose eut acquis la consistance de la colle à papier, il avala. Bizarre, pensa-t-il, tenté qu'il était, comme tout le monde, de croire qu'un muffin fait à la campagne était forcément meilleur qu'un muffin industriel distribué par une chaîne mondiale en plein cœur d'une ville.

« Je pourrais avoir du lait, s'il vous plaît ? demanda-t-il, la voix pâteuse.

— Eh ben vous, on peut dire que vous allez au fond des choses, dit-elle en riant et en ouvrant le frigo. Parce que… du lait, c'est du lait, mon petit. J'ai pas une vache dans le jardin, moi, vous savez.

— Donc, poursuivit-il en détachant un petit morceau de muffin entre ses doigts, les gens d'ici doivent être particulièrement fiers de pouvoir dire que John Lockes est un enfant du pays. »

Elle lui tendit son verre de lait en le regardant par en dessous. « La fierté est un péché, monsieur… ?

— Connor. Mac Connor. Désolé, loin de moi l'idée que… J'ai simplement voulu dire qu'ici on doit être très… heureux qu'un enfant du pays ait connu une telle réussite. Toutes les petites villes ne peuvent pas se vanter d'avoir vu naître l'homme le plus riche du monde. »

Delia souriait toujours, mais la ligne de sa bouche accusait une certaine tristesse et Macauley s'inquiéta d'avoir poussé le bouchon un peu trop loin.

« Ici, on comprend que notre John a fait son devoir, monsieur Connor, déclara-t-elle en pesant ses mots. Être l'homme le plus riche du monde est le fardeau qu'il doit porter dans sa lutte pour améliorer le monde, pas la récompense. Le vrai John Lockes sait qu'il est plus facile au chameau de passer par le trou de l'aiguille qu'à l'homme riche d'entrer dans le royaume des cieux.

— Il est aussi beaucoup plus facile de ne jamais connaître la richesse que de distribuer tous ses biens quand on est riche, vous ne croyez pas ?

— Oh, si, oh, si, c'est sûr et certain. Le Seigneur choisit pour chacun de nous des épreuves différentes, certaines plus rudes que d'autres. John a reçu le don de son génie, et aujourd'hui il doit savoir s'en montrer digne. »

Macauley ne put rien répondre tant que son muffin campagnard lui collait au palais, mais il sourit avec un hochement de tête qu'il voulut approbateur. Delia le regarda de l'air de ne pas être sûre qu'il comprenait.

« Ou alors, il devra rôtir en enfer pour l'éternité, monsieur Connor, ajouta-t-elle. Un autre muffin ?

— Non, merci. C'était délicieux.

— John en prenait toujours deux. »

Maso, en plus, nota-t-il mentalement.

« Dans ce cas, je me dois de partager cette expérience jusqu'au bout, lança-t-il avant d'ajouter d'un ton désinvolte : En parlant de rôtir en enfer, vous devez avoir entendu dire qu'aux yeux de certains il est le diable incarné ? »

Sous le choc, elle laissa tomber son second muffin dans l'assiette, où il atterrit avec un *ploc* très peu muffinesque.

« John a toujours été un bon garçon, monsieur Connor, rétorqua-t-elle sèchement. Seules les mauvaises langues peuvent le traiter de diable. Qui dit ça ?

— Oh, personne en particulier, c'est un sentiment général. J'imagine que certains estiment choquant que tant de pouvoir soit concentré dans les mains d'un seul homme. »

Delia hocha la tête d'un air docte, plissant les paupières. « Tiens donc ? Et vous-même, monsieur Connor, vous ne seriez pas l'un d'eux ?

— Moi ? Qu'est-ce qui vous fait dire ça ?

— Eh ben ma foi, je ne vous connais pas, monsieur Connor… mais y a des gens qui trouveraient bien un peu bizarre que quelqu'un comme vous débarque sans s'annoncer dans une ville inconnue pour se mettre à manger des muffins. Est-ce que John Lockes sait que vous êtes ici ?

— Pas… pas exactement, non, reconnut Macauley, conscient d'avoir fait une grosse bévue.

— Pas exactement, hein ? Est-ce qu'il sait que vous écrivez un livre sur lui ?

— Pas… pas que je sache.

— Hmm hmm. Est-ce qu'il vous connaît ?

— Euh, peut-être… S'il a lu mes articles, oui, peut-être. Mais je n'ai jamais eu la chance de le rencontrer. »

Delia tendit la main sur le comptoir et tira l'assiette de quelques centimètres vers elle. Un geste étrange, comme si le droit de Macauley au muffin, sans être complètement révoqué, était suspendu.

« Vous dites que vous écrivez un livre sur lui mais que vous ne l'avez jamais rencontré, monsieur Connor ? Je trouve pas ça très logique, moi, si vous voulez savoir.

— C'est très fréquent, croyez-moi. Et je ne l'ai pas voulu ainsi. J'aurais beaucoup aimé rencontrer M. Lockes, mais il n'accorde pas d'interviews. C'est son droit, mais comme les gens sont toujours aussi curieux de lui, nous ne pourrons pas empêcher que des livres soient écrits sur lui, avec ou sans son aide. Vu les circonstances, je n'ai pas d'autre choix que de débarquer sans m'annoncer pour me mettre à manger des muffins, comme vous dites. Ça s'appelle faire des recherches. »

Les secondes s'égrenèrent tandis que Delia l'observait avec la

174

prudence et la lenteur d'un marchand de bestiaux qui évalue le poids d'un animal. Finalement, elle sembla arrêter une décision.

« Des recherches, vous dites ? Alors vous feriez mieux d'aller voir le révérend Willis. Il vous dira tout ce que vous voudrez savoir. » Sans lui laisser le temps de répondre, elle lui tourna le dos, décrocha un téléphone et composa un numéro par cœur.

« Bonjour, révérend, comment qu' ça va ? Ici Delia Jones…, annonça-t-elle d'une voix douce. Non, ils sont encore au four. Oui, oui, sans noix, comme vous les aimez… Mais c'est pas pour ça que je vous appelle. J'ai ici un M. Connor qui écrit un livre sur John… oui… Bon, je lui ai dit que la personne la mieux placée pour lui répondre, c'était vous ; j'espère que vous m'en voudrez pas… ouais… Ouais ?… D'accord… c'est formidable… d'accord… Au revoir. »

Elle reposa le combiné et se tourna vers Macauley : « Le révérend vient tout de suite, monsieur Connor. » Elle sourit et repoussa imperceptiblement l'assiette de muffins vers lui.

Macauley sentit une étrange anxiété lui tenailler le ventre. Les muffins, peut-être.

Même âgé – Macauley lui donna plus de quatre-vingts ans –, le révérend Bob Willis restait un individu solidement charpenté, qu'on imaginait mieux tranchant la tête des païens qu'aspergeant d'eau bénite celle des bébés. Il avait beau marcher avec l'aide d'une canne, la manière dont sa grande main enveloppait le pommeau suggérait qu'il serait encore capable de faire des dégâts au cas où on chercherait à la lui arracher.

Il avait des yeux de jeune homme, pétillants de promesse et d'intelligence, et un sourire qui donnait envie de se faire apprécier par lui. Bizarrement, quelques mèches noires subsistaient au milieu de ses cheveux blancs et créaient un effet félin à la fois séduisant et inquiétant. Il aurait pu entrer dans n'importe quel night-club techno-punk et imposer le respect.

Aussitôt, Macauley eut le sentiment d'être en même temps immature et vieux avant l'âge. Surtout, il comprit que, de toute évidence, aucun reportage sur l'enfance de Lockes à Farview ne pourrait faire l'économie de ce personnage, qui avait dû, à l'époque, s'imposer avec davantage de force encore.

« Ah ! voici donc l'homme qui est venu délier les langues, lança celui-ci avec un grand sourire espiègle en pénétrant dans le restaurant, la main tendue vers Macauley. Révérend Bob Willis, à votre service, monsieur Connor. Bon, que pouvons-nous pour vous aider dans vos… recherches ? »

Avec ses vieux os protubérants, sa poignée de main était ferme et même douloureuse. Macauley voulut se donner l'air détendu, car il avait senti, à la manière dont Willis avait légèrement appuyé sur le dernier mot, que le soupçon flottait dans l'air et qu'il ne ferait pas bon se montrer trop pressé de déterrer le passé.

« Je ne sais pas, répondit-il en haussant les épaules. Et c'est pourquoi je suis ici, révérend. L'enfance de Lockes demeure un mystère : tout ce que j'ai lu sur lui commence au moment où il quitte Farview pour entrer à l'Académie Welton pour enfants surdoués, à l'âge de quatorze ans.

— Treize, monsieur Connor, le corrigea le révérend.

— Ah ? Qu'est-ce que je disais, vous voyez, révérend ? répliqua Connor en riant et en sortant de sa poche un calepin où il nota l'information qu'il possédait déjà.

— Et savez-vous, au fait, que c'est grâce à la gentillesse et à l'aide des habitants de Farview qu'il a pu fréquenter cette école ? Les frais de scolarité étaient bien au-dessus des moyens de ses chers parents.

— Tiens donc ? Non, je l'ignorais, répondit Connor, sincèrement cette fois-ci.

— Si ma mémoire est bonne, Delia, poursuivit le révérend Willis en posant son regard d'aigle sur la femme, le restaurant a apporté une contribution particulièrement généreuse.

— Tout le monde s'est montré généreux, révérend. Chacun en fonction de ses moyens. Moi pas plus que ceux qui avaient moins à donner.

— C'est gentiment formulé, ma chère, déclara-t-il en souriant et en posant un instant la main sur la sienne. Vous avez déjà compris, j'espère, monsieur Connor, d'où vient l'homme qui fait l'objet de votre curiosité. Si Farview n'est pas riche en ressources matérielles, elle l'est par le cœur. Nous nous connaissons tous, et nous sommes toujours prêts à nous entraider. Quand nous avons compris que John Lockes avait reçu un don qui ne pourrait s'exprimer s'il restait à l'école locale, à elle seule la communauté de mon église a récolté l'argent nécessaire pour l'envoyer à Welton.

— Elle représente la majorité des habitants de Farview ?

— Non, non, fit Willis avec un sourire éclatant. La *totalité* des habitants de Farview. Remarquez, je ne dis pas ça par fierté, mais pour vous faire comprendre que mes ouailles sont des honnêtes gens qui vivent dans la crainte de Dieu. »

La crainte de Dieu, soupira Macauley intérieurement. C'était là toute la différence entre la ville et la campagne. À la campagne, où il n'y a aucun danger, on adore Dieu par crainte. À la ville, où sévissent le crime, la pauvreté et les névroses larvées, on l'adore par espoir. Deux situations aussi lamentables l'une que l'autre. Si Dieu existait, Macauley ne voyait qu'une bonne raison de l'adorer : la même qui voulait que les montagnes soient faites pour être escaladées. Il n'avait d'ailleurs jamais été persuadé que les montagnes étaient faites pour être escaladées.

« Donc, si je comprends bien…, réfléchit-il à voix haute, c'est à vous que revient cette initiative, révérend ?

— Dois-je détecter une pointe de désapprobation, monsieur Connor ? rétorqua Willis en fronçant les sourcils avec humour. La ville qui obéit aux ordres de son pasteur ? Ce serait à la fois me surestimer et sous-estimer les habitants de Farview. John Lockes les a remboursés jusqu'au dernier centime, et bien au-delà. Cette initiative était un investissement en même temps qu'une bonne action.

— "Bien au-delà", qu'est-ce que ça représente ? »

Le révérend eut l'air surpris. « Vous ne l'avez pas vu en arrivant en ville ?

— Vu quoi ?

— Ah, vous êtes arrivé par l'est ! Eh bien, le mieux serait d'aller faire un petit tour tous les deux, et je vous montrerai ce que j'entends exactement par "bien au-delà". Venez, nous pourrons discuter de votre livre en chemin. »

Il fit volte-face en pivotant sur sa canne et franchit la porte à grandes enjambées, laissant Macauley faire ses fonds de poche pour payer ses muffins – ce que Delia refusa poliment – avant de le suivre.

Le soleil déclinait déjà lorsqu'il rejoignit le pasteur sur la place, où les ombres s'allongeaient vers l'est dans le silence et le calme de la bourgade. Macauley allait prendre ses lunettes de soleil dans sa poche mais se ravisa en sentant sur lui les yeux francs de Willis, qui ne cillaient pas. Il ne voulait pas paraître trop snob à Ploucville.

En voyant Macauley arriver à sa hauteur, le pasteur leva sa canne et la pointa sur un bâtiment tout simple en bardeaux blancs qui ouvrait sur la place.

« Notre église, annonça-t-il. Modeste, mais construite de leurs propres mains par les habitants de Farview, il y a soixante ans, après qu'un cyclone eut détruit l'ancienne. C'était avant mon arrivée. Mais il me semble que vous ne fréquentez guère les églises, monsieur Connor... Ces choses-là vous ennuient, probablement.

— Pas du tout. Mais vous avez raison, je ne fréquente pas les églises. Je n'ai jamais vraiment compris... » Il passa en revue tout ce qu'il avait contre la religion et trouva tant de choses à invoquer qu'il se contenta de : « ... Dieu. »

Willis rit et entreprit la traversée de la place. « Croyez-vous que je le comprenne moi-même, monsieur Connor ? Où avez-vous été pêcher l'idée que vous étiez censé comprendre Dieu ?

— J'imagine que c'est le but de la religion... de trouver un sens à sa vie ?

— Mais naturellement ! Un sens à la vie, pas un sens à Dieu ! C'est très simple, en réalité, monsieur Connor : soit on cherche à comprendre Dieu, ce qui mène invariablement à ne pas croire en Lui, et alors la vie n'a pas de sens ; soit on choisit de croire en Dieu sans Lui trouver un sens, sans Le comprendre, auquel cas toutes les choses de la vie prennent sens. Il n'y a pas de mystère.

— N'est-ce pas un peu absurde ? dit Macauley en riant.

— Non ; pratique, tout au plus. Il faudrait être un imbécile pour

178

ne pas voir que le bon sens nous dicte de croire en Dieu, monsieur Connor !

— Sauf que certaines personnes très intelligentes ne sont pas croyantes. »

Willis s'arrêta net, avec de nouveau un large sourire aux lèvres. Il s'appuya sur sa canne en levant un doigt pour souligner ses paroles.

« L'extrême intelligence et l'idiotie ne sont pas tellement éloignées l'une de l'autre. » Il donna un léger coup de canne en avant pour reprendre sa marche et ajouta d'un ton jovial : « La sagesse est le domaine de la médiocrité, monsieur Connor, et c'est pourquoi toutes les vérités de la vie ont été dites si souvent qu'elles sont devenues des clichés.

— John Lockes n'a rien de médiocre. »

Ils quittèrent la place et empruntèrent la Grand-Rue pour se diriger vers la partie de la ville que Macauley n'avait pas encore découverte.

« Non…, reconnut Willis avec tristesse, mais je crois qu'il aspire sincèrement à l'être, et que ce sera la seule chose capable de le sauver à la fin.

— Le sauver de quoi ? »

Willis le regarda d'un air finaud en retenant un petit sourire satisfait.

« Mais enfin, monsieur Connor…, lui répondit-il avec douceur, … de gens comme vous ! »

Les yeux exorbités, Macauley ouvrit la bouche en une protestation silencieuse, cherchant une réponse.

« Bon, poursuivit le pasteur sur un ton ferme qui n'avait rien d'inamical, n'essayez pas de jouer au plus fin avec moi. J'ai mon franc-parler, et je répondrai en toute sincérité à toutes les questions que vous me poserez, à condition que vous ne me mentiez pas. Vous êtes venu pour enterrer César, pas pour faire son éloge. »

Inutile de discuter, il était pris au piège. Macauley s'aperçut avec surprise qu'il n'avait pas même envie de mentir, parce que quelque chose, en Willis, lui donnait envie de rechercher son approbation. Il haussa les épaules.

« Quelle mine soucieuse vous avez là, monsieur Connor ! Je

n'ai pas beaucoup de talents, mais en général je ne me trompe guère sur mes congénères. Et vous ne me faites pas l'effet d'être un mauvais bougre. »

Entre leurs pas et le *clac* de la canne du révérend qui résonnaient dans la rue tranquille, Macauley captait des signes de vie derrière les fenêtres closes : des conversations, le heurt des couverts sur les assiettes, l'eau qui coulait dans les éviers, les cris des enfants qui jouaient dans les jardins. Il accueillit avec soulagement cette preuve d'une présence humaine toute proche, car la chaleur commençait à lui jouer de tels tours qu'il n'était pas loin de croire, en regardant le ruban de route qui miroitait devant lui et en sentant ses paroles se perdre dans la fournaise, que Farview n'abritait que le pasteur, lui-même et une femme dans un restaurant sans clients.

« Qu'est-ce que John Lockes pourrait avoir appris ici ? »

Willis haussa les sourcils. « Importante question ! À laquelle je ne peux répondre, monsieur Connor. Tout ce que je peux vous révéler, c'est ce que je lui ai moi-même enseigné, de même qu'à tous les autres habitants de Farview depuis le jour où je suis arrivé ici, en plein cœur de la Grande Crise : que Dieu voit tout, qu'Il aide ceux qui s'aident eux-mêmes, que les doux hériteront de la terre. Rien d'extraordinaire.

— Vous dites cela comme si vous n'y croyiez pas vous-même.

— Je crois à la croyance. L'art du pasteur est de prêcher le Dieu qui convient à ses ouailles, pour qu'elles croient en Lui. Dieu change d'un prêcheur à un autre, d'un lieu à un autre, mais nous prêchons tous la croyance. Nous sommes en quelque sorte... des créateurs de mode. Nous habillons le cœur des hommes de ce que nous arrivons à leur faire aimer, de ce dans quoi ils se sentent bien. Je vous ai fait partager la vision que j'ai jugée adéquate pour une petite ville telle que Farview, perdue sur la prairie et oubliée des hommes. Une vision qui les aide à vivre sous un ciel immense. »

Willis lui jeta un coup d'œil, et ses yeux si jeunes lancèrent un éclair espiègle.

« Vous voyez, monsieur Connor, je n'ai pas de secrets pour vous. Ça fait du bien de bavarder avec quelqu'un comme vous. Passer un moment avec un visiteur extérieur m'aide à remettre un peu d'ordre dans mes idées. Parfois, lorsqu'on a vécu longtemps dans une petite ville où les choses changent si peu, il est difficile de conserver du recul.

— À qui le dites-vous ! s'écria Macauley, soulagé de voir la conversation bifurquer vers une autre voie. Cette ville me donne l'impression d'être figée dans l'ambre. »

Willis rit. « Vous êtes jeune, monsieur Connor. Vous êtes né à une époque où la pierre avait déjà commencé à rouler, et vous n'avez jamais rien connu d'autre que le changement, le changement, toujours le changement. Mais le monde a traversé des moments de stabilité et de répit. Des moments toujours brefs, mais précieux, des moments empreints de nostalgie qui resteront fixés dans les mémoires comme les stigmates d'un univers cohérent. Il suffit d'être très, très attentif pour sentir que l'on vit de tels moments ; dans une petite ville comme celle-ci il est possible de dire : "Stop, voilà, ça y est ! C'est là que je veux vivre !" C'est ce que nous avons fait à Farview. Nous sommes restés entre nous quand la société tirait à hue et à dia, chaque faction luttant pour son petit coin de territoire, et nous resterons tels que nous sommes jusqu'à l'avènement d'un ordre moral qui ressoudera le pays. »

Ils approchaient des dernières maisons ; devant eux, la route s'enfonçait dans la prairie. Willis posa sa main noueuse sur l'épaule de Macauley, qu'il tapota doucement.

« Mais n'allez pas nous prendre pour une sorte de secte. Nous sommes tous parfaitement conscients des changements qui s'opèrent ailleurs, et nous sommes tout à fait libres de circuler à notre guise ; simplement, la plupart d'entre nous préfèrent la vie de Farview. Je vois à votre sourire qu'un étranger comme vous a du mal à le comprendre.

— Non, je trouve ironique que la personne ayant le plus à cœur de faire subir à la société des transformations qui ne peuvent que lui nuire soit justement votre enfant chéri Lockes. Il fait exactement le contraire de ce dont vous me parliez à l'instant… »

Willis ne répondit pas. Il le regarda à la dérobée, haussant un sourcil perplexe. Ils étaient arrivés à la dernière maison ; au-delà, du maïs à perte de vue, qui ondulait sous une brise légère. Le pasteur s'arrêta ; il tapota l'épaule de son compagnon en pointant vers la droite.

« Voici ce que j'entends par "bien au-delà". »

À environ huit cents mètres de la route se dressait un immense bâtiment bas, fait de verre et d'acier, qui semblait miroiter dans le soleil, mais pas seulement à cause de la chaleur : l'effet d'optique était tel que Macauley eut l'impression de voir de la pluie tomber sur l'eau.

« Farview fournit toutes les graines de pavot du nouveau produit des restaurants Pitt's Burger, annonça le révérend Willis avec fierté, tandis qu'ils approchaient de l'usine. Nous avons beau être petits et à l'écart des sentiers battus, grâce à John nous touchons toutes les villes du pays sans exception ! Cette usine est notre assurance contre les aléas de l'avenir : quatorze pour cent de la population atlantienne mange dans un Pitt's chaque jour ; or, tant que les gens consomment des hamburgers, nous n'avons pas de souci à nous faire pour l'économie. Le hamburger est totalement à l'épreuve de la récession. »

En voyant le bâtiment, Macauley avait tout de suite compris que le « bien au-delà » offert par Lockes à sa ville était une usine conçue à l'économie, une de ces boîtes à pizza géantes qui poussaient dans la nuit et souillaient le paysage comme les reliefs de quelque repas divin. À cent mètres, sur la gauche, au milieu du maïs, était implantée une grande parabole. Macauley se rendit compte que c'était l'image du maïs réfléchie dans le verre de la paroi qui créait l'impression de miroitement.

Ce fut alors qu'il comprit ce qui le chatouillait.

« Mais… nous ne sommes pas dans une région productrice de pavot. »

Willis lui sourit de toutes ses dents et, adoptant la bonne humeur indéfectible du porte-parole fidèle et dévoué, il lui vanta les mérites de l'usine.

« Les graines de pavot utilisées par les restaurants Pitt's Burger sont fabriquées à partir d'un extrait concentré de graine de pavot pour obtenir un produit encore plus satisfaisant ! La plupart des gens ne se rendent pas compte que les véritables graines de pavot ne sont pas sphériques. Mais chez Pitt's Burger, nous exigeons une graine parfaitement sphérique, qui permet une répartition régulière et évite la formation de grumeaux disgracieux. Les graines naturelles collent les unes aux autres et obstruent les tuyaux de distribution, le risque étant qu'un client s'estime plus mal loti en graines que son voisin. Dans un tout autre registre, la graine de pavot est indigeste et se loge dans les espaces interdentaires. Voilà pourquoi nous produisons une graine reconstituée parfaitement ronde, uniforme, soluble à la salive, rehaussée d'arômes artificiels, qui vous satisfera encore mieux que la graine de pavot naturelle ! »

Le vieil homme fit un clin d'œil. « Étonnant, n'est-ce pas ?

— Renversant…, murmura Macauley. Des graines reconstituées. Qui l'eût cru ?

— Malheureusement, je ne peux pas vous faire entrer parce que les locaux sont soumis à un contrôle d'hygiène, mais voilà : vous avez devant vous le cadeau de John Lockes à la ville de Farview. L'usine est construite sur une partie de l'ancienne ferme des Lockes, mais elle appartient, de même que les profits qu'elle génère, à la ville, qui peut ainsi subventionner d'autres secteurs économiques sur le déclin.

— Tels que ?

— Tout. Les fermes, les commerces, le restaurant… Sans le soutien de John, tout menaçait de faire faillite, mais cette usine a résolu le problème de façon permanente. »

Autrement dit, songea Macauley, alors que, grâce à sa technologie avancée, Infologix provoquait des restructurations, des fusions et des rationalisations tous azimuts et faisait disparaître des centaines de milliers d'emplois en appliquant un seul logiciel informatique, à Farview, Lockes subventionnait un mode de vie suranné sorti tout droit d'un film noir et blanc.

Ce qui l'ulcérait, c'était l'hypocrisie de la manœuvre.

Il ne fallait pas s'étonner que Lockes ne parle jamais de son passé : ce n'était pas parce qu'il en était honteux, mais parce que si jamais l'existence de cette petite enclave soigneusement protégée des sauvageries du progrès était connue, son apologie du progrès éclaterait à la face du monde comme le mensonge cynique qu'elle avait toujours été.

Macauley le tenait par les couilles. Il avait décroché le jackpot.

Enfin, il tenait la preuve que John Lockes lui-même considérait Infologix comme une menace pour la société ! Il sourit. Il venait de lever un lièvre encore plus gros que la Rectopuce ! Inutile, désormais, d'aller chercher des scandales privés, des squelettes dans les placards… la supercherie qui perdrait Lockes était là, devant ses yeux.

Il bouillait d'impatience de se mettre au travail : un ou deux jours de plus à Farview, à recueillir des interviews de ceux qui se souvenaient de lui enfant, des témoignages de son soutien à la petite ville, lui suffiraient à réunir tous les éléments pour son livre. Il ne lui manquait plus qu'un document photographique sur l'enfance de Lockes à Farview.

« Je vous remercie infiniment, dit-il en souriant à Willis, vous m'avez été d'une aide précieuse. Cependant, il y a une chose qui me manque encore cruellement… Je ne possède pas de photos de John enfant. Pensez-vous que quelqu'un pourrait m'en fournir une ? »

Willis haussa les épaules. « Ça, je ne sais pas. Ici, hélas, on n'est pas très porté là-dessus. Qu'est-ce que vous avez de plus ancien comme photo de lui ? »

Macauley fouilla dans son sac à dos et sortit celle publiée dans le journal de la fac au moment de la création d'Infologix. « Voici. Il doit avoir environ vingt ans. »

Willis la prit et l'examina longuement ; à mesure qu'il lisait et relisait l'article qui l'accompagnait, son front se creusait de rides de plus en plus profondes.

« Extraordinaire, murmura-t-il enfin.

— Qu'est-ce qu'il y a ?

— J'ai une bien étrange nouvelle à vous annoncer, monsieur Connor, dit-il en agitant la photo entre deux doigts. Cet homme-là n'est pas John Lockes. »

16

Tout allait bien, au deuxième jour de siège du Global & Western Credit, jusqu'au moment où Ben Cage fit remarquer l'heureux événement qui allait survenir dans la vie de Sheila Lane.

« Wouaa, bande d'enfoirés ! cria-t-il. La salope, elle est enceinte ! »

Sheila se raidit et leva un regard implorant sur George, qui venait vers elle et s'était arrêté net. Il lui fit un sourire encourageant et se tourna vers Cage.

« Oui, elle est enceinte. Ça pose problème ?

— Un peu, mon neveu ! répliqua l'homme d'un ton vif. Ça compte double, non ?

— Double ? hurla Luís Alvares. C'est quoi cette histoire, trouduc ? On n'a jamais dit que ça comptait double !

— Ouais, ben j'avais pas vu qu'elle était en cloque, vu qu'elle était assise. Maintenant j'ai vu et je te dis qu'elle compte double, connard ! Eh, George, une salope enceinte, ça compte bien double, hein ? »

George soupira et sa grande carcasse maigre s'affaissa d'épuisement. Tout s'était si bien passé jusqu'alors !

Grâce à lui, les négociations interminables entre les chefs des gangs rivaux avaient finalement abouti à un accord acceptable par tous. Le principal point de discorde avait été l'argent – les Crouneurs refusant de partager leur butin avec les Saigneurs arrivés plus tard sur la scène. Sentant que tôt ou tard l'un d'eux trouverait que l'argument le plus convaincant était encore une balle, George avait timidement fait remarquer qu'il y avait de l'argent dans le coffre, bien plus d'argent que ce que les Crouneurs avaient volé dans les caisses. En le partageant équitablement, il y aurait de quoi satisfaire tout le monde.

Cette question réglée, restait celle des otages. Puisque les deux parties tenaient absolument à mener des négociations séparées avec les représentants de la loi qui encerclaient la banque, chacune avait besoin de monnaie d'échange. Avec près de cinquante innocents piégés dans le bâtiment, il y avait amplement de quoi faire, mais, pour éviter des récriminations quant à tel ou tel otage, George avait suggéré aux bandits de mettre tout le monde en rang et de choisir leurs victimes à tour de rôle. Naturellement, les orphelins avaient été les premiers à partir : ils valaient de l'or. George les avait conduits un par un dans des coins opposés de la banque, les exhortant à voix basse à ne pas avoir peur et leur promettant qu'aucun mal ne leur serait fait. Les filles avaient été appelées d'abord, et ensuite les garçons. Le dernier avait été Bobby Shaw, un gros à lunettes que Cage avait pris à contrecœur. Ensuite, on était passé aux adultes ; c'était à Luís Alvares de faire son choix. C'est là que les ennuis avaient commencé.

« Excusez la question dans un moment pareil, chère amie, avait murmuré George à Sheila Lane terrifiée, mais le bébé, c'est pour quand ?

— Dans trois mois, chuchota-t-elle en ravalant ses larmes.

— C'est merveilleux, lui dit-il en souriant. C'est votre premier ? »

Secouée de hoquets incoercibles, elle fit oui de la tête.

« Ne vous en faites surtout pas. Bientôt, vous pourrez rentrer chez vous, je vous le promets. Essayez de garder votre calme. Ce n'est pas bon pour le bébé, tout ce souci. » Il lui tapota doucement l'épaule puis retourna voir les deux hommes armés. Il leur fit signe d'approcher, et leur annonça en se frottant le front : « Légalement, le bébé a certains droits, messieurs, je vais donc m'entretenir avec Ben sur ce point.

— Tu vas faire *quoi* avec moi ? » grogna Cage.

George soupira en cherchant rapidement une autre manière de s'exprimer, puis il abandonna et expliqua simplement : « Je veux dire qu'une salope enceinte compte double, Ben.

— ¡ *Madre de Diós* ! Pas question. On n'a jamais parlé de ça ! protesta Alvares.

— T'as entendu ce qu'il vient de dire, enfoiré… la salope est grosse, elle est en cloque, elle compte pour deux. Point final.

— Tu vas arrêter de la traiter de salope, espèce d'enculé ? Un peu de respect, putain de merde. Qu'est-ce que tu dirais si je traitais ta mère de salope ?

— Moi, ma mère, je la traite de salope, ça veut pas dire que je la respecte pas.

— Donc, si je traitais ta mère de salope tu me tirerais pas dans le cul ?

— Un peu, que je te tirerais dans le cul.

— Parce que je lui aurais manqué de respect, c'est bien ça ?

— Non. Parce que tu m'aurais manqué de respect, à moi, connard.

— Messieurs…, les avait interrompus George timidement, ce sont là des questions d'étiquette absolument fascinantes, mais ne perdons pas le fil de notre sujet. Si elle compte pour deux, ce qui est le cas, alors nous nous retrouvons avec un nombre impair d'otages. »

Ensemble, les deux hommes poussèrent un grognement et baissèrent la tête devant cette terrible complication.

« T'es content maintenant ? aboya Alvares à la figure de son homologue. T'as tout foutu par terre ! On s'était bien partagés, mec. On commençait à causer sérieusement ! Et voilà que tu nous bassines avec ta salope par-ci, salope par-là, et maintenant qu'est-ce qu'on va faire, nom de Dieu de merde ? Va falloir en tuer un !

— Euh, ma foi… oui, c'est une possibilité, Luís, s'empressa d'intervenir George, mais nous pouvons aussi… la libérer.

— La libérer ? aboya Cage. Qu'est-ce qui te prend, George ? On peut pas faire ça ! Qu'est-ce que les poulets vont penser si les salopes en cloque commencent à sortir de c'te putain de banque toutes guillerettes ? Et notre crédibilité, t'en fais quoi ? Les otages, ça s'échange !

— Oui, oui… mais enfin, ça montrerait votre bonne volonté, Ben.

— George, t'es con à bouffer du foin, merde ! On n'en a rien à foutre de montrer de la bonne volonté. On est des méchants, nous. On est des Saigneurs. On refile pas nos otages contre rien !

— C'est pas ton otage, trouduc ! lui cria Alvares.

— Ni la tienne, fils de pute, elle est qu'un joker. Alors tire-toi. »

Pris entre deux feux, George tenta désespérément de calmer le jeu une fois de plus.

« Messieurs, et si nous considérions qu'elle est mon otage ? Cette solution vous conviendrait-elle à tous les deux ?

— Qu'est-ce que t'as à foutre d'un otage, toi, le vieux ? répliqua Cage en riant. Tu veux jouer les mauvais garçons, maintenant ?

— Je dis simplement qu'il suffirait qu'elle soit mon otage pour que je la négocie sans porter préjudice à vos relations avec la police. Je ne fais que chercher une solution à ce problème. Elle n'a pas besoin de m'être affectée en particulier, elle pourrait être otage de tous les autres otages. »

Sourcils froncés, les deux hommes se regardèrent à la dérobée, cherchant dans l'attitude de l'autre l'assurance que ce n'était pas un piège.

« Alors, c'est quoi, tes exigences ? » demanda Alvares.

Totalement à son insu, hors des murs du Global & Western, où toutes les radios et télés avaient fait de la situation de crise leur principale information, le nom de George Bailey était devenu synonyme de tout ce que l'esprit atlantien avait de bon et de courageux. Quelques heures à peine après que la police avait eu divulgué ce nom aux journalistes, des équipes d'envoyés spéciaux s'étaient abattues sur la petite ville endormie de Bedford Falls pour interroger la population. Ce n'était pas gagné. Les habitants de Bedford Falls étaient particulièrement discrets et mesurés dans leurs propos ; mais le temps manquait, il faudrait délier les langues, et vite. Les reporters connaissaient des moyens de leur donner un peu de mordant.

« Pourriez-vous me parler de George Bailey ? demanda un reporter de News 24 à Julie Bell, qu'il avait dénichée dans le Pitt's Burger local.

— Eh bien, il est sympathique, répondit-elle en souriant. Très sympathique, même.

— Sympathique ? soupira le reporter, incapable d'apprécier combien, pour quelqu'un de Bedford Falls, Julie était expansive. On nous a dit qu'il était communiste.

— Hein ? Quoi ? M. Bailey ? hoqueta Julie, qui perdit sur le coup un an d'espérance de vie. Mais… mais… je n'ai jamais entendu une chose pareille. George Bailey est un Atlantien exemplaire ! Qui a pu vous dire ça ?

— Merci, mademoiselle Bell, déclara le reporter en consultant sa montre, sourire aux lèvres. Je ne veux pas vous retarder davantage. »

Une demi-heure plus tard, le principal titre du treize heures *(Héros dans la prise d'otages… sa ville natale parle !)* démarrait sur Julie Bell annonçant avec force : « George Bailey est un Atlantien exemplaire ! »

Rien de tout cela n'échappa aux directeurs du Global & Western Credit, qui étaient pourtant fort occupés à repousser l'OPA hostile de World Wire Coathangers. Ils avaient passé les dernières vingt-quatre heures en cellule de crise avec leurs courtiers en Bourse, Sacker Leviticus Popsicle, dans leurs bureaux situés aux quarante-cinquième et quarante-sixième étages du Bing Building.

On racontait que le Bing Building avait été érigé à l'endroit précis où, aux premiers temps de la période coloniale, le chef Sleeping Bull de la tribu Longopshun avait vendu la moitié des terres de sa grande et fière nation pour une fort originale chemise de soie à boutons. Pendant un certain temps, cette transaction avait valu au chef Sleeping Bull un prestige phénoménal auprès de sa tribu, car sa chemise à boutons faisait l'envie de tous les jeunes coqs ; mais très vite, évidemment, les bateaux apportèrent d'autres chemises de soie et des boutons en quantité illimitée, et les cours s'effondrèrent. Le temps que le chef Sleeping Bull tente une manœuvre désespérée pour restaurer son autorité auprès des siens en massacrant les colons, le cours du bouton fluctuait, selon sa qualité, entre un yam et une pincée de tabac.

Trois cents ans plus tard, l'ennemi qui se dressait en face des clients de Sacker Leviticus Popsicle au siège du Global & Western n'était sans doute pas aussi terrifiant physiquement que la tribu enragée des Longopshun, mais il était aussi impitoyable et presque aussi bien habillé.

La stratégie de défense de la banque consistait simplement à faire tout ce qui était en son pouvoir pour gonfler le cours de l'action du Global & Western, forçant par là World Wire Coathangers à revoir son offre à la hausse. Cela marcherait si l'on arrivait ainsi à atteindre un prix de rachat que le consortium qui était derrière l'opération jugerait trop élevé. C'est pourquoi la banque n'avait vraiment pas besoin de la contre-publicité catastrophique qu'allait lui causer une prise d'otages dans sa succursale principale. Surtout si les otages étaient des orphelins sans parents.

« Mais c'est qui ce foutu Bailey dont ils parlent tout le temps ? » demanda Lucas Berg à la fin des infos de treize heures.

Le président-directeur général du Global & Western Credit était réputé pour son irascibilité. Elle s'inscrivait en toutes lettres sur son visage, dans les bosses fascinantes qui avaient poussé sous sa peau au fil des ans, et dans lesquelles semblait se concentrer l'excédent d'énergie fourni par son corps. Ces quinze dernières années, sa carrière l'avait amené successivement à la tête d'une ribambelle de sociétés sans aucun lien entre elles, hormis ceci : elles avaient toutes besoin d'un vigoureux massage dans le but avoué de débarrasser leurs artères capitalistes de l'excès de graisse et d'inefficacité accumulé par une gestion paresseuse. Le marché des changes l'adorait parce qu'il avait sauvé une société après l'autre, dégraissant impitoyablement, éliminant plusieurs niveaux de direction ; mais, comme il fallait s'y attendre, ses anciens collaborateurs ne débordaient pas d'amour pour lui. Derrière son dos, on l'appelait « Bobosse », en partie à cause de son visage et en partie parce qu'il infligeait à tous un parcours plutôt cahoteux. C'était Bobosse qui avait imposé le logiciel Bankmanager d'Infologix au Global & Western peu après son arrivée à la tête de la banque.

« Est-ce que quelqu'un a entendu parler de lui ? poursuivit-il. Est-il des nôtres, et si oui, en qualité de quoi ? Nous devons bien avoir des gars de la com parmi les otages ; ils devraient être capables de prendre la situation en main, tout de même.

— Nous avons fait des recherches, répondit Mark Axmoor, un jeune et brillant expert en management attaché à Sacker. Tout d'abord, nous n'avons trouvé aucune trace de lui dans la base de données du service du personnel, mais nous avons eu l'idée de regarder dans les dossiers en attente, et toc : George Bailey Jr, cinquante-huit ans, sous-directeur d'agence. Autant dire une sous-merde. Encore deux ans avant son élimination naturelle.

— Une sous-merde ? explosa Bobosse en se tournant vers les autres directeurs. C'est le bouquet ! Autrement dit, chaque fois que nos actionnaires allument leur poste de télé, ils apprennent que la crise est gérée par le type même de l'être humain inutile qui nous coûte des fortunes tant qu'il reste un de nos salariés ! Un point pour World Wire Coathangers !

— À ceci près qu'ils ne savent pas que c'est une sous-merde, naturellement, fit remarquer Axmoor.

— Et je suis censé m'en réjouir ? Je suis censé préférer les laisser croire que ce raté est le meilleur de nos employés ?

— Écoutez, Lucas, coupa Larry Saxbloe, le suave directeur de Sacker chargé de contre-attaquer l'OPA hostile, je vous donne mon avis pour ce qu'il vaut, mais ça ne va pas forcément jouer en notre défaveur. Bailey est peut-être un parfait inconnu, mais les Fédéraux disent qu'il s'en sort bien. Avec vingt orphelins sous sa responsabilité, plus tous les autres otages, il est seul face à deux gangs rivaux qui font de la surenchère et il arrive à maintenir le calme. Jusqu'ici, il a donné une bonne image de la banque : attention, responsabilité, sang-froid. Il est en train de devenir un héros. On pourrait travailler cette image. »

Bobosse et les autres gardèrent le silence. Ils avaient tout de suite compris la suggestion de Saxbloe : exploiter la situation à leur avantage dans la bataille de l'OPA, en jouant sur la sympathie que Bailey inspirait au public.

« Trop mélo, tout ça, déclara enfin Bobosse. On ne peut pas prétendre repousser l'attaque de World Wire Coathangers armés de notre seul George Bailey. Ceci est une affaire de gros sous et vous voulez qu'on leur oppose un héros ? Qu'est-ce que les gens ont à faire d'un héros ? Rien. Ça ne vaut pas un pet de lapin, un héros. Vous me dites qu'il a du courage, de la moralité, de l'intégrité ! Ce n'est pas avec ça qu'on éduque nos enfants ! Ils vont nous plumer !

— Euh… attendez, Lucas, intervint Larry Saxbloe. Ce Bailey, on pourrait lui donner une valeur marchande si on arrivait à démontrer que, grâce à lui, vos bénéfices augmentent. Les investisseurs adorent les héros. Ils détestent les banques. Vous pourriez faire de lui la mascotte de la société, en quelque sorte, le symbole de votre dévouement au client et toutes ces conneries. Nommez-le directeur. Si vous arrivez à développer votre activité maintenant, alors que l'avenir de la banque est menacé, ça impressionnera le marché. Si le marché réagit favorablement, le prix de l'action monte. Si le prix de l'action monte, la banque est sauvée. Je sais que ça peut paraître dingue, mais ce Bailey a une supercote en ce moment. C'est le moment de lui faire une promotion d'enfer. De l'exploiter à mort. »

À l'idée de compter sur quelqu'un comme Bailey pour sauver la banque, le visage de Lucas Berg s'assombrit. Bobosse ne venait pas de passer trois ans à imposer une rigueur draconienne dans les moindres opérations de la société, fermant les filiales improductives, virant le personnel par milliers, pour s'entendre dire qu'un vieil imbécile complètement naze qui aurait dû être viré depuis des années détenait les clés de l'avenir. Il avait sa propre intégrité, après tout.

Mais on était au pied du mur.

« L'exploiter… mais comment ? murmura-t-il, secoué par un frisson.

— Prenez la parole, parlez de lui ! Vous n'aurez la une des infos que tant que l'affrontement durera. Dès qu'il sera terminé, Bailey retombera dans l'oubli. Faites-vous interviewer dans les journaux télévisés et inviter dans les talk-shows, achetez des espaces publicitaires, ne reculez devant aucun sacrifice pour faire de Bailey un héros… et un directeur. »

Bobosse fulminait devant ce scénario ridicule, mais il n'était pas assez borné pour passer outre l'avis d'un homme de la carrure de Saxbloe. Il ne s'y serait peut-être pas pris de cette manière, mais on était en pleine crise.

« Êtes-vous partants, messieurs ? demanda-t-il en regardant à la ronde. Êtes-vous d'accord pour apparaître en public et pour clamer haut et fort combien nous sommes fiers de compter parmi nos salariés un homme tel que Bailey, symbole vivant de tout ce que nous tenons pour… de notre dévouement à… enfin, à ce que la dircom jugera bon de dire ? »

La mine sinistre, chacun donna son approbation.

« Et inutile de préciser, conclut Larry Saxbloe, que plus la crise durera, plus l'action grimpera… »

L'agent spécial Winston Pepsi fronça les sourcils en décelant une note bizarre dans la voix maintenant familière qui lui parvenait au bout du fil.

« Désolé, George… vous pouvez répéter ce que vous venez de dire ?

— Vous m'avez entendu, Pepsi. Nous voulons des télés portatives. Beaucoup de télés. Et tout de suite.

— Oui, c'était bien ce que j'avais cru comprendre. Vous allez bien, George ? Vous me paraissez un peu tendu.

— N'essayez pas de détourner la conversation, Pepsi. Cette offre n'est pas négociable… Procurez-nous les télés et nous relâcherons un otage.

— Oui, j'ai bien compris, mais… qui ça, "nous", George ?

— À votre avis ? Nous, c'est nous. Les otages… gros malin.

— Attendez une seconde… les otages ont pris quelqu'un en otage ?

— Ça vous pose problème ?

— Eh bien, franchement… oui. Je suis un peu perdu, George. Qu'est-ce que vous…

— Écoutez-moi, espèce de dinde ! Faites ce qu'on vous demande et il n'arrivera rien à personne, d'accord ? »

La ligne fut coupée.

Sheila Lane et un autre otage furent libérés peu après la livraison de vingt téléviseurs à la banque. Le deuxième otage avait servi à rétablir l'équilibre numérique : comme l'avait fait remarquer George, si Sheila comptait pour deux, sa seule libération ne suffirait pas à ce qu'on aboutisse à un nombre pair d'otages. Il avait réussi à persuader Cage et Alvares de revenir deux pas en arrière dans leur sélection, et c'est ainsi que Bobby Shaw, le petit gros, avait profité de l'aubaine.

Interrogée par les envoyés spéciaux peu après sa libération, Sheila avait dit :

« Je viens de vivre une expérience terrifiante et je suis très heureuse que George Bailey ait réussi à nous faire libérer, moi et mon bébé. Il est absolument fantastique : grâce à lui, le moral est excellent parmi les otages. Cet homme est un héros. Ce sont des gens comme lui qui font d'Atlantis une aussi grande nation… »

À n'en pas douter, c'est parce qu'elle avait eu le temps de se remettre du choc et de recouvrer ses esprits qu'elle apparut le lendemain au *Lola Colaco Show* sur le thème « Enceinte et otage : le canon sur la tempe » en exprimant une vision de la situation quelque peu différente.

« Je viens de vivre une expérience terrifiante et je suis très heureuse que George Bailey ait réussi à nous faire libérer, moi et mon bébé. Cet homme est un héros. Il est absolument fantastique : grâce à lui, le moral est excellent parmi les otages ; mais, à mon avis, Lola, il considère cette attitude comme inhérente à sa mission en tant que salarié du Global & Western Credit. Il aborde la gestion de cette crise avec la même gentillesse et la même intégrité que lors de ses contacts avec n'importe quel client. Ce sont des gens comme lui qui font du Global & Western Credit une aussi grande banque… »

Malheureusement, Sheila fit une dépression post-traumatique sitôt terminée sa tournée des médias. Cela explique peut-être la naissance prématurée de son enfant que, dans un moment de grande émotion, elle prénomma George.

En grandissant, George fut fière de porter le nom d'un héros, même si ce n'était pas celui qu'elle aurait choisi si elle avait pu décider elle-même.

17

Deux jours plus tard, Josh Cloken était debout avant l'aube pour son premier jour d'entraînement à Star City. Ni la douche ni le café qu'il avait pris à la base de l'agence spatiale de New Toulouse ne semblaient lui faire beaucoup d'effet ; en traversant le tarmac en direction du Bâtiment B, il avait toujours l'impression qu'on avait subrepticement remplacé son cerveau par un chou-fleur pendant la nuit. Il vérifia à sa montre qu'il n'était pas en retard pour son rendez-vous de six heures, car il ne voulait surtout pas faire mauvaise impression. Six heures moins le quart : il aurait eu le temps de prendre un troisième café.

Il y avait déjà quelqu'un dans la salle B 21. Il l'aperçut à travers le panneau vitré de la porte, assise les pieds sur une table, sa chaise renversée en arrière à la limite de la rupture d'équilibre. Le rouge fané de sa combinaison de l'agence spatiale, douce et usée à force d'être portée, contrastait avec la fonctionnalité nue de la pièce, telle une pêche posée sur une assiette de porcelaine. Elle avait les yeux fermés, et ses cheveux dorés retombaient en une jolie courbe sur le dossier de la chaise. Ce ne fut pas seulement la crainte de la faire sursauter qui arrêta Josh, une main sur la poignée.

Elle possédait une beauté qui lui donna l'impression de l'avoir déjà vue. Il savait que ce n'était pas le cas, mais il y avait quelque chose de si juste, dans son profil – dans ses sourcils sombres et fournis, dans la force de son nez, dans la quiétude marine de ses paupières closes, dans le pli d'humour qui se dessinait aux coins de sa bouche –, qu'elle lui parut aussitôt familière. Ce fut une impression fugitive, un éclair fulgurant qui s'estompa à mesure qu'il la contemplait, mais qui le stoppa net.

Tout d'un coup, le café lui faisait de l'effet.

Se sentant observée, Jean Grey ouvrit un œil et regarda vers la porte, où elle le surprit immobile. Elle inclina la tête paresseusement, haussa un sourcil, esquissa un sourire en le voyant sursauter et tourner brusquement la poignée.

Ils formaient un tel contraste, lui débarquant gauchement dans la salle, elle soulevant les pieds d'un geste assuré qui la posa un instant en équilibre sur ceux de la chaise en attendant de retomber en avant, qu'il eut la certitude d'être pris pour un imbécile avant même d'avoir ouvert la bouche.

« Monsieur Cloken, dit-elle en se mettant debout, main tendue vers lui. Jean Grey.

— Josh… Bonjour… Josh Cloken, bégaya-t-il en s'avançant pour lui serrer la main. Je veux dire… appelez-moi Josh.

— C'est ce que j'aurais fait, mais merci tout de même », répliqua-t-elle en refermant les doigts sur sa paume.

Le voyant surpris, elle expliqua : « J'ai reçu l'ordre d'être gentille avec vous, Josh. J'espère que vous me rendrez la pareille en ne nous envoyant pas tous à la mort. Bienvenue à l'agence spatiale. »

On l'avait certes prévenu de ne pas attendre de traitement de faveur de la part de l'équipage du vaisseau spatial, pour qui sa présence serait une complication, mais il fut un peu rebuté par ce premier contact avec sa future compagne de mission.

« Merci, Jean, dit-il en riant nerveusement. Juste pour savoir… vous êtes tout le temps comme ça à cette heure-ci ?

— Nooon, répondit-elle, sourcils froncés. D'habitude, je suis nue, et dans mon lit. Mais étant donné que nous n'avons que trois semaines pour vous préparer à cette mission, il faudra vous habituer à me prendre comme je suis. »

Elle le fixa durement une fraction de seconde, puis lui fit un clin d'œil. « Bon… on s'y met ? »

Elle lui plaisait. Beaucoup.

Cinq minutes plus tard, il leva les yeux après avoir inspecté le contenu d'un sac en plastique qu'elle venait de lui placer entre les mains : « Je ne comprends pas, dit-il. C'est une plaisanterie ? Un rite initiatique ?

— Pas du tout. C'est votre premier exercice. »

Josh sortit l'objet du sac : une boîte en plastique de couleur vive, de la forme d'une caisse enregistreuse ancienne avec un levier sur le côté. Mais au lieu d'afficher des chiffres, la boîte était garnie d'une rangée de gros boutons de formes variables – carré, cercle, étoile et pentagone. Elle s'appelait Tir'Pous' et était fabriquée par une société du nom de FunSkool.

Josh l'examina avec stupéfaction, la tournant dans tous les sens pour être sûr d'avoir bien compris.

« "De six mois à deux ans… Conforme aux normes de sécurité", lut-il quand il eut trouvé les étiquettes sur le fond de la boîte. "Ne pas laisser les enfants jouer avec Tir'Pous' sans surveillance. Les enfants peuvent s'étouffer avec les pièces libres. Tir'Pous' ne doit en aucun cas être utilisé avec d'autres jeux. Ne pas approcher d'une source de chaleur ou du sol. Ne jamais placer Tir'Pous' sur une table. Ne jamais laisser un enfant marcher, courir ou aller à quatre pattes avec Tir'Pous' à la main, ou à proximité de Tir'Pous'. FunSkool dégage toute responsabilité en cas d'utilisation non conforme du produit. Ne pas le cogner, le laisser tomber, le lécher, le sucer, ne pas placer les pièces libres dans les trous ne correspondant pas à leur forme." »

Il hocha la tête en sifflant. « Avec ça, on peut dire qu'ils sont couverts, hein ? Qu'est-ce que vous faites à vous promener avec cette machine du Jugement dernier dans les mains ? Vous avez une licence spéciale ? »

Il leva les yeux pour vérifier qu'elle souriait, puis reposa le jouet sur la table. « En fait, je crois que j'ai à peu près compris comment ça fonctionne ; le secret, c'est que la pièce carrée ne va que dans le trou carré, c'est bien ça ?

— C'est bien ça. On essaie ? Vous êtes prêt ?

— Euh, je me disais… on pourrait passer directement à l'exercice numéro deux, si ça ne vous dérange pas.

« — Oh, mais ce n'est pas ici que vous allez faire cet exercice, Josh. C'est sur la CV.

— La CV ?

— La Comète Vomi. Le vaisseau de simulation d'apesanteur. Au fait, j'espère que vous n'avez pas pris un petit déjeuner trop copieux. »

En traversant la piste vers l'avion d'entraînement dont les réacteurs étaient déjà en route, Josh Cloken se sentit de plus en plus barbouillé à mesure que croissait sa nervosité. Pour se changer les idées, il parlait à flot ininterrompu.

« Quand on a besoin de demander à des avocats de rédiger le mode d'emploi d'un jouet, c'est que la société va mal. Mais ça ne dérange personne d'écrire "Skool" pour "School", constata-t-il en soupirant et en tendant le sac à bout de bras. Qu'est-ce que vous dites de ça : "Ne laisser en aucun cas un enfant tirer ou pousser avec le Tir'Pous'." On est tombé sur la tête, non ? »

Il secoua la tête. « "Ne jamais laisser un enfant naître. Cela entraîne la mort."

— Plutôt nerveux, n'est-ce pas ? commenta Jean.

— Ça se voit ?

— Un peu. Ne vous inquiétez pas, il n'y a pas de honte à ça. D'ailleurs, vous avez des raisons de l'être.

— Dans ce cas tout va bien. »

L'avion était de la taille d'un appareil de ligne court-courrier. Sans peinture, ni logo, ni fenêtres, sauf dans le cockpit. Dans la fraîcheur du petit matin, ses quatre réacteurs dégageaient un miroitement de chaleur sur le tarmac. Trois hommes en salopette rouge attendaient debout au pied de la passerelle ; ils firent un signe endormi en voyant Jean approcher.

« Réveillez-vous, les gars ! leur cria-t-elle avec un enthousiasme ironique. La journée a commencé !

— Ouais, bâilla l'un d'eux en lorgnant d'un air maussade l'horizon safran. Et tu peux toujours courir pour que ce soit moi qui nettoie.

— Bon, je vous présente Josh Cloken, de la société Infologix, qui sera notre passager sur l'*Avalon*. Josh, voici Troy Duncan, Ian Wells et Adam Gallaher. Ils vont profiter de ce vol pour faire d'autres exercices d'entraînement pendant que vous travaillerez avec moi sur le Tir'Pous'. Essayez de ne pas leur vomir dessus. »

Elle gravit la passerelle pendant que Josh faisait brièvement connaissance. Le temps pressait, limitant les échanges au strict minimum.

« Salut, Josh, dit Ian Wells en lui broyant la main. Qu'est-ce que vous avez pris au juste, ce matin ?

— Des Crunchyflakes… deux bols. Du jus d'orange et deux cafés.

— Hmm-hmm… Je peux vous donner un petit conseil ?

— Oui, oui, je vous en prie. »

Wells lui asséna une tape dans le dos.

« Des toasts. »

L'avion prenait déjà de la vitesse sur la piste quand Jean ajusta le harnais d'épaules qui devait plaquer Josh contre la paroi solidement rembourrée de la cale.

« La règle d'or, c'est de bannir les mouvements brusques ou violents. Imaginez que vous êtes sous l'eau : ne faites que des actions lentes et douces. Toute action crée une réaction, en général une réaction que vous n'aurez pas souhaitée ; alors, surtout, réduisez vos mouvements au minimum. Canalisez votre énergie vers les muscles nécessaires à l'accomplissement de la tâche et vers eux seuls. Et si vous perdez le contrôle, n'essayez pas de compenser tout de suite, attendez d'avoir retrouvé l'équilibre. Compris ?

— Oui.

— Je parie que non », dit-elle avec un sourire qui lui fendit le visage.

L'avion s'arracha à l'assaut du ciel, et Jean se sangla tant bien que mal entre Josh et les trois astronautes. Même sans voir le sol s'éloigner, puisqu'il n'y avait pas de hublots, Josh sentit à son estomac que la vitesse et la pente de montée n'étaient pas pour des enfants de chœur. Soumis à plusieurs G, il eut l'impression que ses organes internes se tassaient vers le bas et que son sang refluait vers ses pieds. Tout d'un coup, son petit déjeuner lui parut bien plus lourd que lorsqu'il l'avait avalé.

« Quand nous aurons atteint l'altitude max, cria Jean pour couvrir le vacarme des réacteurs, le pilote se mettra en vol parabolique. Nous aurons quarante secondes en simulation d'apesanteur avant qu'il soit obligé de faire une ressource pour grimper à nouveau. À mon signal, dessanglez-vous, sortez les pièces du Tir'Pous' et essayez de les remettre dans leurs logements. »

Josh hocha la tête d'un air tendu.

« En aucun cas vous ne devrez diriger le Tir'Pous' vers vos yeux quand vous sortirez les formes de leur boîte en apesanteur, ajouta-t-elle. Cela peut entraîner une cécité.

— En aucun cas vous ne devez prendre des Crunchyflakes au petit déjeuner, gémit-il en guise de réponse.

— Déjà ? » Adam Gallaher fit la grimace et se pencha aussi loin en avant que le lui permettait son harnais pour voir la couleur de son visage.

« Un petit effort, Josh, l'encouragea Ian Wells. On est presque en haut.

— Je vais me sentir mieux ?

— Non, mais si vous devez gerber, essayez de vous retenir jusqu'à ce qu'on soit redescendus. Ça fait beaucoup moins de saletés quand on est soumis à la gravitation. »

Soudain, Josh se sentit devenir léger ; le bruit des réacteurs avait cessé. S'il n'avait pas su ce qui se passait, il aurait juré être en train de s'évanouir. Ses yeux se voilèrent et, dans une sorte de brume, il vit les quatre autres se détacher en flottant de la paroi.

« Allez, Josh, le temps presse ! »

Il défit son harnais et se rendit compte avec un coup au cœur que ses pieds ne reposaient plus par terre. D'une main, il tenait le sac contenant le Tir'Pous' ; de l'autre, il poussa contre la paroi. Jean haussa les sourcils en le voyant passer devant elle pour aller s'écraser contre la paroi opposée.

« Doucement, j'ai dit ! Ne vous souciez pas de votre position, essayez simplement de sortir le jouet de son sac. »

À sa grande surprise, Josh constata que le sac en plastique s'était comme animé d'une vie propre. Parcouru d'ondes et de pulsations, telle une méduse, il s'accrochait dans les protubérances du jouet à chaque effort qu'il accomplissait pour l'en extraire. Agacé, il le déchira, sans se rendre compte que cela le faisait, lui, partir en spirale.

« Pas de précipitation, Josh. Vous faites n'importe quoi ! »

Il regarda autour de lui, surpris. Dans le chaos de ses sensations physiques, il avait cru que c'était Jean qui bougeait. Son épaule heurta le rembourrage, qui le renvoya en une nouvelle spirale encore plus folle jusqu'à l'autre bout de l'appareil, où les trois astronautes essayaient de réaliser un assemblage mécanique avec des pièces qu'ils avaient sorties d'une boîte.

« Attention, ça débarque ! » les avertit Jean, leur laissant juste le temps de pousser doucement sur leur boîte, ce qui les propulsa au ralenti vers les parois de l'appareil.

Josh s'écrasa comme un moustique à l'endroit où ils étaient une seconde auparavant, raflant au passage toutes les pièces mécaniques ; toujours aux prises avec son jouet, il cherchait comment prendre appui pour tirer le levier sans faire tourner l'objet sur lui-même.

« La précision, pas la force, je vous ai dit ! cria la voix de Jean. Vous luttez contre vous-même, bon sang ! »

Il l'avait bien entendue, mais il était si fermement déterminé à ne pas se faire damer le pion par un jouet conçu pour un enfant de six mois que, les dents serrées, il coinça la boîte contre son ventre et tira le levier d'un coup sec. Les petits ressorts placés sous les formes, dont la force, en temps normal, permettait de les éjecter comme des toasts, se détendirent avec une puissance décuplée, propulsant les pièces comme des fusées. Le pentagone vint heurter son front, et les trois autres lui filèrent sous le nez et se dispersèrent dans l'appareil.

Soudain, il sentit un poids au creux de son estomac : l'avion amorçait sa ressource. Il baissa les yeux, paniqué de voir le sol monter si vite à sa rencontre. Le souffle coupé, il atterrit sur le Tir'Pous', bientôt rejoint sans douceur par les pièces des astronautes.

L'avion se remit en vol horizontal puis amorça un grand virage pour aborder la parabole suivante, et Josh roula sur le dos en gémissant sous le regard des quatre astronautes penchés au-dessus de lui.

« C'était comment ? murmura-t-il.

— On se serait crus enfermés dans une cage avec un poulpe en colère, lui expliqua Troy Duncan. Ne vous en faites pas. La première fois, c'est normal.

— Ne vous découragez pas, Josh, renchérit Jean. Il vous reste encore vingt-neuf essais avant la fin de la matinée.

— Vingt-neuf…, gémit Josh en se tenant le ventre. C'est toujours bon à savoir. »

La Comète Vomi justifia son sobriquet à la dixième tentative. Josh venait de trouver le moyen de rester immobile, mais il était encore loin d'imaginer comment il pourrait se passer d'un troisième bras, voire d'un quatrième, pour enfin maîtriser le Tir'Pous'. Il était couvert de bleus, épuisé. À chaque piqué, son estomac avait protesté de plus en plus violemment ; son petit déjeuner se promenait désormais dedans à chacun de ses mouvements et la nausée se propageait à tout son corps.

Dans le profond désespoir qui s'était emparé de lui, il ignorait quelle était la part de cette nausée et celle de ses échecs répétés pour contrôler l'éjection des formes. Il sentait bien que, dans cette situation nouvelle, tous les savoir-faire acquis au cours de ses trente-huit années de vie lui étaient devenus inutiles. Il ne se voyait plus que comme un handicap, un danger même, pour l'équipage d'*Avalon*, si tant est qu'ils aient encore une chance de se retrouver un jour dans l'espace.

Ce projet était une erreur de bout en bout. Sa place n'était pas ici. L'important était de réussir le lancement de Memphis 2 – mais que lui-même ou un autre représentant d'Infologix appuie en personne sur le bouton ne présentait aucun intérêt. La valeur symbolique de l'acte était largement éclipsée par la réalité de la situation, qui lui apparaissait clairement : il n'était pas astronaute, et un voyage spatial n'était pas l'extrapolation d'un voyage terrestre, par voie de mer, de terre ou même par la voie des airs.

Dans l'espace, la vie était régie par des lois différentes. On ne s'y promenait pas en touriste.

Il était déprimé, aussi, car cette épreuve de la réalité enterrait un rêve d'enfance qu'il avait voulu réaliser au point de profiter de sa position chez Infologix pour s'imposer sur ce vol.

Ces gens-là ne voulaient pas de lui parmi eux. C'étaient des professionnels, ils avaient consacré leur existence à concrétiser une ambition qu'il prétendait, lui, satisfaire sur un simple caprice. Sa présence était une insulte envers eux et une gêne dans leur mission. C'était peut-être ce qui les avait convaincus de démarrer son entraînement si fort : ils voulaient lui faire clairement comprendre qu'il n'était pas taillé pour ce genre de travail.

Si c'était le cas, ils avaient réussi. L'idée des vingt et un exercices qu'il lui restait encore à exécuter lui inspirait une horreur totale. Le plancher des vaches lui apparaissait comme un luxe qu'il aurait connu dans une autre vie, une sécurité désormais interdite par cette expérience dont il ressortirait, pensait-il, définitivement affaibli. De nouveau, il se sentit devenir léger : le pilote avait atteint l'altitude maximale et réduisait la puissance pour entamer le vol parabolique. De nouveau il eut le cœur au bord des lèvres ; à force d'être répétée, cette sensation lui procurait une douleur physique.

L'esprit embrumé tant ses nausées et ses crampes étaient fortes, il ne percevait plus les déplacements des autres astronautes qu'à travers une sorte de brouillard. Il se mouvait tel un automate, son corps désormais rompu à la routine qu'il s'était imposée lors des précédents exercices : imprimer une infime poussée sur la paroi, se servir des harnais pour contrôler sa vitesse de dérive dans l'espace de la carlingue.

À l'arrière de l'appareil, Jean l'observait en lui murmurant des encouragements. Elle avait simplifié sa tâche : il n'avait plus à sortir la boîte de sa poche en plastique, qu'elle avait ôtée elle-même juste après le désastre de sa première tentative. De peur d'aggraver encore ses nausées, il se mit à respirer superficiellement et essaya de manipuler le levier tout en gardant le jouet sous son bras gauche pour contrôler l'éjection des formes.

« C'est bien… de tout petits mouvements, tout doux, le

complimentait Jean qui ne se rendait pas compte que cette soudaine économie était due à l'état de son estomac. Bien… maintenant, enlevez-les et placez-les de façon qu'ils restent immobiles dans l'air. »

Il les souleva un par un et les positionna soigneusement devant lui, à hauteur de ses yeux. Son estomac fut secoué de spasmes et il grimaça de douleur.

« Excellent, Josh ! s'exclama-t-elle quand il réussit à placer le dernier cube en suspension dans l'air. Maintenant, remettez-les dedans. »

Il attrapa le cube ; au moment où il allait l'emboîter dans son logement, il s'arrêta et se mit à prendre de grandes inspirations paniquées. Jean comprit aussitôt.

« Retenez-vous ! l'avertit-elle. Attendez qu'on soit revenus en 1 G. »

Il lui jeta un regard implorant, essaya de fermer la bouche mais sut que c'était sans espoir. Son estomac se contracta violemment, refusant de garder ce petit déjeuner décidément indigeste ; secoué d'un spasme, il en sentit le contenu remonter dans sa gorge telle la boule des machines de foire où on peut tester sa force. Il eut tout juste le temps d'écarter la main de devant sa bouche et vit un missile coloré fuser vers l'autre bout de l'appareil, où se tenaient les trois hommes.

Il vit aussi Jean se propulser en avant d'un coup de pied contre la paroi de l'avion, mais ne comprit pas ce qu'elle faisait vu que la flaque ne se dirigeait pas vers elle. Alors, il la vit sortir le sac en plastique de sa poche, souffler dedans pour le gonfler et se lancer à la poursuite de ses corn flakes restitués, qu'elle captura d'un mouvement gracieux et enferma aussitôt pour les empêcher de ressortir ; enfin, elle atterrit avec précision à l'autre extrémité de la carlingue.

« Moins une, dit-elle en souriant. Vous vous sentez mieux ? »

Josh était si abasourdi qu'il ne constata le recul de ses propres convulsions qu'en allant frapper contre la paroi du fond. L'avion reprit une trajectoire horizontale, mais là encore, vu qu'il avait l'estomac vide, il ne s'en aperçut qu'en voyant ses jouets s'écraser au sol, où il s'abattit lui-même une fraction de seconde plus tard.

Josh maîtrisa parfaitement le maniement du Tir'Pous' cinq passages plus tard, son esprit s'étant dégagé juste après son estomac. Sa dépression s'était dissipée et il commençait à se sentir capable de mettre à profit les semaines à venir pour maîtriser les techniques de base du voyage spatial.

Jean semblait impressionnée par la rapidité de ses progrès, mais, bientôt, il se rendit compte qu'il avait du mal à répondre à ses commentaires autrement que par un sourire. Il n'avait pas prononcé une phrase complète depuis l'épisode du vomi.

Ce n'était pas parce qu'il était gêné.

C'était parce que, en sautant comme une ballerine pour attraper son missile en apesanteur, Jean avait fait le mouvement le plus époustouflant, le plus gracieux, le plus féminin qu'il ait jamais vu. Si elle lui avait paru belle au sol, elle l'était infiniment plus en l'air. Elle était une sorte de nymphe, l'esprit du vent fait femme.

Allongé dans son lit ce soir-là, épuisé mais bien trop excité pour pouvoir trouver le sommeil, Josh Cloken comprit que ce n'était pas son estomac qu'elle avait capturé dans ce sac, mais son cœur.

18

À moins de trois semaines des élections, une chaise supplémentaire apparut autour de la table de conférences du QG de campagne de Mike Summerday. Elle avait été ajoutée peu après que, sur le tableau où l'on notait au jour le jour le comportement de Summerday dans les sondages, la courbe avait stoppé sa chute vertigineuse et commencé à s'aplanir. La chaise était occupée par celle à qui tout le monde savait devoir ce revirement.

VOTEZ POUR LE MARI DE SUSAN, proclamaient les derniers pin's qu'on avait fait fabriquer.

Bien que plus que jamais tourmenté par son chakra inférieur, qui n'était toujours pas revenu à la normale malgré sa longue expérience de guide des âmes égarées dans les ténèbres politiques, Chandra Dissenyake avait interrompu sa retraite. Depuis l'intervention de Susan dans la campagne, à laquelle il ne s'attendait pas du tout, son équilibre spirituel était rompu et ses soigneux calculs envolés en fumée. C'était une question de rapport de forces : Susan flirtait actuellement avec le mètre quatre-vingts alors que son mari plafonnait à un mètre soixante-trois. Douglas dépassait Summerday de quinze à dix-huit centimètres, mais Dissenyake espérait pouvoir combler cet écart en l'espace des trois semaines restantes. La difficulté cruciale tenait au fait que Douglas était plus grand que sa femme alors que Summerday était obligé de monter sur un tabouret pour embrasser la sienne. Et ça, ça aurait un impact terrible auprès des électeurs.

Pourtant, le gourou sentait bien que Susan lui avait aussi ouvert une nouvelle perspective sur cette campagne. Sa retraite, bien que brève, lui avait permis d'atteindre à un niveau plus profond de spiritualité politique. Susan avait réussi à arrêter seule la chute libre de son mari dans les sondages. La population avait désormais compris la motivation de Summerday : venger le viol de sa femme. Sa manœuvre était toujours jugée aussi idiote, mais avec beaucoup plus d'indulgence dès lors qu'un homme faisait ce qu'il avait à faire.

Maintenant, à Dissenyake de redresser la courbe. Autour de la table, tous les visages se tournaient vers lui dans l'expectative.

« J'espère qu'au fond de votre cœur vous trouverez la générosité de pardonner mon absence de ces derniers jours, dit-il, mais j'ai eu amplement matière à réflexion. Au cours de cette campagne, une question m'a tracassé, et je n'ai pas été en mesure d'assurer mes devoirs envers vous tant que je n'y avais pas répondu. J'ai fouillé mon âme et je crois pouvoir dire que j'aperçois la réponse. Je crois savoir comment mener cette campagne vers un dénouement heureux. »

Le guide spirituel marqua une pause solennelle, yeux clos. Tout le monde vit aussitôt qu'il s'était opéré en lui un profond changement. Il paraissait fragilisé, et pourtant allégé : on aurait dit que, sous son costume, son gros corps était gonflé non pas de graisse mais d'air. Il avait atteint un niveau de conscience supérieur. Ils attendirent, pleins de respect, qu'il concentre ses énergies et les canalise en une sentence unique et cristalline résumant sa nouvelle vision.

Dissenyake rouvrit les yeux, étendit ses bras comme pour envelopper tous ses collaborateurs dans la chaleur de son amour, et sourit.

« La politique… qu'elle aille se faire foutre ! » déclara-t-il.

Les têtes tendues se rétractèrent légèrement, les sourcils se froncèrent : pas facile à suivre, le fil de cette nouvelle philosophie.

« Tout le monde s'en moque, de la politique ! ajouta-t-il en riant. La vérité première qui soude entre eux tous les citoyens d'une démocratie est très simple : chacun est persuadé qu'il ne dirigerait ni mieux ni moins bien le pays que ceux qu'il a élus à sa tête ! Alors pourquoi essayer de convaincre le peuple que nous en savons plus que lui ? Pourquoi continuer de lui servir des mensonges éhontés en lui proposant des programmes irréalistes qui ne verront jamais le jour – comme il le sait aussi bien que nous, d'ailleurs ? Non seulement nous l'insultons mais, et c'est un crime plus grand encore, nous l'ennuyons ! Sinon, comment expliquer que la majorité des électeurs ne se déplace même pas pour aller voter ? La réponse est donc claire : que la politique aille se faire foutre ! »

Sa tirade fut accueillie dans un silence gêné ; les sourires qu'il attendait ne vinrent pas. Ils ne le suivaient pas.

« Vous ne voyez donc pas, mes amis ? En ces temps modernes, notre rôle n'est pas de persuader les gens de croire en nous ! Nous ne sommes que des êtres humains. Nous ne comprenons pas mieux le monde qu'eux ! Ce n'est pas ça qu'ils attendent de nous !

— Chandra…, dit enfin Michael Summerday, sachant qu'il n'était pas le seul à douter du bon sens du gourou, nous sommes des politiques. Que voulez-vous que nous fassions ? Que croyez-vous qu'on attende de nous ?

— Mais c'est clair comme de l'eau de roche, non ? s'exclama le gros homme. Qu'est-ce qu'on nous réclame toujours ? Quel est le grand besoin qui soude entre elles toutes les couches de la société ?

— L'argent ! s'écria Bob Redwood, se croyant le premier à avoir compris l'argument du gourou. Qu'on leur offre de l'argent ! Du liquide de la main à la main pour les voix, ou alors une réduction d'impôts pour tous les États qui basculeront de notre côté !

— Je vous en prie ! soupira Dissenyake, déçu. Vous croyez donc que seul l'argent compte ? Je parle de leurs âmes ! Est-ce en distribuant de l'argent que Susan nous a sauvés de la catastrophe ? Non ! Susan a compris d'instinct ce que nous étions trop aveugles pour voir ! Ce qu'il faut, c'est les divertir !

— Vous voulez dire… chanter, par exemple ? souffla Redwood. Je ne sais pas chanter, Chandra. »

Susan se tourna vers le coéquipier de son mari en secouant la tête d'un air navré. « Il veut dire leur servir de la guimauve, Bob. Mon viol, l'abus sexuel de la première femme de Douglas… Ce qui plaît, c'est le mélo.

— Justement ! renchérit Dissenyake en frappant un grand coup sur la table. À partir de maintenant, cette campagne devra exploiter la douleur ! La tragédie ! Susan comprend ce que veut le peuple parce qu'elle est en phase avec la force divine de la nature. Écoutez votre femme, monsieur le vice-président !

— C'est-à-dire ?

— Il faut souffrir ! Nous devrons voir votre corps extirpé des décombres de votre voiture, couvert de bleus et de sang, mais miraculeusement indemne. Votre fille devra contracter une maladie très grave ! Susan devra lutter contre ses démons internes et triompher de son alcoolisme ! Tout le plaisir et le confort que vous a procurés une riche naissance doivent vous être arrachés, monsieur le vice-président, jusqu'à ce que vos entrailles saignent, exposées nues sous nos yeux. Et alors, vous vous relèverez péniblement sur vos pieds, et les gens voteront pour vous. Vous aurez conquis leur cœur, leur âme… cessez donc de vouloir conquérir leur esprit !

— Pardonnez-moi, Chandra, mais… ça ne vous paraît pas irréaliste ? Il nous reste trois semaines jusqu'aux élections, et dans ce temps-là je dois survivre à un accident de voiture et Penny au cancer, Susan doit devenir alcoolique puis alcoolique repentie… Ça ne fait pas un peu beaucoup, tout ça ? »

Les yeux dans le vague, Dissenyake avait l'air d'un prophète en extase devant une vision divine.

« J'ai fait une retraite, mes amis, et j'ai vu ! J'ai eu une vision de l'avenir – pas seulement de notre avenir mais aussi de celui de tous ceux qui nous succéderont. Nous serons la force qui soude une nation, nous représenterons le drame qu'eux, les spectateurs, portent à son apogée de leurs propres mains en votant pour les personnages de leur choix ! Les directeurs de campagne seront des artistes, ils inventeront des rebondissements, des retournements de situation pour triompher de leurs adversaires dans la course au martyre ! Les gens ne se contenteront plus de suivre les élections, ils achèteront la vidéo ! »

Summerday ouvrit et referma la bouche en silence pendant

quelques secondes, cherchant ses mots pour exprimer la tempête qui faisait rage dans sa tête. Enfin, il explosa :

« Chandra ! Qu'est-ce que vous foutez pendant vos retraites ?

— Je trouve mon point de sérénité intérieure, monsieur le vice-président, je reste assis des heures en silence. Je ne suis plus Chandra Dissenyake, mais le peuple tout entier. Chacun des individus que nous devons arriver à toucher. Je deviens la feuille blanche sur laquelle ils coucheront la liste de leurs espoirs, de leurs craintes et de leurs désirs. Je regarde la télévision.

— Et c'est tout ? Vous vous contentez de regarder la télévision ?

— En buvant de la bière. Je ne fais qu'un avec le peuple, je mange des chenilles au fromage et de la crème glacée. »

Soudain, tout le monde comprit pourquoi Chandra Dissenyake était plutôt rondouillard pour un gourou.

« La télé n'est que la télé, Chandra, lui fit remarquer Summerday sans le brusquer. Dans la réalité, ils ne vont pas gober vos salades.

— Oh, ils gobent bien des réductions d'impôts et des réformes de l'éducation qui sont fiscalement irréalisables ! rétorqua le gros homme avec colère, ce qui lui arrivait rarement. Vous croyez qu'ils y croient ? La question, ce n'est pas la crédibilité, c'est le désir ! Si nous faisons en sorte qu'ils aient envie de croire, ils croiront. Tout ce qu'ils nous demandent, c'est qu'on se débrouille pour qu'ils ne se fichent pas totalement de tout ! Est-ce si terrible comme mensonge ? » Il pivota dans son fauteuil ; quand il fut face à la télé, il prit au hasard, dans la pile, un clip de la campagne qu'il inséra dans le magnétoscope. « Est-ce plus impossible à croire que ceci ? »

C'était une copie faite à partir de la cassette de l'agence. Sur un écran bleu, une horloge égrenait un compte à rebours jusqu'au début du film. Le titre apparut au bas de l'écran. Quand Michael Summerday le lut, son sang ne fit qu'un tour : *Petit déjeuner dominical.*

Ceux qui restaient sceptiques quant à la dimension spirituelle de Chandra Dissenyake auraient très certainement été convertis à sa philosophie s'ils avaient eu vent d'une récente réunion éditoriale qui s'était tenue à la direction d'un certain magazine. À l'approche des élections, l'immense machine médiatique atlantienne tournait à fond, chaque publication – des journaux financiers aux revues de pêche – abordant d'un regard particulier la course à la présidence. Cependant, au milieu de cette jungle vomie par les imprimeries, un magazine s'élevait au-dessus des autres, dont le rôle dans le grand cirque démocratique relevait de la tradition et de l'héritage culturel.

Dream House venait d'être rescapé *in extremis* par sa nouvelle éditrice en chef, Amanda Ely, recrutée dans l'ultime espoir d'empêcher le titre moribond de disparaître tout à fait avec ses fidèles lectrices. Elle avait totalement modifié le contenu de la revue, mettant un point final à son obsession pour les compositions florales et les dîners parfaits, et les remplaçant par des sujets plus urbains tels que « Le langage des fleurs : sachez comment il est au lit s'il vous offre un cactus » ou encore « Le parfait livreur de pizza ». Pour lui donner un accent beaucoup plus moderne et aguicheur, elle avait même changé le nom du magazine en *houSe dreaM*. Cette stratégie très risquée, si elle lui valait la perte de ses lectrices traditionnelles, était sûre de lui rapporter une publicité monstre. Comme le firent remarquer les critiques, cette métamorphose marquait une rupture capitale dans la culture atlantienne ; si *Dream House* lui-même, ce bastion de la société préclitorale, se convertissait au sexe, alors une conclusion s'imposait : le sexe était fait pour durer.

Bien entendu, la revue n'abordait pas que des sujets sexuels. Amanda Ely savait que la femme moderne voulait un magazine de vie pratique qui couvre tous les aspects de son existence, qui reflète et éclaire ses goûts, ses opinions et ses aspirations tout en respectant son indépendance et sa personnalité unique. Il n'y avait pas que le sexe dans la vie, il y avait aussi le travail, les voyages, les abdos-fessiers, la décoration et les sushis. « Le seul tabou, répétait volontiers Amanda, c'est l'ennui. »

Et elle avait raison : le *houSe dreaM* relooké fit un tabac auprès des femmes dans la tranche d'âge qu'avaient leurs grand-mères lors de la création du magazine. La génération intermédiaire – les anciennes radicales converties à la vie confortable des classes moyennes tout en nourrissant un complexe de culpabilité à l'égard de la pauvreté dans le monde et de l'exploitation des forêts tropicales, deux causes totalement étrangères aux préoccupations des magazines de vie pratique – avait été complètement escamotée.

L'équipe éditoriale se réunissait le premier lundi de chaque mois pour une séance de remue-méninges – ou, plus exactement, une séance de lavage de cerveau. On n'y remuait aucune idée nouvelle, seulement de vieilles idées dont on gommait les rides et dont on falsifiait la carte d'identité.

« Noir, lança Ursula Hoff, directrice artistique.

— Hmm… Noir, oui, mais encore ? la sonda Amanda, intriguée mais nullement convaincue.

— Le Noir au Pouvoir.

— Encore ? Ce n'est pas le Rouge qui Bouge ?

— Non, échec total. Le Rouge n'est plus le Nouveau Noir. C'est le Noir. Le Rouge est mort. Mais on a un Nouveau Noir, un noir influencé par le rouge et qui a évolué pour refléter l'esprit moderne, plus pur, moins encombré, déterminé à s'affirmer. Un noir noir.

— Hmm… et qu'est-ce que ça donne, en pratique ?

— Du café noir dans une tasse noire. Pure caféine.

— La crème pose problème ?

— Un peu ! C'est sale. On la cache. C'est inconvenant. Ce qui est *in*, c'est l'Expression Espresso.

— S'agirait-il d'un numéro Noir Absolu ?

— Pas Noir Absolu. Mais la question est de savoir jusqu'où on peut aller dans le noir : les mannequins, les meubles, les vêtements, la typo, le café.

— Photos noir et blanc ?

— Ah, non ! Le noir devient couleur, tout est là ! C'est ça le message à faire passer, Amanda ! »

Shelley Beech, responsable culinaire, pâlissait à vue d'œil. Elle était l'une des dernières rescapées de *Dream House*. Après une carrière consacrée à expliquer comment préparer un dîner complet, hors-d'œuvre, entrée, plat, dessert, pour six personnes tout en ayant le temps de prendre un cocktail avec ses invités, elle avait réussi à s'adapter au magazine nouvelle formule. Débrouille-toi pour rendre la section culinaire sexy, lui avait-on dit, et elle y était parvenue. Huîtres, eaux minérales, mini-boules de mangue inoffensives empalées sur des piques et décorant une gigantesque sculpture glacée à l'ananas en forme de grenade, avortons de poulets flambés à la tequila… Dans ses pages culinaires, il ne fallait plus espérer trouver des plats de résistance mais seulement des préliminaires gustatifs.

« Moi, un numéro tout noir, ça me pose problème, hasarda-t-elle. Je peux faire quelque chose sur le café, naturellement. Des truffes. De la soupe à l'encre de seiche. Ce n'est pas un problème… Le problème, c'est le Concours de recettes de cookies des Premières dames du pays.

— Oh, épargne-moi…, gémit Amanda. Il faut absolument qu'on discute de ces putains de cookies des Premières dames ? Ce que c'est mémère, ton truc ! »

Shelley se vexa. Elle qui travaillait pour le magazine depuis vingt-huit ans, qui en avait connu les hauts et les bas, elle sentait que personne ne reconnaissait les efforts surhumains qu'elle avait faits pour s'adapter au nouveau look. On ne pouvait tout de même pas lui demander de dire adieu à son moment de gloire.

« Le concours de cookies a toujours été un de nos grands succès, Amanda, répondit-elle en reniflant. Peut-être n'est-il pas inutile de rappeler que c'est un honneur pour notre magazine. Nous participons du grand patrimoine démocratique atlantien, que cela colle ou non avec vos nouvelles marottes, piercing de tétons et autres. On ne peut pas jeter aux orties du jour au lendemain une distinction pareille… On ne crache pas à la figure de l'Histoire simplement parce que les cookies ne sont pas aphrodisiaques.

— Ne te fâche pas, Shelley, la consola Amanda. Personne ne parle de renoncer au rôle qu'a toujours joué notre magazine dans nos élections présidentielles, mais nous pourrions peut-être relooker notre rubrique ? Est-ce qu'il faut absolument que ce soient des cookies ?

— Oh, oui ! Oui, il faut absolument que ce soient des cookies ! Les cookies font partie de notre identité culturelle nationale.

— La tarte aux pommes aussi, la contra Amanda.

— La tarte aux pommes, c'est…, bégaya Shelley en faisant la grimace. La tarte aux pommes, c'est la tarte aux pommes. Des pommes dans une pâte. Les cookies, on peut les faire de différents parfums. Noix de pécan, pépites de chocolat, ce que tu voudras. À leur manière, ils peuvent être sexy.

— Mais philosophiquement, tu acceptes le principe… Les cookies ne sont pas la seule référence culturelle d'Atlantis ?

— Naturellement.

— Les armes à feu ! s'écria Mo Grace, la nouvelle éditorialiste. Les armes à feu font autant partie de notre patrimoine que les cookies ! Pourquoi ne pas organiser un Concours d'armes à feu des Premières dames ?

— Parce que les armes à feu n'ont rien à faire dans une cuisine ! protesta Shelley, qui sentait une coalition se former contre elle.

— Faux. On chasse au fusil, lui fit remarquer Amanda. Et on chasse pour se nourrir. Donc les fusils sont des ustensiles de cuisine, Shelley.

— Surtout aujourd'hui, où les gens de goût apprécient l'authenticité, renchérit Mo. Les pâtes fraîches, les plantes aromatiques qu'on fait pousser soi-même, un fusil à canon double… tout ça relève du même mouvement pour se distancer des expériences préprogrammées, prédigérées.

— Mais enfin, c'est ridicule ! s'exclama Shelley en riant. Vous connaissez combien de femmes qui ont un fusil dans leur cuisine ? Les pages culinaires, ça doit au moins traiter de choses qui se font dans la cuisine, non ?

— Non, la contredit Amanda.

— Pardon ? Ça ne concerne pas des choses qui se font dans la cuisine ? Qu'est-ce que tu me racontes ? Tu veux que je parle des toilettes sous prétexte que manger implique inévitablement déféquer ?

— Non, non, Shelley. Mais par exemple, on ne fait pas de barbecue dans la cuisine, tu es d'accord ? Et tu refuserais de rédiger un article sur les barbecues sous prétexte que ça ne se fait pas dans la cuisine ? Où mets-tu la limite ? Remarque, maintenant que tu en parles, je trouve ton idée de toilettes drôlement originale. On devrait creuser la question. »

Shelley chercha follement un regard de sympathie autour de la table. Elle ne vit que des sourires aimables. Les garces, toutes contre ses cookies ! « D'accord, lâcha-t-elle sèchement, parfait ! Comme vous voudrez ! Mais comment savez-vous que telle ou telle éventuelle Première dame du pays possède une arme à feu ? »

Évidemment, c'était un argument de choc. Un silence déçu s'abattit sur la petite assemblée, bien forcée d'envisager la victoire du cookie par défaut.

« J'imagine…, pensa tout haut Amanda. Peut-être qu'on pourrait en faire plutôt un Concours d'autodéfense ? "Notre jury d'experts décide qui, de Susan Summerday ou de Barbara Douglas, en a le plus dans le ventre" ?

— Autodéfense contre quoi ?

— Contre le viol, tiens.

— Le viol, répéta Shelley d'un ton caustique. Viol de violeur ou viol avec lubrifiant type oléagineux ? On est toujours dans la cuisine ou dans une ruelle sombre où des gens louches peuvent se faire un petit barbecue de temps en temps ?

— Shelley ! s'exclama Amanda, tout excitée. C'est absolument génial ! Tout à l'heure les toilettes, maintenant le viol, et tout ça dans la section culinaire ! J'adore ! »

Inutile, désormais, de poursuivre la discussion. Shelley s'avoua vaincue. Mais plus cela durait, moins elle était sûre de savoir qui, des autres ou d'elle-même, était responsable de cette défaite.

« Bon, pas de cookies, donc, dit-elle à contrecœur, accablée de tristesse. Faites comme vous voudrez. "Concours d'autodéfense des Premières dames du pays – voir section culinaire." »

Amanda lui adressa un sourire et un clin d'œil. « Et on l'intitulera : *Si vous ne supportez pas la chaleur…* »

Susan quitta la salle de conférences comme une furie, son mari sur ses talons. Summerday finit par la rattraper dans leurs appartements privés. Quand il entra dans le salon, elle plissa le nez comme s'il dégageait une odeur à faire rougir un pet.

« Ce n'est pas ce que tu crois, Susan…

— Arghh ! grogna-t-elle en s'appuyant au manteau de la cheminée pour garder l'équilibre. Arrête ! Je ne peux plus avaler tes excuses, Michael. Tu me donnes la nausée. Je ne sais pas et je ne veux pas savoir qui sont ces deux garces, ni comment elles se sont retrouvées à prendre le petit déjeuner avec toi, d'accord ? Cette fois-ci, tu as dépassé les bornes. Rien, tu m'entends, rien de ce que tu pourras me dire n'y changera quoi que ce soit. On devrait t'abattre comme un chien. Maintenant, va-t'en. »

Elle prit une profonde inspiration, comme luttant contre une nausée.

« Susan, je t'assure, ce n'est pas si terrible…

— Tu n'as donc vraiment aucun scrupule, hein ? Tu espères t'en tirer encore une fois ! Comment peux-tu imaginer une seconde que je te pardonne ? Comment peux-tu t'excuser… Comment oses-tu encore prononcer ces mots, Michael ? Tu t'exerces à dire des obscénités en dormant ? "Prends-moi par-derrière, Belzébuth ! La Madone était une pute à 10 sous qui suçait les bites des lépreux… Votez pour Michael Summerday"… »

Elle se tut. Sa main libre se porta à son front, comme pour y retenir les pensées qui lui traversaient l'esprit. Un rictus lui tordit les lèvres.

« Je vais te dire… Moi qui trouvais que tu étais un sac à ordures, Michael Summerday, je m'étais fourré le doigt dans l'œil. Il n'y a pas de sac ! Juste des ordures qui s'étalent partout ! Tu te fiches tellement éperdument de nous et de tout ce qui n'est pas ton élection que ça ne te dérange pas de… de cracher sur la vérité. Je savais que ce clip était une farce, mais au moins je pensais que nous nous aimions assez, tous les trois, pour jouer chacun son rôle. Et tu as cru que je ne remarquerais rien ? »

Sourcils froncés, Summerday lui jeta un regard implorant. « Je l'ai fait pour nous, Susan. Pour que tous les sacrifices que nous nous sommes imposés afin d'arriver là où nous sommes aujourd'hui n'aient pas été vains ! »

Elle s'écarta du mur et s'avança, pointant sur lui un doigt

accusateur. Summerday battit en retraite dans la pièce tandis qu'elle explosait :

« Les sacrifices que *nous* nous sommes imposés ? Michael, mon chéri, je ne suis pas sûre que tu aies tout compris. *J'ai* fait des sacrifices, *Penny* a fait des sacrifices, mais toi… toi, tu as fait du troc ! Ce n'est pas tout à fait la même chose, tu ne trouves pas ? Je peux sacrifier mon temps, ma carrière et mon cœur pour mon mari, mais toi, le mari – enfin, disons l'apparence de mari, parce qu'en réalité tu n'es qu'une enveloppe vide, un extraterrestre –, tu n'as fait que brader ton honnêteté, ta moralité, ton courage et la décence la plus élémentaire pour devenir président. Dieu sait que je ne peux pas me permettre de me vanter, parce que si je n'ai pas vu que le Michael Summerday que j'ai aimé et épousé n'était pas une personne mais un concept de marketing, c'est ma faute. Mais tout de même… *nos* sacrifices ? Tu me prends vraiment pour la dernière des imbéciles, espèce de petit virus… espèce de cancer ! »

Summerday se prit les pieds dans le canapé et tomba assis sur les coussins.

« Susan…, gémit-il en levant vers elle un regard lamentable. Que veux-tu que je te dise ? »

Elle se couvrit le visage des deux mains ; tremblant de colère, elle souffla dans ses paumes, puis releva la tête. Les bouts de ses doigts laissèrent des traces blanches sur ses joues en feu.

« Tu as raison, lâcha-t-elle.

— D'accord, d'accord, tu as raison ! Là. Tu as raison. Je suis tout ce que tu as dit et plus encore, sans doute. »

Elle cessa de respirer. Pendant dix bonnes secondes, elle oublia littéralement de respirer. Sa bouche s'ouvrait et se refermait mécaniquement sans qu'en sorte un son capable d'exprimer ce qu'elle ressentait. Soudain, obéissant à son instinct, elle reprit son souffle avec un bruit d'aspirateur, puis cracha lentement ses mots.

« Tu me donnes envie de vomir… Non, pire que ça. Je veux dire que tu as raison : il n'y a rien à dire – pas que je voulais que tu me donnes raison… espèce de lavette !

— Mais je suis d'accord avec ce que tu as dit ! Et au moins… au moins j'ai le courage de le reconnaître devant toi. C'est donc qu'il doit me rester quelques principes, non ?

— Oh, ça oui, Michael : toi et ta carrière. Il n'y a jamais eu que ça qui t'intéresse. Tu te résumes à ça. Tu n'existes pas en dehors de ton ambition. Le diable lui-même ne pourrait pas te tenter. Je ne crois pas que tu m'aies jamais aimée. J'étais simplement le réceptacle que tu as choisi pour prouver ton hétérosexualité aux électeurs. »

Summerday ferma les yeux, observant un long silence songeur. Quand enfin il les rouvrit, son ton avait changé.

« À quoi bon te répondre ? Tu ne veux même pas comprendre pourquoi j'ai fait ça. Il faut toujours que tu prennes tout personnellement.

– Pardon ? fit-elle en riant. Pour toi, je m'humilie devant le monde entier, et quand j'ose me mettre en colère en découvrant que j'ai été doublée dans une pub sur ma vie de famille, tu m'accuses de prendre les choses trop personnellement ? Ça commence où, le personnel, dans ton petit esprit tordu, Michael ? Par exemple, si je te donne un coup de marteau sur les testicules, est-ce que tu comprendras que j'ai seulement voulu te donner une définition objective de la virilité ?

— Je veux simplement dire que tu m'accuses d'égoïsme parce que mes actes ne cadrent pas avec tes idées personnelles. Mais les deux cent cinquante autres millions d'habitants de ce pays qui devront choisir entre moi et Jack Douglas… est-ce qu'ils ont une petite place quelque part dans ta vision des choses ?

— Je ne suis qu'un être humain, Michael. Je n'arrive pas à embrasser l'horreur sur de pareilles dimensions. Le drame de ma vie a été de te choisir pour moi. Si des dizaines de millions d'autres personnes commettent la même erreur, ça devient tout bêtement… une statistique.

— Très drôle. Mais tu as éludé la question. Un pays a besoin de dirigeants. C'est très bien de voir les choses d'un point de vue personnel, mais il faut que quelqu'un l'accepte, ce rôle de dirigeant ! Tu es très intelligente, très talentueuse… tu y réussirais aussi bien que moi, seulement voilà : dès qu'il s'agit d'endosser une responsabilité, non merci, très peu pour toi. Alors qu'est-ce qui te donne le droit de me critiquer parce que je le fais ?

— Quelle noblesse de cœur ! Il n'y a donc pas une once d'ambition dans tout ça ?

— Ah, voilà ! L'ambition. Est-ce ma faute si tu n'en as jamais eu ? Je ne dis pas que tu as tort, mais où en serait notre couple si je n'en avais pas plus que toi ? Tu m'as choisi parce que tu trouvais que j'en avais pour deux ! Tu m'as mis sur le dos toute la responsabilité de notre ascension sociale, de notre évolution ; sans ces choses, à quoi bon vivre, à quoi bon aimer, à quoi bon même se lever le matin ? J'ai toujours accepté ce pacte tacite, et je crois que tu l'acceptais aussi, alors est-ce un crime si j'ai fait ce que je croyais nécessaire pour réussir ? Ce n'est pas moi le monstre, c'est le monde ! Pour percer, on ne peut pas s'y prendre autrement que je l'ai fait. Alors ne viens pas me raconter que je t'ai utilisée comme un réceptacle… parce que je pourrais te renvoyer le reproche ! Tu es donc aveugle ? »

Il faut dire, là, que Susan faillit se laisser convaincre.

Cinq ans plus tôt, elle aurait capitulé sans états d'âme. Quelque part, elle était prête à se donner tort. Au fond, c'était une fille conventionnelle.

Mais plus maintenant. Elle avait mordu à l'hameçon une fois de trop, et elle voyait désormais le crochet de métal caché dans l'appât. L'argument de Michael se tenait, mais, le salaud, il venait une fois de plus de se laver de tout reproche. Et cette fois-ci, se dit-elle tandis qu'une pensée perverse germait dans son esprit, elle n'allait pas lui permettre de s'en tirer à si bon compte. Après vingt ans de vie commune, il était temps de se faire rembourser ses dettes.

« Tu as tout à fait raison, Michael. Je n'ai jamais voulu endosser la moindre responsabilité. Je t'ai reproché ce que je me reprochais à moi-même. Je te demande pardon. »

Summerday écarquilla les yeux mais tenta de dissimuler sa surprise, de peur de la voir changer d'avis.

« Ce n'est pas grave, Susan. L'important, dans le mariage, c'est que nous sachions tous les deux où nous en sommes… le reste en découle naturellement.

— Absolument. Et tu as raison, il est temps que je commence à assumer mon rôle.

— Eh bien, je suis heureux de l'apprendre, chérie.

— Tu crois vraiment que je serais bonne en politique ?

— Tu plaisantes ? dit-il en riant. Bon sang, tu me bats dans les sondages !

— Hmm hmm… » Susan regardait son mari en souriant, et soudain un éclat dangereux brilla dans ses yeux. Summerday changea de position sur le canapé, mal à l'aise. Tout d'un coup, il n'était pas sûr d'apprécier le tour que prenait leur conversation.

« L'opinion publique me préfère à Bob Redwood, n'est-ce pas ?

— Ouuiii…

— Dommage que tu l'aies choisi comme coéquipier.

— Euh… Bob ne manque pas de qualités, tu sais. Il est très apprécié par certains… éléments du pays.

— Bob est un imbécile, Michael. C'est de notoriété publique.

— Bob n'est pas un imbécile, Susan, il est simplement… influençable.

— Michael, je veux être vice-présidente.

— Oui. J'avais deviné. C'est hors de question. »

Susan fit une moue moqueuse. « Mais, Michael, c'est mon ambition ! Et je ne demande que la deuxième place !

— J'ai déjà un vice-président.

— Largue-le.

— Impossible. Tu le sais. À quoi rime cette discussion ? C'est ridicule !

— Si tu ne me laisses pas réaliser mon ambition, Michael, alors il ne me restera plus qu'à prendre mes… responsabilités.

— C'est-à-dire ?

— Eh bien, si je dois agir en femme responsable, il me semble que je devrais dire haut et fort que ce n'est pas moi qui joue dans le clip… Tu n'es pas d'accord ? »

19

À quoi bon grandir, se demandait Macauley Connor, si cela ne donnait pas automatiquement le privilège d'avoir raison ? Pourquoi abandonner une à une, dans la souffrance, les joies de l'enfance, pourquoi apprendre à mener sa barque seul, à travailler pour les petites satisfactions qu'offrait la vie, si en fin de compte on était toujours aussi paumé, aussi ignorant qu'à l'époque où maman disait : « Tu comprendras quand tu seras grand » ? Pousser les enfants à devenir adultes, c'est les arnaquer.

De tout ce qu'il avait perdu et qu'il ne retrouverait jamais au fond d'un tiroir ou entre deux coussins du canapé – les idéaux, l'innocence, les illusions –, ce qui le chagrinait le plus était de ne plus savoir ce qu'il savait. Autant ne pas y penser, c'était trop déprimant. Ne jamais découvrir la réponse aux grandes questions de la vie, ne jamais remplir toutes les cases vides de ses mots croisés métaphysiques ne le dérangeait pas ; mais, au moins, il aurait bien aimé pouvoir ne pas se tromper sur les réalités premières.

John Lockes n'était pas John Lockes.

Ou encore : le John Lockes qui présidait la plus grande société informatique du monde n'était pas le John Lockes né à Farview. D'abord, il avait refusé de le croire. Il s'était dit que, vu son âge, le révérend Willis n'avait plus toute sa tête, mais le pasteur l'avait promené de maison en maison avec sa photo, et tous les témoignages avaient concordé : le Lockes de la photo n'était pas le Lockes de Farview.

Il n'y comprenait plus rien, sinon que cette mésaventure confirmait son soupçon grandissant : sa vie était une vaste blague destinée à amuser l'être supérieur – en admettant qu'il existe – responsable du foutoir qu'était devenu l'univers. Juste au moment où il croyait enfin toucher à la quintessence de son livre, établissant les liens entre ce qu'il avait découvert sur le Lockes adulte et ses recherches sur son enfance, il se retrouvait avec une prise mâle dans chaque main, incapable d'effectuer le branchement.

Le cœur lourd, il comprit alors que son travail ne faisait que commencer. De Farview, son périple ne pouvait le conduire qu'à un seul endroit.

La Welton Academy pour enfants surdoués était abritée dans un immense bâtiment du XVIIIe siècle auquel on accédait par huit cents mètres d'allée bordée d'arbres. C'était une impressionnante bâtisse aux allures de palais, qui déployait de part et d'autre d'un corps principal deux ailes courbes ornées d'une colonnade, et à laquelle on accédait par un escalier monumental se terminant sous un portique. L'endroit déplut instantanément à Macauley. L'imposante demeure avait quelque chose de déprimant. Peut-être à cause de cet escalier qui avait vu tant d'enfants faire au revoir de la main à leurs parents et dont les pierres s'étaient imprégnées de leur chagrin, peut-être à cause de l'architecture qui échouait subtilement à porter haut les cœurs, il eut une sensation de pesanteur accrue sur ses épaules.

La colonnade était émaillée de niches qui avaient dû contenir autrefois des statues ; mais tous les ornements avaient disparu, et l'architecture dénudée faisait l'effet d'un gâteau de mariage pour pessimistes. L'allée devait avoir été revêtue de gravillons ; il en imagina le crissement cossu sous les roues des attelages des riches visiteurs. Aujourd'hui, le goudron se craquelait, creusé de nids-de-poule, délavé par le soleil.

En franchissant le portique, il leva les yeux et vit que le plâtre commençait à s'écailler sous le plafond, laissant même par endroits apparaître les voliges et le torchis. Les portes auraient pu laisser passer trois hommes en hauteur ; il eut beau les refermer soigneusement, il ne put éviter qu'un claquement métallique résonne dans le hall marbré. L'intérieur sentait le désinfectant et la vieille serpillière.

Incroyable, quand même, comme toutes les institutions de ce genre, même abritées dans des décors de palais, arrivaient à recréer la même atmosphère de solitude. Comme John Lockes avait dû trouver impersonnel et froid ce pensionnat, se dit-il, après le vase clos mais chaleureux de Farview.

Il ne vit personne. Une petite plaque en bois peinte de lettres d'or fané indiquait Secrétariat ; il emprunta donc le couloir qui partait sur la gauche, le marbre cédant la place à un parquet de chêne encaustiqué et couinant. Il avançait lentement, avec l'impression d'écraser des souris à chaque pas.

« Monsieur Connor ? »

Macauley vira sur ses talons et aperçut une tête d'homme sortant de l'embrasure de la porte qu'il venait de dépasser. Trop surpris pour répondre, il fit un petit signe et tendit la main.

« Le parquet. Ça vaut tous les systèmes d'alarme du monde », expliqua l'homme en souriant. Ils se serrèrent la main. « Dan Welton, directeur de l'école. »

Welton était beaucoup plus jeune que ne l'avait imaginé Macauley en l'entendant au téléphone ; il ne lui donna pas plus de quarante ans. Ce qui voulait dire à peine plus de vingt à l'époque où John Lockes était élève, âge où il était irréaliste de l'imaginer à la tête de l'établissement.

« Welton Junior, j'imagine ? dit-il en le suivant dans son bureau.

— Mon père est mort il y a quelques années. Un café ? »

Macauley déclina et Welton se servit une grande tasse au percolateur installé derrière son bureau ; il ajouta trois sucres de l'air de l'homme accablé par l'atmosphère de la pièce puis se percha au bord de son siège, comme prêt à rebondir d'une seconde à l'autre.

« Bien. Monsieur Connor…, dit-il en ouvrant un calepin neuf et en sortant un stylo, parlez-moi de votre fils.

— Euh, Jeremy n'a que six ans, se lança Macauley, qui avait préparé un laïus. Je comprends bien qu'il est beaucoup trop tôt pour savoir s'il aura le talent nécessaire pour mériter une place dans une école telle que…

— Pas du tout, l'interrompit Welton. Nombre de parents inscrivent leurs enfants ici très tôt. Et de plus, sachez que si vous prenez dès maintenant l'engagement ferme de nous confier votre fils, il sera dispensé de l'examen d'entrée quand il aura douze ans. Nous lui garantissons sa place.

— Il ne faut pas qu'il soit particulièrement doué ?

— Tous les enfants sont doués, monsieur Connor. C'est à nous, les adultes, de savoir reconnaître leur don. Dans le passé, il est vrai, Welton avait une vision plutôt restreinte du mot "doué", mais les temps ont changé : nous considérons que les dons peuvent s'exprimer dans le domaine scolaire, ou sportif, ou même en termes de personnalité. Certains enfants sont doués d'imagination, d'autres ont un don pour les jeux vidéo. Chaque caractère est unique, et tout ce qui est unique est une forme de génie. L'important est de cultiver cette chose unique, n'est-ce pas votre avis ? »

Macauley eut l'air un peu surpris. Dans le vague plan qu'il avait échafaudé, il s'était imaginé discutant de l'avenir fictif de son petit Jeremy en partant de la condition que le chérubin doive s'avérer plus tard un prodige en mathématiques ou un astrophysicien en graine.

« Si, mais enfin, les gens imaginent que quand quelqu'un a fréquenté une école pour enfants surdoués, c'est que cette personne est…

— Oui, oui, sourit Welton. Vous m'accorderez que si c'est ce qu'on pense de Jeremy plus tard, ça ne pourra pas lui nuire, n'est-ce pas ? »

Voyant que Macauley fronçait les sourcils, il soupira et poussa son carnet de côté. Il joignit les mains, et le bout de ses doigts effleura ses lèvres. « C'est absurde, dit-il d'un air peiné. Écoutez, je préfère être franc, monsieur Connor. Jeremy a très peu de chances de jamais fréquenter Welton.

— Mais je vous assure, il est unique à sa manière, lui aussi ! protesta Macauley, sa fibre paternelle vibrant pour cet enfant fictif.

— Je n'en doute pas. Et je serais très heureux de le compter parmi mes élèves, mais la vérité, c'est qu'il suffirait d'une fenêtre cassée pour me plonger dans la faillite. Je n'ai pas le droit de vous faire perdre votre temps.

— Mais… mais Welton n'est-il pas ce qu'il y a de mieux ?

— Il l'était, monsieur Connor, dit le directeur en partant d'un rire philosophe. Nous étions les meilleurs, aucun doute là-dessus. John Lockes lui-même a fréquenté notre établissement, vous savez. Mais de nos jours… de nos jours, il y a bien trop de ces fichues écoles spécialisées et pas assez de génies ! C'est devenu un créneau très compétitif. L'époque des dortoirs glacials et des patates bouillies est révolue, croyez-moi ! Aujourd'hui, si une école s'équipe de jacuzzis, l'école voisine propose jacuzzis *plus* massage crânien. Mon père était trop vieux pour s'adapter et Welton, je dois le dire, en a immensément pâti. Nous avons perdu nos professeurs d'élite parce que nous ne pouvions plus nous aligner sur les salaires proposés par les nouveaux établissements, et la jeunesse dorée s'est laissé attirer par des commodités que Welton ne pouvait pas lui offrir. Si vous saviez ce que les parents demandent de nos jours, vous ne le croiriez pas. Ces petits morveux géniaux ont le droit d'exiger le fin du fin en matière de technologie. Des professeurs prix Nobel, des équipements sportifs olympiques, un confort cinq étoiles, des contrats de mécénat d'entreprise et, dans leurs assiettes, des plats dignes d'un grand restaurant. C'est la loi de l'offre et de la demande. La concurrence est telle que, pour s'attacher certains talents, des établissements vont jusqu'à payer les familles des enfants brillants, et pas le contraire ! Nous savons tous qu'il suffit d'avoir quelques authentiques génies dans ses classes pour que les parents des autres enfants soient prêts à cracher des fortunes afin d'y faire entrer leurs gosses. Le symbole d'un statut. Welton n'a pas évolué avec son temps – quand j'en ai repris la direction, nous ne pratiquions même pas le mécénat d'entreprise – et pourtant, pour rester dans la course, il a toujours fallu débourser plus, et encore plus. Un professeur de maths réputé, par exemple, peut négocier son transfert jusqu'à un million de dollars.

— Ils sont obligés de se soumettre à des contrôles antidopage avant leurs cours ?

— Ça viendra sans doute. La plupart des contrats

d'enseignement laissent aux écoles l'option de céder les membres de leur équipe enseignante à d'autres écoles si elles ont besoin de liquide pour couvrir un investissement important – une machine à vagues pour la piscine, par exemple. Tout le monde y répugne, naturellement, mais la seule alternative est de tomber dans la spirale descendante jusqu'à épuisement des fonds. Si on n'a pas les moyens de se pourvoir des meilleurs équipements et des meilleurs professeurs, on n'aura jamais les meilleurs élèves, et si on n'a pas les meilleurs élèves on s'aperçoit que, très vite, on a de moins en moins d'élèves ordinaires. Bientôt le toit fuit et on n'a pas de quoi acheter une bassine. Vous me suivez ?

— Comment font les établissements pour survivre ? demanda Macauley, abasourdi.

— Les donations. Les anciens élèves ayant réussi dans la vie font des donations, qui sont exonérées d'impôts. Plus, naturellement, un solide soutien de la part des entreprises privées. Les sociétés sont à l'affût des meilleurs talents pour assurer la relève, alors elles chassent des têtes de plus en plus jeunes. La plupart des enfants vedettes signent un contrat d'embauche avant même l'adolescence. Et c'est de pis en pis. J'ai entendu parler d'instituteurs payés pour repérer les jeunes surdoués. Dans quelques années, je ne serais pas surpris si nous voyions des représentants des entreprises dans les crèches. Repérer un gosse qui maîtrise ses fonctions anales de bonne heure, faire signer à ses parents un engagement à terme, et hop, on se dégote le prochain John Lockes pour pas cher.

— Mais vous avez eu John Lockes chez vous ! N'avez-vous pas sollicité sa générosité ? »

Le visage du jeune directeur prit une expression de souffrance. Exaspéré, il leva les mains au ciel et s'effondra dans son fauteuil.

« Sollicité ? » Il soupira. « Honnêtement, je suis étonné qu'on ne m'ait pas encore arrêté pour harcèlement, monsieur Connor. Je lui ai envoyé des lettres, des fax, des mails… Rien. Apparemment, il n'a pas un bon souvenir de son passage chez nous. Ça me fend le cœur, monsieur Connor, ça me fend le cœur. En toute justice, nous devrions aujourd'hui tirer les bénéfices de cette relation. Avec un ancien élève tel que lui, nous devrions être l'école la plus riche de notre catégorie… Je ne comprends pas. »

Macauley hésitait encore à faire ce que commençait à lui dicter son intuition. Au départ, il était venu avec l'intention de dénicher ce qu'il pourrait sur le passage de Lockes à la Welton Academy sans dévoiler ses batteries ; or il découvrait un Welton au bord du gouffre, et prêt à entendre la vérité.

« À mon tour, puis-je être totalement franc avec vous ? demanda-t-il d'un ton posé.

— À propos de Jeremy ?

— Oui. À propos de Jeremy. Voyez-vous… Jeremy n'existe pas. »

Welton parut tout d'abord perplexe, puis, de l'air de l'homme au bout du rouleau et que plus rien n'atteint, il haussa les épaules.

« Dans ce cas, je ne vois aucune objection à ce qu'il fréquente Welton…

— Voici, poursuivit Macauley en sortant de sa mallette la photo de Lockes jeune homme, le véritable but de ma visite. »

Les dossiers de tous les élèves de Welton étaient conservés dans une petite pièce aveugle au sous-sol. Les archives remontaient à un demi-siècle, à la date de l'inauguration de l'établissement, et étaient classées par ordre alphabétique sur des étagères couvrant deux murs opposés, du sol au plafond. À quatre pattes, Dan Welton cherchait la chemise concernant John Lockes sur l'étagère du bas pendant que Macauley braquait une torche par-dessus son épaule car l'unique ampoule du réduit ne permettait pas de lire les noms à demi effacés.

« Je dois dire que mon père avait ceci de bien, marmonna Welton en parcourant du doigt les chemises cartonnées jusqu'à ce qu'il tombe sur celle qu'il cherchait : c'était un inconditionnel tatillon du classement à l'ancienne. Il n'a jamais fait confiance aux ordinateurs, Dieu merci, même quand tous les élèves s'y étaient mis. Vu la manière dont le matériel a évolué ces dernières années, nous aurions perdu la moitié de nos archives si nous les avions informatisées. » Il se releva en époussetant son pantalon de sa main libre, et agita fièrement le dossier. « À nous de jouer ! Tout sur le passage de John Lockes à Welton – toutes ses notes, tous ses rapports de visites médicales, toutes les appréciations de ses professeurs. »

Il le tapa deux ou trois fois pour faire s'envoler la mince pellicule de poussière et l'ouvrit à la lumière de la torche de Macauley. « Bon… Il devrait y avoir un formulaire d'admission quelque part, avec une photo de lui à treize ans… »

Il compulsa rapidement les fiches et les copies carbone de tous les documents produits par l'école à son sujet et émit un petit cri de victoire en sortant une fiche cartonnée sur laquelle était agrafée une photo dans le coin en haut à droite.

Le garçon de la photo, mince, respirait la santé ; sa peau bronzée et ses yeux bleu vif évoquaient une enfance sportive passée en plein air. Il avait des cheveux blond cendré et son visage, bien qu'encore enfantin, promettait d'être beau. Il souriait avec la fraîcheur et la séduction d'un être par nature détendu et confiant, style héros de l'équipe de football atlantien qui aurait échappé de peu à l'expulsion après s'être mal conduit avec une fille du coin. Macauley lui trouva quelque chose de vaguement familier, mais une chose était certaine :

« Ce n'est pas John Lockes, déclara-t-il. En tout cas, pas la personne qui se fait appeler John Lockes. »

Welton prit une photo récente que Macauley lui présentait et les compara côte à côte. Il fallait se rendre à l'évidence ; en aucun cas ce beau garçon n'aurait pu devenir le zèbre binoclard qui dirigeait Infologix.

« Je ne comprends pas…, murmura-t-il. C'est un tout autre John Lockes que nous aurions eu pour élève ?

— Non. John Lockes est bien venu ici. Il a créé ses premiers programmes informatiques pendant sa scolarité à Welton. Mais il semblerait que… Il n'est pas possible qu'il y ait eu deux John Lockes la même année, n'est-ce pas ? »

Welton secoua la tête ; il comparait toujours les deux clichés. « Non. Les dossiers seraient l'un à côté de l'autre. Or j'ai trouvé celui-ci entre Leary et Loomis. »

Ils feuilletèrent le dossier en revenant vers le début. Au premier coup d'œil, il était évident que Lockes avait un don pour toutes les matières scientifiques. Ses notes étaient excellentes et toutes les appréciations des professeurs faisaient l'éloge de son talent. Et pourtant, même si l'élève de la photo semblait assez robuste pour résister aux maladies, il attrapait toujours un virus quelconque qui le clouait au lit. Cela ne collait pas.

« Est-ce que la photo du formulaire d'admission aurait pu être falsifiée ou échangée ? se demanda Macauley à voix haute.

— Impossible. Ce sont les parents qui remplissent le formulaire au début de la première année scolaire. On peut penser qu'ils connaissaient leur propre enfant. Ça ne tient pas debout… » Welton soupira. « Mais au moins, je sais maintenant pourquoi nos appels à donation sont restés sans réponse. Dieu seul sait à qui nous avons écrit, tout ce temps-là. »

Ils gardèrent le silence une minute, essayant chacun de son côté de trouver une explication logique à l'énigme. Ils fixaient la photo de Lockes comme en espérant y découvrir un indice, mais le visage heureux du garçon leur renvoyait seulement un sourire moqueur.

« Attendez… », dit Macauley d'un air songeur en reprenant la photo de Lockes adulte.

Welton l'observa, qui examinait la photo : une idée sembla germer dans son esprit, éclore, être rejetée, revenir en force. Le journaliste secoua la tête comme pour en déloger cette intruse, l'explication qui n'expliquait rien.

« Je ne sais pas ce que ça peut donner, reconnut-il en tendant à bout de bras la photo de Lockes, mais pourquoi ne pas prendre le problème par l'autre bout ? Tous les garçons admis à Welton ont un dossier ici, avec une photo, c'est bien ça ? »

Welton hocha la tête.

« Je propose qu'on vérifie si ce type-là est un ancien élève de Welton.

— Qu'on consulte tous les dossiers, c'est ça ? gémit le directeur.

— Vous avez une meilleure idée ? »

Une heure plus tard, le bon vieux classement à l'ancienne était dans un état à faire se retourner dans sa tombe Welton Senior. Des dossiers jetés pêle-mêle jonchaient le sol de la petite pièce, débordant de fiches qui témoignaient de l'impatience et de la vitesse avec laquelle les deux hommes avaient exécuté leur razzia.

Enfin, ils trouvèrent ce qu'ils cherchaient.

Miles Cardew.

Même année que John Lockes. Sur la photo, il portait des lunettes à grosse monture noire qui lui mangeaient le visage ; dans ses traits maladifs encore flous, les deux hommes avaient du mal à reconnaître la marque génétique du visage adulte auquel ils le comparaient. Mais plus ils rapprochaient les deux, plus ils étaient certains qu'il s'agissait bien de la même personne. Le garçon du dossier Miles Cardew était l'homme que le monde entier connaissait sous le nom de John Lockes.

Miles Cardew avait apparemment gagné l'accès à Welton grâce à sa poésie, mais ses bulletins scolaires montraient un déclin continu en anglais pendant toute la durée de sa scolarité. Il avait terminé avec des notes honorables, mais les professeurs se plaignaient sans cesse de ce qu'il ne donnait pas le meilleur de lui-même, de ce qu'il sacrifiait son travail – et ce fut le détail révélateur – pour se consacrer à ses entraînements de football.

Il suffisait de regarder la photo de ce jeune maigrichon enrhumé pour savoir qu'il lui aurait fallu un régime forcé en stéroïdes anabolisants pour l'amener à proximité d'un terrain de sports.

« Ce doit être une erreur, dit Welton. Visiblement, les photos ne correspondent pas aux fiches. Elles ne devaient pas être attachées et mon père a dû les inverser. C'est la seule explication. Il suffit de les regarder pour voir que l'un est le genre scientifique à lunettes et l'autre le type sportif.

— Mais ça n'explique pas tout, pourtant, remarqua Macauley. Des habitants de la ville natale de Lockes m'ont dit que l'homme de ma photo n'a rien à voir avec le garçon qui les a quittés pour entrer en pension chez vous. Les formulaires d'admission sont les bons, ce sont les bulletins qui semblent inversés. Comme si, à Welton, tout le monde les prenait l'un pour l'autre.

— Ça ne marche pas non plus, monsieur Connor. Même si tout

le monde prenait Miles Cardew pour le jeune génie en mathématiques qu'était John Lockes, Miles Cardew n'avait pas ce don. On ne triche pas avec le talent. Comment faisait-il pour avoir tout le temps d'aussi bonnes notes en maths ?

— Vous ne voyez pas ? s'étonna Macauley en riant. Tout le monde les prenait l'un pour l'autre, et pourtant ils continuaient à mettre leur vrai nom sur leurs copies ! Les notes sont bien celles attribuées à chacun. Celles-ci sont bien celles de John Lockes et celles de Miles Cardew sont bien dans son dossier. Mais tout le reste est faux. John Lockes n'était pas de santé fragile, il était dehors à jouer au foot ! Et le travail de Miles Cardew n'a jamais souffert de sa passion pour le football mais d'absences répétées pour maladie.

— Mais pourquoi n'ont-ils rien dit ? Ils se sont tout de même rendu compte que les gens se trompaient ? »

Macauley contempla les deux photos en secouant la tête, complètement mystifié.

« Je n'en ai aucune idée… absolument aucune idée, reconnut-il. Pourquoi ont-ils laissé le quiproquo s'installer ? Pourquoi n'ont-ils jamais – plus de vingt ans après – rien fait pour corriger le tir ? Ce que j'ai vraiment envie de savoir, c'est… si Miles Cardew continue d'usurper l'identité de John Lockes… où est passé le vrai John Lockes ? »

20

« On sait où on va, là, n'est-ce pas ? » demanda Josh d'un ton où il essaya de mettre tout le calme qu'il ne ressentait pas.

Jean Grey sourit sans quitter la route des yeux. « Vous m'avez dit que vous vouliez voir du nouveau. Je vous emmène voir du nouveau.

— Ça oui, je n'en doute pas… », répondit-il en louchant tant il était mal à l'aise.

L'astronaute et son apprenti avaient depuis longtemps laissé derrière eux les quartiers de New Toulouse où les voitures garées étaient encore en état de marche ; ils s'enfonçaient dans la zone crépusculaire qui séparait l'homme de la nature, et dans laquelle on ne savait plus très bien lequel des deux imposait sa loi. Les masses sombres d'usines mortes ou mourantes se dressaient tout autour d'eux, cheminées refroidies et fenêtres sans vitres. L'unique éclairage provenait de rares réverbères qui fonctionnaient sporadiquement, et de logements-termitières qui semblaient avoir poussé au hasard, loin de toute infrastructure, hormis, çà et là, l'épicerie timidement tapie sous une douzaine de couches de béton effrité et protégée par de lourdes grilles. C'était à la fois dépouillé et chaotique, ponctué de carcasses de voitures nettoyées tels des squelettes d'animaux immaculés au milieu du désert ; cette décharge d'objets au rebut étalait à perte de vue les détritus du siècle – frigos, matelas, placards en agglo et pièces non identifiables en plastique moulé. Régulièrement, on trouvait de petits amas de sacs-poubelles rebondis, bien ficelés, témoignage incongru du fait qu'en pleine anarchie quelqu'un essayait encore de maintenir un peu d'ordre. Un humus de papier, carton et mousse de polyuréthane recouvrait le tout d'un trottoir à l'autre, comme essayant d'atteindre à la décomposition naturelle par un processus mutant.

« Vous n'allez tout de même pas me faire croire qu'il y a un restaurant dans ce coin ? » reprit Josh.

Ce n'était pas ce dont il avait rêvé pour un premier rendez-vous.

Le temps de se dire qu'il connaissait assez bien Jean Grey pour l'inviter à dîner, il était déjà amoureux d'elle. Ce n'était pas sa première expérience sentimentale, mais c'était la première fois qu'il était sûr que ce sentiment lui sortait du cœur ; les autres fois, ce qu'il avait pris pour de l'amour avait toujours fini par s'avérer n'être qu'une preuve de prétention de la part de son pénis.

Ce qui ne veut pas dire qu'avec Jean le côté romantique de son organe ne s'exprimait pas autant qu'avec les autres femmes. Depuis plusieurs nuits, des nuits où la pensée de Jean le tenait en éveil, son sexe avait été en contact avec son côté féminin – le côté féminin d'un homme étant, faut-il le rappeler, situé dans sa main droite.

Cependant, les femmes sont des créatures plus complexes et plus subtiles que la main d'un homme, ce qui explique que tant d'hommes aient du mal à les comprendre. Pour ne rien arranger, le côté masculin d'une femme ne se limite pas à sa main droite. Elle peut le ranger n'importe où, dans l'armoire de toilette, dans un tiroir, et même dans le compartiment légumes de son réfrigérateur. Donc, les femmes sont également plus avancées dans l'échelle de l'évolution.

Il ne faut pas s'étonner que, pendant des siècles, les hommes aient bataillé pour les confiner, pieds nus et enceintes, dans la cuisine : pure et simple affaire d'autodéfense.

Pour revenir au sujet de l'amour véritable, s'il fallait prouver la profondeur des sentiments de Josh, disons simplement que son sexe arrivait loin derrière ses autres priorités. En tête de liste, il y avait ses yeux : plus que de lui faire l'amour, il avait besoin de la regarder, de voir son sourire et tous les dangers qu'il évoquait. De la voir s'accroupir sur une chaise et non s'asseoir dessus comme le commun des mortels. De la voir froncer les sourcils quand elle se concentrait. De voir sa grâce en apesanteur, et sa manière d'attraper au vol son vomi dans un sac. Ensuite venaient ses oreilles, qui se nourrissaient du son de sa voix, qui s'enthousiasmaient de son rire rauque. Quelque part plus bas dans la liste il y avait ses mains, qui touchaient l'épaule de sa veste ; son nez, pour sentir le parfum discret de son shampooing ; ses pieds, qui marchaient dans la trace de ceux de Jean ; sa peau, qui frémissait quand il était près d'elle. En fait, Jean avait tant d'exigences envers son esprit et ses sens que la scène qu'il se projetait dans sa tête prenait l'allure d'un après-midi perdu à faire la queue au guichet d'assurance maladie. En regrettant de n'avoir pas apporté un bon bouquin pour calmer ses ardeurs.

Avec Jean, il se sentait lui-même. À cela, il reconnut la marque du véritable amour. Elle était la seule femme capable de lui faire aimer Josh Cloken.

Au moment précis où il se disait qu'en continuant sur la même route ils finiraient à coup sûr par arriver en enfer – dont ils traversaient pour l'heure la banlieue –, Jean bifurqua inopinément à droite et franchit par une brèche le haut grillage qu'ils longeaient depuis un moment. La voiture tangua en grinçant : l'asphalte s'arrêtait là, et ils avancèrent cahin-caha sur une sorte de terrain vague jonché de tas de gravats qui se dressaient subitement dans la lumière des phares, forçant Jean à donner des coups de volant pour les éviter.

« Bon Dieu ! lâcha Josh dans un hoquet. Il n'y a pas plus de restaurant que de beurre en branche ! Vous m'avez amené ici pour me tuer après m'avoir violé, c'est ça ? »

Jean le regarda en coin tout en gardant un œil sur le chemin plein d'embûches, puis elle grogna : « Ta gueule, salope, je conduis. »

Après avoir contourné un dernier monticule de parpaings cassés, ils aperçurent enfin, au loin, un bâtiment éclairé. C'était une vaste usine désaffectée ; de sa silhouette tassée dépassaient deux grandes cheminées qui se découpaient sur les lumières lointaines de la ville.

« Youpi ! murmura-t-elle. Je commençais à m'inquiéter.

— Je me demande bien pourquoi. »

Leur destination était un endroit démentiellement à la mode. Le restaurant était abrité dans une ancienne usine d'amiante. Quand celle-ci avait fermé, ses propriétaires n'avaient même pas cherché à vendre les locaux. Si l'idiot prêt à les racheter avait existé, il n'aurait pas survécu longtemps dans un univers fourmillant de dangers tels que fenêtres ouvertes et ustensiles de cuisine…

Mais c'était compter sans les Cavaliers de l'Apocalypse, une section des Hell's Angels, qui étaient bientôt venus squatter. Plutôt que d'essayer de les chasser, avec les coûts et les risques de violence que cela entraînait, les propriétaires avaient été trop heureux de vendre le bâtiment pollué aux bikers pour la somme de 1 dollar. Les Cavaliers de l'Apocalypse étaient parfaitement conscients des périls qu'ils encouraient en habitant le bâtiment, mais s'en soucier aurait été contraire à leur philosophie.

Ce n'était pas comme s'ils s'appelaient les Cavaliers de l'Optimisme Prudent.

Avoir peur de l'asbestose, c'était un peu comme avoir peur du cancer du poumon. Avec des raisonnements pareils, au bout d'un moment, on finit par penser qu'il n'est pas très prudent de rouler à moto à cent soixante sans casque, nom de Dieu. Merde, autant s'allonger dans un cercueil et attendre, pendant qu'on y est.

L'endroit répondait parfaitement à leurs besoins, en toute légalité de surcroît, ce qui les surprit plutôt ; par-dessus le marché, quand les temps étaient durs, ils pouvaient couper leur tabac de poussière d'amiante pour le faire durer. Pendant dix années de rêve, les Hell's Angels utilisèrent l'usine comme camp de base d'hiver : elle était assez grande pour les loger tous et leur permettre de réparer et d'essayer leurs Harley, et même pour servir de planque au camion-citerne de trente tonnes qu'ils avaient piqué plein d'essence. C'est alors que la catastrophe frappa.

Une tornade ravagea la ville de New Toulouse et toute la côte, et emporta le toit de l'usine. Avec l'avantage de fournir pile poil le genre de nettoyage cataclysmique qu'il fallait pour éliminer définitivement toute trace d'amiante, mais l'inconvénient d'emporter aussi les motos pour les déposer quelque part dans l'océan.

Les Cavaliers de l'Apocalypse attendaient depuis longtemps une catastrophe de proportions bibliques – d'où leur nom –, mais celle-ci dépassait en horreur tout ce qu'ils avaient pu imaginer.

Elle avait fait d'eux des piétons.

Quand on portait un nom tel que le leur, un changement d'existence aussi radical était inacceptable. Sans leurs roues, ils avaient l'impression d'être nargués par la nature. Ils se sentaient comme des oiseaux sans ailes, comme une bougie mouillée ou encore comme un restaurant Pitt's Burger.

Eux qui avaient consacré toute une vie de soin et d'amour à bichonner leurs machines, à créer un objet unique et beau à partir d'un objet produit en masse et beau, ils n'avaient pas de quoi se racheter des motos. Les motos reflétaient leur âme au même titre que le portrait représente l'artiste, si bien que quand la tornade les leur confisqua, elle confisqua une partie de leur âme. Ces hommes brisés par le sort n'eurent pas le cran de continuer à porter le nom de Hell's Angels.

Les héros étaient des zéros.

Des hérissons aplatis sur l'autoroute du destin.

Cependant, ils ne se résolvaient toujours pas à se débander. Avec ou sans motos, ils avaient le sentiment de devoir rester unis.

Ils ouvrirent donc un restaurant.

Ils l'appelèrent Chez les Anges de l'Enfer et connurent un succès immédiat. L'idée originale était d'en faire un lieu de rassemblement des autres chapitres des Hell's Angels, qui pourraient venir en nombre, se restaurer, puis enfourcher leurs bécanes et aller faire une promenade digestive autour de l'usine. Un club de motards, en quelque sorte. Les Cavaliers de l'Apocalypse piétonisés voyaient dans cette solution une manière de demeurer en contact avec leurs frères et avec les motos en attendant de se refaire et de remonter sur une selle.

Le hasard voulut que, à peu près à l'époque de l'ouverture, des journalistes de *Decline and Fall*, le plus grand magazine de vie pratique, recherchent désespérément des Hell's Angels. L'idée du directeur artistique, qui lui était venue dans un éclair d'inspiration après avoir vu une jeune femme se faire attaquer alors qu'il rentrait chez lui, était de faire appel à de vrais Hell's Angels pour la prochaine rubrique de mode. En réunion éditoriale, il avait expliqué, tout excité, comment il voyait un sujet de huit pages dans lequel les mannequins portant les couleurs de la nouvelle saison se faisaient brutalement violer et humilier par d'affreuses grosses brutes barbues. Quoi de mieux pour rendre les teintes ecchymose et les nuances sourdement violacées des nouvelles collections ?

Des gros tas de lard crasseux et pleins de bière violant de belles jeunes filles, voilà qui était dans le ton, qui était actuel. Le dernier cri, quoi.

L'idée était si géniale, si novatrice que personne ne s'était douté un instant qu'il serait si difficile de dégoter des Hell's Angels pour les prises de vue et, même, de trouver qui était leur agent. Stupeur : ils n'avaient pas d'agent. Apparemment, ils n'avaient confié leur communication à personne.

« Et merde, chérie ! hurla Jac Jansen, le directeur artistique, à sa jeune assistante, c'est une organisation mondialement célèbre ! Ils ont forcément quelqu'un qui s'occupe de leur image ! Tu crois qu'ils sont devenus célèbres comme ça, tout seuls ?

— Oui, lui répondit Sam Massudi. J'ai vérifié.

— Ah, je vois, dit Jansen, qui bouillait de colère tant il était las d'avoir affaire à des crétins. Aucun intermédiaire ne leur a fait signer le contrat de sponsorisation avec Harley-Davidson, je suppose ? Hein, Samantha ? Et c'est par pur plaisir qu'ils se baladent tous avec des putains de superpubs au dos de leurs blousons ?

— Oui !

— Écoute-moi, espèce de petite pétasse, si tu ne me dégotes pas une douzaine de gros poilus à moto d'ici ce soir… si tu n'es pas capable de faire une petite chose aussi simple, je me demande vraiment quelle est ta valeur ajoutée sur Terre, à part ton potentiel de génitrice !

— Mais s'il n'y a aucun moyen de les contacter…

— Téléphone chez Harley-Davidson. Demande-leur où

crèchent leurs craspecs. Apporte-m'en un échantillon. C'est clair ? »

Dans l'hystérie de la semaine suivante, on ne sera pas surpris d'apprendre que les seuls Hell's Angels sur lesquels on put mettre la main furent les Cavaliers de l'Apocalypse, qui avaient l'avantage de ne pas être motorisés. Cet aspect statique des motards, leur absence de motos, ne se remarqua qu'une fois l'équipe réunie au complet à New Toulouse – mannequins, collections, photographe et tout le toutim. Alors, il était trop tard pour changer de stratégie.

Débarquant à la dernière minute, le directeur artistique de *Decline and Fall* écouta avec une incrédulité grandissante Sam lui expliquer la situation. « Je rêve, chérie, tu plaisantes ? J'ai demandé des Hell's Angels. Je n'ai pas cru bon de préciser que les motos – et pas n'importe quelles motos, mais leurs putains de gros cubes – faisaient partie du cahier des charges. Et maintenant tu viens me dire que ces messieurs se déplacent en transports en commun ?

— Temporairement, oui. Parce qu'il y a eu une tornade et…

— Je me fous complètement de ta putain de tornade, chérie. Tu ne vois pas que c'est la catastrophe ? Il faut faire les photos aujourd'hui… Aujourd'hui, tu m'entends ? Tel que tu le vois, Frantz prépare ses appareils pour photographier les filles en train de se faire violer sur un moyen de transport privé. Tu ne voudrais tout de même pas qu'on aille leur acheter des skate-boards ?

— Il y a une solution de rechange, Jac… pas tout à fait ce que tu avais en tête, mais…

— Dans ce cas, chérie, c'est pas une solution.

— Écoute-moi ! Ils ont ouvert un restaurant dans leur taule. Au lieu de les violer, les Hell's Angels proposent de servir un repas aux filles. »

Jac Jansen eut l'air de tomber des nues. « Attends… j'ai loupé un maillon ? À la réunion éditoriale, on a évoqué une mise en scène où les filles se feraient violer par des serveurs ? Je ne vois pas bien le rapport… De quoi on parle, là ?

— Laisse tomber ton viol, merde ! Elles sont au restaurant. Elles déjeunent. Mais les serveurs sont des Hell's Angels. L'impact est fort, non ? »

238

Jansen n'était toujours pas convaincu, mais pas non plus braqué au point d'exclure complètement ce scénario. Sentant une ouverture, Tim, son mari, prit la parole.

« Ça me plaît bien, à moi. Ça fait fin de siècle. C'est cru. C'est bouffe. Même peut-être bouffe crue, je ne sais pas. C'est *faim* de siècle, Jac.

— Oui, oui ! s'enthousiasma Sam. Ce n'est pas l'idée d'origine, je sais, mais c'est fidèle à ta vision. C'est tout à fait ce qu'il faut !

— Et c'est branché », déclara Tim.

Jansen hésita, caressant son bouc et songeant à voix haute : « Mais est-ce que c'est tendance ? Des filles, des robes, un restaurant... des gros serveurs poilus en blouson de cuir ? » Il y eut un silence tendu pendant qu'il se représentait mentalement le tableau ; enfin, il donna son verdict : « Ça me plaît. C'est branché. Dites-leur de servir des aubergines. »

Il y avait deux chemins pour se rendre chez les Anges de l'Enfer ; Jean, en partie pour corser l'expérience de Josh et en partie parce qu'elle croyait aux vertus de la difficulté, avait choisi le plus pittoresque. L'entrée principale, celle par laquelle arrivaient les gens normaux, était facile d'accès à condition d'emprunter le pont dès le centre-ville et de longer le quai sur un peu moins d'un kilomètre. Le restaurant était situé au bord de l'eau et offrait une vue agréable du quartier commerçant de l'autre côté de la baie. Le cauchemar post-industriel de la décrépitude sociale et économique se voyait en toile de fond, série de cheminées aux contours flous, tours d'habitation du haut desquelles, de temps en temps, tombait un corps.

Le vendredi soir, c'était toujours complet ; l'immense parking s'emplissait de voitures de luxe et de chauffeurs qui flânaient en attendant. Le frisson de l'encanaillement se lisait sur les visages, et les femmes, vêtues de quelques bouts de tissu hors de prix, s'avançaient sur le béton fendillé avec une démarche de gazelle dans la savane. Les hommes marchaient le port droit comme s'ils sortaient du cinéma la tête pleine de fantasmes, imaginant que le subtil renflement de leur veste abritait une arme de poing et non un portefeuille bien garni.

« Nous sommes deux », annonça Jean d'une voix enjouée au gaillard qui, petits yeux de cochon et cheveux grisonnants, montait la garde près de la porte.

Il lorgna son corps mince et athlétique de haut en bas d'un air soupçonneux, tel un ours qui inspecte une trouvaille dans les bois en se demandant si c'est comestible, puis il grogna à l'intention de Josh :

« Elle mange ?

— Pardon ?

— Votre dame, elle mange ? On est un peu juste en place, alors si elle mange pas je vais pas vous donner une table pour deux. On en a une petite de libre et on peut lui donner une chaise. Elle peut regarder.

— Je crois que…, répondit Josh en riant. Oui, je crois bien qu'elle mange. Je veux dire, elle a une bouche, elle est vivante. Il doit y avoir un lien.

— Je mange, se défendit Jean. J'aime manger. Les animaux, c'est bon. »

Il l'examina une seconde encore.

« Je demandais juste, moi. Y a plein de femmes qui sont pas venues pour manger, ce soir. Le chef est furibard. Il aiguise ses couteaux à viande et il arrête pas de répéter : "Alors comme ça, ces grognasses veulent perdre du poids…"

— Je prendrai un repas complet », lui assura Jean.

Il hocha la tête, souriant peut-être dans sa barbe, puis, soudain très pro, il se redressa de toute sa hauteur.

« Si vous voulez bien me suivre, dit-il. Je vais vous conduire à votre table. » Il tourna les talons et gravit les trois marches qui menaient à l'entrée. « Veuillez faire attention à la deuxième marche. Elle est temporairement niquée. »

« La spécialité du jour, c'est Poulet Zombie Vaudou, grogna le serveur une fois Josh et Jean installés.

— Hum, fit Josh en hochant la tête. Et c'est servi avec quoi ?

— Une assiette.

— Euh, je veux dire… comment ? »

La moustache du serveur se tordit sous l'effet d'une irritation contenue. « Je vous l'apporte. Sur une assiette. Tu te fous de moi, connard ?

— Absolument pas, lui assura Josh, qui vit les doigts de l'homme se crisper sur son crayon. Ce que je voulais savoir, c'est avec quels ingrédients, à part le poulet, le Poulet Zombie Vaudou est préparé. Quels légumes, par exemple.

— Ah, fallait le dire plus tôt. Vous me prenez pour un débile ? De toute manière, je peux pas vous le dire.

— Comment ça ?

— Enfin, je peux, mais à condition que vous vendiez votre âme à Mantumba, Seigneur des Non-Morts. Ou alors je vous coupe la langue. C'est une authentique recette vaudoue, vous comprenez.

— Bien bien bien… Et à part la spécialité du jour, qu'y a-t-il au menu ? »

Il y eut une longue pause.

« Je ne peux rien vous recommander.

— Et pourquoi donc ? »

Le serveur appuya ses deux mains sur la table et pencha en avant sa masse impressionnante ; sa moustache titillait presque les lèvres de Josh.

« Parce que les autres trucs, ça a rien de spécial, espèce de con… qu'est-ce que tu crois ? »

Josh s'adossa à sa chaise et jeta un coup d'œil à la ronde. Aussi loin qu'il puisse voir, dans l'immense entrepôt, il lui sembla qu'on mangeait la même chose à toutes les tables. La lumière froide du néon l'empêchait de distinguer ce que c'était, mais les gens n'avaient pas l'air dégoûtés par le contenu de leur assiette.

« Bon, dit-il. J'ai envie de prendre le plat du jour. Et vous, Jean ?

— Ça me va très bien, déclara-t-elle en lui faisant un grand sourire.

— Deux plats du jour…, répéta le serveur en écrivant lentement sur son calepin. Avec assiettes. Vous boirez du vin ?

— Oui, oui, parfait.

— D'accoooord… et vous voulez que je l'ouvre à table ? »

— Hum… vous voulez dire que nous ne pouvons pas choisir le vin ? C'est une sorte de… vin du jour ?

— Je sais pas. Je m'occupe pas du vin. Je vais vous envoyer le sommelier… Je parlais du poulet. »

C'était ce côté nature – vous proposer de décapiter le poulet en le mordant à pleines dents et de vous oindre de son sang à votre table – qui faisait des Anges de l'Enfer bien plus qu'un restaurant à thème. Dans un monde où tout venait préemballé, prédigéré ou même sous forme virtuelle, les gens dotés d'un peu de flair appréciaient naturellement une expérience aussi brute, aussi authentique.

La publicité que valut la séance de photos de mode aux Anges de l'Enfer fit boule de neige, et bientôt l'endroit devint un rendez-vous incontournable. L'informatique ayant massivement accéléré le processus d'iconisation, le restaurant fut aussitôt adopté par *Decline and Fall* comme un icone moderne dont on commenta en long en large et en travers chaque aspect du style, de l'attitude et du design. Comparé au décor du restaurant, qui, dans un souci d'authenticité rigoriste, avait conservé l'espace décrépit de l'usine désaffectée, le design dans son acception actuelle fut particulièrement décrié comme totalement dépassé. Parmi ceux qui avaient transformé à grands frais d'anciens locaux industriels en lofts confortables, beaucoup ressentirent soudain une furieuse envie de tout arracher pour vivre dans les gravats. Le parquet, complètement passé de mode, cédait la place au béton fissuré. Le tube néon faisait fureur, on ne voulait plus de fenêtres ni de toits, les fuites et les mares étaient de rigueur.

Si la décoration d'intérieur était toujours l'aspect de la mode le plus simple à prédire et à imposer, la plus parfaite incertitude planait quant à l'influence qu'aurait le style inventé par les Cavaliers de l'Apocalypse dans les autres domaines. La plupart croyaient pouvoir annoncer sans se tromper un grand retour de la pilosité faciale, de préférence longue et sale, mais l'embonpoint reviendrait-il à la mode lui aussi ? Certes, il n'était plus de mise de se soucier de sa santé, mais fallait-il pour autant complètement rejeter les soins dentaires ? Et quelle réaction, dans cette mouvance qui dédaignait l'hygiène et les produits de toilette, pouvait-on attendre de la part des grands parfumeurs ? Surtout, vu qu'il n'y avait pas de Hell's Angelettes, quelles seraient les retombées de cette vague sur la mode féminine ?

Dans tout cela, une seule certitude : la société était enfin prête à revenir à une notion plus naturelle, plus traditionnelle de la virilité, que l'on appela néo-néolithique.

« Ce n'est plus ce que c'était, soupira Jean en regardant autour d'elle. À l'époque où cet endroit n'était connu que du voisinage, la clientèle n'était pas aussi… électrisée. Tout le monde n'entrait pas par l'entrée principale. C'était plus amusant.

— Je ne comprends pas, dit Josh en riant. Comment se retrouve-t-on dans des endroits pareils ?

— Si on n'a pas un peu peur, on ne vit pas. » Elle haussa les épaules. « Le quartier que nous avons traversé en venant s'appelle la Toile. Il a quelque chose d'excitant, vous ne trouvez pas ?

— Si, très. Mais ce n'est pas votre monde, Jean. Je ne dis pas que ces gens-là sont mauvais, mais la société est tribale… Quand on va dans ce genre d'endroit, on y est exposé parce qu'on ne fait pas partie du groupe. Vous pourriez vous faire violer et assassiner sans que personne ne lève le petit doigt. »

Jean se pencha par-dessus la table pour pouvoir lui parler à voix basse, presque dans un murmure.

« Faux. La société est encore plus tribale que ça, Josh. Les Noirs assassinent les Noirs et les Blancs les Blancs. Les pauvres filles se font violer par de pauvres gars. Les gentilles femmes cultivées comme moi se font violer par de gentils hommes cultivés comme vous. »

Elle se radossa à son siège en souriant.

Josh avait la gorge si serrée qu'il n'arrivait plus à déglutir.

« Ce n'est pas une suggestion, dois-je préciser. Juste une information.

— Fascinant, répondit-il d'une voix étranglée. À vous

entendre, on a l'impression que vous ne souhaitez pas que ça change.

— Peut-être pas. Le monde actuel est meilleur que ce qu'il sera quand vous aurez lancé votre satellite, de toute manière.

— *Mon* satellite ? s'écria Josh en sursautant et en avalant enfin sa salive. Comment ça, mon satellite ?

— Le satellite de John Lockes, de Michael Summerday, votre satellite… vous êtes du même bord. Peu importe qui en a eu l'idée, qui a financé. qui vote la loi, qui fait le boulot, à qui vont les profits… Tout ça se résume à une petite tribu plus intelligente et plus puissante que le reste. La jungle. En plus subtil.

— Oh ! là ! là ! Et vous, vous n'êtes pas de ce côté ? C'est vous qui emmenez le satellite là-haut, Jean. Vous êtes dans le coup au même titre que moi ou que n'importe qui d'autre.

— Oui… » Elle soupira. « J'y ai beaucoup réfléchi récemment.

— Et à quelles conclusions êtes-vous arrivée ?

— Aucune, pour l'instant. Mais il faudra bien… et c'est là qu'est le problème, justement. Une fois que Memphis 2 sera là-haut, tous les gens comme moi – les gens bien, la classe moyenne qui a fait des études et qui facilite le boulot des puissants tout en essayant de croire que la démocratie a pour objet de créer une société meilleure et plus juste pour tous –, les gens comme moi vont devoir arrêter de se leurrer et choisir leur camp.

— Je ne comprends pas ce que vous dites, répliqua-t-il en fronçant les sourcils. Memphis 2 est né de la démocratie. »

Elle ferma les yeux une seconde en se mordant la lèvre inférieure, et marqua une pause avant de répondre. Quand elle fut sûre de ce qu'elle voulait dire, elle se pencha sur la table, posa une main sur la sienne et expliqua à voix très basse :

« Écoutez… Je ne suis pas l'actualité politique. Nous avons des élections dans, quoi ? un peu moins de quinze jours ? Je serais incapable de vous dire quoi que ce soit sur les candidats sinon que Michael Summerday a failli se faire tuer dans un accident de voiture la semaine dernière. Remarquez, ça n'a pas d'importance parce que, à ce moment-là, nous serons sur orbite. Mais tout de même… c'est plutôt énigmatique, non ? La démocratie est seulement l'idée que nous sommes tous libres et égaux. Il nous suffit de croire à ça – Liberté, Égalité – et tout va bien. Si nous emprisonnons un million d'hommes, deux millions d'hommes, ça ne change rien parce que les prisonniers ne font plus partie de la société, et tous les autres restent toujours libres et égaux. Mais si vous me dites que vous allez leur mettre une puce dans le cul et les relâcher dans la société comme citoyens de deuxième zone, des citoyens qui ne sont ni libres ni égaux, alors brusquement je ne me sens plus aussi libre moi-même…

— Mais ne vaut-il pas mieux leur permettre de vivre normalement au lieu de pourrir à l'ombre ? Ne vaut-il pas mieux pour tout le monde mettre fin à ce climat de violence et de crime ? »

La main de Jean posée sur la sienne lui procurait des sensations intenses ; ce léger contact lui envoyait une décharge douloureuse dans le bras et lui hérissait les poils de la nuque. Devant son silence et sa tristesse, l'envie de l'embrasser lui brûla les lèvres. Lentement, elle retira sa main, ses doigts glissant sur les siens, et se redressa avec un soupir.

« Je ne sais pas ce qu'il vaut mieux, Josh. J'ai fait des études scientifiques, pas philosophiques. Mais j'imagine… si je mets de côté toutes les sornettes sur lesquelles est soi-disant fondée Atlantis et que je regarde les choses d'un point de vue scientifique, je trouve que toutes ces grandes choses – la démocratie, la liberté – ne sont que des produits de la seconde loi de la thermodynamique. »

Josh la regarda d'un air impassible, plissant lentement les paupières. « Oui, oui, je suis censé savoir de quoi il s'agit.

— L'entropie, Josh. La tendance de tous les systèmes organisés à se désintégrer. L'irrésistible attraction du chaos. Peut-être les sociétés totalitaires sont-elles vouées à disparaître parce qu'elles sont trop rigides, et non parce qu'elles échouent face aux grands idéaux. La démocratie est un système instable par nature, et toute liberté est une forme d'anarchie… Donc, en un sens, ces choses ne sont peut-être que des produits inévitables de la seconde loi de la thermodynamique. Peut-être la démocratie est-elle ce qu'il nous reste quand le véritable idéal humain de la dictature se heurte à l'infatigable loi de l'univers.

— Le véritable idéal humain ?

— C'est ce que suggère l'Histoire, non ? L'humanité a connu des milliers d'années d'empereurs, de rois, de Césars, de petits chefs, de tsars, de kaisers et Dieu sait quoi encore, comparés à quelques malheureuses générations de démocratie dans une poignée de pays. Est-ce parce que nous avons été d'une stupidité incroyable, ou est-ce inscrit dans nos gènes ? Je sais, avec certitude, que l'humanité est par essence bâtisseuse, qu'elle essaie toujours d'imposer la symétrie et l'ordre autour d'elle. C'est notre vocation évolutive. J'imagine donc que nous nous infligeons le même sort qu'à un tas de pierres ou à un arpent de terre, mais la seconde loi de la thermodynamique veut que tout ce que nous construisons tombe en ruine, retourne à l'état sauvage ou soit démoli. Et c'est heureux. Sans l'entropie, nous marcherions sans doute tous au pas de l'oie. »

Josh Cloken cessa de sourire et se mit à réfléchir sérieusement.

« D'accord… mais quel rapport avec Memphis 2 ? »

Elle fixa sur lui un regard dur, si dur qu'il dut faire un effort pour ne pas détourner les yeux. Il aurait juré qu'elle lisait en lui jusqu'à ses moindres secrets.

« C'est une manière d'imposer un ordre informatique à la société. Et je ne suis pas sûre que l'entropie s'applique aux systèmes qui ne sont pas des êtres vivants. Cela me fait peur.

— Je croyais que vous aimiez avoir peur.

— Je crois à la vertu de la peur, je n'ai jamais dit que j'aimais ça, répondit-elle sans le quitter des yeux. Connais ton ennemi, Josh, mais ne l'aime pas.

— Suis-je votre ennemi ? »

Au coin de ses yeux, la fine patte d'oie se creusa légèrement.

« Façon de parler, monsieur Cloken », répondit-elle.

Le néo-néolithisme avait beau n'enthousiasmer qu'une toute petite élite à l'extrême avant-garde de la mode, c'était à qui serait allé le premier chez les Anges de l'Enfer ; bientôt, les Cavaliers de l'Apocalypse, abasourdis, ne servirent plus leurs frères motards mais un flot grossissant de créatures aux vêtements et aux coiffures extravagants, visiblement tout émoustillées de se faire accueillir par des airs revêches et des insultes. La nouvelle se répandit dans la haute société aussi vite que les microbes dans un wagon de métro et, en quelques semaines, les stars du cinéma, les grands de la presse et les gens en vue ne tarissaient plus d'éloges pour ce nouvel endroit où les serveurs ne faisaient pas semblant de ne pas les reconnaître et où – comme plus d'un client devait le découvrir à ses dépens – il fallait payer cash.

Une expérience de cet ordre n'a pas de prix. C'était si vrai, d'ailleurs, que beaucoup repartaient en laissant bijoux et montres, pour une valeur équivalant à une douzaine de repas. Ce n'était pas cher payer pour pouvoir ensuite raconter qu'on avait échappé de peu à un passage à tabac de la part d'un Angel en fureur. Très vite les Cavaliers de l'Apocalypse se rendirent compte, sans pouvoir se l'expliquer, que les gens payaient de moins en moins en liquide.

Ils mirent tout soigneusement de côté, sauf l'argent nécessaire à l'achat de la nourriture. Le magot atteignit bientôt des proportions à faire se pavaner de fierté le plus ambitieux des braqueurs, et il ne cessait de croître.

Ce qui finit par poser problème.

Bien que connaissant la nature du problème, les Cavaliers n'en parlaient pas, ils n'échafaudaient aucune stratégie, peu sûrs qu'ils étaient d'avoir envie de prendre une décision.

Il faut dire que la cagnotte leur permettait désormais de se racheter des motos, de fermer le restaurant et de retrouver ce mode de vie qu'ils avaient adoré mener pendant tant d'années. Elle leur permettait de recouvrer la liberté, de reconquérir leur âme.

Mais cela, il fallait le désirer plus que de voir grossir ce ridicule trésor qu'ils avaient commencé à amasser à leur insu.

Le monde nous joue des tours vraiment cruels.

« Jean, il y a une chose que je voudrais vous dire, déclara Josh d'une voix rauque, ayant lui-même du mal à croire ce qu'il était à deux doigts de faire.

— Vraiment ? À vous voir, je ne suis pas sûre que vous le vouliez tant que ça.

247

— Non, c'est à propos de moi ; je veux que vous le sachiez parce que… je crois que vous pourriez comprendre. »

Ne sachant comment continuer, il s'interrompit. Il n'était pas venu avec l'intention de se lancer si tôt dans cette révélation. Même s'il espérait pouvoir le faire depuis longtemps, même si, depuis quinze jours, il avait répété cent versions de la conversation dans sa tête, il était soudain à court de mots. Après la discussion qu'ils venaient d'avoir, il ne savait qu'une seule chose : s'il ne se lançait pas maintenant, chaque jour qui passerait rendrait la confidence plus difficile.

Leurs têtes s'étaient rapprochées au-dessus de la table. Elle attendait patiemment tandis qu'il hésitait, tendu, paralysé de peur.

« Je suis… », commença-t-il. Le reste de sa phrase mourut sur ses lèvres. Il avait changé d'avis. « C'est-à-dire… il y a longtemps, je me suis trouvé dans une situation où j'ai… »

De nouveau, le blocage.

« Et merde ! »

Jean sursauta, surprise davantage par la violence du ton que par le juron lui-même. Josh la dévisagea, manifestement inquiet de l'avoir choquée.

« Trop con. » Elle haussa les épaules. « Bon, un partout. Allez-y, je vous écoute. »

Il la regarda avec tendresse, puis éclata de rire, sentant la tension s'évacuer tout d'un coup. Décidément, il pouvait tout lui dire.

« Bon Dieu, que c'est bête !

— Prenez votre temps. Essayez de le dire à l'envers…

— D'accord. Non, je vais vous le dire tout simplement. La vérité, c'est que je suis…

— Hé ! »

Ils relevèrent la tête brusquement. Un Hell's Angel aux yeux injectés de sang était penché sur eux.

« Bonsoir. Je suis Napalm, votre sommelier, déclara-t-il en leur tendant une chemise reliée de cuir. Voici la carte des vins. Si Monsieur veut choisir.

— Oh… oui, oui », dit Josh. Il prit la carte, l'ouvrit, fronça les sourcils. L'intérieur était vierge. D'un côté, une page blanche, de l'autre, une page rouge. « Oh, je vois ! s'exclama-t-il. Que me conseillez-vous pour accompagner le Poulet Vaudou ? Le rouge ou le blanc ? »

Napalm s'abîma dans ce choix cornélien ; il allait répondre quand une bousculade du côté de l'entrée attira son attention. Un petit homme en costume faisait irruption dans la salle, flanqué d'une douzaine de policiers, dont certains s'empoignaient avec le portier. L'homme en costume ouvrit sa mallette et sortit un papier qu'il brandit devant lui.

« Cet établissement, cria-t-il d'une petite voix nasillarde, contrevient au paragraphe 9A de la loi de l'État régissant la vente de nourriture et d'alcool, ledit paragraphe prévoyant que tout établissement se proposant de fournir soit de la nourriture soit de l'alcool au public doit obtenir auprès de l'organisme compétent une licence permettant ladite vente. Le propriétaire du présent restaurant n'étant pas en possession de cette licence et n'en ayant pas fait la demande, je déclare la fermeture de cet établissement avec effet exécutoire immédiat. Toutes les personnes concernées par la préparation ou la fourniture de nourriture et d'alcool ainsi que par toute activité annexe seront arrêtées en vertu des provisions du paragraphe 9B de la loi de l'État régissant les… »

Il fut interrompu par un fracas de vaisselle brisée en provenance de la cuisine. Les portes s'ouvrirent toutes grandes sur un homme, ou plutôt une énorme bête aux yeux fous, qui resta immobile une seconde, prêt à l'attaque, puis se mit à charger en rugissant :

« AAA ! »

Les policiers poussèrent le portier sans ménagement sur le côté et dégainèrent, visant l'animal en furie.

« AAA ! AAA ! AAA ! » tonitruait celui-ci, qui s'avança vers eux en jetant les tables à droite, à gauche sur son passage.

« Arrêtez ou on tire ! » cria un policier qui mit un genou en terre pour stabiliser son arme.

Malgré les doigts crispés sur les détentes, la bête se ruait toujours vers les policiers ; ce fut Napalm qui l'arrêta net en criant : « AAA ! Couché ! »

Le monstre tourna vers lui un regard perplexe et interrogateur, le regard d'un fils perdu vers sa mère, où brillait pourtant une étincelle humaine, profondément enfouie sous la fureur insondable qui tordait son visage en un masque de violence et de haine.

« Tirez pas, merde ! cria Napalm. C'est un héros de guerre ! »

La police hésita, armes toujours pointées.

« Dites-lui de reculer ! cria le flic à genoux.

— AAA ! Cuisine ! obtempéra Napalm, index pointé. Panier ! »

L'œil sévère, le doigt en tisonnier, il fouetta plusieurs fois l'air en direction du panier. L'autre poussa un doux gémissement. Lentement, il fit demi-tour et repartit, penaud, en sens inverse. Les policiers baissèrent leurs armes quand il fut à une distance respectable ; arrivé à la porte de la cuisine, il se retourna une seconde et fixa l'homme en costume d'un œil menaçant, en grognant : « AAA… AAA… » pour lui faire savoir qu'il n'oubliait pas. Puis il écarta violemment les portes et disparut.

« Un conseil d'ami, lança Napalm au bureaucrate : foutez le camp. Il reviendra, et je ne vous promets pas de pouvoir l'arrêter une seconde fois.

— Je ne vais pas laisser des menaces m'empêcher de faire mon travail, répondit l'homme avec humeur, en reculant d'un pas. Cet établissement illicite sera fermé.

— Je ne te menace pas, Ducon. Mais il n'a pas encore dîné et la prochaine fois qu'il met le nez dehors tu seras sans doute obligé de le descendre. Bon, peut-être que c'est prévu au paragraphe 9C de ton putain de règlement et que t'en as rien à cirer, mais cet homme a été un héros en temps de guerre et tu pourrais au moins respecter quelqu'un qui a fait un peu plus pour son pays que de le défendre contre la restauration illicite. Je te demande simplement de foutre le camp d'ici et de nous laisser fermer la taule à notre manière. Pas besoin de faire des blessés. Mais si tu décolles pas fissa, je te garantis que ça va mal finir pour toi et tes potes. »

Des murmures d'approbation s'élevèrent dans la salle. Se voyant prise entre ces imprévisibles hors-la-loi qu'étaient les Hell's Angels et la censure d'une clientèle de luxe qui savait encore faire la différence entre le bien et le mal même si elle avait plutôt tendance à voter les lois qu'à les enfreindre, la police commença à envisager la situation sous un autre angle.

« Il serait peut-être sage de l'écouter, monsieur Smalkem, marmonna le chef au petit homme. Nous avons ici beaucoup d'innocents qui risquent d'être blessés si les choses tournent mal. Vous ne voudriez pas que cette affaire finisse dans un bain de sang, n'est-ce pas ?

— La loi est la loi, capitaine, répliqua Smalkem, qui bouillait de rage en voyant son autorité sapée par son propre camp.

— Oui, soupira le capitaine, mais il s'agit de frites, pas de cocaïne. Il faut stopper l'escalade de la violence. »

M. Smalkem comprit qu'il n'avait guère le choix. Le raid était un échec. Au mieux, il pouvait encore espérer sauver la face.

« Très bien, annonça-t-il. En vertu des pouvoirs conférés à ma personne par le paragraphe 9P de la réglementation de l'État régissant la vente de nourriture et d'alcool, je ne prendrai aucune mesure immédiate. Cet établissement, de par l'exercice spécial de mon autorité, a jusqu'à demain midi pour cesser toute activité commerciale ; toute personne engagée dans lesdites activités devra se rendre aux autorités compétentes, en l'occurrence moi-même, dans le délai présentement fixé. »

Un silence lourd pesa sur la salle.

Napalm fronça les sourcils.

« Bon, alors tu fous le camp ?

— Mon travail est terminé, répondit Smalkem. Bonsoir, mesdames et messieurs. »

Il pivota sur ses talons en remettant son sacro-saint papier dans sa mallette, et sortit d'un pas martial, escorté par la police. Quand ils furent à la porte, un rugissement de triomphe retentit dans les cuisines.

« AAA ! AAA !

— Waouh, lâcha Josh en se tournant vers Napalm. Ce type, dites donc... c'était quoi, sa guerre ?

— Quoi ? C'est AAA, mec. Vous n'avez jamais entendu parler de lui ? répliqua Napalm en secouant la tête, bouche bée, dégoûté par tant d'ignorance. Les Envahisseurs de l'Espace... les Crabes ; ce gosse, il a débarrassé plus de villes que n'importe qui des extra-terrestres, mec. Il était le meilleur. Au point que les gens le prenaient pour une légende ! Et ces salauds, ils lui ont même pas filé une pension… »

Il se détourna en lâchant des jurons, puis il se dirigea vers les cuisines.

« Et le vin ? lui rappela Josh.

— La taule est fermée ! lui répondit Napalm par-dessus son épaule. Allez vous le chercher vous-même. C'est gratis. »

Josh et Jean furent parmi les derniers à partir, après avoir été grappiller dans les cuisines de quoi remplir une assiette et trouvé une bouteille de vin dont ils brisèrent le col sur un rebord de fenêtre. Les Hell's Angels s'étaient bourrés à mort en essayant de vider leur cave avant l'aube, et ils commençaient à vomir sur les clients assez stupides pour rester vissés à leur chaise.

Lorsqu'ils rejoignirent la voiture, Josh avait encore l'esprit occupé par leur conversation interrompue. Il mourait d'envie de tout dire à Jean, mais l'atmosphère n'était plus aux confidences, et il ne voulait pas risquer de détruire le subtil rapprochement qu'elle avait opéré vers lui, lui mettant une main sur le bras, lui parlant à l'oreille comme si le bruit environnant l'y obligeait pour se faire entendre… Au cours de la soirée, il avait été de plus en plus facile d'ouvrir de petites brèches dans l'espace personnel de l'autre, et le frôlement de leurs têtes aurait pu finir dans un baiser.

« Vous aviez quelque chose à me dire ? » demanda Jean en lui posant une main sur la cuisse quand ils furent assis dans la voiture.

Il la regarda dans les yeux, l'estomac remué d'appréhension et d'excitation. Sûre de son pouvoir sur lui en cet instant, jouissant des dernières secondes de secret, elle arborait un sourire joueur.

Josh se pencha plus près ; il avait des chatouillements dans toute la jambe. « Je…, commença-t-il d'une voix rauque.

— Oui ? souffla-t-elle, se rapprochant encore impercepti-blement.

— Jean… il faut que je vous dise… »

Il vacilla au bord de la confidence, sachant qu'il pouvait basculer d'un côté ou de l'autre. Elle entrouvrit les lèvres d'une manière ambiguë pour recevoir l'aveu ou le baiser… et il choisit ce dernier.

Le moment avait fui, remplacé par un autre.

Les derniers clients des Anges de l'Enfer partis, les Cavaliers de l'Apocalypse restèrent entre eux et s'adonnèrent à une joyeuse beuverie. Il y avait longtemps qu'ils ne s'étaient pas sentis aussi bien.

La décision s'était prise toute seule.

« Eh, les mecs ! lança Napalm, qui se remit péniblement debout en brandissant une bouteille pour porter un toast. À nos roues ! »

21

Le lendemain matin, après maintes palabres qui lui avaient permis de se frayer au bluff un chemin à travers les barrages successifs d'employés grassement payés par Infologix pour préserver John Lockes des foules, Macauley arrivait enfin aux portes du sanctuaire, que gardait l'assistante du président, Maria.

« Puis-je vous demander à quel sujet de quoi vous désirez parler à M. Lockes ? » lui demanda-t-elle poliment, usant de la syntaxe étrangement déformée si typique des salariés dont la fonction est de vous refuser leur aide sans grossièreté.

Macauley possédait désormais fort bien sa tactique d'approche.

« Malheureusement, je ne suis pas personnellement en mesure de pouvoir vous révéler la nature de ce renseignement de vous à moi, baragouina-t-il le plus naturellement du monde, car il avait appris à combattre le feu par le feu. Le sujet est confidentiel et destiné aux seules oreilles de M. Lockes, et ceci à titre purement privé.

— Ah, ah… je vois…, répondit-elle, un instant déboussolée par sa pratique courante du parler-charabia. Eh bien, je suis désolée, mais M. Lockes est actuellement très occupé dans une situation de réunion à l'heure qu'il est. Il n'est donc pas disponible par téléphone. Puis-je prendre un message ? »

Il lui répéta son nom, lui donna son numéro de téléphone et

termina en disant : « Le contenu du message étant que j'ai à lui communiquer des nouvelles urgentes de Miles Cardew.

— C'est tout ? D'accord, je lui transmettrai.

— Vous avez bien noté ? Miles Cardew.

— Miles Cardew, répéta-t-elle, un nom qui visiblement ne lui évoquait rien. N'ayez crainte, la commission sera faite. »

Macauley sourit. Il n'en souhaitait pas davantage. Le message ferait le reste.

La réaction ne se fit pas attendre.

« Monsieur Connor ? demanda une voix inconnue au téléphone. Ici John Lockes. J'ai bien reçu votre message au sujet de Miles Cardew. Comment va-t-il ?

— J'attends que vous me le disiez. »

Il y eut une pause.

« Je ne comprends pas. Je ne l'ai pas vu et je suis sans nouvelles de lui depuis des années, monsieur Connor.

— Sans nouvelles, je peux le concevoir. Mais que vous ne l'ayez pas vu, c'est dur à avaler. Vous ne vous regardez jamais dans la glace ? » lança Macauley.

De nouveau, le silence. Finalement, avec une pointe de panique et d'agressivité dans la voix, l'homme répondit :

« Et… qui êtes-vous ? À qui ai-je l'honneur ?

— Ce n'est pas une manière de s'adresser à quelqu'un qui a au moins, lui, la décence de vous décliner sa véritable identité, monsieur Cardew. Je suis qui je prétends être. Maintenant, voulez-vous que nous parlions de celui pour qui vous vous faites passer ? »

Pour la troisième fois, Macauley attendit une réponse avec impatience.

« Pas maintenant, pas au téléphone. Je préfère que vous veniez me voir à mon bureau… »

Macauley se sentit envahi par l'une des plus douces sensations de sa vie de reporter. Le moment était venu d'annoncer à Rachel son retour sur la côte.

À en croire le mythe populaire qui circulait sur le Campus, on aurait pu trouver pire, comme endroit, pour exercer son activité professionnelle. À l'intérieur du périmètre de sécurité qui dissimulait le complexe aux regards, la rumeur voulait qu'existe un monde où de jeunes et brillants concepteurs en technologie de l'information étaient payés des ponts d'or pour venir travailler en jean et baskets, où la musique rock et les doughnuts gratuits faisaient partie du cadre de travail au même titre que les notes de service et les cahiers des charges. Les distributeurs de boissons fonctionnaient sans pièces et des complexes sportifs entiers étaient mis à la disposition du personnel. Des espaces détente accueillaient les jeunes cadres dynamiques qui pouvaient reposer leurs neurones en ébullition ou faire masser leur dos contracté sur un fauteuil « Doigts magiques », bercés par le bruit des vagues léchant la plage ou par le chant des oiseaux dans la forêt tropicale.

Situés dans un vaste parc paysager, tous les bureaux de ces bâtiments futuristes donnaient sur de la verdure ; le Campus était censé offrir trop de confort pour qu'on ait envie de le quitter, si ce n'était de temps en temps pour aller passer quelques instants de qualité avec ses enfants. Dans la mesure où les ordres de mission le permettaient.

Macauley attendit à la grille tandis que le vigile entrait ses coordonnées et qualités sur son ordinateur avec une courtoisie et une politesse quelque peu démenties par l'arme qu'il portait à la hanche et par l'immense scanner sous lequel la voiture tournait au ralenti.

« Vous pouvez y aller, monsieur Connor », dit-il, ayant reçu l'autorisation nécessaire.

Macauley existait.

Le gardien lui tendit un badge plastifié vert en lui précisant : « Portez-le de manière bien visible. Il vous donne accès à toutes les zones vertes. Surtout, veillez à ne pas essayer de franchir une porte d'une autre couleur : cela déclencherait aussitôt les alarmes. Votre place de parking est la R 42. Bienvenue chez Infologix, monsieur. »

Macauley sourit et le remercia poliment ; la rangée de dents d'acier levée en travers de la route s'abaissa sous l'asphalte et il s'engagea dans les doux vallonnements du parc.

La légende voulait qu'en faisant remuer deux millions de tonnes de terre et réimplanter dix mille arbres adultes pour donner au parc sa configuration actuelle, John Lockes ait souhaité créer pour le plaisir de ses employés une sorte de jardin d'Éden. L'endroit était certes agréable – bancs sous des chênes bicentenaires, kiosques de pierre où l'on imaginait les jeunes informaticiens ressourçant leur cerveau harassé dans le soleil déclinant après une journée de lutte avec leur programme, bondissant soudain en criant « Eurêka ! » puis courant pieds nus, tout heureux, regagner leur bureau. Une idylle amoureuse chez Infologix pourrait s'apparenter à une scène bucolique, avec ces champs Élysées que les collègues parcourraient la main dans la main en sirotant des cocas gratuits, se dit Macauley, s'il n'y avait pas des jardiniers dans tous les coins, penchés sur leur binette et s'arrêtant sur son passage pour parler dans les radios qui leur pendaient à la ceinture.

Il trouva sans difficulté la place R 42 dans le parking souterrain, car c'était la seule libre dans toute la rangée. Ce détail le troubla. Ici, tout se savait. Il ne se donna pas la peine de condamner ses portières, en faisant le raisonnement correct que son véhicule n'aurait pas été plus en sécurité dans un coffre de banque, puis, sûr de ne pas se tromper puisqu'il était signalé par une porte verte, il s'avança vers l'ascenseur.

Dans son sac, Macauley avait placé des photocopies de la documentation prouvant le lien entre John Lockes et Miles Cardew, son calepin, un dictaphone et son téléphone portable. Il avait pris la précaution exceptionnelle de laisser le dossier contenant toutes ses notes et les documents originaux chez Rachel. Elle ne lui avait pas posé de questions et il n'avait pas fourni d'explications ; tous deux savaient que parler de son boulot ne ferait que raviver des souvenirs désagréables et gâcher le fragile bonheur qu'ils avaient trouvé ensemble.

Une langueur agréable, à l'entrejambe, lui rappela combien ç'avait été bon de se réveiller à côté d'elle ce matin. Il sourit en y repensant. Il se sentit triste, aussi, de savoir qu'elle avait raison, qu'ils n'avaient rien à gagner en se donnant une seconde chance.

Mais il était incapable de se satisfaire du type de relation qu'elle envisageait entre eux. Malgré toutes les preuves du contraire que lui avait données la vie, il ne pouvait s'empêcher de s'accrocher à l'idée romantique que l'amour venait à bout de tous les obstacles – et pour autant qu'il sache ce qu'était l'amour, il aimait toujours Rachel. Les gens ne changeaient peut-être pas, comme elle le prétendait, mais était-ce une raison pour jeter aux orties son sincère désir de changement ?

Il y avait une fente à côté de l'ascenseur ; il y introduisit son badge, et les portes s'ouvrirent automatiquement. À l'intérieur, pas de boutons. Le système avait dû reconnaître sa destination en lisant sa carte. Les portes se rouvrirent peu après sur un vaste vestibule dans lequel deux jolies et menues réceptionnistes étaient assises côte à côte à un grand bureau. Chez Infologix, on devait militer pour l'égalité devant l'emploi car l'une était blonde et l'autre brune.

« Bonjour, monsieur Connor, bienvenue chez Infologix, dit la blonde avec un sourire. M. Lockes vous attend comme prévu. Veuillez suivre le chemin indiqué par les portes où vous verrez un badge clignotant.

— Pas les portes vertes ?

— Si, elles sont vertes. Mais ne prenez que celles où un signal clignote. Le système vous conduira à votre destination. » Elle lui désigna la première porte, qui lui faisait déjà signe de l'autre côté du vestibule. Il lui sourit et sortit son badge.

Comme souvent en présence de la haute technologie, Macauley fut à la fois impressionné et rebuté par le système qui le guida dans le labyrinthe de bâtiments jusqu'au bureau de John Lockes. D'un côté, il lui paraissait ingénieusement pratique, puisqu'il évitait de faire perdre aux secrétaires un temps précieux à accompagner les visiteurs. D'un autre, il se sentait comme du verre dans une fabrique de bouteilles, et trouvait profondément irritant de se faire accueillir par son nom chaque fois qu'il se présentait devant une secrétaire, qui devait voir s'afficher sur son écran tous les renseignements le concernant dès qu'il s'approchait de la porte. « Bonjour, monsieur Connor, bienvenue chez Infologix », lui disaient-elles invariablement, avec le même sourire, lui faisant prendre conscience que l'horreur de la technologie n'était pas de réduire les individus à des numéros anonymes, comme on le croyait depuis des décennies, mais le contraire : de rendre l'anonymat impossible.

L'avenir était un cauchemar dans lequel de parfaits inconnus vous souhaiteraient bon anniversaire.

Il se dit que s'il devait faire un arrêt aux toilettes, tout le bâtiment serait au courant. Les toilettes étaient peut-être le seul endroit où on pouvait ouvrir les portes sans badge, mais il ne doutait pas que ce léger retard dans son voyage informatisé serait signalé à la secrétaire suivante, qui verrait s'afficher sous son nom la mention : *Soupçonné d'escale hygiénique*, en lettres clignotantes. Ce n'était pas un univers pour claustrophobes.

Le bureau occupé par l'homme qui se faisait passer pour John Lockes ne se distinguait guère de ceux que Macauley avait pu voir en chemin. Clair et spacieux, donnant sur le parc, il bénéficiait d'une salle de réunion attenante mais n'était pas plus grand que les autres. Infologix était, du moins en apparence, très égalitaire. Les différences de statut et de hiérarchie, c'était sans aucun doute sur les petits badges de plastique qu'il fallait les chercher.

Macauley ouvrit subrepticement son sac avant d'atteindre le bureau de Lockes, et fourragea nerveusement à l'intérieur pour enclencher son dictaphone.

Lockes/Cardew était assis dans la salle de réunion ; il se leva pour l'accueillir. Il était un peu plus grand que Macauley l'avait imaginé ; sans ses lunettes, il avait un visage doux aux yeux limpides.

« Monsieur Connor, lui dit-il avec un sourire sincère. Merci d'avoir bien voulu venir.

— Monsieur Cardew », répliqua Macauley en lui serrant la main.

Cardew rit. « Vous n'êtes pas du genre à tourner autour du pot, vous, hein ?

— Niez-vous être Miles Cardew, l'ancien camarade de chambrée de John Lockes ?

— Non, monsieur Connor. Je ris parce qu'il y a tellement long-temps qu'on ne m'a pas appelé ainsi…

— Combien de temps, exactement ?

— C'est une interview ?

— Je ne sais pas. Je vous retourne la question. »

Cardew hocha la tête pensivement et l'invita à prendre un siège autour de la table.

« Je vais vous faire une suggestion, monsieur Connor. D'abord, je répondrai à toutes les questions que sans aucun doute vous avez l'intention de me poser. Ensuite, une fois que vous serez sûr de connaître toute la vérité, je vous ferai une proposition. Je réponds à vos questions, et en échange vous me promettez d'écouter attenti-vement ma proposition. Cela vous paraît-il équitable ? »

Macauley hocha la tête en prenant place en face de lui.

« Allez-y, j'écoute », ajouta Cardew en souriant.

Macauley sortit les deux dossiers photocopiés de la Welton Academy et les poussa vers lui.

« Pouvez-vous m'expliquer ceci ? »

Cardew prit ses lunettes dans sa poche poitrine et les accrocha autour de ses oreilles en se penchant avec intérêt sur les papiers. Il garda le silence pendant quelque temps, secouant doucement la tête.

« Fascinant, annonça-t-il enfin en se redressant. Fascinant. Savez-vous que je n'ai jamais vu ces documents, monsieur Connor ? Ma vie entière a été dictée par l'erreur contenue dans ces deux dossiers. Vous avez manifestement compris que, dès notre arrivée à Welton, John et moi-même avons été pris l'un pour l'autre parce que les gens ont une tendance bien ancrée à croire que le mathématicien serait le maigrichon à lunettes et le poète le bel athlète. De voir ceci couché sur le papier après toutes ces années est… Je dirais que je me sens dans la peau d'un enfant adopté qui voit pour la première fois sa mère biologique.

— Mais pourquoi avez-vous fait durer le quiproquo ? Pourquoi ne pas l'avoir corrigé dès le départ ? »

Cardew prit une profonde inspiration puis expira lentement, tout en repoussant les papiers sur la table.

« Je n'ai pas tous les éléments pour répondre à cette question,

260

monsieur Connor. Voyez-vous, j'étais un enfant souffreteux ; à Welton, j'ai passé le plus clair de mon temps à lutter contre un virus ou un autre. Je suis tombé malade aussitôt après mon arrivée… Je ne me souviens plus de ce que j'avais contracté mais j'ai passé ma première semaine à l'infirmerie avec de la fièvre ; je n'ai donc pas participé de mon plein gré aux balbutiements de la supercherie. C'est John qui l'a laissée s'installer, pour des raisons qui m'échappent en partie aujourd'hui encore, même si ensuite j'ai accepté de jouer le jeu. Je crois, honnêtement, que ça l'amusait… il était très espiègle, voyez-vous. Extrêmement intelligent, bien sûr, et nous étions tous en quelque sorte des pions dans les scénarios qu'il se jouait dans sa tête. Il est venu me voir une fois la fièvre tombée, pour m'expliquer la situation. J'aurais pu, oui, m'imposer, refuser de prolonger la mascarade, mais… je ne sais pas comment vous étiez à cet âge-là, monsieur Connor, mais tout ce que je puis dire, c'est que parmi les enfants il y a des leaders et des suiveurs. John était par nature un leader. Dès le moment où je l'ai connu, il a représenté pour moi tout ce que j'aurais aimé être, tout ce que j'admirais, et dans ma faiblesse – ma santé précaire et ma faiblesse de caractère –, il m'est apparu comme une sorte de miracle que ce personnage héroïque veuille me voir endosser son rôle, prendre son nom et m'attribuer les éloges dus à ses performances. Je conçois ce que cette attitude a de pathétique, mais depuis tout petit j'étais un avorton, le genre de gosse que des garçons comme Lockes ignorent quand ils ne les maltraitent pas. Et pourtant, il voulait faire de moi un partenaire. Il m'avait promis d'être mon meilleur ami. Alors j'ai dit oui. Ça ne vous paraît pas logique ? »

Macauley sentit qu'il disait la vérité. Cela concordait avec les faits, et il imaginait sans peine l'homme assis en face de lui en enfant délaissé par ses camarades et prêt à accepter tout ce qu'un garçon tel que John Lockes pouvait lui demander au nom de l'amitié. Mais cela n'expliquait toujours pas comment la situation avait perduré si longtemps.

« Mais vous deviez pourtant vous attendre à vous faire démasquer ? Vos parents sauraient bien un jour que l'enfant dont il était question sur les bulletins n'était pas vous… Cela ne vous tracassait pas ?

— Mes parents ? répéta Cardew avec un sourire. Je n'avais pas de parents, monsieur Connor. Ils sont morts dans un accident de voiture quand j'avais cinq ans. J'ai été élevé par ma grand-mère maternelle, mais elle est tombée malade quand j'avais treize ans, et elle n'a plus été en mesure de s'occuper de moi. C'est comme ça que je me suis retrouvé à Welton – mes talents intellectuels, même si j'avais un don pour la poésie, n'étaient pas de nature à faire de moi un "surdoué". Welton m'a accepté tout de même : il y avait toujours quelques places pour les enfants pas spécialement doués mais dont les familles étaient solvables. Je ne sais pas si ma grand-mère a jamais prêté grande attention à mes bulletins scolaires, mais de toute façon elle n'aurait pas trouvé bizarre que j'accumule les exploits athlétiques vu que, pour elle, j'étais la huitième merveille du monde : rien ne m'était impossible. Ainsi sont les grand-mères. Et comme Welton était une académie, elle se disait sans doute que même un enfant maladif dans mon genre pouvait, dans un environnement favorable, accéder aux honneurs sportifs !

« Quant aux parents de John… eh bien, je ne les ai jamais rencontrés. Il se faisait conduire à l'école au début de chaque trimestre par une espèce de pasteur, un homme absolument terrifiant, avec des yeux qui lançaient des éclairs et des mains énormes. Je ne lui ai jamais adressé la parole, et je n'ai jamais parlé de lui avec John, mais je me suis toujours dit que s'il avait su que John passait tout son temps sur le terrain de football, il n'aurait pas été particulièrement content. John aimait le sport par-dessus tout, et je pense que notre arrangement lui convenait à la perfection parce qu'il lui permettait de s'y adonner sans compter sous mon nom. Mais pour répondre à votre question, au début, oui, nous avions peur que la vérité éclate. Cependant, plus le temps passait, plus nous étions empêtrés dans notre mensonge ; au bout d'un an ou deux, voyant que personne n'avait rien découvert, nous avons commencé à respirer un peu. Pourtant, ce n'étaient pas les occasions de nous démasquer qui manquaient. Peu à peu, nous avons compris qu'une fois que les gens se sont mis quelque chose en tête, ils pousseront l'illogisme à l'extrême pour éviter de reconnaître leur erreur. Et voilà, en fin de compte, il aura fallu vingt ans pour que quelqu'un découvre la vérité. Félicitations, monsieur Connor ! »

Macauley était déçu. Il s'était attendu à ce que Cardew soit dévasté en voyant son secret percé à jour ; or il avait devant lui un homme parfaitement détendu, qui ne semblait pas mesurer l'ouragan qu'allait déchaîner cette révélation : l'homme le plus riche du monde était un imposteur.

« Pourquoi avoir continué une fois votre scolarité terminée ? Pourquoi ne pas avoir repris vos véritables identités à votre entrée en fac ?

— Pour deux raisons, répondit Cardew avec calme : tout d'abord, nous nous sommes retrouvés en fac avec d'anciens camarades de Welton, ce qui nous interdisait de tout recommencer de zéro. Ensuite… ni lui ni moi ne voulions reprendre notre identité.

— Mais pourquoi ?

— Pour la liberté. Pour quelqu'un qui n'a jamais changé d'identité, c'est sans doute très difficile à comprendre, mais se fondre dans la personnalité d'un autre procure un incroyable sentiment de libération. Vous n'avez jamais trouvé bizarre de vous dire que vous étiez Macauley Connor, par exemple ? Vous êtes cette personne, vous portez ce nom qui vous a été donné à la naissance : Macauley Connor. Vous vous regardez dans la glace et vous voyez Macauley Connor. Vous existez sur Dieu sait combien de fichiers informatisés en tant que Macauley Connor. Tous les gens qui vous ont connu vous ont connu sous ce nom : Macauley Connor. Et pourtant, est-ce vous ? Votre nom ne vous fait-il jamais l'effet d'une sorte de prison ? Ça ne vous dérange pas qu'on vous le demande sans cesse pour remplir des formulaires ?

— Pas particulièrement », mentit-il.

Cardew eut un sourire espiègle et pivota dans son fauteuil ; il attrapa sur le dessus d'un classeur cinq énormes dossiers cartonnés, qu'il prit un à un et laissa tomber sur la table avec un gros bruit sourd.

« Savez-vous ce qu'est ceci ? Ceci, c'est Macauley Connor. Votre vie du jour de votre naissance jusqu'à aujourd'hui : vos dossiers médicaux, vos relevés de carte bancaire avec tous les achats que vous avez faits, l'historique de vos impôts, votre carrière professionnelle, avec tous les articles que vous avez écrits, votre mariage et votre divorce, toutes vos adresses, toutes vos factures de téléphone et d'électricité, et même une liste des magazines auxquels vous avez été abonné… tout est ici. Ces renseignements sont disponibles pour n'importe qui ; il suffit de savoir aller les chercher en entrant simplement le nom "Macauley Connor". »

Macauley regarda les paperasses avec une fascination morbide. Il était à la fois éberlué d'avoir pu à lui tout seul générer une telle quantité de papier, et horrifié que sa vie puisse tenir dans ces boîtes. Il en tira une à lui, l'ouvrit et en feuilleta le contenu au hasard. Tout était là, en effet : factures, achats, contraventions… sa longue, son atrocement banale biographie.

« Et pourtant, ce n'est pas moi, déclara-t-il enfin en refermant la boîte. Je ne suis pas ce tas de papiers.

— Vous m'avez parfaitement compris, monsieur Connor, répondit Cardew. Et c'est ce qui rend la chose si irritante. C'est tout ce qui vous concerne, et pourtant ce n'est pas vous du tout. Mais maintenant que vous en prenez conscience, honnêtement… ça ne vous ferait pas plaisir de pouvoir vous dire qu'ils se sont trompés de nom ? »

Macauley prit le temps de réfléchir à la question. « Peut-être. Mais on se retrouve piégé dans un autre rôle. Je ne vois pas en quoi c'est mieux.

— Vous ne voyez pas ? » Cardew eut un sourire. « Vous savez, ce n'est pas si mal d'être piégé dans la peau de l'homme le plus riche du monde ! Je ne sais pas ce que je serais devenu si j'avais vécu ma propre vie, mais je doute fort que je me serais autant amusé qu'en étant John Lockes ! Je dirige cette société, je prends des décisions et je préside des conseils d'administration : mon rôle n'est pas une illusion. Je travaille dur et je ne le regrette pas une seule minute. Ma récompense, c'est de vivre avec tous les avantages que procure la grande richesse… Cela me paraît infiniment préférable à la médiocre existence que le destin m'aurait sinon réservée.

— Mais enfin…, dit Macauley, qui fronça les sourcils en essayant d'imaginer comment cela pouvait fonctionner, vous n'êtes pas un génie. Le véritable John Lockes doit forcément être derrière Infologix ?

— D'une certaine manière, oui. Il y a certains domaines du travail – tout ce qui concerne la technologie, la conception – que je ne maîtrise que d'une façon très limitée. J'en sais assez pour en parler sans dire trop de bêtises, mais je serais incapable de prendre une part active au travail de création. Le reste peut être assuré par une personne de ma compétence, tant que – et tout l'absurde est là – tant que les gens croient que je suis John Lockes ! Être John Lockes, c'est un dixième de pur génie et neuf dixièmes de perception. Tant que quelqu'un perçu comme étant John Lockes dirige Infologix, il n'a pas besoin de le faire lui-même. John n'a jamais rêvé de ce genre de vie. Moi, si. Il n'a jamais eu aucun doute quant au futur succès de sa société, mais à l'idée de consacrer toute son énergie à ce succès… il mourait déjà d'ennui, honnêtement. Il avait d'autres projets.

— Tels que ? »

Cardew haussa un sourcil, et son front se plissa comme celui d'un adulte qui va admonester un enfant turbulent. « Allons, allons, monsieur Connor… ne soyez pas trop gourmand. Je vous ai promis de vous parler de moi, je ne vous ai jamais dit que j'étais prêt à discuter de la vie privée de John Lockes.

— Mais vous n'espérez tout de même pas que je vais me contenter de ça. Vous ne m'avez raconté que la moitié de la vérité. »

Cardew se mit à tambouriner doucement sur la table. Il se détourna pour contempler le parc, et ses yeux s'arrêtèrent sur un jardinier qui tondait le gazon au bord d'une allée.

« À dire vrai, monsieur Connor, soupira-t-il, si, j'espère bien que vous allez vous contenter de ça. Vous avez été brillant. Vous pouvez être content de vous. Mais maintenant je veux que vous mettiez un terme à votre enquête, pour le bien de tous. »

L'indubitable menace contenue dans ces derniers mots n'échappa pas à Macauley, qui répondit : « Y compris le mien ? »

Le regard de Cardew quitta le jardinier lointain pour plonger dans celui de Macauley.

« De tous. Il est clair que vous êtes inclus.

— Puis-je vous demander au nom de quoi je vous obéirais ?

— Certainement. Vous m'obéiriez par libre choix. Je vous rappelle que vous n'avez pas encore écouté ma proposition.

— Je partais du principe que vous m'en feriez part quand vous jugeriez le moment opportun. »

Cardew hocha la tête et repoussa son fauteuil en cherchant de la main, sous le siège, le levier qui permettait de faire basculer le dossier en arrière. Il poussa un grand soupir d'aise et mit les pieds sur la table, croisant les mains derrière sa nuque. Les yeux au plafond, il se mit à parler d'une voix douce teintée de tristesse.

« On appelle notre époque l'Âge de l'information, n'est-ce pas ? L'Âge de la pierre… l'Âge du bronze, l'Âge du fer, le Moyen Âge… la Renaissance… l'Ère industrielle… et maintenant l'Âge de l'information. On avance de plus en plus vite, on évolue sans fin. Fut un temps où un homme pouvait posséder un savoir universel ; aujourd'hui, les connaissances sont si étendues que nos pauvres cerveaux surchargés sont forcés d'éliminer l'information quotidiennement, comme on sort ses poubelles. Pendant un moment, par exemple, on n'entend parler que d'une guerre atroce quelque part sur la planète, et tout le monde crie qu'il faut faire quelque chose pour mettre un terme aux atrocités ; or, quelques mois plus tard, on ne se souvient même plus du nom du pays où ce conflit a eu lieu. Nos penseurs sont obligés de se restreindre à des domaines de connaissances de plus en plus circonscrits et isolés, de se spécialiser tels des insectes dans la forêt tropicale, et l'homme de la rue se perd dans un océan d'informations sans aucun lien les unes avec les autres, il s'accroche comme à une bouée à un bout de bois qui porte son nom. À chaque génération, les enfants atteignent la maturité un peu plus tard, parce qu'il y a de plus en plus de choses à apprendre ; quant aux vieux, ils meurent davantage dans la confusion que dans la sagesse… C'est peut-être pour cette raison que nous disons Âge et non pas Ère. Les ères sont des compagnes plus sympathiques que les âges, vous ne trouvez pas ?

— Peut-être que nous serons promus au statut d'ère par les générations à venir.

— Espérons-le. Espérons-le. Personnellement, je soupçonne que notre époque apparaîtra à leurs yeux un peu comme la conquête de l'Ouest apparaît aux nôtres : une période dure, sans foi ni loi, qui enflamme l'imagination mais que personne n'a envie de revivre. Nous construisons des voitures qui roulent bien plus vite que ne nous y autorise la loi, nous nous entassons sur ces fines bandes d'asphalte, et c'est à qui doublera le plus de véhicules pour se déplacer d'un endroit à un autre. Nous avons tous notre drogue, même si cette drogue est l'abstinence. Nous sommes tous des joueurs invétérés, nous nous immergeons dans la musique et les plaisirs sensuels, et ceux qui se considèrent à l'écart de tout cela sont en général les junkies les plus désespérés, accro à la recherche d'un niveau supérieur de signification. On exploite encore la terre et les mines, on fabrique des objets, mais le vrai business, c'est l'information. Savoir quand acheter et quand vendre. Quoi garder et quoi jeter. Qui connaître et qui oublier. Les fortunes se font du jour au lendemain et se défont aussi vite. Les individus, les sociétés et les gouvernements se livrent à une concurrence, à des tricheries et à des espionnages sans fin pour obtenir l'information. Les gens iraient jusqu'à tuer pour ça. Et huit jours plus tard, c'est oublié. Plus les choses et les gens s'oublient vite, plus nous nous acharnons à laisser une trace pour que les autres se souviennent de nous, ne serait-ce que brièvement. Ne serait-ce qu'un seul jour. Un quart d'heure… »

Il releva légèrement la tête pour regarder Macauley. « C'est dément, n'est-ce pas, monsieur Connor ? Où allons-nous ? »

Macauley ne répondit pas à cette question, qu'il considérait comme rhétorique.

« Je sais ce que vous pensez, poursuivit Cardew en souriant. Vous vous dites : C'est tout de même un peu fort venant de la bouche d'un homme qui se fait passer pour John Lockes.

— J'avoue que ça m'a traversé l'esprit.

— Et vous avez raison. C'est de la pure hypocrisie. Mais les meilleurs généraux n'aiment pas la guerre, n'est-ce pas ? Je peux très bien regretter le monde tranquille et stable de ma jeunesse et me battre bec et ongles pour gagner la bataille qui façonnera l'avenir. Ce n'est pas du tout contradictoire, monsieur Connor. Quant à vous, vous pouvez haïr le pouvoir d'Infologix et tout ce que vous pensez que nous représentons, mais il faut que vous

267

sachiez que ce n'est pas nous qui faisons la guerre. Nous nous contentons de la gagner. Vous m'accorderez qu'il vaut mieux qu'elle soit gagnée par quelqu'un de votre bord ?

— Peut-on encore parler de "bords" ? demanda Macauley, sarcastique. Je croyais que nous avions abandonné ces schémas de pensée il y a longtemps.

— Foutaises ! Encore un coup des médias ! Croyez-vous sérieusement qu'un homme né et élevé à Atlantis, qui arrive à la tête d'une société manufacturière de bidules et qui délocalise vers un pays où la main-d'œuvre est moins chère trahit son pays ? Grâce à lui Atlantis contrôle la fabrication de bidules dans le monde entier ! Grâce à lui, les habitants des autres pays gagnent leur vie, et la première chose dont ils auront envie, c'est d'acheter un petit bout du rêve atlantien ! Ils veulent les jeans et les casquettes, les films et les albums, le coca et le hamburger. Cet homme ne se contente pas d'importer des bidules, il exporte Atlantis ! Il y a cent ans, il aurait été un chef d'entreprise colonial, un patriote. Les temps ont changé, et maintenant il a la décence de ne pas planter son drapeau en exigeant que tout le monde le salue. Mais il ne peut pas le dire tout haut, naturellement, alors la presse en tire ses petites conclusions stupides et tout le monde pense qu'il brade son pays.

— Infologix, c'est pareil.

— Et comment ! Vous ne vous rendez donc pas compte de tout ce que nous avons fait ? Nous nous sommes attelés à la plus grande révolution que le monde ait jamais connue et nous l'avons ramenée à la maison ! Quatre-vingt-dix pour cent des ordinateurs de la planète fonctionnent avec des logiciels Infologix ! Et vous, Macauley Connor, qui êtes au siège d'Infologix, vous parlez dans votre propre langue à vos concitoyens ! Il aurait très bien pu en être autrement, vous savez.

— Je ne vois pas le rapport avec le fait que je doive arrêter mes recherches sur John Lockes.

— Parce que l'information, c'est le pouvoir…, répéta Cardew lentement, en insistant bien. Mais cette information-là, c'est un pouvoir qui n'est pas entre les bonnes mains !

— De votre point de vue.

— Du vôtre aussi, si vous réfléchissiez deux minutes. Tenez… qu'est-ce que vous avez l'intention de faire de votre découverte ? Vous voulez terminer votre livre, le publier et gagner un peu d'argent, c'est ça ?

— Beaucoup d'argent.

— De votre point de vue. En réalité, votre scoop, vous allez le brader… Un certain nombre de personnes vont lire le livre, mais le monde entier apprendra le secret que vous avez découvert sans que ça lui coûte un centime. Pas un centime ! Vous êtes fou ? Les gens intelligents ne font pas cadeau d'un trésor, monsieur Connor ! Le renseignement que vous détenez vaut davantage que les ventes d'un livre pourront jamais générer ! »

Consterné, Macauley ne put qu'approuver. Cardew avait à peine prononcé ces mots qu'il commençait à envisager sa situation sous un jour nouveau : il était tellement habitué à son statut de grouillot, à travailler pour des sommes forfaitaires, qu'il ne lui était jamais venu à l'esprit d'évaluer sa découverte à sa vraie valeur. Il avait accepté l'à-valoir de Schonk sans se poser de questions.

Mais Cardew avait raison : à ce prix, il bradait son travail.

Plus il y pensait, plus son cerveau bouillait. Il savait que John Lockes n'était pas John Lockes ! Publier le fait brut dans un livre, c'était trouver le Saint-Graal et le vendre comme une vulgaire antiquité.

« Vous savez que j'ai raison, n'est-ce pas ? insista Cardew, qui n'avait rien manqué de son expression stupéfaite. Vous n'êtes pas un imbécile. »

L'ivresse qu'il avait ressentie en comprenant l'importance de sa découverte cédait déjà à un sentiment de panique : qu'en faire ?

Cardew lisait dans ses pensées à livre ouvert.

« Vendez ça pour ce que ça vaut, lui souffla-t-il.

— Et c'est… c'est combien ? » bégaya Macauley, renonçant à essayer de donner le change.

Cardew glissa la main dans la poche de sa chemise. Il en sortit un chèque plié en deux qu'il ouvrit lentement devant les yeux de Macauley, à l'ordre de qui il était déjà rédigé.

« Je trouve cette somme raisonnable, pas vous, monsieur

Connor ? demanda-t-il. Mais si cela vous paraît insuffisant, n'hésitez pas à m'en parler. »

Macauley écarquillait des yeux incrédules.

Ce n'était pas raisonnable, non, c'était dément.

« Vous êtes prêt à me payer cette somme uniquement pour m'empêcher de publier ?

— Non, pour avoir l'information.

— Mais comment ça ? Je ne peux pas vous la transmettre, elle restera toujours dans ma tête. »

Cardew fronça les sourcils.

« C'est là, en effet, que nous rencontrons un petit problème… il faut qu'elle sorte de votre tête. Vous n'avez jamais entendu parler d'Hypno Infologix ?

Quand Macauley quitta le Campus, il se sentait un autre homme. Il était heureux, bien dans sa peau, amoureux, et riche.

En traversant les magnifiques jardins, il adressa un signe en souriant à un jardinier, tant il avait besoin de partager ce bonheur. Avec n'importe qui. L'idéal aurait été de pouvoir le partager avec tout le monde, parce que au fond tout le monde était merveilleux et la vie était un miracle. Elle nous réservait toujours des surprises. Quelques heures plus tôt, il n'était qu'un journaliste ordinaire qui avait du mal à joindre les deux bouts, et tout d'un coup un certain John Lockes avait changé le cours de son destin.

Quel type incroyable.

Macauley se dit qu'il devrait téléphoner à Rachel. Il fallait fêter ça ce soir. Et puis, dès demain matin, ils se marieraient et parti-raient en voyage, pour une seconde lune de miel. Peu importait, du moment qu'ils pouvaient se faire monter des plats… Il n'était pas trop tard pour faire des enfants, à condition de ne pas perdre trop de temps en visites touristiques.

Il lâcha le volant d'une main et prit son téléphone. Il farfouilla dans son sac vide tout en essayant de se rappeler le numéro. Puis il se souvint que c'était le dernier qu'il avait composé, et appuya sur la touche bis.

Elle n'allait pas en croire ses oreilles. Même lui avait du mal à y croire, et pourtant il savait que c'était vrai.

Il fronça les sourcils. Le téléphone ne sonnait pas. Il l'écarta de son oreille pour vérifier qu'il ne s'était pas trompé de touche. L'écran était éteint. Batterie à plat. Ah, la technologie ! C'était fantastique, mais la bonne vieille méthode était encore ce qu'il y avait de plus fiable. Rachel ne tarderait plus à rentrer ; il irait donc directement chez elle le lui annoncer de vive voix. C'était le mieux.

Rachel le regarda, un étrange sourire aux lèvres, suspendre son pardessus soigneusement dans le placard et ranger son sac dessous, puis refermer la porte.

« Tu ne croiras jamais ce qui m'arrive ! » répéta-t-il pour la troisième fois, les joues en feu. Il enleva sa cravate, qu'il plia en deux pile au milieu, puis encore en deux, roula, et mit dans la poche de sa veste.

« Laisse-moi deviner, répéta-t-elle à son tour.

— D'accord, d'accord… Non, attends, je viens de me rappeler quelque chose que je voulais faire. Ne bouge pas. »

Il se dirigea vers le bureau de Rachel, prit un dossier qui était posé dessus, puis gagna la cuisine où il le vida dans la poubelle sans même en vérifier le contenu.

« Alors…, dit-il en revenant. Aujourd'hui, il m'est arrivé la chose la plus incroyable de ma vie, Rachel. Tu ne devineras jamais.

— Ne me dis pas que tu allais interviewer John Lockes quand il s'est étranglé avec un sandwich et que tu lui as sauvé la vie en lui tapant dans le dos ? Ne me dis pas qu'éperdu de reconnaissance il a aussitôt rédigé un chèque indécent à ton nom, que tu veux qu'on se marie et qu'on ait beaucoup d'enfants ?

— Si ! Si ! s'exclama Macauley, qui rit en lui prenant les mains. C'est exactement ce qui m'est arrivé. N'est-ce pas que c'est extraordinaire ? Alors, c'est oui ? Pour m'épouser, je veux dire… »

Rachel lui déposa un baiser sur les lèvres. « Assieds-toi, Mac. Il faut qu'on parle. »

Macauley fut assis avant même qu'elle ait fini sa phrase. Il ne s'affala pas dans le fauteuil, mais resta perché sur le bord. Pour un peu il aurait haleté comme un chien, langue pendante.

« Mac, aujourd'hui tu es allé interviewer John Lockes, c'est bien ça ? Tu te souviens pourquoi ?

— Mais…, dit Macauley en se renfrognant, … mais parce que c'est John Lockes ! Qu'est-ce qu'il te faut de plus comme raison ?

— Pourtant, il n'accorde pas d'interviews, il me semble. Comment expliques-tu donc qu'il t'ait reçu ? »

Macauley eut l'air complètement déconfit.

« J'écris sa biographie. C'est normal qu'il ait eu envie de me parler. Pour bien mettre les pendules à l'heure. Il n'est pas du tout comme je l'imaginais, tu sais. Très sympa.

— Mac, cette interview… tu l'as enregistrée ?

— Bien entendu, dit-il, enjoué, en prenant son magnétophone dans son sac.

— Fais-la-moi écouter, tu veux ? »

Deux minutes plus tard, Macauley était toujours en train de rembobiner et d'écouter sa bande, refusant d'accepter qu'elle était vierge.

« Ce n'est pas grave, dit-il enfin. J'ai parfaitement retenu toute la conversation. Mais c'est bizarre, pourtant… Je me souviens très bien d'avoir appuyé sur Enregistrement avant d'entrer dans son bureau.

— Tu as vérifié ton téléphone depuis que tu as quitté Infologix ?

— Oui… J'ai voulu t'appeler, mais cette foutue batterie est à plat.

— Voilà. Donc… ? lui souffla-t-elle en haussant les sourcils.

— Donc… donc je n'ai pas pu t'appeler ! termina-t-il en riant. Veux-tu m'épouser, Rachel ? Je ne laisserai jamais plus mes poils dans la baignoire, je te le promets.

— Je sais, Mac. Oui, si tu le veux toujours, je t'épouserai… mais à condition que tu fasses une chose pour moi.

— Tout ce que tu voudras ! »

Elle sortit de la poche de son jean un pendentif sur une chaînette d'argent, qu'elle suspendit devant ses yeux en le faisant osciller doucement.

« Je veux que tu te concentres sur ce pendentif, Mac, et que tu te détendes… »

Ce n'était pas facile. Rachel utilisait parfois l'hypnose avec ses patients, mais elle n'avait jamais tenté une expérience pareille. Elle savait ce qui était arrivé à Macauley. En effet, en arrivant chez elle, elle avait trouvé son répondeur complètement saturé par la conversation entre lui et Miles Cardew, qui lui était parvenue étouffée car enregistrée au fond du sac de Macauley. Celui-ci avait appuyé sur le bouton Appel du téléphone au lieu de la touche Enregistrement du magnétophone.

Rachel avait écouté avec un étonnement croissant les deux hommes discuter des termes de leur arrangement :

« Vous voulez foutre vos sales pattes dans ma cervelle ? avait glapi Macauley quand Cardew avait parlé d'Hypno. Vous ne pouvez pas simplement me faire confiance pour garder un secret ?

— Peut-être que oui, peut-être que non. Je n'ai aucun moyen de m'en assurer, et si je vous payais pour garder un secret, ce ne serait plus un contrat entre nous, n'est-ce pas ? Vous exerceriez un chantage sur moi. Or tout me porte à croire que vous souhaitez autant que moi un marché juste et légal. »

Il y avait eu une pause, pendant laquelle Macauley avait réfléchi.

« Mais si je me soumets à l'hypnose, quelle garantie aurai-je que vous respectiez vos engagements ? Vous pourriez tout simplement effacer la mémoire du chèque que vous m'avez donné, et je n'en saurais jamais rien.

— Exact. La seule garantie que je puisse vous offrir, c'est que, pour que notre opération marche de manière permanente, il ne suffit pas de supprimer l'information de votre cerveau… le danger subsisterait qu'à un moment ou à un autre le souvenir revienne, déclenché par un stimulus imprévisible. Pour nous en préserver, il faut masquer le vrai souvenir par un faux, un faux si agréable que

273

votre cerveau résistera à l'envie de l'en déloger. Par exemple, si vous vous souvenez de m'avoir sauvé la vie et d'en avoir été récompensé par la somme en question, voilà un souvenir agréable, un rêve devenu réalité. Consciemment comme inconsciemment, vous voudrez conserver ce souvenir précieux et, ce faisant, vous maintiendrez masqué celui de la vérité. Voilà pourquoi j'ai tout intérêt à tenir parole. »

Il y eut une seconde pause.

« Monsieur Connor, insista Cardew, je vous jure que rien, absolument rien, ne sera ôté de ce chèque. Je suis un homme de parole.

— Et si je refuse ? »

En bruit de fond, Rachel entendit Cardew soupirer.

« Ce serait regrettable. Vous comprendrez bien que je serais obligé d'empêcher les fuites par d'autres moyens.

— Quoi… vous me feriez tuer ?

— Monsieur Connor ! s'écria Cardew en riant. Je ne fais pas partie du Milieu ! Je suis sûr que rien n'est plus facile à organiser, à condition d'y mettre le prix, mais ce n'est absolument pas dans mes méthodes. J'ai besoin de dormir la nuit, moi !

— Alors… que voulez-vous dire ?

— Il y a bien des manières de détruire un homme sans le tuer, monsieur Connor. Vous avez déjà constaté combien il m'était facile de collecter des renseignements qui vous paraissaient concerner votre vie privée. Ces renseignements peuvent être modifiés de manière à vous rendre l'existence extrêmement difficile, et à annihiler votre crédibilité au moment où vous chercherez à publier ce que vous avez appris. Ce n'est pas agréable, mais pourtant je suis prêt à le faire. Je vous propose une alternative très généreuse de façon à préserver la paix de ma conscience.

— Bon… Imaginons que j'accepte votre proposition, mais que l'hypnose ne marche pas… Imaginons qu'un jour, dans le futur, ce renseignement me revienne à la mémoire ?

— Il ne reviendra pas.

— Mais supposons…

— Dans ce cas… je serais le perdant de l'histoire, puisque vous auriez déjà touché l'argent. Qu'en dites-vous ? »

Rachel avait écouté l'oreille collée au répondeur, les doigts crispés sur le rebord de la table.

« J'accepte à deux conditions, avait enfin décidé Macauley. Premièrement, pour ma propre satisfaction, j'aimerais savoir où est le vrai John Lockes, avant d'être hypnotisé…

— C'est parfaitement compréhensible. Accordé. Et la seconde ?

— La seconde est d'ordre personnel… Si vous allez tripatouiller dans mon cerveau, pendant que vous y êtes, vous ne pourriez pas améliorer quelques petites choses ? Je voudrais que vous me débarrassiez de certaines habitudes que mon ex-femme déteste en moi.

— Votre ex-femme ? Qu'est-ce que ça peut vous faire, ce que votre ex-femme… Ah, je comprends. Vous voulez revivre avec elle, c'est ça ?

— Exactement. Mais elle ne me reprendra jamais avec tous les défauts que j'ai, alors il faut que je m'en débarrasse. Est-ce possible par l'hypnose ?

— Je me ferai un plaisir de vous aider de mon mieux. Que c'est romantique ! De quels défauts s'agit-il ?

— Je suis un plouc. »

Cardew prit note en hochant la tête.

« Je ne suis pas fiable. Je fais des promesses, et ensuite je les oublie.

— Hmmm…

— Je n'écoute pas son avis. Je supporte mal la critique. Je bois trop. Les trucs habituels, quoi.

— D'accord…, dit Cardew qui notait comme un serveur prendrait une commande. Ce sera tout ?

— Et John Lockes ? Qui est-il, et où est-il ?

— Ah, John, soupira Cardew. John a trouvé bien des manières de s'amuser. Il travaille ici de temps en temps, comme je vous l'ai dit ; il se fait passer pour un conseiller indépendant que je consulte régulièrement. Sinon, il a plusieurs passions auxquelles il s'adonne sous une kyrielle de noms… Je ne crois pas les connaître tous moi-même. Il aime multiplier les expériences, les points de vue, voyez-vous. Il n'y a pas de réponse simple à cette question.

— Donnez-m'en une seule, alors. Par exemple, où est-il en ce moment ? »

Cardew avait dû marquer une longue pause car l'enregistrement s'arrêtait là.

Elle claqua des doigts, et les yeux vitreux de Macauley s'animèrent.

Ils se dévisagèrent, Rachel fronçant un sourcil inquiet dans l'attente d'un signe lui confirmant que la déprogrammation de son esprit avait marché.

« Alors ? demanda-t-elle.

— Je t'aime, répondit-il. Alors quoi ?

— Où est-il, le vrai John Lockes ? »

Macauley allait répondre, mais il s'interrompit pour faire le tri parmi les gravats de vérités et de contrevérités implantées dans son cerveau.

« Josh Cloken ! souffla-t-il enfin. Il se fait appeler Josh Cloken. Une anagramme. Futé. Il se prépare à participer au lancement de la Rectopuce à partir de la navette spatiale. J'imagine que, quand on est milliardaire, il faut au moins ça pour prendre son pied.

— Salut, dit Rachel en souriant. Tu veux toujours m'épouser ? »

Macauley plissa les paupières, soupçonnant une farce. « Et toi ?

— Eh ! tu connais une fille assez folle pour résister à un type prêt à se faire laver le cerveau pour elle ?

— Et riche, par-dessus le marché ! renchérit-il en se souvenant du chèque, non sans surprise. D'une richesse obscène. Je suis peut-être un plouc, Rachel, mais on pourra s'offrir du personnel… Regarde ça ! »

Il sortit son portefeuille de sa poche et y pêcha le chèque, qu'il admira brièvement avant de le lui tendre.

« Pas mal, reconnut-elle. Pas ce que j'espérais, mais pas mal.

— Pas *mal* ? s'exclama Macauley. Mais combien espér… ? »

Il lui reprit le chèque et le réexamina.

« Le salopard !

— Donc, il t'a menti, finalement.

276

— Menti… non. Il a joué sur la vérité. Il ne manque rien à ce chèque.

— Rien ?

— D'une certaine manière, non. Il avait simplement plus de zéros avant. »

Il secoua la tête. « Bon… On a toujours les moyens de prendre une femme de ménage, si tu veux bien de moi. »

Rachel éclata de rire et se glissa sur ses genoux en lui passant les bras autour du cou.

« Je veux bien de toi, Mac, mais fais-moi un petit plaisir : finis ce que tu as commencé avant de démarrer autre chose. Je peux attendre.

— C'est-à-dire ?

— Es-tu sérieusement en train de me dire que tu m'aimes au point de te refuser la satisfaction de rencontrer le véritable John Lockes ? Tu es un romantique, Macauley Connor, mais tu ne me feras jamais croire ça… »

22

Assis à l'immense bureau présidentiel, le président John Monroe observait Michael Summerday avec un amusement à peine dissimulé. Si les deux hommes ne s'étaient guère appréciés au début de leur partenariat, au fil des ans il s'était noué entre eux un lien d'aversion mutuelle. Summerday avait un mal fou à dissimuler le fait qu'il considérait Monroe comme un être amoral, un opportuniste indigne de confiance qui ne méritait pas son poste aux plus hautes fonctions de la nation, même s'il y excellait. Monroe, pour sa part, trouvait que le vice-président était un poseur bégueule, et ne faisait aucun effort pour le lui cacher.

Dans l'intérêt du pays, donc, la communication entre eux avait été réduite au strict minimum. Selon ce qu'exigeait la situation, le public se voyait proposer tour à tour l'image de Monroe et Summerday heureux, de Monroe et Summerday hommes d'État, de Monroe et Summerday fermement décidés à équilibrer le budget, mais jamais de Monroe et Summerday se regardant dans les yeux. En coulisse de l'arène où se produisait le cirque présidentiel, ils vivaient le plus loin possible l'un de l'autre dans la grande maison d'où était gouverné le pays, et dont les deux ailes étaient reliées par une chaîne ininterrompue de messagers. C'était grâce à l'efficacité de ces messagers que la Guerre du Pétrole avait pu être planifiée, déclarée, menée et gagnée sans qu'ils se voient jamais, jusqu'au jour où ils s'étaient croisés en coup de vent dans un couloir, Monroe lançant au passage : « Ça s'est plutôt bien passé, vous ne trouvez pas ? »

Si, à dix jours de l'apogée de sa propre campagne présidentielle, Summerday avait demandé un entretien privé à son supérieur, c'était donc qu'il avait absolument, désespérément, besoin de son aide.

Le président n'avait pas l'intention de gâcher ce moment en prenant la parole le premier.

« Je… John, j'ai besoin de votre avis », marmonna enfin Summerday, qui s'arrachait les mots de la bouche.

Monroe bouillait d'envie de lui rappeler que c'était bien là le problème des poseurs : un jour ou l'autre, on finissait par avoir besoin de l'aide de ceux qu'on méprisait. Mais Summerday aurait mal pris sa remarque. Non qu'il n'aurait pas été d'accord, mais, par définition, le poseur prend tout mal. À l'exception, visiblement, des malheurs des autres.

« Mais, Michael, je ferai toujours tout mon possible pour vous venir en aide, lui répondit-il avec chaleur. Qu'est-ce qui vous tracasse ? »

Summerday le détesta comme jamais auparavant, mais il fut bien obligé de lui adresser un sourire reconnaissant en lui expliquant son dilemme. Monroe l'écouta jusqu'au bout, puis il émit un sifflement.

« Cette chère Susan… elle ne vous fait pas de cadeaux ! Eh bien, dites donc… Elle ferait une excellente candidate, savez-vous ? La population l'adore. Elle a le contact avec les gens – qui vous a toujours manqué, à vous. Mais qu'est-ce que vous avez l'intention de faire de Bob Redwood, au juste ?

— C'est… c'est pour ça que je suis ici, John. Il faut qu'il débarrasse le plancher. »

Monroe haussa un sourcil. « Et en quoi suis-je censé vous être utile ? »

Summerday fit une grimace plus gênée encore, et murmura : « J'ai pensé que vous pourriez me dire comment… comment résoudre ce genre de problème. De manière définitive. »

Un instant, Monroe eut l'air déstabilisé, et il soupesa les paroles de Summerday en fronçant les sourcils.

« Merde alors ! explosa-t-il soudain, éclatant de rire quand il comprit. Vous voulez assassiner ce pauvre type, c'est ça ? »

La décision n'avait certes pas été facile à prendre.

Contrairement à Bob Redwood, Summerday était intimement opposé à la peine de mort. Et même Redwood n'avait pas encore proposé d'exécuter les imbéciles dangereux. Mais de toute façon il n'irait pas jusque-là.

L'assassinat de son rival n'avait jamais non plus fait partie des exigences de Susan, mais il était difficile d'envisager une autre solution. Si près des élections, Summerday n'avait plus aucun moyen de le virer sans porter un préjudice irréparable à sa propre campagne, mais d'un autre côté il n'osait même pas penser au tort que Susan semblait prête à lui faire si elle n'obtenait pas ce qu'elle voulait.

Un accident bête et tragique aurait l'avantage de redorer son image. Cela cadrait même très bien avec le climat dramatique et sensationnel que Chandra Dissenyake faisait régner depuis quinze jours : la maladie de Penny, son propre accident de voiture, l'aveu fait par Susan de sa longue bataille pour venir à bout de l'alcoolisme… Il ne manquait plus qu'une mort subite. Le décès de Redwood aurait aussi bien pu figurer dans le script original.

La décision avait été terrible à prendre – d'une certaine manière, sans y aller par quatre chemins, c'était un meurtre –, mais Summerday avait trouvé les arguments pour se raffermir dans sa résolution. Sa responsabilité présidentielle ne pouvait-elle pas un jour l'amener à envoyer à la mort des dizaines de milliers de jeunes hommes ? À bombarder un complexe où un dictateur aurait réuni installations militaires, industries et jardin d'enfants ? Et peut-être même à lâcher la bombe atomique ? Vu sous cet angle, le problème lui apparaissait comme une mise à l'épreuve de sa fibre morale.

En entendant le mot prononcé à voix haute, Summerday écarquilla des yeux horrifiés et incrédules. Comment un homme tel que Monroe pouvait-il formuler avec autant d'indélicatesse une pensée pareille ? Mais le président beuglait comme une hyène et tapait sur la table : il se tordait littéralement de rire. Chaque fois qu'il paraissait avoir atteint le summum de l'hilarité, il lui suffisait de croiser l'œil de Summerday pour s'esclaffer de plus belle en voyant le vice-président attendre tranquillement – sans quitter son petit air supérieur – qu'on lui explique comment assassiner son collègue.

« John, je vous en prie… je ne vois pas ce que cela a de si drôle », marmonna Summerday d'une voix tendue.

Monroe voulut articuler une réponse, mais il resta muet tant son corps secoué dans tous les sens refusait de lui obéir.

« Ah, vous ne voyez pas ? » souffla-t-il enfin d'une voix rauque, et ces paroles déclenchèrent une nouvelle crise de rire. Il agrippa les bras de son fauteuil pour essayer de recouvrer une certaine dignité, et finit par murmurer : « Si vous n'existiez pas, Michael, il faudrait vous inventer !

— Écoutez… je sais que nous ne sommes pas proches, mais au moins je croyais que nous pourrions discuter entre adultes.

— Entre adultes ? Parler de la manière de buter votre coéquipier ? » Monroe se mit à bondir sur son siège, comme soulevé par la houle. Il se pinça le nez en attendant de se calmer, mais en vain : sa bouche s'ouvrit toute grande et il explosa, s'abattant sur la table, terrassé par le rire.

Les yeux de Summerday se plissèrent de dégoût. « Je savais que vous aviez un cœur de pierre, John, mais apparemment je vous avais mal jugé. Je croyais que vous auriez au moins la décence de ne pas trouver désopilant qu'on veuille assassiner quelqu'un.

— Assez ! Assez ! Par pitié ! le supplia Monroe, qui commençait à se tenir les côtes. Je n'en peux plus… Vous venez me demander des tuyaux pour un meurtre et vous arrivez encore à avoir l'air de me donner des leçons !

— Eh bien, désolé, mais c'est peut-être que je ne me sens pas très à l'aise.

— J'espère bien, siffla le président en imitant d'une grimace l'expression dédaigneuse de Summerday. Il faut croire que vous êtes vraiment très mal élevé, Michael. »

Summerday attendit en soupirant que Monroe ait fini de rugir et de se convulsionner. Dire que cet homme dirigeait le pays le plus puissant du monde.

Quand Monroe eut enfin maîtrisé son fou rire, ce qui prit cinq bonnes minutes, ils se mirent à discuter des détails pratiques du plan de Summerday.

« Mike… je me rends compte que vous êtes dans une situation délicate, mais je ne vois vraiment pas en quoi je peux vous aider personnellement.

— Allons, John ! Pas personnellement, mais vous avez du monde sous vos ordres. »

Monroe secoua la tête en écartant les mains. « Qui ?

— Les agents spéciaux. Les dépanneurs. Les *Men in Black*… Racontez-moi ce que vous voudrez, mais ne me dites pas qu'ils n'existent pas.

— Ils n'existent pas, Michael. Vous devez me croire. »

Summerday le regarda, incrédule.

« Écoutez-moi, poursuivit Monroe. J'en ai été aussi surpris que vous. Avant mon élection, j'étais persuadé que nous avions toutes sortes de divisions secrètes et de services prêts à jouer des tours de salauds pour déblayer cette merde. Eh bien, en fait, non. » Il posa ses mains sur son bureau et lui confia tranquillement : « Vous savez que chaque président sortant laisse une note sur ce bureau à l'attention de son successeur ? Tout le monde sait ça, sauf que le contenu des notes n'est jamais révélé, n'est-ce pas ? Eh bien, vous voulez savoir ce que disait celle que j'ai trouvée quand j'ai pris la succession de Burgess ? »

Summerday se pencha en avant, soudain distrait de ses problèmes par la proposition bougrement alléchante d'être mis dans le secret.

« Elle disait… et je vous aurais écrit la même chose une fois votre tour venu – mais j'imagine que je vous indiquerai simplement lesquelles des stagiaires sont les meilleures tailleuses de pipes –, elle disait qu'il n'y a pas de secret. Je n'en ai pas cru mes yeux, mais c'est la vérité, et c'est aussi le seul renseignement véritablement utile qu'il m'ait transmis. Le secret, c'est qu'il n'y a pas de secret.

— Vous espérez sérieusement me faire croire que les États-Unis d'Atlantis n'ont jamais eu recours à des assassins professionnels pour faire le sale boulot ? À d'autres ! »

Monroe leva un doigt grondeur. « Ah, ah, ah, Mike ! Je n'ai pas dit "jamais". Apparemment, il y a eu deux ou trois essais dans le passé. Ça n'a pas marché. Le problème, quand on essaie de monter une opération de ce genre, c'est qu'il faudrait que toutes les personnes concernées puissent faire confiance aux autres ; mais en réalité, on a affaire à des psychopathes. Ils ne sont pas fiables, c'est le moins qu'on puisse dire. Un complot exige des individus calmes, qui ont la tête sur les épaules et comprennent les enjeux ; mais ça, ce n'est pas vraiment ce qui caractérise les gars qui aiment passer leur temps sur les toits une arme à la main, n'est-ce pas ? Les assassins sont par nature des gens très bizarres, Mike, ils n'ont rien de l'individu motivé et dynamique qui aime travailler en équipe. Dès qu'on fait appel à eux, les choses commencent sérieusement à déraper. À ma connaissance, il n'y a eu aucune opération de ce genre depuis l'assassinat du président Connolly. »

Summerday haussa un sourcil. « Ah, donc, c'était bien un complot ! Qui était derrière ? Le vice-président ? Les Fédéraux ?

— Eh non, répondit Monroe, le visage fendu par un large sourire. Le fait qu'on ait fini par soupçonner ces types dans l'affaire montre à quel point ces choses peuvent tourner mal. Ce n'était pas le vice-président, ce n'était pas le Milieu ou les Fédéraux, ce n'était aucun de ceux qu'on a accusés. C'était Connolly.

— Connolly a monté un coup pour se faire assassiner ?!

— Mais non, justement, Mike ! C'est ce que j'essaie de vous expliquer. C'est pour cette raison que nous ne faisons plus appel à eux ! Personne n'a jamais su exactement ce que Connolly avait manigancé. Peut-être un faux attentat contre lui-même, ou peut-être était-ce sa femme qui était visée, mais les psychopathes ont tout foiré ! Le vice-président, qui était totalement hors du coup, a fait de son mieux pour essayer de couvrir la catastrophe après, et le pauvre type s'est retrouvé accusé d'avoir été le cerveau de l'affaire ! Ça a dû lui briser le cœur, vu qu'il ne s'est pas représenté pour un second mandat. Toujours est-il que, depuis que Connolly y a laissé sa peau, personne n'a plus jamais voulu demander quoi que ce soit aux agents spéciaux. Le pays est propre, Mike, croyez-moi.

— Alors, comment se fait-il que tout le monde continue de croire à leur existence ? »

Monroe leva les bras en l'air et haussa les épaules.

« Parce que les gens ont envie de le croire ! Parce qu'ils ont le sentiment de ne rien contrôler dans leur vie. Parce qu'en regardant les dirigeants politiques ils s'aperçoivent que le pays est un vrai foutoir, et ils ont besoin de croire que, quelque part, quelqu'un tient les rênes ! Alors ils commencent à imaginer des complots partout, ils se racontent que les organismes gouvernementaux officiels ne sont que des vitrines derrière lesquelles se cachent les véritables centres du pouvoir. C'est de la psychologie simpliste : si on attribue tout ce qu'on ne comprend pas à un vaste complot occulte, la vie devient logique ! La bataille pour percer le complot à jour et découvrir la vérité donne un but, un sens à la vie… C'est presque aussi bien que la religion ! »

Peu convaincu par cette version de la réalité, Summerday eut l'air perplexe. « Mais si rien n'est vrai, pourquoi ne pas le dire ? Pourquoi ne pas prouver que tout se passe dans la tête des gens ?

— Mais comment ? Comment lutter contre ça ? On ne peut pas fournir des preuves de la non-existence de quelque chose, c'est antinomique ! Comment prouver qu'un secret n'existe pas, Mike ? À quoi servirait de nier l'existence des complots, puisque c'est précisément l'attitude qu'on attend de nous ! Cela ne ferait que confirmer les soupçons, n'est-ce pas ? »

Monroe sourit en voyant le visage de Summerday refléter le phénomène même qu'il décrivait : le doute quant à ses convictions le disputant à sa conviction d'être censé douter.

« Écoutez, Mike…, soupira Monroe. Regardez la chose sous cet angle : tant qu'il n'y a pas de mal à ce que les gens imaginent leur vie quotidienne sous la protection de superagents hautement entraînés, à quoi bon leur ôter leurs illusions ? S'ils ont envie de se dire que tout fait partie d'un gigantesque complot incroyablement compliqué, quel mal y a-t-il à laisser faire ? C'est mieux que s'ils croyaient la vérité !

— Pourquoi ? demanda Summerday doucement, en plissant les paupières. C'est quoi, la vérité ?

— La vérité ? Dieu du ciel, Mike ! La vérité, c'est que tout n'est qu'un gigantesque enchaînement incroyablement compliqué de foirades, voyons ! Gouverner un pays comme Atlantis est une tâche impossible, et toute tentative de contrôler les événements est vouée à l'échec dès le départ. Les gens ne sont pas assez intelligents ! Qu'est-ce que vous préférez ? Qu'ils pensent que leur vie est entre les mains de conspirateurs machiavéliques et tout-puissants, ou qu'ils pensent qu'on est une bande de crétins incompétents ? »

Summerday n'était pas insensible à cet argument. Logiquement, si on était capable d'organiser un complot efficace et bien huilé, on était aussi capable d'organiser un gouvernement efficace et bien huilé. Pourtant, il savait pertinemment que ce n'était pas le cas.

« Donc, résuma-t-il, sourcils froncés, il y a un complot pour faire croire qu'il y a un complot ?

— Exactement ! Ça donne les mêmes résultats sans aucun des dangers… Les vrais complots foirent toujours, comme tout le reste, alors il vaut bien mieux qu'ils n'existent que dans les esprits. Avec un faux complot, il y a toujours les mêmes vrais loupés, mais, au moins, un certain nombre de vos électeurs vont se dire qu'il s'agit de faux loupés pour masquer un vrai complot ! Vous n'avez rien à perdre : plus les événements semblent chaotiques, plus les gens sont convaincus que quelque chose leur échappe et que c'est une diversion ! L'ironie, c'est que les gens sont libres mais choisissent de vivre dans une dictature virtuelle. Alors, si vous voulez que je vous donne une bonne raison de ne plus faire appel aux agents spéciaux, aux dépanneurs – appelez-les comme vous voudrez –, la voici, c'est très simple : qui a besoin d'assassins dans un système comme le nôtre ? »

Summerday se tapota doucement le front du plat de la main. Il n'avait jamais apprécié John Monroe mais, malgré son manque de décence et de morale, on pouvait lui faire confiance pour certaines choses. Il sentait que ce qu'il venait de dire était crédible. Il poussa un gémissement, parce que toute cette discussion ne faisait pas avancer ses affaires.

« Pour l'instant… moi », soupira-t-il d'un air résigné.

Monroe le regarda avec une certaine sympathie.

« Je dois reconnaître que vous nous rendriez service à tous en l'évinçant. C'est une chose de choisir un vice-président qui ne va pas vous voler la vedette, mais il y a des limites, Michael ! Moi, au moins, j'ai toujours pensé que le pays pourrait compter sur vous si mon avion s'écrasait.

— Merci. Je crois… Je sais, je sais… Pourquoi lui ? J'ai dû me figurer qu'à côté de lui je ferais davantage homme d'État. Quel imbécile je suis ! Mais il faut qu'il disparaisse… Susan est tellement en colère qu'elle me ficherait par terre sur un simple claquement de doigts, et de toute manière elle se débrouillerait mieux que Redwood.

— Essayez le Milieu, mon vieux. Ils acceptent des contrats, même si je doute qu'à l'heure actuelle vous soyez leur client préféré.

— Le Milieu ! lâcha Summerday avec mépris. Vous plaisantez. » Il marqua une pause et regarda avec méfiance l'homme auprès de qui il avait travaillé pendant tant d'années mais qu'il connaissait si peu. « Vous plaisantez, n'est-ce pas, John ?

— Qu'est-ce que vous avez contre le Milieu, Michael ?

— Eh bien… Ha ! ha ! fit Summerday en riant. Je ne sais pas si on vous l'a dit, John… mais, le Milieu, ce ne sont pas des gens très fréquentables. »

Monroe leva les yeux au ciel d'un air désespéré.

« Quand vous déciderez-vous à devenir adulte ? Nous avons la chance, à Atlantis, d'avoir sans doute le meilleur crime organisé au monde, parce qu'il n'existe pas de secteur d'activité plus attaché à la stabilité, à la prospérité et à une croissance économique soutenue. Sans jamais l'approuver, un pays libre doit accepter le crime en tant que manifestation naturelle de l'esprit d'entreprise, et le fait que nous ayons le Milieu au sommet de notre organigramme du crime est un gage du haut degré de civilisation et de respectabilité de notre société. Dieu sait comme ils font du bon boulot, Michael ! Nous autres – le pouvoir judiciaire, naturellement, mais aussi les pouvoirs exécutif et législatif – sommes condamnés à patauger dans le marais de l'idéologie, mais, au moins, nous avons un élément criminel rationnel, pragmatique et efficace, qui a des visées à long terme !

— En enfreignant la loi. Formidable. Pourquoi ne nous y mettons-nous pas tous ?

— Mais… nous sommes comme eux, Michael, lui fit remarquer Monroe. Chaque jour, nous enfreignons les règles. Nous conduisons trop vite, nous déposons des ordures sur la voie publique, nous traversons en dehors des clous… nous tous. Sommes-nous mauvais pour autant ?

— Ne soyez pas ridicule… Ce n'est pas comparable. Le Milieu fait des choses carrément hors la loi, et dans des domaines importants.

— Les limitations de vitesse sont importantes, Michael. Elles évitent que des innocents se fassent tuer. Depuis qu'il existe, le Milieu a fait moins de morts que les entorses au code de la route !

— Donc, nous sommes tous mauvais, c'est ça ? C'est ce que vous pensez ?

— Non. Je vous démontre simplement que nous sommes tous en infraction, et qu'aucune loi n'est épargnée. Mais c'est une bonne chose, Michael, parce que les lois vont se multiplier jusqu'à atteindre le point où elles seront régulièrement enfreintes. Une société trop bridée, trop soucieuse de la loi, devient de plus en plus répressive : elle décrète avec quelle fréquence les haies doivent être taillées, de quelle couleur vous pouvez peindre votre maison, et Dieu sait quoi encore. Nous avons besoin d'une législation parce que nous avons des criminels, mais notre législation nous impose à son tour d'avoir des criminels ! »

Monroe leva sur son vice-président un regard où pointait l'espoir de lui avoir fait entendre raison. Mais l'expression pincée de Summerday montrait sans équivoque qu'il résistait de toutes ses forces à cette logique.

« Michael…, soupira le président, je connais d'autres pays, des démocraties avancées comme la nôtre, qui n'ont pas réussi à faire émerger en leur sein une pègre digne de ce nom. Ils souffrent autant que nous du crime, mais comme ce crime n'est pas organisé, il y a beaucoup de gâchis. En se comparant à nous, ces pays se félicitent d'avoir réussi à empêcher le Milieu de gagner une emprise permanente sur leur économie, mais savez-vous ce qu'ils ont à la place ? »

Le cou raide, Summerday tourna légèrement la tête de côté en signe de négation.

« Des salons de thé, Michael. Leurs classes moyennes paralysent la société avec une sentimentalité niaiseuse, elles étouffent le progrès avec leurs lois de planification, leur conservation du patrimoine et leur écologisme mal digéré. Leurs villages sombrent dans un cauchemar néo-fasciste d'artisanat, d'antiquités et de zones piétonnes. Leurs centres-villes sont paralysés par une aversion myope pour les tours, et leurs aéroports étouffés par des lois antibruit. Les embouteillages se multiplient à mesure que les grands chantiers routiers sont enterrés pour satisfaire un snobisme banlieusard, et les entreprises sont encouragées à se relocaliser dans des zones encore plus aberrantes par des avantages fiscaux pleins de bonnes intentions mais ridicules. Tout ça pourrait être évité par un minimum de pots-de-vin, d'intimidation et de chantage : une société saine a besoin de gens que rien n'arrête dans la course au profit, ou alors la loi devient le toutou de réactionnaires bornés. C'est ça que vous voulez ? »

Il n'était pas difficile de voir pourquoi Monroe était si populaire. Summerday s'estima coupable de l'avoir mal jugé pendant toutes ces années : à sa manière, Monroe était un idéaliste. Il avait simplement la chance extrême, pour un homme politique, d'avoir choisi l'immoralité comme idéal.

« Qu'est-ce qui vous fait penser que le Milieu ne m'apprécie pas ?

— Mais… votre chère Rectopuce, naturellement ! dit le président en riant. Avec ce système, vous ne les menacez pas directement – vous ne trouverez pas un seul petit malin qui accepte de se faire mettre ce truc dans le cul, croyez-moi –, mais vous n'allez pas leur faciliter la vie. Le Milieu est efficace parce qu'il est quasiment invisible. Les gens savent qu'il existe, mais il est camouflé par tous les petits crimes, toutes les petites violences qui occupent le devant de la scène dans notre vision de la société. Enlevez ça, et il devient visible. Je doute que ça leur fasse très plaisir…

— Donc, je ne peux pas compter sur eux. »

Monroe haussa les épaules, s'adossa à son siège et se passa une main dans les cheveux. « Ce sont des réalistes, Michael. À l'inverse de vous. Vous aurez peut-être du mal à le comprendre, mais ça veut dire qu'ils acceptent les compromis. Parlez-leur. »

Pris d'une légère nausée, Summerday avala sa salive, les yeux fixés sur le tapis décoré du grand sceau présidentiel. Monroe l'observait derrière son grand bureau présidentiel en pivotant doucement dans son grand fauteuil présidentiel.

« Pourquoi ai-je l'impression que tout compromis avec le Milieu tournera à mon détriment ?

— Parce que, au fond de vous-même, vous ne croyez pas au compromis, Michael. Vous êtes un extrémiste.

— Mais je suis un libéral ! Comment peut-on être libéral et extrémiste ?

— C'est tout de même quelque chose ! gloussa Monroe. Vous êtes tous pareils, vous ne comprendrez donc jamais qu'il n'y a rien de plus dangereux que quelqu'un qui tient absolument à conduire à cheval sur la ligne jaune ? »

23

« Bienvenue à tous. Au Global & Western Credit, la quatrième semaine de crise s'achève sans qu'aucune issue ne semble se dessiner ; notre émission aura pour thème aujourd'hui "Les otages dans les attaques de banque ayant dégénéré en fusillades avec la police, entraînant la mort de passants innocents". Jodah James, si je peux vous demander de venir nous rejoindre… Vous avez l'expérience de ce genre de crise et vous avez fait sept ans de prison pour vol à main armée… À votre avis, comment va évoluer la situation ?

— Eh bien, Lola, à mon avis, la police et les Feds vont subir des pressions énormes dans la résolution de ce conflit. Nous ne sommes plus qu'à huit jours des élections et Michael Summerday a absolument besoin de mettre un terme à ce siège. Si j'étais dans la banque, à l'heure qu'il est, je me préparerais à l'attaque.

— Comment ?

— Eh bien, Lola, je ne sais pas comment les mecs peuvent sortir de là entiers – ils ont contre eux la police, le Groupe d'intervention armée, les Équipes de sauvetage des otages, autant dire de l'artillerie lourde. Mais si j'étais à leur place, il me semble que j'irais chercher la clé de la situation du côté des petits mômes. Personnellement, j'exigerais un hélico longue portée sur le toit de l'immeuble – comme ça, les Équipes de sauvetage des otages sont privées de l'avantage de l'angle de tir dominant qu'ils ont quand on sort par la porte, vous voyez ? Ensuite, j'exigerais des sangles à bagages.

— Des sangles à bagages ?

— Ben oui. J'aurais besoin d'une protection, d'accord ? Alors il faudrait que je puisse me ficeler sur le corps deux ou trois petits orphelins. Je verrais bien trois enfants de taille moyenne, un devant pour me protéger la poitrine, un autre dans le dos, et un troisième sur les épaules pour qu'on ne vise pas ma tête. Ensuite, j'en prendrais deux grands que je ferais marcher devant moi, et deux autres derrière pour qu'on ne me tire pas dans les jambes, vous voyez, et ce serait eux qui porteraient le fric parce que moi je me coltine déjà soixante-quinze kilos de gamins, vous me suivez ? J'ai une arme de poing braquée sur la tête de mon gosse de poitrine et on oublie le fusil – s'il y a une fusillade, je suis mort de toute manière, donc je me contente d'une arme de poing légère et compacte qui suffira pour les otages.

— Donc, pour résumer, Jodah, ça fait trois enfants attachés à vous et quatre pour vous protéger les jambes, soit sept en tout.

— Oui, Lola, sept. Mais ça c'est le bouclier maximum, d'accord ? Le minimum, c'est toujours trois.

— J'allais justement dire… Nous avons six assaillants et vingt enfants ; si je sais compter, il manque des protections de jambes.

— Oui, en effet. Bon, vous savez, les adultes font aussi bien l'affaire, j'imagine. Mais ils ne sont pas transparents ; plus les boucliers sont petits, mieux ça vaut.

— Merci. Dans une minute je recevrai sur le plateau l'homme qui a tiré sur Jodah James dans une prise d'otages il y a cinq ans. Restez à l'antenne. »

À l'intérieur comme à l'extérieur de la banque, l'atmosphère était lugubre.

La crise durait mintenant depuis près d'un mois, et déjà l'information circulait que Lucas Berg dit Bobosse n'avait pu éviter le rachat du Global & Western Credit par World Wire Coathangers, une société pourtant plus petite. Sans perdre une minute, les nouveaux patrons avaient mis en place le programme de restructuration radicale qu'ils réservaient à la nouvelle société, signifiant leur renvoi à un bon tiers des employés du Global & Western.

Leur approche, adoptée sur les recommandations des conseillers de CN Placement, était d'infliger d'emblée la douleur maximale : en même temps que des centaines d'autres personnes aux quatre coins d'Atlantis, environ la moitié des otages reçurent donc par le sac postal qui leur parvenait tous les jours une lettre brève les informant que la banque n'avait plus besoin de leurs services. Parmi eux, George Bailey.

L'affaire souleva un tollé dans la presse, vu que Bailey était désormais un héros, mais, plus important, le prix de l'action s'envola.

À l'extérieur de la banque, l'humeur n'était pas au beau fixe non plus. Depuis un mois, la rumeur courait que le Bureau allait procéder à des licenciements sitôt la Rectopuce en place. Rien d'officiel encore, mais pas besoin d'être un génie pour entrevoir qu'une fois que l'ordinateur de Lockes surveillerait presque toute la population criminelle, cette vaste organisation deviendrait inutile ; le directeur du Bureau venait d'ailleurs de confirmer les pires soupçons en assurant qu'« il n'existait aucun programme de ce type pour l'instant ».

Ce qui, en lisant entre les lignes, signifiait simplement qu'ils n'avaient pas encore arrêté leur décision. S'il avait dit qu'aucun « projet » n'était prévu, ç'aurait été différent. Mais il avait dit « programme ». Donc, il y avait un projet.

Soudain, l'unique danger jusqu'alors épargné aux bons agents dressait sa tête hideuse et les regardait de ses yeux froids de tueur, plus terrifiant encore qu'un homme armé en chair et en os : le chômage. Comme ils avaient été naïfs, toutes ces années, de croire leur profession la seule à l'abri des cures d'amaigrissement sauvages qui frappaient périodiquement toutes les autres depuis vingt ans ! De nos jours, plus personne ne pouvait se vanter d'avoir un boulot à vie.

Naturellement, les plus âgés seraient les premiers virés. Le premier dégraissage ferait environ un millier de victimes – un démarrage plutôt en douceur, déguisé en départs à la retraite et en pertes naturelles. Les retraités ne seraient pas remplacés ; personne n'en souffrirait et le tollé serait atténué par les soupirs de soulagement des rescapés, soit une majorité. Mais le véritable objectif de cette première charrette serait d'accoutumer les esprits au principe de la réduction d'effectifs. Une fois le pas franchi mentalement, les coupes franches pourraient commencer.

Ensuite, un an plus tard environ, ce serait le tour des gens à cinq ou dix ans de la retraite. Peut-être même oserait-on étendre la tranche concernée à la génération de Pepsi, des types ayant la quarantaine. On leur offrirait des indemnités de départ anticipé, attrayantes mais pas de quoi se pâmer tout de même. La proposition serait facultative au début, puis progressivement obligatoire.

Suivrait ensuite une coupe sombre de cinq mille emplois d'un bloc – indemnités de départ, pas de fioritures, effet immédiat. Cela ne se ferait pas sans rencontrer une certaine opposition, mais on passerait en force en abattant la carte maîtresse, deux mille licenciements supplémentaires. Comparés à ces nouveaux cas, les cinq mille autres seraient bientôt oubliés, et la résistance tomberait à mesure que les salariés commenceraient à se préoccuper de leur petite personne et à assurer leurs arrières. Les plus jeunes se diraient que ce n'était pas le moment de faire la fine bouche, ils signeraient donc les nouveaux contrats avec clause de performance pour prouver qu'ils possédaient la motivation qui les hisserait un jour tout en haut.

Entre-temps, les types comme Pepsi seraient lâchés dans la nature, à la recherche d'un job requérant plus de vingt ans d'expérience dans les forces de l'ordre. Sauf qu'ils n'en trouveraient pas, parce que la police procéderait aux mêmes réductions de personnel. Idem dans les sociétés de sécurité privées. Impossibles à reconvertir, ils seraient nombreux à conclure qu'il restait un seul débouché pour leurs compétences.

Le crime.

Et ceux qui riraient les derniers seraient les dealers, les macs et les fraudeurs ; ils se dandineraient dans les rues en compagnie de leurs anciens ennemis, tous avec une balle de golf dans le derrière.

L'agent Pepsi était bien décidé à ne pas connaître ce sort-là. En vingt et un ans de service pour le Bureau, il ne s'était pas laissé corrompre une seule fois, il n'avait jamais acheté un renseignement ni traité avec un brigand. Il était aussi propre que son badge bien rangé dans son portefeuille, et il en était fier. Il était donc logique que bon nombre de ses collègues le haïssent, lui et sa moralité plus blanche qu'un dentifrice, mais il s'en moquait. Il pouvait se regarder dans la glace tous les matins avec la conscience tranquille, ce qui n'était pas donné à tout le monde. Il pouvait se répéter à l'envi que, quoi qu'il arrive, bien ou mal, il était, lui, du côté de la vérité, de la moralité et de la justice. C'était tout ce qu'il demandait. Et c'est pourquoi il ne s'était pas engagé dans la police.

Cela dit, il se faisait peu d'illusions sur son avenir en cas de licenciement. Malgré ses connaissances et son expérience, il irait rejoindre la cohorte des mineurs de fond dans un monde nucléaire. Un crétin de plus avec une femme et 2,4 enfants, sans salaire ni filet de sécurité.

Il reçut l'appel d'Andrew Fox comme il aurait reçu la grâce divine.

Pepsi ne demanda pas à Fox comment il avait eu son numéro personnel, ni su qu'il fallait l'appeler à onze heures du soir, une demi-heure exactement après son retour chez lui, le temps de se débarrasser de son arme, de prendre un verre et de se détendre, car il avait une idée de la réponse. L'argent commençait à se parer de nouveaux talents oratoires auprès des salariés du Bureau.

Fox était agent lui aussi. Agent littéraire.

Telle qu'il la lui présenta, la situation était simple : George Bailey était un héros, et, par nature, un héros a une histoire à raconter. À l'heure qu'il était, celle de George Bailey valait des ponts d'or – « 2 ou 3 millions de dollars minimum », avait promis Fox. Mais l'affaire devait être conclue sur-le-champ, à chaud, et tant que son prix couronnait les sommets. George Bailey n'était bien entendu pas en mesure de signer un contrat, mais il pouvait donner son accord verbal, enregistré sur bande et légalement valable, ce qui serait presque aussi bien.

C'est là qu'intervenait Pepsi.

Tout ce que Fox attendait de lui était d'user de sa position clé dans la prise d'otages et, du fait qu'il était le seul interlocuteur en contact régulier avec Bailey, pour convaincre celui-ci de laisser Fox vendre en son nom le livre – à lui remettre enregistré sur une bande vierge –, les droits cinéma et télévision. C'était on ne peut plus simple.

Pepsi émargerait à dix pour cent. Pour apport d'affaires, comme disait Fox. Et garanti. Même si Bailey se faisait tuer et ne touchait jamais sa part, Pepsi était sûr de toucher la sienne.

Ce n'était pas à proprement parler de la corruption, plutôt une légère entorse à la déontologie. Abus de biens gouvernementaux, conduite indigne d'un agent spécial, ce genre de choses. Pepsi n'était guère à l'aise, mais l'aubaine tombait à point nommé, et il se convainquit que Fox exprimait la volonté de Dieu. Pour le bien de sa famille.

Toute la matinée, il avait attendu, nerveux, l'occasion de parler à Bailey, mais il ne s'était jamais trouvé seul dans le fourgon. Sur le coup de midi, n'y tenant plus, il envoya l'agent Bukowski chercher des plats chinois. Le restaurant était à deux rues de là, ce qui lui laissait dix bonnes minutes pour conclure son affaire. Dès que Bukowski eut le dos tourné, il mit une nouvelle bande sur le moniteur de surveillance et appela la banque.

« World & Global Credit, répondit poliment la voix familière. George Bailey à votre service. »

Incroyable. Cet homme était otage depuis plus de trois semaines, et il restait égal à lui-même.

« George, je vous ai dit cent fois que les lignes téléphoniques ont été basculées. Si ça sonne, n'importe quel téléphone n'importe où dans la banque, c'est nous.

— Je le sais, agent Pepsi. J'essaie simplement de conserver une certaine normalité dans des circonstances éprouvantes.

— Comme vous voudrez, George. Si ça peut vous faire plaisir…, répondit-il un peu sèchement, la voix tendue. Bien… vous voulez une bonne nouvelle ?

— Non.

— Non ? Comment ça, non ?

— Non, le contraire de oui. Non comme dans "absolument pas". J'en ai jusque-là des bonnes nouvelles. Et même, s'il faut que j'entende une seule bonne nouvelle de plus, je vais me mettre à hurler, je le jure.

— George… ça va bien, ce matin ? »

Pepsi entendit un petit soupir au bout de la ligne.

« Vous n'êtes pas très réceptif à mon sens de l'humour, n'est-ce pas, agent Pepsi ? Vous n'avez jamais trouvé plutôt aberrante une question du style : "Vous voulez une bonne nouvelle ?" C'est vrai, si on y pense, c'est comme de demander : "Ça vous plaît, d'avoir des jambes ?" ou "Vous êtes pour ou contre le soleil ?"

— Je n'ai pas le temps de jouer à ça, George.

— Justement, pourquoi perdre du temps à poser des questions dont la réponse va inévitablement…

— Bailey !

— Agent Pepsi ? »

Le ton montait. Il y eut une pause tendue. *Échange de cartes professionnelles à O.-K. Corral.*

« On recommence. J'ai une bonne nouvelle pour vous, George.

— Ah… tant mieux.

— Oui, et encore mieux que mieux. Qu'est-ce que vous diriez si on vous apportait quelques millions sur un plateau ?

— Qu'est-ce que je dirais ? "Y en aura pas pour tout le monde", j'imagine. »

Pepsi soupira. Les effets de l'épreuve commençaient visiblement à se faire sentir. « Encore une de vos plaisanteries, George ? Vous voyez, je les repère. Des dollars, George ! Plusieurs millions de dollars. Ça vous plairait d'être riche ? »

Ah, enfin ! Au bout du fil, un silence de stupeur.

« Si ça me plairait d'être riche ? répéta Bailey à voix basse. Eh bien, ça dépend… Qu'est-ce qu'il faudrait que je fasse ?

— Rien. Simplement dire oui.

— Oui à quoi ?

— Oui à devenir riche. Oui à un certain M. Andrew Fox, agent littéraire très influent, à qui vous céderiez les droits sur l'histoire de George Bailey. C'est aussi simple que ça. »

George émit un long sifflement.

« Vous voulez dire un livre ? Une autobiographie ?

— Exactement Un livre, un film, une série télé, un T-shirt… ce que vous voudrez. Dites oui, et vous n'aurez plus à vous occuper de rien.

— Eh bien, j'aimerais beaucoup laisser à M. Andrew Fox, influent agent littéraire, le soin de vendre mes droits sur mon histoire, mais il y a un problème : je ne sais pas écrire, et même si je savais, je doute que j'aurais des choses suffisamment intéressantes à dire.

— Vous n'avez pas besoin d'écrire… ils vont vous trouver quelqu'un pour ça. Tout ce que vous avez à faire, c'est certifier le document comme étant l'histoire authentique de George Bailey. Quant à l'intérêt que vous susciterez, laissez-moi vous dire que le pays entier est suspendu à vos lèvres.

— Mais uniquement parce que je suis l'otage de deux bandes armées rivales.

— Oui, et alors ?

— Je ne vis pas de ça, agent Pepsi. J'ai bien peur qu'en apprenant ce que je fais depuis cinquante-sept ans les lecteurs soient plutôt déçus.

— Mais là n'est pas la question, George ! La seule chose qui compte, c'est que vous êtes un héros !

— Mais je n'ai rien fait d'héroïque.

— Écoutez, George. Vous vous êtes trouvé au bon endroit au bon moment. Ça suffit pour faire de vous un héros, d'accord ? Et ça vaut une somme à plusieurs zéros.

— Tiens donc, observa Bailey, songeur. Alors, comme ça, je suis un héros ? Et M. Andrew Fox veut me donner plusieurs millions de dollars pour un livre ! On pourrait l'appeler : *La Saga George Bailey : de zéro au héros plein de zéros.*

— Eh bien voilà, George ! Alors, vous êtes partant ? »

Le cœur battant à l'idée de la somme qu'il toucherait bientôt, Pepsi attendit le mot si précieux avec un sourire d'anticipation.

« Non. »

Le sourire de Pepsi resta figé sur ses lèvres.

« Non ? Comment ça, non ?

— Je croyais que nous nous étions compris, agent Pepsi… Quand je dis non, ça veut dire le contraire de oui. »

Le sourire de Pepsi était comme collé à la glu sur son visage, muscles tétanisés.

« C'est encore une de vos plaisanteries, n'est-ce pas, George ?

— Je ne dis pas oui.

— Et ça aussi, j'imagine ?

— Agent Pepsi… nous pourrions continuer ainsi toute la journée. La réponse est non. Je trouve qu'il serait mal de ma part d'accepter de l'argent en échange de mon histoire alors que ce n'est pas seulement mon histoire, mais aussi celle des autres personnes présentes ici avec moi ; et également, il faut le dire, alors que ce n'est même pas une histoire : on est dans la vie, là, pas au cinéma. »

Un engrenage se décoinça dans le visage de Pepsi, et son sourire s'effondra.

« George, c'est quoi votre problème ? Bien entendu que c'est la vie, et c'est pour ça que ça vaut tant d'argent !

— Parce que c'est la vie, parce que les gens courent un danger réel et souffrent vraiment… ça vaut de l'argent. Il y a quelque chose, là-dedans, qui me dérange profondément, agent Pepsi. Je ne crois pas avoir envie de participer à ce… business.

— Attendez une minute, George, l'apaisa Pepsi en jetant un coup d'œil inquiet à sa montre. Vous avez été durement éprouvé, vous subissez des pressions considérables ; il est donc parfaitement normal que vous n'ayez pas les idées très claires. Il n'y a aucun mal à se faire payer, les gens s'intéressent à une expérience que vous avez vécue… c'est parfaitement légal !

— Ce n'est pas parce que c'est légal que c'est moralement acceptable. Les lois sont faites pour protéger les biens des personnes, pas leur âme, agent Pepsi !

— On publie des autobiographies tous les jours… Alors, pour vous, tous ces gens sont immoraux ?

— Bien sûr que non. Un peu vaniteux, peut-être, mais mon cas serait différent. Je ne parlerais pas de ma vie mais du cauchemar que vivent tous les gens enfermés ici. Pourquoi me ferais-je payer une fortune, moi, et pas les autres ?

— Parce que tout le monde vous connaît. Vous êtes le héros du feuilleton.

— Je n'ai jamais demandé à l'être. Qui vous dit que ça me fait plaisir ?

— Dans ce cas, nom de Dieu, pourquoi faire tant d'histoires ? Si vous ne voulez pas être un héros, raison de plus pour empocher ce putain de fric… Vous vous contredisez !

— Pas du tout. Empocher cet argent serait immoral – comme vous venez de le reconnaître vous-même, d'ailleurs. Si l'héroïsme veut encore dire quelque chose, ça veut dire agir pour le bien.

— Tu parles ! Plus de nos jours. Pour un homme de votre âge, vous ne paraissez pas connaître grand-chose au monde, George.

— Et vous, pour un représentant de la loi, vous ne me paraissez pas connaître grand-chose à ce que devrait être le monde, agent Pepsi.

— Nom de Dieu, Bailey ! cria celui-ci, perdant patience. De toute ma vie, je n'ai jamais touché un pot-de-vin ni violé la moindre loi !

— Oui… et après ?

— George, ma parole, vous êtes tellement sur une autre planète qu'on pourrait se servir de vous pour lancer des signaux par satellite… Vous ne trouvez pas ça bien, d'arriver à faire régner la loi tout en la respectant ?

— C'est dans l'ordre des choses. Il n'y a pas de quoi se vanter.

— Eh bien, Dieu merci, la plupart des gens ne pensent pas comme vous, sinon je vous dis pas la motivation qu'il y aurait à être honnête ! »

Il entendit Bailey glousser doucement à l'autre bout du fil. « Vous avez sans doute raison. Je ne comprends pas comment le monde arrive à tourner rond.

— Croyez-moi sur parole, George : il tourne comme je vous dis qu'il tourne, et je vous dis aussi que personne ne refuse une offre sans conditions de plusieurs millions de dollars. C'est complètement nul !

— Tiens donc ? répondit Bailey, que la conversation amusait apparemment toujours. "Nul"… C'est drôle… c'est précisément ce que j'ai toujours été amené à penser que j'étais. »

Sur quoi, il raccrocha au nez d'un Pepsi atterré.

« C'est pas bon, ou quoi ? » demanda Bukowski.

Depuis un moment, Winston Pepsi jouait avec ses beignets de crevettes d'un air inconsolable, ce qui commençait à taper sur les nerfs du jeune policier. Le spectacle d'un homme continuant de porter ses baguettes à sa bouche bien qu'ayant lâché sa crevette à mi-chemin avait quelque chose de profondément irritant.

« Hein ? fit Pepsi en regardant fixement son magnétophone. Non, c'est délicieux. Pourquoi ?

— Pour savoir. Depuis quelques minutes, vous y allez un peu fort sur l'air frit.

— Ah bon ? répondit Pepsi d'une voix lointaine. Désolé. Vous en voulez ? »

Bukowski regarda la barquette en fronçant les sourcils.

« Vous ne m'écoutez pas, n'est-ce pas ?

— Non… »

L'esprit de Pepsi vagabondait à des lieues. C'était trop injuste. Il n'avait jamais choisi la facilité, jamais cédé à la tentation ni servi ses propres intérêts, et la seule fois où il se décidait à faire une toute petite entorse à la loi pour le bien de sa famille et de son avenir, il fallait qu'il traite avec un type complètement à l'ouest.

Parce que Bailey était cinglé. Comment pouvait-il cracher sur des millions de dollars au nom d'un principe aussi ridicule ? À tous les coups, il commençait à souffrir sérieusement de sa position de Chef des otages. Il était chômeur, nom de Dieu ! Cet argent, il en avait besoin. Il avait perdu la tête.

Visiblement, il faisait une dépression.

Cette explication était la logique même : la crise durait depuis quatre semaines, or Bailey était vieux, il n'arrivait pas à se faire au stress de la vie citadine. Dans son égarement, il devait mettre tous ses problèmes récents sur le dos du fric. L'amour de l'argent est la source de tout mal, avait-il dit.

Il était parti dans un trip mystique… Laissez venir à moi les petits enfants et tout ça. Quelque part, il avait complètement disjoncté.

Donc, s'il n'était plus responsable de ses actes, Pepsi allait se faire un devoir de penser pour lui. De prendre à sa charge le bien-être de Bailey.

Il était payé pour ça.

Rien de plus facile que de trafiquer la bande. Il suffisait d'une demi-heure devant un ordinateur pour couper toutes les lubies de George et produire une conversation normale, une conversation telle qu'elle aurait dû être, et aurait été si George n'était pas mentalement irresponsable. « J'aimerais beaucoup laisser à M. Andrew Fox, influent agent littéraire, le soin de vendre mes droits sur mon histoire. » Oui, il avait prononcé cette phrase, Pepsi s'en souvenait. Quant à « Je ne dis pas oui », il suffisait d'enlever deux mots.

C'était malhonnête. Criminel, même, au sens strict du terme, mais c'était un crime sans victime. Et il le ferait dans l'intérêt de George. Il trafiquerait la cassette, remettrait la version corrigée à Fox, et tout irait pour le mieux. Une fois la crise dénouée, George serait content d'avoir ses millions.

Et Pepsi aurait ses dix pour cent.

Il porta ses baguettes à sa bouche en souriant, et sentit quelque chose heurter ses lèvres. Il ouvrit la bouche plus grande et y déposa un beignet de crevette. C'était bon. C'était bien meilleur que toutes les bouchées précédentes. Il écarquilla les yeux, de surprise, en entendant Bukowski pousser un cri de triomphe.

« Bienvenue à tous pour une émission qui aura pour thème "Les victimes de syndromes inhabituels suite à une prise d'otages". J'ai avec moi sur ce plateau le Dr Frank Cornucopia, auteur du livre *Otages de l'amour*. Docteur Cornucopia… quand on est enfant et qu'on a été otage, qu'est-ce que la vie vous réserve ?

— Eh bien, Lola, c'est clair : plusieurs années de thérapie. Car j'imagine qu'il faudra des années pour que le traumatisme subi par ces jeunes personnes se manifeste par des symptômes identifiables. Vous savez, la psyché humaine met en place des mécanismes de défense extrêmement complexes, et je ne crois pas qu'un professionnel sérieux puisse prétendre savoir comment elle va réagir à une expérience telle qu'être retenu otage par des hommes armés pendant plusieurs semaines. Surtout lorsqu'il s'agit d'enfants, qui n'ont pas atteint leur maturité psychique.

— Mais si vous deviez absolument faire un pronostic ?

— Certains souffriront de crises d'angoisse graves et paralysantes dans les banques, ou même en voyant des portefeuilles, des cartes de crédit et autres objets liés à l'argent. Pour d'autres, ces mêmes objets seront intensément stimulants.

— Sexuellement parlant, j'imagine ?

— En termes profanes, oui. Le mot qui désigne ce syndrome est la fiscalonymphomanie ; elle est très répandue chez les femmes ayant eu très jeunes ce type d'expérience. Dans mon livre, je décris des cas de femmes traumatisées par une situation semblable à celle qui nous intéresse, par exemple, et qui ne pourront atteindre l'orgasme que sous la menace d'une arme, ou en mangeant de l'argent.

— En mangeant de l'argent ?

— Oui.

— Eh bien… dans une minute, je recevrai une femme qui trouve effectivement sa gratification sexuelle par ce moyen. Restez avec nous. »

24

Pour gagner son entrée à la conférence de presse donnée par l'équipage d'*Avalon* avant le lancement de la mission, Macauley Connor dut ravaler son orgueil et faire de la lèche auprès de tous les gens qu'il connaissait dans la profession, l'un après l'autre. Il dressa une liste de tous ceux qui étaient susceptibles de l'y faire admettre, même s'il s'était brouillé avec chacun d'eux. Ses relations avec eux illustraient le parcours de sa carrière, si prometteuse mais qui avait sombré peu à peu, entraînée au fond par sa fierté, à laquelle il s'accrochait obstinément. Il s'installa dans l'appartement de Rachel avec une bouteille de whisky et un verre qu'il posa sur la table à côté de lui, et passa sa matinée au téléphone. Il inscrivit les noms soigneusement, en ordre inverse de l'embarras qu'ils lui causaient, prit une profonde inspiration et composa son premier appel.

Pour une humiliation, c'en était une. Ces hommes, rédacteurs en chef de quotidiens à fort tirage, étaient durs et avaient leur franc-parler, mais il suffisait de les flatter pour qu'ils se conduisent avec toute l'arrogance d'une jolie collégienne. Culs comme des boules de bowling, lustrés et froids sous la langue. La plupart le laissaient s'abaisser devant, puis le rejetaient en lâchant un vent dédaigneux. D'autres promettaient avec hauteur de voir ce qu'ils pouvaient faire. S'ils avaient le temps.

Macauley mourait d'envie de les envoyer se faire foutre, mais le besoin l'emportait sur son amour-propre.

Quand midi sonna, il avait renoué tous ses contacts à grand renfort de ronds de jambe, reniant à peu près tous les principes professionnels auxquels il avait toujours tenu. Quand il repoussa sa liste maintenant couverte de ratures, de points d'interrogation et d'obscénités, il était exténué. D'une certaine manière, sa situation de pauvre type en quête d'une faveur était un soulagement, une sorte de rite de passage obligé avant de pouvoir prendre un nouveau départ dans la vie ; mais il était douloureusement conscient de n'avoir plus rien à espérer de son passé… à moins que l'un de ses points d'interrogation ne le recontacte.

C'est ce qui arriva.

Il avait de la chance : à une semaine seulement des élections, le journaliste de l'*Entropolis Daily Post* prévu pour couvrir la conférence de presse d'*Avalon* avait été déprogrammé et affecté à la bataille de Penny Summerday contre la leucémie. Macauley avait donc téléphoné pile au bon moment, et Kevin McNeil le rappelait pour lui confier le reportage. Il n'avait plus qu'à traverser le pays d'un océan à l'autre avant la conférence de presse, qui avait lieu le lendemain matin. Ce qui voulait dire prendre l'avion.

La seule compagnie aérienne qui reliait sans escale Petersburg à New Toulouse était une certaine EconoFly. Ce nom lui inspira des doutes quant aux compétences du personnel technique. Il eut une vision d'un mécano en salopette EconoFly, croulant sous le travail, frottant ses yeux ensommeillés en haut d'un escabeau tandis qu'il inspectait le fuselage et se demandait pourquoi il avait un câble dans la main alors que tout lui paraissait connecté.

Il imagina le chef debout sur le tarmac, lui criant : « Eh, Dwayne ! T'as fini ou quoi ? »

Il vit Dwayne soupirer en regardant son câble, conclure que ce devait être l'allume-cigare du pilote et le cacher sous un enchevêtrement d'autres câbles en criant à son tour : « On est prêt, on est prêt, patron ! »

D'un autre côté, se dit-il lorsqu'il décolla pour New Toulouse, les tarifs économiques d'EconoFly étaient peut-être dus à une gestion rigoureuse et efficace, et à la suppression d'extras tels que repas et boissons gratuites.

Une possibilité, également.

Il était l'un des derniers journalistes à se présenter à Star City. Il pénétra dans une salle de conférences déjà bondée et suffocante. Au fond, c'est-à-dire sur toute une moitié, on avait grimpé sur les chaises pour mieux voir, et Macauley eut l'horizon bouché par une forêt de caméras et de micros emmaillotés.

Les astronautes se firent attendre. Lorsqu'ils entrèrent, Macauley ne distingua que le sommet de leur crâne, qui disparut quand ils s'assirent à la table. Il n'avait pas pu repérer John Lockes.

À cause du retard, le type chargé des relations avec la presse commença tout de suite par les questions dans la salle, et Macauley se rendit compte qu'il disposait de peu de temps pour se placer de façon à voir le visage de Lockes. Il n'avait pas encore arrêté une ligne de conduite : d'un certain côté, il était prêt à se contenter de voir confirmer ses découvertes, histoire de conclure son enquête. Ce n'était plus une question d'argent, ni de vengeance ; il voulait simplement prouver qui était le plus malin.

Quelque part, il avait déjà décidé de laisser Lockes et Cardew s'en tirer.

Mais là, c'était son moi végétarien qui parlait, celui qui prenait de temps en temps des céréales au petit déjeuner. Le carnivore, lui, réclamait le plaisir de la curée. Il chercha une chaise, mais elles étaient toutes occupées. Du long parcours d'obstacles jusqu'aux rangs de devant, le premier à franchir était un mur de blousons bon marché jetés sur les dossiers des chaises.

Une journaliste prit la parole : « Vanessa Chong, Canal 5. J'aimerais demander à Josh Cloken quelles sont ses sensations, ses émotions, à la veille de son voyage spatial.

— C'est très excitant. Un rêve de petit garçon qui se… »

Macauley flaira le sang ; il sentait se réveiller ses instincts de prédateur. Sans plus réfléchir, il se mit à quatre pattes pour ne plus perdre une chance d'approcher sa proie.

Ce n'était pas gagné. Devant lui se dressait une armée de pieds de chaises, de trépieds, de sacs et de mollets, mais s'il avait le cran de se tortiller au travers, l'aventure valait d'être tentée. Il n'était pas venu jusqu'ici pour échouer si près du but.

Poussant son sac devant lui, il se mit à ramper. Le bruit de la conférence lui parvenait étouffé par le dôme de ventres et de fesses, et le peu qu'il entendait des voix des astronautes était brouillé par les craquements des chaises en plastique qui protestaient contre le poids de leurs occupants.

Il n'avait franchi que quelques mètres lorsqu'un méli-mélo de jambes l'obligea à se contorsionner sur sa gauche et à se faufiler dans une minuscule brèche un peu plus loin dans le rang. Là, il dut rouler sur le flanc et se glisser lentement dans l'ouverture par de petits tortillements de mille-pattes. Cela manquait certes de dignité, mais, à sa grande surprise, Macauley s'aperçut qu'il s'amusait comme un fou. Il avait beau ne plus posséder la taille ni la silhouette idéales pour ce genre d'exercice, comme le prouvait la sueur qui trempait sa chemise, l'enfant qu'il était resté au fond de lui prenait son pied.

« Quelle est votre position sur les ovnis, monsieur Cloken ? demandait un connard au moment où Macauley débouchait dans une clairière et pouvait se reposer quelques instants à plat dos.

— Ma position ? Au plafond, peut-être ? » vint la réponse, sèche, du tac au tac.

Au-dessus de sa tête, les silhouettes se détachaient sur un déchaînement stroboscopique de flashes : les photographes immortalisaient les rires de la foule. Lockes avait de la repartie – bien, bien, apprécia Macauley avec un sourire.

En se remettant à plat ventre, il sentit ses clés s'enfoncer dans sa hanche et serra les dents pour étouffer un cri. À partir de l'endroit où il se trouvait, il avait deux possibilités : un cheminement relativement aisé mais sinueux, le long de la rangée, puis passage par une brèche au bout et retour devant le premier rang ; ou alors le raccourci. Directement sous la chaise qui était devant lui. Il n'avait pas prévu cette manœuvre, mais il se dit que l'espace entre deux jambes n'était pas plus étroit qu'entre deux chaises ; il venait d'en faire l'expérience. De plus, s'il voulait atteindre sa destination avant la fin de la conférence, il s'agissait de se presser un peu.

Il poussa son sac entre les pieds de la chaise et, sur le côté, s'avança peu à peu par de petites poussées sur ses talons. Il se déplaçait laborieusement, comme un bébé qui commence à peine à marcher à quatre pattes, mais il avait tout juste la place de passer sans frôler les jambes. Il franchit un rang, puis un deuxième ; la voix de Cloken, qui répondait aux questions toutes plus puériles les unes que les autres, lui parvenait de plus en plus distinctement. Qu'est donc devenu le journalisme ? se demandait-il, lorsqu'il vit surgir devant lui le devant du podium et les pieds des astronautes. Il y en avait un qui agitait les jambes : si c'était son homme, il était moins calme que ne le laissaient paraître ses réponses pince-sans-rire.

En passant sous l'avant-dernière chaise, Macauley vit un gros sac de photographe descendre devant son nez. Il eut à peine le temps de glisser les mains dessous pour l'empêcher d'atterrir sur sa tête. Son propriétaire laissa tomber la bandoulière, et Macauley le posa doucement par terre en se dépêchant de filer avant que la main descende à son tour la repêcher.

Le type des relations publiques avertissait qu'il ne restait que quelques minutes pour deux ou trois questions. Macauley franchit la dernière chaise en poussant fiévreusement sur son talon et en agrippant le sol du bout des doigts pour progresser plus vite. Sa chemise lui collait au corps et il chassait régulièrement les gouttes de sueur qui perlaient au bout de son nez. Ses épaules émergeaient d'entre les dernières jambes quand on appela la dernière question. Il se remit sur ses pieds juste à temps pour crier, bras levé :

« Oui ! Macauley Connor, *Entropolis Daily Post*. J'ai une question pour Josh Cloken ! »

Le type en perdit son sourire. Bouche bée, il regardait ce gros journaliste en sueur et hirsute surgir comme un diable hors de sa boîte.

« Bon… euh, d'accord, monsieur Connor, et ce sera la dernière question. »

Macauley s'épongea le visage sur la manche de sa veste et se tourna vers les astronautes. S'il avait eu un doute sur l'identité de celui qu'il cherchait parmi les quatre types, ce doute aurait été aussitôt dissipé par l'air amusé et interrogateur de l'homme qui attendait la question.

Mais ce n'est pas à ce détail qu'il reconnut Lockes. Quand leurs yeux se rencontrèrent et qu'il ouvrit la bouche, l'air se bloqua dans sa gorge et il éructa un gargouillis de stupeur.

« Excusez-moi, monsieur Connor, pouvez-vous répéter votre question ? » demanda l'homme que Macauley connaissait sous le nom de Joel Schonk.

25

La rencontre entre Michael Summerday et M. Giuliano – on ne lui avait pas communiqué son prénom – eut lieu en plein air. Sur un parcours de golf, pour être précis. Ils n'avaient pas de caddies et ils se changèrent dans le vestiaire en présence l'un de l'autre, ce qui permit à chacun de s'assurer avec tact que l'autre n'avait pas le slip bardé de micros.

Dans un brouillard qui collait encore aux fairways et aux greens déserts, ils s'engagèrent sur le premier tee. Giuliano proposa à Summerday une gorgée de sa flasque pour se revigorer contre le froid. On était entre gentlemen.

Mais, s'il y avait encore des gens pour croire que le Milieu se composait de gangsters et de voyous formés à l'école de la rue dans les pires banlieues, ces gens-là vivaient probablement au fond des bois. Il flottait une vague réminiscence du vieux stéréotype de clans familiaux fermés, farouchement loyaux à leurs chefs et liés par une impitoyable loi du silence, mais la majorité voyait dans cette vision une nostalgie de l'époque plus simple où avaient fleuri ces charmants systèmes basés sur l'honneur.

En vérité, comme toute autre profession, le crime organisé était désormais confronté à la dureté et à la compétitivité de la mondialisation. Les puissants cartels asiatiques, slaves et latins concurrençaient les familles atlantiennes à l'étranger et sur leur propre territoire, les forçant à s'unir et à présenter un front solide si elles voulaient survivre. La dernière génération de parrains, comme on les appelait alors, avait enterré les rivalités du passé et entamé le processus de fusions et de rachats en comparaison duquel la Cosa Nostra d'antan n'était plus qu'un cher souvenir. De nos jours, les bandits signaient des contrats comme tout le monde.

Ils travaillaient pour CN Placement, une société mondiale introduite en Bourse. Bien que vivant encore de la drogue, de la prostitution et de la construction, CN se diversifiait vers des rackets plus lucratifs tels que la comptabilité et le juridique. Elle attirait nombre de boursicoteurs grâce à son programme à long terme bien défini, qu'elle appliquait avec toute l'intransigeance et la détermination qui caractérisaient par tradition la culture d'entreprise du Milieu, et parce qu'elle versait toujours des dividendes intéressants. Toujours. Quel qu'en soit le prix.

Si les profits de CN laissaient à désirer, on arrivait toujours à persuader d'autres sociétés de prêter les leurs en échange d'une protection. Les méthodes de CN n'étaient pas aussi barbares qu'autrefois, à l'époque où les rackets de protection se limitaient aux commerces et aux bars du coin, mais le principe du système était resté le même. Aujourd'hui, au lieu d'armer leurs casseurs de battes de base-ball et de les envoyer mettre à sac la boutique d'un épicier récalcitrant, ils faisaient un ou deux trous de golf avec une poignée de P-DG.

Le golf, avait entendu dire Michael Summerday, était un sport étonnamment dangereux.

« J'ai toujours dit que le secret d'un swing réside dans l'art de serrer les fesses, observa Giuliano, songeur, en regardant sa balle retomber en une courbe parfaite sur le sixième green et s'arrêter après quelques rebonds. Les pédés ne peuvent pas jouer au golf.

— Ah bon ? » répliqua Summerday en arrachant sa propre balle au tee.

Il ne comptait plus les remarques désobligeantes que Giuliano lui avait servies depuis le début de la partie. Au premier tee, il s'était félicité que le golf soit le dernier bastion blanc du sport atlantien. Au deuxième, ç'avait été que le secret d'un bon putt était d'imaginer que le trou était une chatte. Ce qui l'avait amené, au troisième, à expliquer que, pour trouver à coup sûr une bonne chatte, il suffisait de regarder le nez : les femmes à petit nez baisaient comme des planches, déclara Giuliano. Au quatrième, il avait révélé son côté métaphysique en se demandant si les femmes qui se faisaient refaire le nez perdaient du même coup leurs performances sexuelles ; au cinquième il affirmait que toute chirurgie plastique nuisait aux rapports sexuels. Et maintenant, les pédés ne pouvaient pas jouer au golf.

Summerday s'était cantonné à des réponses neutres, réticent qu'il était, de par sa sensibilité libérale, à accuser Giuliano d'être raciste, misogyne et homophobe. Il y avait un temps et un lieu pour chaque chose. Ils étaient ici pour parler affaires, pas pour discuter d'idéologie.

« Un peu, oui, poursuivit Giuliano tout en suivant, sourcils froncés, la balle de Summerday qui s'envolait vers les arbres. Un homme qui se fait mettre dans le troufignon n'a plus de force dans son chakra inférieur. Il ne peut pas concentrer son énergie sur sa balle avant le swing parce qu'il s'est fait pomper en mille morceaux. C'est pourquoi il n'y a pas de golfeurs pédés. On a de la veine, hein ? »

C'en était trop. Affaires ou pas, Summerday ne supportait plus d'écouter passivement ce genre d'insanités. « Je dois vous dire, annonça-t-il d'un ton raide, que certains de mes meilleurs amis sont golfeurs. »

Giuliano fronça les sourcils.

« Je veux dire pédés, précisa Summerday. Gays ! Écoutez, monsieur Giuliano, nous ne pourrions pas changer de sujet ? Nous sommes ici pour parler affaires. »

Le visage de Giuliano s'éclaira d'un grand sourire. Il lui donna une tape énergique dans le dos. « Mais c'est ce que nous faisons depuis tout à l'heure, monsieur Summerday ! Un ami commun m'avait averti que vous étiez un peu… que vous aviez des convictions solidement ancrées. Il fallait bien que je vérifie, n'est-ce pas ? Vous me paraissez plutôt souple, monsieur le vice-président ! Mais vous avez aussi vos limites. Ça me plaît. Je pense que nous pouvons travailler ensemble.

— Vous voulez dire que vous… tout ce discours macho…

C'était de la frime ? Vous ne croyez pas réellement que les gays ne peuvent pas jouer au golf ?

— J'y joue bien, moi ! »

Summerday cligna les paupières, le temps de laisser ses synapses établir les connexions et s'assurer qu'il avait correctement compris.

« Vous êtes gay ? Un gangster gay ?

— Nous préférons le terme de capitaliste alternatif. Et dites-moi, mon ami, qui est le plus macho de nous deux ? Pourquoi partez-vous tous du principe qu'un bandit est forcément hétéro ? C'est bizarre... Nous appartenons à un club strictement réservé aux hommes, loyauté, fraternité, secret... nous nous habillons avec un soin particulier, nom d'une pipe... et pourtant personne ne nous voit autrement qu'hétéros. Pourquoi ça ? Pourtant, nous n'essayons pas de nous cacher. Regardez le Massacre de la Saint-Valentin... typique de l'humour gay ! Est-ce qu'on trouve les gays trop sensibles pour briser quelques os ? C'est la faute de l'industrie du cinéma, aussi. Cette ville est le seul endroit de la planète où les rôles de gays n'existent pas, même pour les acteurs gays. »

Il contempla l'expression stupéfaite du vice-président avec un détachement amusé. Summerday ouvrait et refermait la bouche lentement, cherchant quelque chose à répondre. Plus il devenait corrompu, plus il se sentait innocent.

« Bon, monsieur Summerday. Vous vous présentez à une élection dans sept jours. En quoi pouvons-nous vous être utiles ? »

« Il faut que vous sachiez que CN n'accepte pas de contrats sur les têtes, monsieur Summerday, déclara Giuliano au dixième trou. Nous avons recentré nos compétences sur l'expertise en management. »

Summerday était dévasté. Il aurait dû s'en douter... tout le problème du monde moderne, c'était que plus personne ne voulait exécuter les sales boulots. Et le service, qu'était devenu le service ? Et l'amour du travail bien fait ? Non, de nos jours, tout le monde voulait être avocat ou cadre ou artiste, plus personne n'était

312

prêt à plonger le bras dans le siphon pour sortir le bouchon de graisse et de cheveux.

« Dans ces conditions, malheureusement, vous n'allez pas pouvoir m'aider, monsieur Giuliano.

— Euh, attendez… nous faisons des audits. »

Au dix-huitième trou, l'affaire était conclue.

L'audit de Bob Redwood devait être confié à l'un des meilleurs consultants de CN. Avec un gros calibre longue portée. Ils décidèrent de mener l'étude – qui serait exhaustive et pénétrante – lors d'un rallye de campagne prévu quatre jours plus tard. Le cortège Summerday-Redwood traverserait la ville en limousine décapotable, ce qui permettrait d'accéder au management de haut niveau à partir du toit d'un immeuble avoisinant.

Cela se passerait exactement comme pour Connolly, et donnerait à la campagne le grand frisson magique ; la facture pour la consultation totale était remarquablement abordable. En échange, Giuliano demandait simplement que CN ait accès à la base de données des criminels concernés par la Rectopuce dès que le système serait opérationnel.

« Pour une société telle que CN, monsieur Summerday, expliqua-t-il avec un clin d'œil après avoir rentré le putt décisif, les opportunités créées par la Rectopuce pour le marketing direct sont vraiment très enthousiasmantes. »

26

Deux jours plus tard, à la banque, l'atmosphère était d'un calme inhabituel. Les Crouneurs et leurs otages venaient de terminer un copieux déjeuner commandé Chez Goran, le meilleur restaurant franco-serbe de la ville ; aussitôt, les Saigneurs avaient voulu les surpasser en goûtant l'exceptionnelle cuisine de Mama Lama, sans doute le seul établissement au monde à proposer des pâtes tibétaines sur sa carte. Ventres rassasiés et papilles satisfaites, la plupart des otages faisaient la sieste ou digéraient en jouant tranquillement à des jeux de société.

Pour la énième fois, Ben Cage comptait l'argent des Saigneurs. Faire claquer les billets craquants entre ses doigts avant de les empiler en petits tas lui procurait un plaisir toujours renouvelé. Pour quelqu'un qui avait pris soin d'éviter les mathématiques pendant son bref flirt avec le système scolaire, il comptait avec une dextérité d'expert. Si, un jour, il décidait de quitter le secteur de la banque, il était sûr de trouver du travail dans un casino.

Une fois qu'il avait aligné toute la somme en rangs parfaits de dix piles de 10 000 dollars, il aimait la contempler un petit moment avant d'entasser les piles les unes sur les autres et de les remettre dans le sac. Cela le rendait heureux. Sa mère, elle, aimait faire le ménage dans l'église ; c'était de famille.

À sa manière, George Bailey avait lui aussi ses satisfactions. Sa situation d'otage avait quelques bons côtés, dont celui de lui laisser du temps libre pour rattraper ses lectures en retard.

« Hé, George ! lui cria Cage, devant son tas de billets.

— Ouuiii ? répliqua George d'une voix distraite, sans quitter sa page des yeux.

— Qu'est-ce que tu ferais, toi, si t'avais 1 210 723 dollars ?

— Je les mettrais sur un compte épargne à la banque. »

Cage fronça les sourcils, déçu par la banalité de la réponse. « Et c'est tout ? À la banque ? Quelle idée ! T'aurais pas envie d'en dépenser un peu ?

— Non, répondit George, qui essayait toujours de finir son paragraphe. Je déposerais le capital et je vivrais sur les intérêts. À quatre virgule neuf pour cent, ça me rapporterait environ 60 000 dollars par an ; c'est plus que ce qu'il me faut. »

Pas impressionné pour deux sous par l'idée que se faisait George de la grande vie, Cage poussa un grognement. Il retourna à sa contemplation, laissant George à sa lecture. Mais celui-ci n'était pas encore au bout de son paragraphe qu'une ombre s'abattait sur sa page.

« Eh, George », murmura Cage.

Il leva les yeux. Autant se rendre à l'évidence : inutile d'espérer avoir la paix si Cage était d'humeur bavarde.

« Ton histoire d'intérêts, hein ? chuchota-t-il sur un ton de conspirateur. Si je fais un dépôt, mon fric fabrique des petits à longueur de temps ?

— En effet, Ben.

— Donc, si par exemple je le mettais aujourd'hui… il aurait déjà gagné quelque chose demain ?

— En théorie.

— Et on serait plus riches que les Crouneurs ?

— Évidemment. » George fronça les sourcils quand il soupçonna ce que l'autre avait en tête.

Cage baissa les yeux sur son sac en souriant.

« Je veux ouvrir un compte ! » déclara-t-il.

Jusqu'à ce jour, l'agent Pepsi ne savait pas ce qu'était la peur. Il s'était fait des frayeurs assez souvent ; dans les quelques instants avant d'ouvrir le feu, par exemple, son cœur battait comme un fou au moment où, avec l'équipe de tireurs d'élite, il se mettait en position pour un raid. Mais c'était une peur contrôlable – les dangers étaient clairs et il existait des moyens également clairs de les minimiser. Il en faisait son affaire. Il était payé pour ça.

Mais là, c'était différent. Pour maîtriser la peur qu'il ressentait maintenant, il n'existait pas d'exercice d'entraînement, pas de protection corporelle ni de mots d'encouragement capables d'amortir le lent grignotement qu'elle infligeait aux nerfs.

Il n'aurait jamais cru qu'être riche, ce serait ça.

Au début, il avait ressenti une sorte d'extase lorsque Fox lui avait tendu son chèque de 400 000 dollars pour apport d'affaires sur *L'Histoire de George Bailey*, et il avait éprouvé un immense soulagement à l'idée de savoir son avenir assuré ; mais au bout de dix minutes, l'anxiété s'installait déjà.

Imaginons que Bailey campe sur ses positions quand il découvrirait le pot aux roses ? Qu'il refuse d'accepter l'argent en alléguant qu'il n'avait jamais donné son accord ?

Alors, la vérité éclaterait sur le rôle qu'avait joué Pepsi. Toute la vérité. Non seulement il avait profité de sa position et racolé pour le compte d'un agent littéraire, mais il n'avait même pas été capable de réussir son coup. Il serait la risée de tout le monde. Il serait renvoyé du Bureau sur-le-champ, sans indemnités, sans plan de retraite et sans espoir de retrouver du travail.

Tout ça parce que Bailey avait un sens de la morale développé jusqu'à l'absurde. Ce type était dément. Où cela le menait-il de prétendre qu'il était immoral d'exploiter sa situation d'otage ? Comment pouvait-on trouver moralement répréhensible que du négatif engendre du positif ? Voilà un type complètement nul – comme il l'avait dit lui-même – à qui un heureux hasard permettait de s'enrichir en exploitant simplement les événements, et qui osait remettre en question les us et coutumes atlantiens ! Pour qui se prenait-il ? C'était même carrément antipatriotique. Il n'y avait pas si longtemps, avec une attitude pareille, il aurait été soupçonné d'avoir des sympathies communistes. Ce grand pays avait été fondé sur le principe de liberté, que les gens normaux interprétaient comme synonyme d'argent ; donc, à moins que la moralité consiste à cracher sur la Constitution, Bailey était immoral.

Pepsi commençait à deviner que le petit sous-directeur n'était pas le type simple et honnête qu'il paraissait être. À sa manière, tout en subtilité, il était dangereux. Subversif. Cet élément anti-atlantien avait des opinions contraires aux principes fondateurs de la société.

C'était mal.

L'ironie voulait que, chaleureux et généreux comme l'était le peuple atlantien, il pouvait s'enticher d'un salopard brûleur de drapeaux tel que Bailey et le hisser au rang de héros national. Pepsi sentit une boule se former dans sa gorge à cette idée qu'Atlantis était prête à prendre n'importe qui par les épaules, à l'accueillir dans son giron. Et la plupart du temps ça marchait, parce que même les mauvais gars voulaient se montrer dignes de cet amour. Même le rebut du genre humain pouvait se montrer patriotique. Mais pas George Bailey. Il était trop aveuglé par sa vision tordue du monde pour se réconcilier avec les valeurs atlantiennes.

Pepsi eut le cœur brisé en songeant à la déception qu'éprouve-raient tous ces gens qui avaient fait de lui un héros quand ils apprendraient la vérité. N'y avait-il pas déjà assez de souffrances dans le monde sans qu'on soit obligé de leur annoncer que l'homme qu'ils admiraient tant s'employait secrètement à détruire leur société ?

D'ailleurs, plus il y pensait, plus Pepsi se rendait compte que cette affaire dépassait largement le livre ou ses dix pour cent. L'enjeu, c'était de protéger Atlantis contre les rebuts de l'humanité.

N'était-il pas payé pour ça ?

« Qu'est-ce que tu nous mijotes, George ? » demandait Luís Alvares une demi-heure plus tard. Il était de mauvaise humeur car il s'était fait piler par un gosse au Cluedo 2000.

« M. Cage vient d'ouvrir un compte au World & Global Credit, lui répondit George en souriant. Pour le moment, il y a dessus un 1 210 723 dollars. »

Alvares tourna vers Cage un regard lourd de suspicion. « C'est quoi l'embrouille, enfoiré ?

— Y a pas d'embrouille. Pendant que vous restez assis sur votre cul avec votre argent dans un sac, le nôtre va générer des intérêts. »

Alvares rit, incrédule. « Hé, il peut pas faire ça, hein, George ? C'est du fric volé, merde… Tu peux pas le déposer dans la banque où tu l'as piqué !

— Euh, je suis d'accord, la situation est un peu inhabituelle, Luís…, répondit George avec hésitation. Mais je n'ai pas vraiment l'avantage dans la discussion, n'est-ce pas ? Et puis, strictement parlant, ce n'est plus la même banque. »

Alvares les regarda tour à tour d'un air consterné.

« C'est pas juste !

— Eh, c'est pas ma faute si vous êtes trop cons pour pas faire travailler votre fric ! ricana Cage.

— Je ne vois pas ce qui vous empêche de faire la même chose, Luís, suggéra George pour apaiser les tensions.

— Et je vais pas m'en priver ! répliqua sèchement Alvares. Tu bouges pas, je vais chercher le fric.

— Holà, holà… on se calme ! dit Cage en l'attrapant par l'épaule. George et moi, on n'a pas terminé.

— Euh, si, Ben, c'est fait, intervint George. L'argent est sur le compte. Je peux m'occuper de M. Alvares, s'il le désire.

— Pas question, gronda Cage, qui pointa son arme sur George en murmurant : On n'a pas terminé, toi et moi, mon vieux. File-moi tout le fric !

— L'argent que vous venez de déposer ?

— Bien sûr que non ! Quelle idée ! Comme si j'allais me voler moi-même ! Allez, file-moi le cash… Je braque la banque.

— Mais c'est le même argent !

— Tu me prends pour un con, George ? Le fric qu'on a piqué la première fois est sur le compte, donc le liquide appartient de nouveau à la banque ! Allez, remplis-moi ce putain de sac ! »

George s'exécuta en soupirant.

« Hein, quoi ? lâcha Alvares. Kess-kess-kess tu baves, là, connard ? Maintenant t'as 2 millions de dollars et nous on n'en a qu'1 ?

— 2 421 446, trouduc.

— Et après ? Tu déposes le fric une seconde fois et tu rebraques tout de suite ?

— Eh ben oui. Pourquoi pas ?

— Parce que ça rime à rien !

— T'es jaloux, lâcha Cage avec un grognement de dédain. Dis-lui, George. Ça rime à quelque chose ou ça rime à rien ?

— Légalement parlant…, reconnut George d'un air penaud, tout dépôt en liquide devient la propriété de la banque dès qu'une somme équivalente a été créditée sur le compte du client.

— On s'en cogne ! hurla Alvares en agitant son fusil dans la direction de Cage. On fait pareil ! »

Cage plissa les paupières ; il braqua son pistolet sur le Latino. « T'as pas de compte ici, enfoiré ! siffla-t-il en appuyant le canon sur le ventre de l'autre.

— Je vais en ouvrir un !

— Faut un rendez-vous !

— Ah ouais, ah ouais ? Tu veux jouer au plus malin ? George, je veux un rendez-vous ! Tout de suite ! T'es libre ?

— Tu vois pas que George est occupé avec un client, connard ? Un client de la banque, pas une espèce de sale bronzé qui sort du ruisseau. Si tu veux prendre rendez-vous, tu te mets dans la queue, bordel !

— Quelle queue ? Toi ?

— Ouais !

— Oh, pardon, s'cusez-moi, m'sieur l'enculé ! »

Le bruit de la détonation fut amorti par le ventre de Cage. Les yeux exorbités, il lâcha dans un hoquet : « Sale con de macaque sans cervelle ! » et pointa aussitôt son arme sur la tête de l'autre pour illustrer concrètement cette dernière insulte.

Les deux hommes s'effondrèrent lourdement au sol, et leur tête heurta le marbre avec un gros *crac*. Horrifié, George vit quatre fusils braqués dans sa direction.

« Ces messieurs désirent faire un dépôt ? » murmura-t-il, la voix rauque.

27

Macauley ne resta pas pour assister au lancement d'*Avalon* depuis la tribune de la presse. Dommage, car voir décoller un vaisseau spatial avait toujours été un rêve d'enfant. Mais il faisait assez chaud à cette époque de l'année sans qu'il ait besoin d'avoir le feu aux joues, ce qui ne manquerait pas d'arriver s'il devait revoir les autres journalistes. Il avait donc pris le vol EconoFly du matin pour Petersburg, content de mettre toute la distance possible entre lui et l'humiliation de New Toulouse. Chaque fois qu'il y repensait, son estomac se contractait.

C'était peut-être pour cette raison qu'il éprouva une soudaine affection pour les hôtesses – elles étaient aimables et souriantes, et, surtout, elles ne le connaissaient ni d'Ève ni d'Adam. Il se sentit triste pour elles parce qu'elles étaient visiblement en fin de carrière, et obligées, telles les prostituées, de se contenter de compagnies de moins en moins saines à mesure que leur silhouette s'épaississait et que leur peau se ridait. Il trouvait un certain réconfort à se dire qu'elles avaient une grande expérience, mais l'expérience n'était pas la priorité numéro un de leurs employeurs. Utile, mais plus le CV est mince, plus les fesses sont fermes.

On l'avait placé au premier rang, avec les trois sièges pour lui tout seul. De l'autre côté de l'allée, deux hommes d'affaires étaient en grande conversation, à voix basse, de peur de laisser tomber dans des oreilles indiscrètes des renseignements sensibles sur la pâte de jambon reconstitué.

Ils n'avaient pas suivi la démonstration des gestes de sécurité en vol. Macauley en était agacé, car il considérait que si cette démonstration n'avait pas grand-chose à voir avec notre capacité à réagir en cas de crash – qui avait jamais entendu parler de survivants d'un crash ? –, en revanche elle avait beaucoup de points communs avec la religion vaudoue. L'hôtesse, qui tenait le masque à oxygène jaune vif par son petit tube en caoutchouc et gesticulait en direction des sorties de secours avec la véhémence d'un agent de la circulation, était en fait une grande prêtresse de la Chance en train d'exécuter la danse Pas de Crash. C'était un rite sacré, à suivre avec respect et humilité même si on y avait assisté cent fois.

Ces masques à oxygène avaient quelque chose qui le dérangeait, mais il était incapable de dire quoi. L'hôtesse paraissait se plier à la routine avec un certain ennui. Cela le tracassa, car il était sûr que la danse sacrée était d'autant plus efficace qu'on s'en acquittait avec sérieux. Mais au moins la performance était-elle réelle : la dernière fois qu'il avait pris l'avion, il avait découvert avec horreur qu'on avait remplacé la démonstration en chair et en os par une vidéo. Un blasphème, ni plus ni moins, comme de baptiser un bébé au Coca-Cola.

Pour une fois, le décollage fut un soulagement : fou de terreur, il ne pensa plus à la conférence de presse. Comme toujours, il fit semblant de lire son journal. Mais malgré son air nonchalant, ses yeux glissaient sur le même paragraphe sans arriver à lier les mots dans leur logique. Lorsqu'on eut pris de l'altitude, enfin, les phrases retrouvèrent leur sens.

Il leva des yeux rêveurs sur le signal *Défense de fumer* allumé au-dessus de son siège. Dans le passé, il attendait, paquet de cigarettes à la main, le *ding !* qui annonçait l'extinction du signal. Il se souvint combien cette simple bouffée de nicotine dans son sang l'aidait à le réconcilier avec le fait qu'il était à des kilomètres au-dessus du sol dans un cigare métallique de plusieurs centaines de tonnes, et apaisait son sens de la physique outrageusement bafoué. Maintenant, hélas, le signal ne s'éteignait jamais.

Étrangement, l'air de la cabine était plus sain du temps des fumeurs, parce qu'en permanence remplacé par de l'air extérieur. Désormais, les compagnies aériennes grignotaient quelques pour cent sur leur facture pétrolière en recyclant le même air, avec tous ses microbes. Cependant, Macauley soupçonnait que le véritable enjeu du fascisme antitabac n'était pas la santé mais la jalousie inconsciente : pourquoi certaines personnes devraient-elles jouir d'un passage sur Terre plus décontracté, plus facile, simplement pour avoir accepté la présence de goudron dans leurs poumons ?

Environ une demi-heure après le décollage, on leur servit un petit pain et une boisson – grosso modo, la sainte communion – et Macauley commença à se calmer, rassuré par le fait, bien connu, qu'on ne sert jamais des petits pains et des boissons dans un aéronef défectueux. De plus, statistiquement, la plupart des accidents survenaient dans les phases d'atterrissage et de décollage, ce qui lui laissait une espérance de vie d'encore trois heures environ. Mais, maintenant qu'il se détendait, ses souvenirs de la conférence de presse lui revinrent en bloc dans toute leur abomination. Il ferma les yeux en réentendant les rires de la veille, soudain si absorbé dans ses pensées qu'il ne remarqua même pas la petite secousse qui rompit le vol sans heurt de l'avion.

Tout d'abord, quand il s'était retrouvé face à face avec son propre employeur sous les traits de l'astro-touriste Josh Cloken, il n'était sorti de sa bouche qu'un gargouillis infâme.

« Pardon ? avait demandé Schonk, tout sourires. Je ne vous trouve pas très clair, monsieur Connor… »

L'esprit de Macauley avait calé. Carbu noyé, il avait eu beau titiller le contact, son tuyau d'échappement n'avait émis qu'un minable crachotement. Il sentait dans son dos les journalistes qui commençaient à ricaner, et il voyait les astronautes se mordre les lèvres pour ne pas rire. Finalement, l'étincelle s'était produite, permettant la combustion de l'air contenu dans ses poumons.

« Vous ! tonna-t-il. Vous… vous êtes… lui ? »

Et ce fut tout. Les digues lâchèrent et une vague d'hilarité déferla sur la salle, qui avait attendu si longtemps pour entendre une telle ânerie. Macauley se retourna et, les yeux fous, s'exclama :

« Ce n'est pas lui ! Comment pouvez-vous être sûrs que c'est lui ? »

Un nouveau raz de marée ébranla les murs. Cherchant toujours à ferrer une explication cohérente, Macauley sentit des larmes de honte lui picoter les yeux. Les seules personnes à ne pas rire étaient Schonk, alias Cloken, alias Lockes, alias qui d'autre encore, qui regardait avec une tendresse apitoyée le journaliste patauger, et la femme assise à côté de lui, dont les yeux couraient de l'un à l'autre, le sourcil froncé d'un pli vigilant.

« Monsieur Connor…, dit Schonk avec douceur au milieu du vacarme, vous me paraissez soulever des problèmes philosophiques fascinants, mais en un temps et un lieu tout à fait inopportuns. Nous avons un avion à prendre. » Sur un clin d'œil, il se leva et se dirigea vers la sortie, suivi par les autres cosmonautes.

« Terminé ! » déclara le type de la com, les mains en l'air.

Si les astronautes étaient sortis rapidement, l'assistance, elle, se dispersa en traînant les pieds. Les journalistes s'attardaient, et tout en essuyant leurs yeux embués par le rire, bavardaient en petits groupes, curieux de ce type bizarre qui suait sur place planté au pied du podium.

Macauley dut fuir sous la risée générale, et les quolibets lui tambourinèrent aux tympans jusqu'à son hôtel. Il trouva refuge au bar, où il avala trois whiskies à la file en attendant que les battements de son cœur se calment. Il ne comprenait plus rien. Plus il y pensait, plus les conséquences de cette découverte abracadabrante plongeaient les derniers mois de sa vie en plein chaos.

Schonk était Cloken était Lockes. L'homme qui avait acheté ses services pour écrire une biographie scandaleuse et sensationnelle était le sujet même de ce travail. Voilà pourquoi la photo de Lockes enfant l'avait frappé par son caractère étrangement familier, se dit-il, se justifiant aussitôt de ne pas avoir établi le rapprochement par le fait que sa propre logique répugnait à reconnaître quelque chose d'aussi monstrueux. Il avait mal aux neurones à force de se casser la tête sur la quadrature du cercle.

Il était clair que Schonk avait voulu qu'il découvre la vérité ; et, pour cela, il avait rejeté tous les premiers jets de son travail en lui disant d'approfondir ses recherches. Mais si Macauley était victime d'une machination, où commençait et où finissait le piège ? Schonk/Cloken/Lockes avait-il compté sur sa présence à la conférence de presse, ou le croyait-il englué dans une vie béate depuis son lavage de cerveau ? À moins que... cet épisode faisait-il lui aussi partie du plan, ou Cardew avait-il agi de sa propre initiative ? Et si Cardew était dans le coup, qui d'autre avec lui ? Le révérend Willis ? Delia ? Dan Welton ? Toutes les bribes d'information qui avaient jalonné son chemin ces dernières semaines y avaient-elles été semées soigneusement ?

Et puis merde, à la fin ! La véritable question était : pourquoi tout ça ? Qu'est-ce que Lockes pouvait sérieusement espérer y gagner ? Macauley avait-il été désigné pour jouer un rôle dans un vaste complot, ou était-il simplement la victime d'une absurde blague de potache ?

Au cours des heures suivantes, qu'il passa au bar, il tourna et retourna cent fois toutes les hypothèses dans sa tête sans aboutir à une explication. Chaque fois qu'il paraissait en épingler une, il repensait à un détail qui mettait tout le scénario par terre.

« Et moi qui croyais qu'il n'y avait que Dieu pour vous foutre dans un pétrin pareil », marmonna-t-il dans son huitième verre.

Dans sa poche, le téléphone sonna. C'était forcément Kevin McNeil de l'*Entropolis Daily Post* qui l'appelait pour savoir ce qu'il avait foutu de son article. Macauley fut tenté de ne pas répondre, mais il se dit qu'il ne pourrait pas se cacher éternellement ; donc, autant avouer son échec tout de suite. Il ne pouvait pas tomber plus bas.

« Macauley Connor, dit-il d'une voix pâteuse.

— Ah, heureux que vous sachiez encore qui vous êtes, Macauley, plaisanta une voix familière.

— Vous..., siffla-t-il, paupières plissées.

— Moi, lui... oui. J'ai voulu prendre de vos nouvelles une dernière fois avant le lancement, Macauley. Alors, ça va ?

— Ça va ? articula péniblement Macauley. Vous me demandez si ça va ? Vous plaisantez, je suppose ? Ça va droit à l'égout, voilà *où* ça va, en tout cas. Vous êtes content ?

— Tant que vous garderez votre sens de l'humour, vous

demeurerez un homme riche, Macauley. Croyez-moi, je sais de quoi je parle.

— Et votre propre sens de l'humour, il sera toujours aussi guilleret quand j'aurai publié *Les Vies secrètes de John Lockes*, espèce d'enfoiré ?

— Mmmm. Joli titre. Mais suis-je si différent de vous ou de n'importe qui ? On croit connaître quelqu'un, mais en fin de compte on découvre toujours une personnalité plus complexe, n'est-ce pas ? Plus on creuse, moins on la démêle, jusqu'au moment où on n'est même plus sûr de savoir qui on est. C'est pourquoi tous les psychiatres sont déments. Cet exemple illustre très bien la théorie du chaos : chaque fois qu'on a l'impression d'atteindre à la quintessence d'un être, on tombe sur une nouvelle pelure d'oignon. La biographie devrait se vendre au rayon des romans.

— C'était ça le but de la manœuvre ? Essayer de prouver que ce que je fais est inutile et trompeur ? »

Son tortionnaire l'apaisa d'un *tss-tss* condescendant. « Allons, voilà que vous recommencez ! Toujours en train de vouloir réduire les choses à une formule simpliste ! Le "but de la manœuvre" ? Vous ne m'écoutez donc pas, Macauley ? Je sais que vous ne croyez pas en Dieu, mon ami, mais j'ai l'impression que vous aimeriez bien usurper son rôle, non ?

— Ça vous va bien de prêcher la modestie.

— Vous ne croyez pas si bien dire. Nous sommes tous les deux coupables des mêmes fautes, mais il se trouve que je suis mieux placé que vous pour juger de ces fautes, mon ami.

— Cessez de m'appeler votre ami.

— Je n'y peux rien, moi, si vous me plaisez, Macauley ! Vous avez beau me voir comme un ennemi, moi, je vous considère comme un ami… Malheureusement pour vous, ça fait une chose de plus qui vous échappe. »

Macauley eut l'impression désagréable que tout ce qu'il disait collait mot pour mot à un script écrit à l'avance par son interlocuteur. Ses propres répliques avaient quelque chose de parfaitement pavlovien.

« Vous ne savez pas encore avec qui vous avez voulu jouer au con, Lockes. Je n'ai pas besoin de toutes les réponses pour publier les questions. Les gens vont apprendre des vérités peu reluisantes sur l'homme qui dirige Infologix. »

Lockes/Schonk émit un petit vrombissement dubitatif. « Publier ? Je vous rappelle que je suis votre éditeur, monsieur Connor. Vous avez signé un contrat.

— Et vous n'avez jamais eu l'intention de me publier, c'est ça ?

— Pas du tout, et je n'ai pas changé d'avis. Mais votre livre n'est pas terminé.

— Oh, que si. Je vais le diffuser sur Internet. Vous ne pouvez pas m'en empêcher.

— Naturellement, c'est une possibilité, dit Lockes en riant. Seulement, vous ne serez pas pris davantage au sérieux que les centaines de tristes dingues qui échangent des théories démentes par courrier électronique. C'est une excellente échappatoire, cette totale liberté de parole ; ça permet d'évacuer la vapeur. Le seul problème avec la totale liberté de parole, c'est que personne n'écoute. Il ne vous aura pas échappé que la censure bienveillante a ses avantages, Macauley. »

À propos d'échappée, il semblait à Macauley que, de quelque côté qu'il essaie de sauter, une barrière se dressait aussitôt devant lui. On l'enfermait avec beaucoup de talent dans sa petite prison conçue avec soin pour épouser parfaitement la forme de sa tête.

« Pourquoi faites-vous ceci ? Pourquoi me harceler ?

— Oh, désolé… J'avais l'impression que c'était vous qui me harceliez.

— La situation n'est pas comparable. Vous êtes riche et votre entreprise affecte la vie de tous les citoyens de notre pays. Cela fait de vous une cible légitime. Moi, je ne suis rien.

— Donc, si je vous comprends bien, le fait que vous avez une piètre opinion de vous-même vous donne le droit de m'attaquer ? C'est plutôt sympathique.

— Il faut bien que quelqu'un garde un œil sur les gens comme vous.

— Et qui garde un œil sur le gardien, Macauley ? Qui vous a choisi pour être ce gardien, et qui vérifie l'objectivité de ce que vous écrivez ? En votre temps, vous avez publié des horreurs sur moi, vous savez. Pas parce que je vous avais nui en quelque manière que ce soit, mais parce que ma simple existence vous est insupportable. Vos attaques ne sont pas et n'ont jamais été dirigées contre ma personne ou contre mes actes… mais contre vous et contre tout ce que vous méprisez secrètement en vous. Le monde est bourré de problèmes, la société gémit sous les injustices et la cruauté, et vous, vous choisissez d'ignorer tout cela et de consacrer votre talent à tirer à boulets rouges sur les gens dont le seul crime est de s'élever au-dessus des autres. Vous auriez pu choisir d'être constructif, mais vous êtes plutôt du genre à voir le verre toujours à moitié vide ! Vous râlez, vous rouspétez, et à la fin vous vous méprisez encore plus ; alors pouvez-vous honnêtement m'en vouloir d'avoir décidé de vous faire changer de point de vue ? »

Macauley bouillait de rage. Il haïssait d'autant plus son interlocuteur qu'il sentait qu'il n'avait pas tort.

« Et maintenant, qui se prend pour Dieu ? » cracha-t-il.

Il y eut un lourd silence.

« Eh bien… il semblerait que Dieu ne soit plus disposé à jouer son rôle, mon ami ; il faut donc bien que quelqu'un d'autre s'en charge, n'est-ce pas ? Il se trouve que je suis le mieux armé pour prendre sa place. Le temps viendra bientôt où vous comprendrez ce que j'essaie d'accomplir. En attendant, vous devriez réfléchir à ce que j'ai fait et vous demander si je suis réellement votre ennemi. J'espère que vous répondrez non, parce que, malgré tout, j'ai un grand respect pour votre intelligence. Et j'espère aussi qu'alors vous ferez entendre votre voix pour ma défense… Si je veux que ce soit vous, si je vous ai choisi, c'est précisément parce que jusqu'à présent vous m'avez considéré comme votre ennemi. C'est là tout le pourquoi de notre petit jeu. Je sers un but qui nous dépasse, vous comme moi. Vous vous en apercevrez bien assez tôt.

— Votre plan, vous pouvez vous le continuer tout seul. Je dis pouce.

— Malheureusement, vous n'avez pas le choix, Macauley. Tout le monde devra jouer. Tout le monde devra choisir son camp. Vous en savez plus long que n'importe qui sur mon compte, vous serez donc mieux placé que quiconque pour juger de mes motivations. En réalité, je vous ai fait un immense cadeau : vous allez être l'homme du moment !

— Qui vous dit que j'ai envie d'être l'homme du moment ? Les infos, la presse, les causeurs, je m'en moque. Un moment, c'est comme un bus : il y en a toujours un autre qui va arriver. Ou comme un hamburger.

— Notre cas est différent.

— C'est toujours différent ; c'est justement ça qui fait un moment, connard ! Il vient, il s'en va, rien ne change. On ne peut pas changer le monde. »

Lockes rit.

« C'est ce qu'on dit. Mais vous, vous pouvez. Le monde n'est pas si mystérieux que cela. L'erreur que nous commettons tous est d'en appeler à la raison. Mais les gens savent rarement quelle est la meilleure voie et, quand ils le savent, il leur manque le courage de la suivre. C'est seulement en touchant le cœur des hommes que vous pourrez changer quelque chose, ne serait-ce que temporairement. Il paraît que le mieux, c'est encore de parler au ventre. »

Au lieu de répondre du tac au tac, comme il allait le faire, Macauley prit le temps de réfléchir : Lockes l'avait perdu dans les méandres de son argumentation. Il se frotta les yeux en soupirant. « Je ne comprends rien à ce que vous me racontez.

— Vous n'avez qu'à trouver tout seul. Vous avez tous les ingrédients. Il suffit de les cuisiner et de les digérer, Macauley. » Il eut un rire bref et triste. « Il faut que j'y aille, mon ami. Un avion à prendre. »

Il marqua une pause, hésitant sur la manière de conclure la conversation.

« Si nous ne nous revoyons pas, Macauley… j'ai passé d'excellents moments, et je vous adresse mes meilleurs vœux pour l'avenir. Un conseil, prenez soin de ceux qui vous sont chers, et laissez Dieu prendre soin des autres.

— Vous venez de me dire que Dieu ne fait plus son boulot.

— Oui… mais je l'attends d'un jour à l'autre ; il devrait reprendre le collier sous peu. »

Il raccrocha, laissant Macauley guère plus avancé qu'avant le coup de fil.

Macauley se rendit compte que l'avion avait un problème quand il vit une hôtesse passer dans l'allée en courant et jeter par terre son plateau de gobelets usagés dans un mouvement qui ressemblait fort à un geste de panique. Il était tellement absorbé dans ses pensées que, pour une fois, il oublia d'avoir peur ; c'est donc avec curiosité qu'il la regarda ouvrir un compartiment à bagages et fourrager fiévreusement à l'intérieur. Lorsqu'une deuxième hôtesse la rejoignit après avoir elle aussi balancé son plateau, il se dit que l'un des passagers avait eu un malaise et qu'elles cherchaient la trousse de secours. Il imagina même, sur EconoFly, l'objet réduit au strict minimum et contenant en tout et pour tout un tube d'aspirine. Mais lorsqu'elles s'écartèrent du placard, il s'aperçut qu'elles portaient chacune un masque relié à une petite bouteille d'oxygène.

C'était mauvais signe.

Il essayait toujours de digérer cette information quand un gros bruit sourd résonna dans la cabine. Soudain, tout se mit à tomber. Les gens laissèrent tomber ce qu'ils faisaient, et regardèrent les trappes de plastique tomber pour laisser tomber les masques. L'avion lui-même, pris dans cette contre-culture soudaine, suivit la mode en tombant littéralement dans le ciel.

« Mesdames et messieurs, dit l'une des hôtesses dans le micro, veuillez placer les masques à oxygène sur votre visage, attacher l'élastique sur votre nuque et respirer normalement. Les parents ne doivent s'occuper de leurs enfants qu'une fois leur propre masque en place. »

Pas un cri, pas un gémissement. Un silence irréel planait dans la cabine, sans doute parce que l'appareil n'était pas parti en vrille. Mais on n'était pas non plus tombé dans un trou d'air : l'avion ne chutait pas, il perdait simplement très vite sa supériorité sur les fers à repasser.

Toutes les fibres de son être hérissées d'épouvante, Macauley tendit la main vers son masque et suivit les instructions, tirant fermement sur le tube de plastique comme on le lui avait toujours indiqué dans la danse vaudoue. Deux battements de cœur plus tard, en regardant l'enchevêtrement de tuyaux qui avait atterri sur ses genoux, Macauley dut se rendre à l'évidence : soit il avait mal compris le sens du mot « fermement », soit c'était Dwayne, le mécano, qui avait vérifié le matériel de secours.

Comme il allait s'emparer d'un autre masque, une hôtesse vint s'asseoir à côté de lui et boucla sa ceinture en plaquant sa bouteille d'oxygène sur sa bouche. Macauley leva sur elle un regard interrogateur, qu'elle lui rendit.

Il sut alors que c'était le crash assuré.

Le crash. À sa grande surprise, il se rendit compte qu'il avait déjà accepté la vérité nue de la catastrophe imminente et de sa propre mort. Chaque muscle de son corps était imbibé d'adrénaline et criait à la vie, mais pourtant il n'avait pas peur de la mort. Elle serait rapide et si violente qu'il ne souffrirait pas. Bizarrement, cela paraissait tout simple : la Grande Faucheuse avait pris place sur le siège à côté de lui en hochant la tête avec un petit sourire de bienvenue.

Et sa compagnie était acceptable. Elle n'était pas laide, elle ne sentait pas mauvais. Elle ne prenait pas toute la place sur les accoudoirs et n'avait pas un Walkman sur les oreilles. Elle avait envie d'entamer la conversation, mais attendrait que Macauley parle le premier.

Ce n'était pas du tout ce qu'il s'était attendu à ressentir une fois son heure venue. Surtout dans un crash. Au lieu de succomber à l'hystérie, il réfléchit calmement à sa vie, qu'il jugea dans l'ensemble intéressante et plutôt agréable. Il n'avait pas envie qu'elle s'arrête, il aurait même payé n'importe quel prix pour en jouir un jour de plus, le temps de dire adieu à Rachel. Pourtant, au fond de lui-même, il acceptait que ce soit la fin comme il acceptait qu'un feu de circulation passe au rouge.

Une seule chose le tracassait. Les masques à oxygène.

Ils n'avaient pas la bonne forme.

Ronds au lieu d'être triangulaires.

Des masques à oxygène pour des gens sans nez, en somme.

Il avait beau s'efforcer de l'appliquer contre ses joues, le caoutchouc mince se tordait en forme de huit et se décollait de sa peau de chaque côté de son nez et de son menton. Même en s'y employant à deux mains, il n'arrivait pas à le faire adhérer correctement.

Il jeta alors un coup d'œil aux deux hommes d'affaires, qui commençaient à entrevoir l'existence de réalités plus importantes que la pâte de jambon reconstitué, et comprit le détail qui ôtait toute dignité à la mort qui les attendait. C'était sans importance, puisqu'ils seraient tous morts, mais l'idée des équipes de secours les découvrant tous déguisés avec ces ridicules et inutiles petites capotes de caoutchouc le dérangeait. À voir la tête des deux magnats de la cuisse de cochon avec leur masque jaune vif sur le pif, il imaginait sans peine l'allure qu'il avait lui-même.

Donc, c'était ainsi que tout finissait.

Macauley Connor, déjà trompé et humilié par la vie, allait maintenant mourir en ressemblant à Donald Duck qui se serait fait refaire le nez.

28

Le commandement final qui devait régler la crise du World & Global Credit revenait au procureur Tom Hagen. Il n'aimait pas cet aspect de son travail. La décision d'envoyer l'Équipe de sauvetage des otages sur les lieux et, en cas de cafouillage, la responsabilité de la mort d'innocents – d'enfants innocents, d'orphelins – reposaient sur ses seules épaules.

Ç'aurait pu être pire, bien sûr. Mais pas de beaucoup. Le dalaï-lama aurait pu se trouver dans la banque au moment du braquage.

Ou Bambi.

Sous une pression grandissante, il se sentait poussé à une action décisive. Inutile de se raconter que garder son calme et laisser les négociateurs faire leur boulot était une action décisive ; dans ce contexte, le mot prenait une tout autre signification. Il voulait dire « spectaculaire ».

S'il n'avait tenu qu'à lui seul, hors contexte, Tom Hagen aurait compté sur sa puissance de feu. Mais à trois jours des élections, on lui avait clairement fait comprendre – maintenant que les révélations de Susan Summerday sur son héroïque bataille contre l'alcoolisme avaient permis à son mari de grignoter les points perdus et de talonner Jack Douglas – qu'il devrait impérativement mettre un terme au siège de la banque s'il voulait garder son boulot dans le gouvernement Summerday. Il fallait tenir compte de l'opinion, et l'opinion commençait à manifester des signes d'impatience et d'ennui. Pour ne rien arranger, la presse ne trouvait plus rien de sensé à dire et se scandalisait à présent du grand train que les hommes armés menaient à l'intérieur de l'établissement. Certes, les choses avaient légèrement dérapé à ce niveau, mais la situation était faussée par la cohabitation des deux gangs rivaux : si l'un des deux choisissait un millésime 1970 sur la carte des vins, l'autre exigeait aussitôt un 1969.

Au bout de quatre semaines de négociations, on était un peu à court d'idées pour marquer sa supériorité.

Mais il y avait à cela un aspect positif : jamais les victimes n'avaient été aussi bien traitées dans toute l'histoire des prises d'otages. Le grand magasin Darcy avait fourni matelas, draps et couvertures. Tous les jours, des vêtements propres revenaient du pressing. Serviettes, savons et produits de toilette divers étaient dispensés à volonté. Pour les repas, les meilleurs restaurants du quartier livraient des plats choisis sur des menus faxés chaque matin à la banque. Chacune des deux parties avait contribué à monter une bibliothèque et une collection de vidéos pour occuper les adultes ; quant aux enfants, ils étaient inondés de bandes dessinées et de jouets commandés sur catalogue auprès des plus grands magasins de la ville. La rumeur courait même qu'on avait rivalisé d'inventivité pour fêter le premier mois de détention.

D'un autre côté, aucun des deux gangs n'était prêt à quitter la banque s'il n'avait pas obtenu plus que son rival. Chacun était bien décidé à prendre l'avantage sur l'autre, ce qui rendait impossible la satisfaction simultanée des deux séries de revendications. Mais plus la crise durait, moins ils semblaient avoir envie de terminer le siège.

Finalement, il n'y avait pas à se plaindre de la vie à la banque.

Mais tout le monde savait, et Tom Hagen mieux encore que quiconque, que la situation ne pouvait durer davantage. De plus en plus isolé au sein du gouvernement et face à l'opinion, il perdait peu à peu sa sérénité. Il avait espéré que les hommes de terrain arriveraient à un consensus sur la manière d'aborder la crise, mais il les trouva plus divisés que jamais, négociateurs d'un côté et hommes d'action de l'autre. De plus, ils exprimaient leurs opinions avec la conviction passionnée des gens déterminés à ouvrir le parapluie au cas où, par leur faute, l'affrontement se terminerait dans un bain de sang.

Tous les jours, il les convoquait en réunion, et tous les jours c'était le même scénario. Les négociateurs, sous la houlette de l'agent Pepsi, restaient fermement convaincus qu'avec le temps et la patience on parviendrait à un accord, mais le coût financier s'alourdissait d'heure en heure, à mesure que se dégradait leur image. La ville était déjà attaquée en justice par des dizaines d'entreprises voisines pour le manque à gagner que leur imposait le périmètre de sécurité instauré autour de la banque, et on commençait à chuchoter que les familles des otages intentaient une action collective et réclamaient des millions de dollars en réparation de l'angoisse et du traumatisme causés par l'inaction du gouvernement. De l'autre côté, il y avait les équipes de sauvetage, qui avaient proposé une série d'interventions. Ces projets de libération des victimes avaient un point commun et un seul : aucun ne pouvait garantir combien d'otages s'en sortiraient vivants.

Tom Hagen essaya de garder présent à l'esprit que s'il était devenu procureur, ce n'était pas pour, un jour, avoir le pouvoir d'ordonner un massacre. Il avait voulu améliorer la société, aider les moins bien armés à se défendre eux-mêmes.

Bizarre, tout de même, comme l'éventail des choix se restreint à mesure que croît le pouvoir.

George Bailey regarda l'AK-48 qu'il tenait dans ses mains innocentes en se demandant s'il avait l'étoffe d'un héros, et si l'héroïsme c'était ça.

Tout avait changé depuis que Cage et Alvares s'étaient entre-tués, et il n'était plus sûr de savoir ce qu'il faisait. Avant la mort de ces deux malheureux, il avait eu l'impression d'être dans la bonne voie : il avait établi une relation de confiance avec ses geôliers, contribuant à préserver le sang-froid général et la sécurité des otages. En quatre semaines, il avait résolu un nombre incalculable de conflits, apaisé toutes les tensions. Ce n'était ni spectaculaire ni héroïque, mais au moins il était dans son élément.

Et puis tout s'était effondré avec cet échange de coups de feu. La situation s'était aggravée selon une courbe exponentielle au cours des heures suivantes et maintenant, près de vingt-quatre heures plus tard, c'était lui qui tenait un fusil.

« Ces messieurs désirent faire un dépôt ? »

Quatre canons et quatre regards inquiets s'agitaient au-dessus des cadavres. Il aurait suffi que l'un d'eux tousse pour faire pleuvoir les pruneaux. À un moment, on aurait juré que Martínez était sur le point d'abattre Jones, Jones d'abattre López, López Day et Day Martínez. Ensuite, tout le monde avait tiqué dans l'autre sens, en séquence inverse. Et puis encore en sens inverse, tel un gyroscope fou.

C'était ce qui avait poussé George à prononcer cette phrase incongrue au premier abord. Dans la chaleur de l'instant, il avait parié qu'ils avaient besoin d'une douche froide métaphorique : « Ces messieurs désirent faire un dépôt ? »

Tous les canons s'étaient braqués sur lui.

« Des titres ? suggéra-t-il. Un compte courant ? »

Et les yeux couraient dans tous les sens, mais les canons ne bougeaient plus. Le lien s'était rompu.

« Je pense à vos familles, moi, vous savez. L'instinct du banquier. Vous avez tout le temps nécessaire pour vous entre-tuer, mais avant de passer aux représailles, ne devriez-vous pas avoir une pensée pour vos êtres chers ? Par exemple, avez-vous une assurance obsèques ? Je ne sais pas si vous vous en rendez compte, mais des obsèques peuvent grever très lourdement un budget pour qui veut rendre à son cher disparu un dernier hommage digne de ce nom. »

Il essayait de noyer le poisson, le but de la manœuvre étant de parler le temps que s'évacue le surplus d'adrénaline qui risquait de les faire tous basculer. Il tenta de convaincre López.

« Tenez, vous, par exemple, Julio. Vous avez une fillette en bas âge, je crois ? Bon, elle a besoin de chaussures neuves tous les quoi, deux ou trois mois ? Et ça ne fait que commencer. Il y aura bientôt les livres de classe, les jouets, les vélos… Il faut de l'argent pour tout ça. Avec un compte dépôt à terme à intérêts fixes qui vous verserait des dividendes sur un compte courant associé, votre femme peut assurer toutes ces dépenses pendant les années qui viennent sans même toucher au capital qui, je vous le rappelle, a été volé et que vous détenez donc illégalement. Réfléchissez-y. Vous allez me dire que vous êtes occupé et que vous avez autre chose à faire que de remplir des formulaires, mais imaginons la chose suivante : vous me confiez votre arme pour que je vous couvre pendant une demi-heure, et ensuite je fais la même chose pour chacun d'entre vous, messieurs. Qui tire sur qui ne me regarde pas, mais ne pouvons-nous pas au moins assurer vos arrières financiers avant que l'un de vous aille rejoindre ces pauvres Ben et Luís ? »

Un silence religieux s'abattit sur la banque : on réfléchissait aux conséquences financières de la situation.

« Vous allez me dire que je suis vieux jeu, messieurs, les pressat-il enfin, mais ne devriez-vous pas commencer à prendre vos responsabilités un peu plus au sérieux ? »

C'est ainsi que George fut amené à toucher une arme à feu pour la première fois de sa vie.

López n'alla pas jusqu'à lui confier la sienne, qu'il préféra porter en bandoulière pendant qu'il remplissait les formulaires d'ouverture de compte. Mais il lui donna l'AK-48 ensanglanté de Luís Alvares en lui montrant quelle position adopter pour amortir le recul, comment le tenir de manière à soulager ses bras d'une partie du poids sur la bandoulière, comment tirer en arrosant pour être sûr de toucher Sonny Day en cas de nécessité. Tout cela avec le bagout d'un vendeur de voitures.

Au début, George trouva le contact de l'arme glacial ; l'effleurement de son doigt sur le petit levier dispensateur de mort, là, en dessous, le mettait très mal à l'aise. Et pourtant la machine était si raffinée dans sa conception, si parfaitement ergonomique que même lui se sentit faire corps avec elle. Quand il la reposait pour s'acquitter de sa part de paperasse avec chacun de ses nouveaux clients, il la reprenait chaque fois plus facilement en main.

Bientôt, une certaine excitation accompagna la sensation du poids de l'arme sur son épaule vieillissante. Et une fois les formulaires remplis, il ne la posa pas tout de suite. D'ailleurs, personne ne le lui avait demandé.

Les événements avaient pris une tournure bizarre : aucun des hommes armés ne trouvait illogique que l'un de leurs otages ait lui aussi une arme. Une complicité tacite avait établi une confiance plus grande entre lui et chacune des parties rivales qu'entre les deux gangs. George était foncièrement bon. On pouvait compter sur lui pour arbitrer la situation ; en tant qu'élément neutre, il soutiendrait automatiquement la victime contre son agresseur si jamais une des deux parties faisait mine de rompre le fragile cessez-le-feu. Celui qui s'aviserait de tirer le premier était sûr de se mettre tout le monde à dos.

C'était un arrangement pour le moins inhabituel, mais vital si on ne voulait pas passer les nuits sans fermer l'œil. De chaque côté, l'un pouvait dormir pendant que l'autre montait la garde.

Cela marcha à merveille, jusqu'au moment où l'épuisement nerveux eut raison d'eux et où le sommeil les terrassa tous les quatre.

George Bailey, ainsi abandonné à la contemplation de son AK-48, se demandait s'il avait les tripes de tuer quatre hommes.

« Laissez-moi deviner, messieurs, dit Tom Hagen en entrant dans son bureau le lendemain matin : agent Pepsi, il n'y a pas eu d'avancées significatives dans les négociations, mais vous continuez de consoler les relations de confiance établies avec ces enfants de salauds. Et vous, lieutenant Schwarzkopf, vous attendez le feu vert pour envoyer un petit commando dans le bâtiment par les gaines de plomberie, en les faisant ressortir par la cuvette des toilettes ; de là, ils lanceront une attaque surprise et pestilentielle sur les braqueurs. Je ne dois pas me tromper de beaucoup ? »

Pepsi et Schwarzkopf s'agitèrent sur leur siège, mal à l'aise. Durant les vingt minutes où ils avaient attendu le procureur, ils avaient entretenu des relations d'une politesse exemplaire, vu qu'ils ne s'étaient pas adressé la parole. Et ils ne semblaient pas disposés à rompre cette trêve.

« Je me demande vraiment pourquoi je me donne la peine de

convoquer ces réunions, soupira Hagen. Je suis fatigué d'entendre toujours la même chose. Pas vous ? Vous n'avez donc pas envie de tenter quelque chose de nouveau avant qu'Alzheimer nous rende tous gagas ? »

Pepsi s'éclaircit la voix et ouvrit la bouche, mais il se ravisa en jetant un coup d'œil à son voisin. Schwarzkopf haussa un sourcil, signalant qu'il était prêt à rompre le traité.

« Alors, Pepsi ? » s'impatienta Hagen.

De nouveau, Pepsi se racla la gorge, et se lança : « Personnellement, mon opinion serait qu'il y aurait peut-être… une base raisonnable sur laquelle envisager une forme d'engagement alternatif comme stratégie viable au sein du contexte actuel des opérations… monsieur. »

Hagen le dévisagea froidement. « Hein ?

— Je suis d'opinion qu'il existe peut-être une base raisonnable de…

— Fermez-la ! aboya Hagen. Où est-ce que vous avez appris à parler ? Ce genre de charabia, c'est bon pour les tribunaux mais ça ne marche pas avec moi. Vous avez bien dit ce que j'ai cru entendre ? Que vous avez changé d'avis ? »

Après des semaines d'impasse, c'était trop beau pour être vrai, mais il était pourtant sûr que Pepsi parlait de mettre fin aux négociations.

« Dans les circonstances opérationnelles actuelles. »

Le procureur fronça les sourcils. Toute conversation avec des policiers était par essence laborieuse, mais c'était pis quand ils avaient quelque chose d'important à dire. Plus on tentait de les presser, plus leur langage devenait confus et pompeux.

« Vous voulez dire aujourd'hui ? Pourquoi aujourd'hui ? »

Pepsi prit un air peiné ; du coin de l'œil, il épia la réaction de Schwarzkopf. Le lieutenant faisait des efforts surhumains pour rester calme et écouter Pepsi jusqu'au bout.

« Certains facteurs éventuels requérant notre considération ont été portés à mon attention concernant l'individu sur qui notre stratégie de négociation s'est appuyée jusqu'au moment présent.

— Pourquoi ? Quel est le problème avec Bailey ?

— Bailey… c'est-à-dire, l'individu en question n'est peut-être

339

pas… » Pepsi s'agita sur son siège, qui lui était devenu tout à coup inconfortable. « … unidirectionnel dans ses motivations.

— Unidirectionnel dans ses motivations…, répéta Hagen, pour qui le baragouin de Pepsi devenait de plus en plus opaque. Unidirectionnel dans ses motivations… Vous voulez dire qu'il est… ? Non, j'abandonne. Qu'est-ce que vous voulez dire, Pepsi ?

— Je ne crois pas qu'il soit un intermédiaire d'une partialité parfaite. Ses loyautés sont douteuses.

— Il est passé de l'autre côté ? Il a chopé le syndrome de Genève ?

— Je ne crois pas que cela décrive la nature de la situation.

— Ce n'est pas le syndrome de Genève ? songea Hagen tout haut. Donc, cela veut dire… Mon Dieu ! Vous pensez qu'il a joué double jeu ! »

Le lieutenant Schwarzkopf écarquilla des yeux immenses. C'était bien la première fois qu'il entendait parler de ça.

« Vous voulez dire qu'il joue double jeu depuis le début, c'est ça ? » répéta Hagen.

Pepsi ne se contint plus.

« Oui, nom de Dieu ! explosa-t-il. George Bailey est un salopard ! Il est le cerveau de l'affaire… c'est pour ça que nos négociations ne nous mènent nulle part. Vous ne trouvez pas que le hasard a été un peu trop coopérant en plaçant Bailey et ses orphelins dans la banque quelques minutes avant l'attaque ? C'était un leurre, pour s'assurer une position inattaquable dans les négociations en cas de problème. Ce type est tellement minable qu'il n'a pas hésité à se servir d'orphelins ! C'est vraiment une ordure !

— Pouvez-vous le prouver ?

— Toutes les preuves l'accusent. Pourquoi c'est lui qui répond au téléphone ? Pourquoi toutes les communications passent par lui ? Ça ne vous paraît pas clair comme de l'eau de roche qu'un employé près de la retraite ait essayé de se faire une petite pelote pour ses vieux jours en organisant le braquage de sa propre banque ? C'est pour ça qu'il y a deux gangs ; il ne faisait confiance à aucun des deux pour respecter ses engagements et lui donner sa part du butin, et il s'est dit que deux gangs rivaux s'empêcheraient mutuellement de se parjurer.

340

— Alors, plus la peine de négocier ?

— Rien à foutre des négociations ! Il faut absolument extirper les mômes des griffes de ce monstre par tous les moyens. Il est dangereux, probablement armé, et il dirige toute l'opération. On le descend, et après lui les autres membres du gang !

— On tire d'abord, on cause ensuite ?

— Rien à foutre de causer ensuite !

— Enfin, c'est ce que le dicton… Oh, laissons tomber, soupira Hagen. Dois-je conclure que nous sommes enfin arrivés à un consensus, messieurs ? »

Incapable de se retenir plus longtemps, Schwarzkopf sauta de son siège et donna un coup de poing en l'air en criant un tonitruant : « Oui ! »

Le bruit du fusil-mitrailleur et des ricochets des balles mourut sous la voûte du World & Global Credit. George Bailey Jr vacilla de quelques pas en arrière et l'AK-48 tomba de son épaule à grand fracas métallique sur le sol de marbre. Les jambes soudain flageolantes, il s'effondra sur ses genoux.

C'était fait.

Il regarda ses mains douces, qui portaient toujours, sur la paume, l'empreinte du fusil, et se demanda s'il pourrait encore prendre plaisir à toucher quoi que ce soit, être vivant ou objet. Ces mains qui avaient tué quatre hommes dans leur sommeil.

Il avait beau se dire que ces homme étaient des bandits, la seule différence entre eux et lui, désormais, était qu'il vivait et eux non. Il n'y avait aucune relativité dans cette équation.

George était parfaitement conscient que personne ne le condamnerait pour cet acte. Il était en état de légitime défense, défense non seulement de sa personne mais de tous les autres otages. Il atteindrait même à une dimension héroïque plus vaste que celle qu'il avait déjà acquise dans l'opinion publique. Mais cela ne lui serait d'aucun réconfort lorsqu'il irait se laver les mains et qu'il verrait la tache, indélébile. George était un boucher – peut-être pas au sens où l'on entendait ce terme, mais certainement à ses propres yeux et aussi, il en était sûr, aux yeux de tout dieu digne d'être adoré.

Il l'avait fait pour les enfants. Ils s'étaient trouvés là par sa faute, et c'était bien le moins qu'il leur devait que d'endosser la culpabilité inséparable de leur libération. Mais la culpabilité demeurait. Incapable de lutter plus longtemps contre sa nausée, George laissa son estomac s'étrangler sur son âme et se vomit sur les mains.

Au moins, pour les autres, le cauchemar était-il terminé. Leurs cris s'étaient apaisés, les larmes des enfants avaient séché, et la banque commençait à résonner de petits rires flûtés, des rires incrédules à mesure que, un à un, les otages comprenaient que l'épreuve était terminée.

Mais pas pour lui. Son épreuve ne faisait que commencer.

S'il en avait eu le courage, George aurait pu sans regret mettre fin à ses jours pour ne pas avoir à se répéter pendant de longues années que, presque toute sa vie, il s'était menti sur son propre compte. Ce tourment était au-dessus de ses forces. La bataille perdue d'avance.

Il entendit des pas feutrés s'approcher derrière lui ; une douce voix féminine lui dit :

« Vous avez fait ce qu'il était juste de faire, monsieur Bailey.

— Il n'y a rien de juste, répondit-il d'une voix affaiblie. Il n'y a rien du tout.

— C'est faux, monsieur Bailey, insista la femme. Absolument faux, je vous assure. »

George Bailey secoua les mains et releva la tête en se tournant lentement vers elle. Environ la moitié des otages s'étaient rassemblés en demi-cercle derrière lui. Ceux des premiers rangs, dont elle, braquaient des fusils.

« Il y a au moins l'argent, ajouta-t-elle en souriant. N'est-ce pas ? »

29

Pendant que George Bailey Jr se réconciliait avec le fait que son cauchemar était loin d'être terminé, un homme regardait par un hublot quelque trois cents kilomètres au-dessus de la planète.

L'homme que l'on ne connaissait pas sous le nom de John Lockes se rendit compte que Jean Grey s'approchait derrière lui lorsqu'il sentit ses cheveux blonds lui chatouiller la nuque ; ses tresses flottaient, animées d'une vie propre maintenant qu'elles n'étaient plus soumises à la pesanteur. Une main se referma sur son épaule et il sursauta en voyant son visage tout près du sien.

Comment arrivait-elle à se mouvoir avec cette grâce silencieuse dans ces conditions, voilà qui le mystifiait encore.

« Papa veille sur bébé ? » le plaisanta-t-elle, souriante.

Ils étaient seuls dans le poste de pilotage. Lorsque *Avalon* était passé sur le côté non éclairé de la Terre et que le spectacle s'était réduit à l'obscurité statique et mouchetée de l'espace, l'équipe s'était dispersée dans le vaisseau pour vaquer à ses tâches routinières dans le laboratoire et aux commandes, laissant le passager contempler, par la fenêtre arrière, le gros satellite niché dans la soute inondée de lumière.

« Je vous croyais occupée à piloter, se justifia-t-il en la voyant amusée de l'avoir fait sursauter.

— En effet. Il faut que je prépare le bras qui va sortir Memphis 2 de la soute. » Elle désigna d'un geste la station de contrôle, à l'arrière. C'était de là qu'elle dirigerait la délicate opération qui consistait à saisir le satellite avec le bras mécanique de vingt mètres de long, tel un sucre avec une pince. Une fois qu'elle l'aurait positionné au-dessus du vaisseau, on écarterait *Avalon* à une distance de sécurité et on lancerait la petite fusée qui placerait le satellite sur son orbite permanente.

C'était là qu'il devait intervenir. La seule et unique raison de son voyage et de sa présence à trois cents kilomètres de la Terre : appuyer sur un bouton. En termes purement financiers, étant donné qu'Infologix couvrait le coût total de la mission, soit plus de 1 milliard de dollars, c'était sans aucun doute le bouton le plus extravagant jamais touché par la main de l'homme.

D'ailleurs, le lancement aurait aussi bien pu se faire depuis la base.

Josh était certain que, même si elle n'en avait jamais rien laissé paraître, Jean jugeait ce caprice indécent. Au contraire, elle lui avait donné l'impression de deviner qu'il y avait derrière tout cela une raison secrète soigneusement dissimulée ; mais comment savoir ce qui se cachait derrière son sourire gentiment provocateur ? Dans toutes ses tractations, John Lockes avait toujours eu l'avantage sur ses interlocuteurs ; mais maintenant que, pour la première fois de sa vie, il faisait l'expérience contraire, force était d'admettre que cela ne lui déplaisait pas. Et il se sentait arrivé à un point d'équilibre : alors que l'œuvre de sa vie touchait à son achèvement, il rencontrait la seule femme capable non seulement de le comprendre mais de le surpasser en intelligence.

Il aurait donné cher pour savoir ce qu'elle pensait de lui. Il était clair qu'il lui plaisait – son baiser, l'autre soir au restaurant, l'attestait –, mais nourrissait-elle envers lui des sentiments plus forts ? Elle oscillait entre l'intimité et le détachement professionnel avec une facilité déconcertante, le prenant souvent au dépourvu, car il avait toujours un train de retard. Était-ce une attitude compatible avec des sentiments approchant tant soit peu de la force des siens ? Ne pas savoir sur quel pied danser le torturait, et pourtant, il ne s'était jamais senti aussi débordant de vie qu'en sa compagnie.

Cette torture, il l'éprouvait aussi dans la présence, toute proche, de Jean ; il percevait la chaleur de son corps, le parfum de sa peau, son souffle, décuplés par l'apesanteur. Cette promiscuité n'était pas absolument nécessaire. Elle avait posé la main sur son épaule comme pour y prendre appui, mais elle aurait pu trouver une douzaine d'autres points d'ancrage. Le sang de Lockes tambourinait dans ses oreilles ; s'il bouillait du désir de lui donner un baiser, il était parfaitement conscient que, malgré ses quelques semaines d'entraînement, il se mouvait encore avec la maladresse d'un enfant qui fait ses premiers pas. Il n'osait même pas s'approcher de ses lèvres, de peur de lui casser le nez.

« Désolé… je vous gêne ?

— Je ne sais pas, murmura-t-elle en le regardant droit dans les yeux. À vous de me le dire. »

La garce ! Depuis la conférence de presse, ils ne s'étaient pas trouvés seuls ensemble et elle ne s'était pas départie de ses manières professionnelles. Et voilà qu'elle recommençait. Il se mit à trembler de tous ses membres, comme électrocuté.

« Jean, gémit-il. À quoi jouez-vous ?

— Et vous ?

— Mais… je ne sais pas ! Je sais ce que ça représente pour moi. Je crois que vous l'avez deviné… mais pour vous ? Je ne sais pas du tout quoi penser de vous.

— Eh bien, Josh, dans ce cas, un point partout… n'est-ce pas ? »

Une lueur de suspicion avait assombri ses iris.

Il fallait répondre. Il ne savait pas au juste ce qu'elle soupçonnait, ni ce qu'elle avait envie d'entendre, mais il eut l'intime conviction que son sort se jouerait sur cette réponse.

« Posez-moi toutes les questions que vous voudrez, hasarda-t-il. J'y répondrai. Pas de secrets, je vous le promets. »

C'était une diversion, et elle en était consciente.

« Très bien…, dit-elle d'un ton neutre. Qui était cet homme à la conférence de presse, et quelle est la question qu'il n'a pas posée, et pourquoi ?

— Jean, j'ai essayé de vous le dire, d'accord ? Ne perdez pas cela de vue. J'ai vraiment essayé. »

Jean haussa un sourcil en un arc parfait. « Je vous crois, Josh. Mais alors, ma question suivante sera… (Le ton neutre disparut et ses yeux brillèrent d'un éclat passionné) : avez-vous essayé de toutes vos forces ? »

John Lockes n'avait jamais eu à expliquer ses choix auprès de quiconque, pas même auprès de lui-même. Il savait que ses raisons n'étaient pas critiquables, mais tant qu'il n'avait jamais eu à les énoncer clairement, il pouvait continuer à nier leur importance. Il vivait au jour le jour comme tout le monde, et les choses qui le touchaient étaient des choses ordinaires. La lumière du couchant dans l'enfilade d'une longue avenue. Le spectacle des banlieusards lancés à l'assaut d'une gare dans un tourbillon, tels les saumons remontant les cours d'eau pour frayer. Les liasses de journaux entreposées près des kiosques au petit matin. Les lampadaires qui s'allumaient au crépuscule, de rue en rue. Les fleurs nocturnes fermant leurs yeux d'ambre une fois l'aube venue. Les lumières d'un immeuble dans le lointain, le scintillement bleuté d'un téléviseur dans l'obscurité, un store qu'on baisse pour se protéger du monde. La poésie épique des petites choses.

Ce qui le frappait, encore et encore, et avec toujours la même force, c'était la fragilité de la vie, que l'on s'entêtait à nier. La manière dont la plupart des choses arrivaient pour les raisons les plus bêtes ; par exemple, la différence entre un bon jour et un mauvais jour découlait très souvent d'une rencontre avec un étranger ou d'un caprice du ciel, qui contrecarraient la persistance des gens à contrôler leur vie en refusant d'admettre que les choses importantes sont incontrôlables. Et pourtant, il suffirait d'un minimum d'humilité pour voir des merveilles à faire pâlir nos rêves les plus fous.

Les plus grands maux du monde, il en était persuadé, venaient de l'impossibilité à reconnaître le bien.

Il ignorait comment expliquer à Jean cette vérité dont il avait toujours été conscient, car elle n'avait rien de rationnel : du plus loin qu'il s'en souvienne, il avait toujours su que son destin était de se faire injurier. Logiquement, il ne croyait pas au destin, mais il en avait pourtant un sens si aigu que, par un tour de force, celui-ci lui paraissait le suivre plutôt que le précéder. Il le sentait derrière lui

346

comme on sent dans son dos un regard qui fuit dès qu'on se retourne. Les dons qu'il avait reçus à la naissance, et qu'il ne pouvait pas davantage ignorer qu'un poète ne peut fermer les yeux sur les métaphores qui l'entourent, avaient inexorablement tissé l'étoffe de l'objectif de sa vie. S'il avait pensé que cet objectif était répréhensible, il aurait sans doute pu faire dévier le cours de son destin, mais c'était impossible pour deux raisons : son objectif était louable, et il aimait trop la vie pour jamais y mettre fin intentionnellement.

Il était cependant suffisamment réaliste pour savoir que les autres ne comprendraient ni n'accepteraient la tâche qu'il devait accomplir que bien plus tard. D'où les injures, inévitables. D'où ses tentatives pour repousser le plus longtemps possible l'échéance de ce destin, et sa décision de vivre tout ce qu'il pourrait voler à sa vie dans la peau d'un personnage autre que John Lockes.

Les raisons de sa supercherie, qu'il tentait d'exprimer d'une manière qu'avec un peu de chance Jean ne trouverait pas totalement démente, se résumaient en quelques mots : il avait simplement voulu goûter un peu de liberté auparavant.

Jean avait voulu la vérité, elle fut servie. Il prenait un risque en lui disant tout, en lui révélant des secrets qui dépassaient la question triviale de sa fausse identité et touchaient au cœur du véritable enjeu de sa mission. Si elle fut choquée, elle n'en montra rien. Quand il eut terminé, elle se laissa flotter en silence devant lui, le visage impénétrable, digérant les implications de ce qu'elle venait d'entendre.

Il attendit nerveusement les inévitables questions subsidiaires : qu'est-ce qui lui donnait le droit de faire ça ? Comment pouvait-il être sûr d'agir pour le bien de tous ? Comment pouvait-il attendre d'elle qu'elle ne réagisse pas, maintenant qu'elle était au courant ?

Mais, toujours imprévisible, elle ne lui demanda rien de tout cela. La question qu'elle lui posa le prit complètement au dépourvu.

« Pourquoi "Memphis 2" ? »

John Lockes fronça les sourcils. La façon dont fonctionnait l'esprit de cette femme resterait toujours un mystère pour lui. « Sans raison », dit-il en haussant les épaules.

Elle fit une moue moqueuse. « J'ai du mal à vous croire capable de faire quelque chose sans raison.

— Si, je vous assure, c'est un nom au hasard ! »

Jean se détourna pour commencer à préparer le bras mécanique, comme elle aurait dû le faire une demi-heure auparavant. Son geste eut l'effet désiré sur Lockes.

« Si vous tenez à le savoir, Memphis, c'était le nom de mon chien. »

Ses doigts interrompirent leur pianotement rapide sur les boutons de la console de contrôle.

« Votre chien ?

— Oui, mon chien.

— Quel genre de chien ?

— Eh bien, un chien, quoi. Un bâtard que j'avais quand j'étais petit. D'aucune race particulière. » Il haussa les épaules. « Il n'a jamais attrapé un lapin. »

Jean ne répondit pas. Elle termina sa tâche. Enfin, elle secoua la tête, éberluée. Elle se tourna vers lui, et il comprit qu'elle était plus scandalisée par cette révélation que par toutes les autres.

« Vous avez donné à cette chose tapie dans la soute… ce système qui va changer pour toujours la vie de tous les hommes, femmes et enfants de cette Terre qui est là-bas, sous nos pieds… vous lui avez donné un nom de chien ? Un chien d'aucune race particulière qui n'a jamais attrapé un lapin ? »

Lockes réfléchit. « J'imagine… Je n'avais pas envisagé ça sous cet angle, mais vu comme ça, c'est un peu choquant, je le reconnais. »

Jean Grey avança la main et la posa sur sa chemise ; il se sentit aussitôt aimanté vers elle. Quand leurs visages ne furent qu'à quelques centimètres, elle annonça :

« Deux choses : premièrement, de tous vos nombreux secrets, monsieur John Lockes, celui-ci doit, à mon avis, rester strictement entre nous. »

Le cœur de John Lockes bondit dans sa poitrine. Elle avait dit « nous ».

Son expression s'adoucit, elle lui sourit et scella ses lèvres aux siennes. Le sang bouillonnant, il comprit qu'à sa manière elle lui disait qu'elle acceptait ses explications. Son baiser, doux mais appuyé, était le sceau de ce pacte. Elle marchait avec lui.

« Je vous aime, lui avoua-t-il à voix basse, en s'écartant légèrement.

— J'espère que ce n'est pas encore un de vos mensonges, monsieur Lockes.

— Vous savez bien que je ne mens pas.

— Mmmm », fit-elle en l'embrassant de nouveau.

La minute la plus longue de la vie de John Lockes fut enfermée dans ce baiser. Toutes les vies qu'il avait vécues semblaient enfin se rejoindre, tous ses personnages effacer leurs différences. Comparés à cette femme, ils s'évaporaient en fumée.

Ils se séparèrent, lui les yeux humides et brillants, elle le repoussant doucement.

« Mais je ne vous ai pas encore dit la seconde chose, l'avertit-elle.

— Et c'est ?

— Le bras de la soute ne fonctionne pas. »

30

Tandis que John Lockes s'imprégnait des conséquences catastrophiques de ce dysfonctionnement, un homme un peu gros, un peu chauve, lavait sa voiture à Petersburg.

Contrairement à ce qu'il redoutait, les événements des dernières heures ne l'avaient presque pas changé. Il avait gardé son apparence humaine, membres, torse et tête toujours connectés ensemble et non pas pendouillant par petits morceaux sur des arbres, éparpillés en pleine montagne. Non, s'il avait changé, c'était intérieurement : Macauley Connor avait passé des moments privilégiés en compagnie de la Grande Faucheuse et en était revenu vivant. C'était ce qu'on appelle une expérience mûrissante.

Il ne savait pas exactement de combien le vol EF 101 avait manqué jouer à la centrifugeuse avec les corps de ses passagers, mais sans nul doute de très peu, contrairement aux sous-entendus du pilote, qui avait enfin pris son micro pour leur expliquer qu'il avait dû perdre de l'altitude suite à une dépressurisation de l'appareil. Ils n'avaient jamais couru de réel danger, les assura-t-il. Ben voyons ! C'est sans doute pour ça qu'il n'avait rien dit pendant dix minutes. Et même si c'était la vérité, Macauley n'était pas plus rassuré : il ne s'y connaissait sans doute pas beaucoup en conception d'aéronefs, mais il lui semblait qu'il fallait au moins une ouverture en vol de la soute à bagages pour provoquer une dépressurisation.

Ensuite, on se moqua carrément du monde : pour compenser le fait qu'ils venaient de perdre un ou deux ans d'espérance de vie, l'équipage offrit une boisson gratuite à tous les passagers. (Tous sauf un, qui avait subi une petite crise cardiaque, sans doute attribuable au stress à court terme, mais probablement aussi liée au fait qu'il travaillait dans l'industrie des dérivés du jambon. Quand il était monté à bord, l'homme avait sûrement déjà les artères bouchées et il aurait suffi d'un sandwich pour l'achever.)

Après une arrivée cahotante sur Petersburg, on avait parlé d'intenter une action collective contre EconoFly, mais Macauley était parti sans assister à la réunion convoquée sur la proposition d'un des passagers, un avocat bien entendu. Peut-être cet homme avait-il raison et y avait-il une fortune à se faire, mais sur le moment Macauley avait été trop content de sortir de l'aventure sur ses deux jambes : le reste était de la broutille.

Ce ne fut qu'une fois confortablement installé chez Rachel, le soir même, qu'il se rendit compte à quel point il avait été secoué – littéralement – par son expérience. Les glaçons s'entrechoquaient dans son whisky comme agités par l'onde de choc d'un tremblement de terre dont il aurait été l'épicentre. Ce soir-là, il alla se coucher avec l'image des masques à oxygène tombant de leur trappe, qui revenait le hanter chaque fois qu'il fermait les yeux.

Le lendemain matin, ce ne fut pas mieux. Une fois Rachel partie, il s'allongea avec indolence – si tant est qu'on puisse trembler avec indolence – sur le canapé, les yeux toujours brouillés par l'image des masques suspendus devant lui. Il finit par se rendre compte que le problème était de nature chimique. Quand il s'était cru sur le point de mourir, son organisme avait été aussitôt inondé d'adrénaline. Malheureusement, la nature est très en retard sur son temps. La force en combat singulier, ou la croissance exponentielle de notre capacité à esquiver, courir ou sauter, c'est très bien mais pas très utile quand la mort vient vous surprendre ficelé sur un siège. À notre époque, ce qu'il nous faudrait, c'est un équivalent sédatif de l'adrénaline, pour nous aider à affronter les morts modernes.

Il devait trouver quelque chose pour brûler les substances

chimiques inutilement accumulées dans son organisme ; il décida donc de laver sa voiture. Au risque de paraître dérisoire, disons que la voiture de Macauley Connor pouvait se décrire ainsi : des dizaines de milliers de kilomètres sans voir une éponge, un sol jonché de barquettes de fast-food, des taches de nicotine laissées par des centaines de cigarettes et un coffre plein de Dieu seul sait quoi.

Les déchets de sa vie sur les routes emplirent deux énormes sacs-poubelles. Journaux, bouteilles en plastique, emballages de hamburgers, savons et shampooings miniatures : il balança tout dans les sacs sans prendre le temps de vérifier qu'il ne jetait aucun objet de valeur. Il fallait que tout parte, que tout disparaisse. Ce n'était pas hygiénique mais thérapeutique.

Ensuite, il se rendit à la station de lavage et se mit en devoir de passer l'aspirateur à l'intérieur, fourrant le bec dans les moindres interstices. Il dépensait une énergie telle qu'il fut bientôt en sueur. Fermement déterminé à effacer tout vestige du passé, il aspirait même les pièces de monnaie.

Le pire fut le tapis de caoutchouc côté passager, là où il avait renversé son coca la semaine précédente. Il l'arracha et l'étala sur le coffre, puis pêcha au fond de sa poche de quoi mettre en route le pistolet à haute pression.

Ce fut là, derrière sa voiture, alors qu'il comptait la monnaie dans sa paume, qu'il aperçut du coin de l'œil quelque chose de brillant. Il regarda : rien. Il baissa de nouveau la tête, et de nouveau il y eut un petit éclat.

Il releva la tête plus lentement : oui, sous une certaine incidence de la lumière, il y avait bien un petit point brillant sur le tapis de sol. Il fronça les sourcils, se baissa en s'appuyant des deux mains sur les genoux, et s'approcha du tapis de façon à garder le rayon de soleil sur la chose.

Quand son nez ne fut plus qu'à quelques centimètres, il vit que le tapis était recouvert d'une couche de petits points pas plus gros que des grains de sable, qui étincelaient comme de l'acier chromé. Il crut d'abord qu'il s'agissait en effet de grains de sable, mais en regardant de plus près il les trouva trop sphériques ; il y en avait des centaines, collés par la boisson qui avait séché.

Intrigué, il tapota la surface du bout de l'index, et une demi-douzaine de ces petites boules restèrent collées à sa peau. Il les éleva dans la lumière en louchant dessus, sans parvenir davantage à les identifier. Il prit sa loupe dans la boîte à gants et examina les objets agrandis sur son doigt : le mystère demeurait entier. Ils étaient parfaitement ronds, lisses, brillants, et tous de la même taille ; on aurait dit les billes d'un roulement, mais certainement pas des grains de sable.

Macauley repensa à tout ce qu'il avait pu faire, à tous les endroits où il avait pu aller, pour récolter ces trucs-là dans sa voiture ; au bout de quelques secondes, la lumière commença à se faire.

Loupe en main, il se précipita sur son tapis de sol et chercha les graines de pavot qu'il avait fait tomber de ses hamburgers. Il n'en trouva pas. Pourtant, logiquement, le tapis aurait dû en être couvert, collés par le coca renversé.

Il n'y en avait pas, non, mais il y avait des centaines de ces mystérieuses sphères métalliques. Soudain fou d'excitation, il roula le tapis sale dans son coffre et se précipita chez Rachel. Elle revenait de sa matinée de consultations et déchargeait ses sacs de provisions sur le comptoir de la cuisine quand il entra en trombe, son tapis soigneusement plié sous le bras.

« Rachel, ton microscope ! cria-t-il. Tu l'as toujours, ton microscope ? »

Une botte de carottes à la main, elle se tourna vers lui et lui fit un sourire en coin. « Tu es peut-être cradingue, Mac, mais dis donc, quand tu te mets à nettoyer ta voiture, tu ne fais pas les choses à moitié. »

Il s'avança à grands pas et présenta le tapis sous la lumière.

« Tu vois ?

— C'est un tapis de voiture. Moi qui ai l'œil exercé, je peux te le dire sans l'aide d'un microscope.

— Non, regarde ! insista-t-il, inclinant le tapis pour que les billes captent la lumière. Tu vois comme ça brille ?

— Du sable ?

— Non, non, pas du sable, pas du sable ! répéta-t-il, tout excité. Il faut que j'examine ça au microscope immédiatement ! »

Complètement dépassée, elle eut un petit rire nerveux et posa ses carottes pour aller chercher son microscope dans un placard du séjour. « Qu'est-ce que c'est que tout ce foin, Mac ? soupira-t-elle en disposant l'appareil sur la table et en le branchant à côté du frigo.

— Les graines de pavot qu'ils mettent sur les hamburgers ne sont pas du tout des graines de pavot ! annonça-t-il, triomphant. C'est autre chose, recouvert d'une pellicule noire pour faire croire que c'est du pavot, mais la pellicule s'est dissoute dans le coca que j'ai renversé par terre !

— Oh, je t'en prie…, soupira-t-elle en déposant quelques grains sur une lame, est-ce que tu te rends compte à quel point ton histoire est ridicule ? Elle ferait rigoler n'importe quel spécialiste des théories du complot.

— Tout à fait ! Il a dû s'amuser comme un petit fou ! Même moi, je n'aurais jamais osé concocter un truc aussi incroyable, parce que mes lecteurs ne m'auraient pas cru ; mais écoute-moi : à Farview, il y a une usine qui produit des graines de pavot reconstituées pour les hamburgers des Pitt's Burger. Ça, c'est vrai, et tout le monde le sait. Mais si les graines sont fausses, ça permet de les utiliser pour déguiser… je ne sais pas, moi… pour dissimuler…

— Une puce informatique ? lui souffla Rachel, l'œil collé au microscope.

— Une puce, par exemple.

— Pas par exemple, mon chou. Vérifie toi-même. »

Macauley se figea. Il n'osait plus regarder.

« Tu en es sûre ? »

Rachel haussa les épaules. « Je ne sais pas ce que je vois sur cette lame, Mac, mais je sais ce que ça veut dire pour moi.

— Oui ?

— Ça veut dire que mon ex-mari ne rentrera pas dîner ce soir, parce que dans dix minutes il sera en route pour son fameux Farview. »

31

Le lendemain à l'aube, l'avant-veille du scrutin, Ellen Henry, présidente du Comité de campagne Summerday-Redwood de Portsmouth, emprunta une dernière fois le trajet que devait suivre la limousine des candidats dès leur arrivée en ville ce jour-là. Elle était fatiguée car elle avait passé toute la semaine précédente dans la fièvre des préparatifs, trop accaparée pour s'occuper de ses enfants, de sa maison ou de ses besoins corporels les plus élémentaires.

Mais, si elle se sentait coupable d'avoir négligé sa famille, elle était aussi fière de la tâche accomplie. Portsmouth n'était qu'une petite ville, agréable et horripilante, comme savent l'être les petites villes qui ont atteint le maximum de leur potentiel de développement, et Ellen avait dû batailler avec acharnement contre la mentalité étriquée et défaitiste de ses concitoyens – ceux du parti inclus – pour les persuader que, oui, la pompe et le panache de la campagne présidentielle pouvaient toucher leur petit coin tranquille.

Portsmouth était si solidement acquis à Summerday que tout le monde trouvait naturel d'être tenu à l'écart de la tournée électorale. Seule Ellen avait eu l'énergie et l'enthousiasme nécessaires pour faire valoir son idée auprès des plus hautes instances du parti, alléguant que Portsmouth était la vitrine idéale de l'Atlantis prônée par leur candidat. À force de fax et de coups de fil, de mails et de courriers, et en ne comptant pas ses heures dans les antichambres – le tout sur son temps et ses finances propres –, le succès l'avait récompensée : Portsmouth avait été retenu comme l'une des dernières étapes de la campagne.

Michael Summerday avait été heureux d'apprendre qu'il avait choisi cette ville parce qu'elle symbolisait ses propres convictions.

La question du coût s'était tout de même posée, et le conseil municipal s'était étranglé lorsque Ellen avait annoncé les sommes exigées par l'opération. De nouveau, son enthousiasme l'avait emporté. Portsmouth sortirait de l'anonymat, leur avait-elle dit, et serait source de fierté pour ses habitants depuis trop longtemps résignés à n'être qu'un point sur la carte de la nation. Persuadée du contraire, Ellen avait peu à peu réussi à se rallier l'opinion générale : pour prouver au monde qu'on existait – et qu'on existait aux yeux des journalistes –, aucun effort n'était superflu.

Ensuite, il y avait eu le cauchemar logistique : le meeting nécessitait d'équiper spécialement la ville – câblages électriques, liaisons satellites, restauration, sanitaires, pour des milliers de personnes ; tendre les façades de noir, blanc et rouge, les rues de guirlandes et de ballons ; construire une estrade, installer micros, haut-parleurs, amplis, prévoir la sécurité. C'était monumental : Portsmouth ne s'était jamais lancé dans une aventure pareille. Et la petite Ellen Henry avait tout fait toute seule.

Elle inspectait la petite ville propre dans le soleil levant et se félicitait du résultat. Un grand jour s'annonçait, sans doute le plus grand de l'histoire de Portsmouth, et si ces bonnes gens sans prétention avec qui elle avait vécu sa vie durant se couchaient ce soir avec une meilleure image d'eux-mêmes, tout ce travail et cet épuisement n'auraient pas été vains. Elle l'avait fait pour eux. Pour la ville qu'elle aimait. Ellen Henry était de ces Atlantiennes qui avaient œuvré à la grandeur du pays.

C'est pourquoi il était d'autant plus terriblement injuste que Portsmouth ait aussi été choisi par Summerday et Giuliano pour l'audit de Redwood.

Comme le cortège pénétrait dans les rues bondées de Portsmouth sous le soleil aveuglant de midi, Susan Summerday découvrit, flattée mais un peu impressionnée, l'ampleur de l'admiration que lui vouait la ville. Yeux brillants, T-shirts moulants, des filles brandissaient des banderoles sur lesquelles on lisait ON T'AIME, SUSAN en lançant des fleurs sur la voiture ; leur bébé dans les bras, de jeunes mères lui envoyaient des baisers en souriant ; les hommes sifflaient comme des gamins, et riaient en croisant son regard.

À leurs yeux, elle était une héroïne. Elle eut soudain honte d'avoir dupé ces gens bons et dignes de respect. Malheureusement, la démocratie n'avait et n'aurait jamais rien à voir avec le respect des individus. Elle ne s'intéressait qu'à une masse de visages anonymes, ou, en d'autres termes, elle essayait de trouver le consensus le moins vexant.

À cet égard, Susan jugeait sincèrement pardonnable d'avoir joué un rôle dans la création du mythe qui entourait désormais sa famille et elle-même, si cela pouvait épargner à Atlantis l'affront d'une vice-présidence Redwood. Michael ne lui avait pas dit comment il comptait résoudre définitivement le problème, arguant de l'importance du secret dans la sûreté du projet, et Susan n'avait demandé qu'à le croire. Elle savait quand son mari mentait, et elle savait aussi qu'il avait suffisamment peur d'elle pour ne pas essayer de la doubler. À n'importe quel moment avant le scrutin, elle pouvait le mettre à terre en une seule interview.

Quant à lui, s'il avait encore douté que ce changement de dernière minute puisse lui être favorable, il lui suffisait de regarder autour de lui. Il y avait deux fois plus de banderoles surgies spontanément en faveur de Susan que de panneaux officiels SUMMERDAY PRÉSIDENT ou I LIKE MIKE. Sur le premier panneau, certains avaient même remplacé son nom par celui de sa femme.

Le bureau local de campagne avait bien travaillé, se dit Michael Summerday non sans un pincement de culpabilité à la pensée de l'immense gâchis que provoquerait l'assassinat de Bob Redwood. Notez, la ville aurait son nom dans tous les journaux.

Afin de laisser à la population le temps de bien voir les candidats, la limousine décapotable roulait lentement. Si lentement, même, que les quatre motards de tête vacillaient sur leurs machines. Debout, sourire aux lèvres, Mike et Susan répondaient de la main aux acclamations de la foule. Derrière eux, Bob et Mary les imitaient.

Si Summerday n'avait pas averti sa femme, c'était pour qu'elle conserve tout son naturel. À l'heure H, lorsque la détonation déchirerait la grand-place, il voulait que la caméra cueille sur son visage une horreur non feinte. Deux balles devaient être tirées : une visant son épaule, une autre la tête de Redwood. Si le sniper était à la hauteur de sa réputation, Redwood n'aurait le temps de se rendre compte de rien. Il y aurait un moment de confusion, puis ce serait la panique, la ruée vers l'hôpital. Pour Redwood, ce serait trop tard, naturellement.

La gravité des blessures de Summerday ne serait pas connue tout de suite, de manière à laisser aux médias le temps de spéculer à qui mieux mieux sur l'avenir. Si les deux candidats succombaient, la place reviendrait à Jefferson Smith, le chef du parti au Sénat. Malgré tous ses remords envers Redwood, Summerday dut admettre qu'il se demandait comment Jefferson ferait face à ses obligations au pied levé. Ce serait un miracle s'il affrontait la presse autrement qu'ivre.

Pour Susan, ce serait un test, l'occasion de prouver qu'elle avait la carrure pour endosser la fonction qu'elle briguait. Elle devrait montrer sa force d'âme dans une épreuve redoutable, appeler les médias déchaînés au calme dans un tailleur maculé de sang – les taches de sang étaient de rigueur ; s'il n'y en avait pas, il prendrait soin de se vautrer sur elle en se frottant l'épaule. Ce serait elle qui annoncerait la mort de Redwood – probablement depuis le perron de l'hôpital –, en des termes qui feraient la une des journaux télévisés du monde entier. Solennelle, digne et forte.

Enfin, après un délai convenable, elle annoncerait la bonne nouvelle concernant Summerday lui-même : il survivrait à ses blessures. Elle apparaîtrait joyeuse, mais humble. Elle remercierait Dieu qui, dans sa grande clémence, avait choisi de ne pas priver Atlantis d'un dirigeant tel que son mari. Si elle jouait bien son rôle, prenant les rênes de la situation et faisant entendre la voix de la raison au milieu du chaos, alors, inconsciemment, les gens commenceraient à voir en elle le nouveau candidat à la vice-présidence bien avant l'annonce officielle. Ils seraient momentanément surpris, choqués même, mais presque aussitôt elle leur apparaîtrait comme la personne toute désignée pour s'asseoir dans le fauteuil de Redwood.

Pour la première fois à Atlantis, un couple se présenterait ensemble à la présidentielle. Officiellement, en tout cas.

Si, au début, Summerday avait trouvé les exigences de Susan exorbitantes, peu à peu son idée lui était apparue comme absolument géniale. Elle jouissait déjà d'une excellente cote de popularité, et l'idée d'un mari faisant équipe avec sa femme avait de quoi enflammer les imaginations. Ce n'était plus le mariage habituel de convenance politique, mais un vrai mariage. Pour un peu, le pays se croirait doté d'une famille royale. Comme toutes les républiques vieillissantes, Atlantis éprouvait une fascination romantique envers l'aristocratie : pouvait-on rêver mieux qu'une famille royale sans la culpabilité qui allait avec ? Le jour où on s'en lassait, on les virait à la première élection. Le meilleur de chacun des deux mondes.

Et sur un plan personnel, que rêver de mieux pour son propre mariage ? Susan et lui seraient enfin sur la même longueur d'onde, aussi unis dans leurs sacrifices moraux que dans leur travail. C'était parfait.

Une seconde lune de miel.

Le cortège approchait du centre-ville. Le cœur de Summerday accéléra à l'approche du moment fatidique. Il saluait toujours la foule, d'un côté, de l'autre, mais avec des mouvements de plus en plus lents pour ne pas brouiller la cible, l'épaule gauche aussi fixe et détendue que possible.

Sous sa chemise, il portait un gilet pare-balles, juste au cas où. Même si la presse s'emparait de cette information, personne ne trouverait bizarre qu'un candidat à la présidence participe à une manifestation publique protégé de la sorte. D'ailleurs, rares étaient les Atlantiens à la mode qui ne possédaient pas cet accessoire depuis que Vermani en avait créé une version couture en hommage au gourou de la mode assassiné.

La limousine ralentit en débouchant sur la grand-place. Une estrade avait été dressée devant l'hôtel de ville ; c'était de là que Summerday et Redwood devaient s'adresser au peuple. D'une seconde à l'autre maintenant, songea Summerday, il sentirait la balle déchirer ses chairs. Il avait déjà été blessé à l'armée, et savait qu'il ne percevrait la douleur que quelques minutes plus tard. Alors, on lui aurait déjà administré des antalgiques.

Soudain, il se rendit compte qu'il n'avait pas dit un seul mot à Redwood avant de monter en voiture, et il en fut bourrelé de remords. Il n'aurait pas pu lui faire des adieux, non, mais au moins il aurait dû lui exprimer toute sa gratitude pour son engagement dans la campagne – c'était un peu dérisoire vu les circonstances, mais quand tout serait terminé, ce serait une petite consolation. Sachant que ce n'était pas le moment, il lutta contre l'envie de se retourner pour lui dire ces quelques mots. Mais ce fut plus fort que lui et il finit par pivoter lentement.

« Bob ! » cria-t-il assez fort pour couvrir les acclamations.

Redwood plissa les paupières et se pencha en avant. Tout à coup son corps fut projeté en arrière, un coup de feu claqua. Summerday le vit ouvrir la bouche et retomber sur son siège, les deux mains sur sa poitrine.

Michael Summerday fronça les sourcils. Quelque chose clochait.

Il se tourna vers l'endroit d'où était parti le coup, juste à temps pour recevoir une balle entre les deux yeux.

Inutile de le dire, ce fut le jour le plus atroce de la vie d'Ellen Henry.

32

Au moment où le corps de Summerday se recroquevillait dans la limousine, Macauley Connor arrivait à Farview. Il sentit avec un pincement au cœur qu'il n'était pas le premier Atlantien à avoir découvert quelque chose de louche dans les graines de pavot des hamburgers.

Farview n'était plus la petite ville endormie qu'il avait visitée quinze jours plus tôt. La Grand-Rue était bloquée par des automobilistes venus de tous les États de l'Union, qui cherchaient en vain à stationner. Pour ne rien arranger, des groupes de cameramen et de journalistes télé arrêtaient tous les villageois et les interrogeaient à brûle-pourpoint.

La poursuite de son enquête perdait désormais de son intérêt, mais comme il avait conduit toute la nuit, Macauley se voyait mal abandonner maintenant et faire demi-tour ; il traversa donc la ville au pas et ressortit à l'autre bout, laissant sa voiture, dont le moteur commençait à chauffer, sur le bas-côté à quelques centaines de mètres de l'usine. Il vit une petite foule de journalistes amassée près de l'entrée, hérissée de perches à micro tendues vers la silhouette familière et grisonnante du révérend Bob Willis.

Macauley ne put s'approcher suffisamment pour entendre ce qui se disait, mais il déduisit des commentaires des journalistes qui écoutaient par casque que la situation était bien telle qu'il l'avait soupçonnée : Memphis 2 était beaucoup plus qu'un simple satellite d'observation de la population criminelle d'Atlantis.

Memphis 2 avait été conçu pour surveiller tout le monde.

Les graines de pavot étaient des versions miniaturisées des composants de la Rectopuce, mais alors que la Rectopuce émettait un signal unique immédiatement traçable, les graines étaient prévues pour fonctionner en interconnexion. Chacune émettait un signal parmi un millier de signaux de base : mélangées au hasard, elles donnaient sur chaque hamburger une combinaison unique qui permettait à Memphis 2 d'isoler l'individu qui l'avait ingéré et de suivre tous ses mouvements. La couche noire était dissoute par les sucs digestifs, ce qui activait le transmetteur dissimulé à l'intérieur. Ce transmetteur, qui par sa dimension se logeait facilement dans les plis du tractus digestif, était lui-même recouvert par un adhésif thermo-activé qui ralentissait le transit de l'objet dans l'intestin. À mesure que l'individu ingérait de nouveaux hamburgers, l'ordinateur de Memphis enregistrait automatiquement les modifications du signal émis.

Toutes ces données étaient ensuite téléchargées à partir du satellite via la parabole de l'usine, et accessibles sur Internet.

Les applications de ce système étaient vertigineuses. Par exemple, lorsqu'un crime était commis, la police n'avait plus qu'à entrer le lieu et l'heure et laisser l'ordinateur chercher les signaux émis par les individus sur place au moment des faits. Une fois ces données connues, l'ordinateur localisait ce signal à l'instant présent et indiquait à la police où aller cueillir les criminels. On pouvait retrouver la trace d'une personne portée disparue à partir des dernières données fournies, reconstituer la séquence exacte des événements lors d'un accident de voiture pour établir les responsabilités.

À l'avenir, il n'y aurait plus de crimes parfaits, plus d'horreurs commises à l'insu de tous.

Mais on n'en était qu'au commencement : les informations fournies par Memphis seraient disponibles non seulement pour la police mais aussi pour toute personne équipée du moteur de recherche Infologix adéquat. Mari et femme pourraient se surveiller mutuellement. On pourrait retrouver un ami en remontant à la dernière rencontre. Les cafouillages des agences matrimoniales ne seraient plus qu'un mauvais souvenir, et les cœurs solitaires oseraient comparer leurs goûts, style de vie et hobbies (qu'ils connaîtraient d'après les mouvements des derniers mois) à ceux fournis par la base de données pour établir leur liste d'âmes sœurs. Les célébrités ne pourraient plus se cacher nulle part.

Les journalistes étaient scandalisés, bien sûr. Memphis était une attaque directe et foudroyante contre la liberté individuelle et la vie privée. Pourtant Macauley ne put s'empêcher de rire en regardant ceux qui s'indignaient le plus fort. Il en connaissait la plupart sinon personnellement au moins de réputation, et il comprit d'instinct qu'ils n'étaient pas là par hasard. Ils avaient tous été triés sur le volet par Lockes alias Schonk alias Cloken alias qui d'autre encore, sur le simple motif qu'ils n'avaient aucun scrupule à envahir la vie privée de leurs concitoyens. Les entendre prôner la protection de la vie privée, c'était un peu comme entendre des Marines prêcher le bouddhisme. Ce qui les contrariait, en réalité, c'était que John Lockes ait inventé un système permettant de faire ce qu'eux-mêmes avaient toujours fait, mais infiniment mieux. Un système qui les mettait sur la touche.

Mais ce n'était pas ainsi qu'ils voyaient les choses. À leurs yeux, Memphis était une atteinte aux droits constitutionnels de l'individu. Macauley savait qu'il n'en était rien. Il ne connaissait pas assez bien la Constitution pour étayer ce sentiment, mais ce n'était pas nécessaire : il connaissait suffisamment John Lockes pour être certain qu'il avait prévu cela aussi, et résolu le problème avant de mettre son projet à exécution.

Quoi qu'en disent les journalistes, Memphis ne serait en rien contraire à la Constitution.

Malgré toutes leurs protestations, le satellite serait lancé. Non sans causer des remous au départ, naturellement, et l'annonce de son existence provoquerait des réactions phénoménales, mais peu importait. John Lockes aurait tout prévu.

Macauley fut surpris de se sentir content. Il avait confiance en Lockes et en son projet. Il jugeait urgent de restaurer une échelle de valeurs dans son pays, et Lockes avait peut-être bien trouvé la réponse. Jusqu'alors, celui-ci avait eu raison sur toute la ligne ; il avait réussi à manipuler si adroitement ces journalistes qu'il les avait amenés à cet endroit précis en ce jour précis en semant sur leur chemin des indices qu'ils n'avaient plus eu qu'à suivre. Et pour la première fois de sa vie, Macauley pensa que Lockes œuvrait réellement pour ce qu'il considérait comme l'intérêt général.

Si son véritable objectif avait été le pouvoir, rien n'aurait été plus facile que de l'obtenir. Memphis lui aurait apporté sur un plateau ce dont aucun dictateur n'aurait osé rêver : l'accès à toutes les informations sur tous les habitants du pays, hommes, femmes, enfants. Il lui aurait suffi de garder la mainmise sur le système.

Mais il avait fait le contraire : il l'avait mis à la disposition du public.

Il en avait fait cadeau au peuple.

Tout d'abord, bien sûr, le peuple n'en voudrait pas. Il réagirait exactement comme les journalistes aujourd'hui, en exigeant sa destruction. Il obtiendrait gain de cause sur des points mineurs : les graines de pavot disparaîtraient des hamburgers, l'usine serait même peut-être détruite. Mais cela ne changerait rien. Macauley ne doutait pas un seul instant que les graines n'étaient qu'un aspect parmi d'autres du réseau mis en place par Lockes pour espionner la société. Il existait probablement des dizaines d'autres mécanismes insoupçonnés, prêts à être aussitôt remplacés par d'autres encore le jour même où ils seraient découverts. On pouvait toujours détruire la parabole de Farview, il y en aurait d'autres cachées ailleurs. Quoi qu'on fasse, quoi qu'il arrive demain ou dans les jours ou les semaines après la révélation du plan de Lockes, on cohabiterait avec le système un temps suffisant pour s'y accoutumer, et une fois l'habitude prise il serait déjà à moitié accepté, tant il deviendrait évident que ses avantages surpassaient de loin ses inconvénients. Bientôt, quand la justice régnerait en maître et que le crime serait quasiment éradiqué, on n'imaginerait même plus comment on avait pu s'en passer. On ne pourrait plus faire machine arrière.

Macauley dut reconnaître que Lockes avait tenu sa promesse de changer le monde. Il en avait fait un monde où quiconque sachant poser les bonnes questions obtiendrait les réponses. Ce n'était pas un État policier, mais un État totalement transparent.

Comme promis, Dieu était de retour.

Soudain trop fatigué pour rester debout dans le soleil au zénith, Macauley se mit légèrement à l'écart des autres journalistes. De loin, il regarda Willis mettre un terme à la conférence de presse improvisée et les premiers journalistes se détacher de la meute, ayant senti qu'ils n'apprendraient rien de plus et qu'ils feraient mieux de se dépêcher de transmettre les infos à leur chaîne ou à leur station. En l'espace de deux minutes, le maigre flot s'était transformé en une bousculade effrénée, et l'usine retomba dans le silence.

Macauley n'était pas pressé de partir ; il ferma les yeux et écouta la chaleur. Il n'était talonné par aucun rédacteur en chef à l'affût de son reportage, par aucun article à écrire ou commentaire à réaliser. Il tenait un livre, qui ne serait sans doute jamais publié, et un siège à l'ombre où il pouvait se reposer en attendant que le jour fraîchisse.

« Je m'attendais à ce que vous soyez le premier, monsieur Connor. »

Macauley leva les yeux : le visage souriant du révérend Willis était penché sur lui. « Eh bien, vous voyez, je me retrouve dernier. C'est pour des choses comme ça que ma femme m'a quitté.

— Vous étiez tout près du but, l'autre jour, poursuivit Willis en secouant la tête d'un air triste. John avait mis plusieurs personnes sur sa piste, mais vous étiez loin en tête ! Vous étiez déjà devant l'usine alors qu'aucun de vos collègues n'avait jamais entendu parler de Farview. Il vous aurait suffi de me poser la bonne question, et vous auriez su la vérité.

— Parce que vous me l'auriez dite ?

— Bien sûr. Je vous avais donné ma parole. Je l'aurais fait à contrecœur, parce que le plan prévoyait que la vérité ne soit dévoilée qu'une fois John sur orbite et le satellite prêt à être lancé, mais on se doit d'être fidèle à sa parole, monsieur Connor.

— Ce plan, c'est vous ou John qui l'avez conçu ? »

Willis plissa les paupières, comme importuné par le soleil.

« Ou encore Dieu, monsieur Connor, n'oubliez pas cette éventualité. Il est rare que les grands projets comme les plus petits se réalisent parce que, tout d'un coup, quelqu'un a pris le temps de s'asseoir et de les élaborer ; ils évoluent progressivement au fil du temps, une pensée par-ci, un commentaire par-là, ils montent de l'inconscient telles des bulles à la surface de l'eau, et lorsqu'ils se manifestent à votre conscience, ils sont déjà quasiment mûrs. C'est quelque chose que nous ne contrôlons pas, et que nous pouvons donc attribuer au divin. À partir de là, John y a imprimé sa vision, mais j'admets avoir eu une certaine influence sur lui enfant. Car nos perspectives sont complémentaires. Ce que j'ai réalisé à Farview, il essaie de l'accomplir dans le pays tout entier.

— Qu'avez-vous accompli à Farview ?

— J'ai instauré la paix de l'esprit. J'ai trouvé des gens déboussolés, désespérés d'avoir été laissés sur le bord de la route par la société, et je leur ai donné ce dont ils avaient besoin : je leur ai fait voir qu'un dieu veillait sur leurs moindres actions. Pas un dieu de vengeance, pas non plus un dieu de miséricorde, simplement un dieu qui voyait comment ils vivaient leur vie. En fin de compte, c'est tout ce qui importe, monsieur Connor. De savoir que quelqu'un, quelque part, est à l'écoute. C'est tout ! Ce n'est pas beaucoup demander, n'est-ce pas ? Ils n'attendent pas de miracles, ni le jardin d'Éden, ils veulent juste un peu d'aide pour vivre sous le soleil. Les gens s'imaginent que c'est une préoccupation urbaine, mais croyez-moi, c'est encore plus dur ici avec ce foutu ciel qui n'en finit pas et ces champs de blé à perte de vue : quelle image de vous cela vous renvoie-t-il ? Comment voulez-vous trouver un sens à votre vie quand vous vivez dans la prairie ? Vous n'êtes rien ! Il vous faut un dieu, monsieur Connor. Un dieu qui n'ait rien à faire, sinon être là. Mon boulot, c'est de le rendre présent aux yeux de ces gens, grâce à ma parole. John fait la même chose pour Atlantis.

— Memphis n'est pas un dieu. Il est peut-être puissant, mais ce n'est qu'un satellite, imaginé et construit par des hommes.

— Bien sûr. Et même si c'est tout ce qu'il nous reste, ça n'enlève rien à son utilité. Mais donnez-lui du temps, monsieur

Connor. Par le passé, les gens ont cru en des choses moins importantes que Memphis. La question n'est pas la nature de la chose, mais ce qu'elle représente. Memphis représente l'aube d'une ère nouvelle. Un jour, lorsque le monde dans lequel nous vivons ne sera plus qu'un souvenir, et pas un souvenir particulièrement agréable, les habitants du nouveau monde chercheront un symbole… et ils choisiront peut-être Memphis.

— Avec John Lockes dans le rôle du nouveau messie ?

— Qui sait ? Peut-être John est-il en effet le nouveau messie. Il n'est qu'un homme, comme tous les messies. Un homme qui change les choses. Peut-être un jour lui adresseront-ils des prières. On ne peut forcer personne à avoir la foi, mais on ne peut pas non plus empêcher quelqu'un de l'avoir… Voilà matière à réflexion pour votre livre.

— Oh, mon livre… il est tombé à l'eau, non ? On vient de me voler mon scoop pour le diffuser en je ne sais combien de versions revues et corrigées. Demain à cette heure-ci, ce ne sera plus un scoop. »

Willis haussa les épaules ; du bout de son bâton, il traçait des dessins dans la terre.

« Sauf qu'ils ne sont pas sur le bon John Lockes… », murmura-t-il.

Macauley se redressa d'un bond.

« Vous voulez dire… aucun d'entre eux ?

— Aucun. Vous en avez l'exclusivité. C'est le cadeau qu'il vous fait pour vous remercier de l'amusement que vos articles lui ont procuré. Vous êtes le seul à connaître le véritable John Lockes. Alors vous pouvez l'attaquer comme vous en aviez l'intention, ou venir à sa rescousse comme il l'espérait, mais dans un cas comme dans l'autre, vous avez toujours un best-seller entre les mains… »

33

Au même moment, *Avalon* était en orbite stationnaire à l'endroit convenu pour le lancement de Memphis 2. Mais l'énorme satellite tout bourdonnant d'activité n'était toujours pas dégagé de la soute, et les astronautes essayaient désespérément d'actionner le bras de déploiement. Une fois effectuées toutes les vérifications à bord pour tenter de découvrir l'origine de la panne, il ne resta plus qu'une solution : sortir de la fusée, et voir si le problème ne provenait pas du bras lui-même.

Troy Duncan et Jean Grey attendaient patiemment dans le sas la fin du long processus de dépressurisation. Sous leur scaphandre, leur combinaison était renforcée d'un réseau de tubulures remplies d'un liquide de refroidissement qui les protégerait du soleil. Ce système de refroidissement, ainsi que tous les autres mécanismes destinés à assurer leur survie, était contenu dans une sorte de sac à dos fixé à la partie supérieure du scaphandre en fibre de verre. Lorsqu'elle l'enfilait, même sur Terre, Jean avait toujours l'impression de revêtir une armure, blanche et solide, et de devenir en même temps chevalier et princesse.

Et le dragon ?

Le dragon, c'était tout le reste. C'était les extrêmes de l'espace qui, hors atmosphère, atteignaient 250 degrés au soleil et moins 250 degrés à l'ombre. C'était la pression 0 qui provoquerait l'ébullition de son sang et de ses fluides corporels en quelques secondes, en cas de défaut de pressurisation de son scaphandre.

C'était l'inconnu.

C'était elle-même.

Dans le poste de pilotage, Josh Cloken – puisqu'il se faisait toujours appeler ainsi – essayait de prendre son mal en patience pendant que les cosmonautes se préparaient à leur promenade spatiale. Depuis quelques heures, il découvrait l'un des aspects les plus frustrants de la vie dans l'espace.

Il était impossible d'y faire les cent pas.

Le phénomène permettant d'échapper à la loi de la gravitation universelle qui cloue l'humanité au sol, lui pompe ses forces et la tasse jour après jour, ce phénomène vous piège dans la cage plus étroite encore de vos propres émotions sans rien vous offrir comme exutoire. Lockes bouillait intérieurement, mais il ne pouvait même pas se défouler en donnant un coup de poing car, alors, il serait parti en une cascade de ricochets tout autour de la cabine. Il n'avait pas d'autre choix que d'attendre passivement que le problème soit résolu.

En admettant qu'il existe une solution. Car si le bras était irréparable, le lancement ne pouvait avoir lieu. Et si le lancement ne pouvait avoir lieu immédiatement, il n'aurait jamais lieu, parce que tout le projet s'appuyait sur la nécessité de mettre Atlantis devant le fait accompli.

Un nouveau lancement ne pourrait se faire qu'à l'issue de débats publics. Or, si on lui en laissait le choix, aucune société ne suivrait de son plein gré le chemin qu'il avait tracé pour son pays. Les humains étaient trop bêtes, trop égoïstes et trop frileux pour oser franchir un tel pas. Ils préféraient mariner dans le brouet fétide de leurs faiblesses, tomber dans un cercle vicieux de maux toujours identiques, d'une génération à l'autre, plutôt que d'oser y mettre fin une fois pour toutes en abandonnant un mal connu pour un mal inconnu. Ils auraient le dessus, ils détruiraient tout ce qu'il avait essayé de bâtir, et, stupides comme ils l'étaient, ils danseraient sur les décombres de ses rêves en croyant avoir gagné la bataille pour la liberté.

Et ça, John Lockes ne pouvait l'accepter.

Il fallait tourner de 480 degrés deux poignées protégées par des volets pour enclencher la purge qui finirait de chasser l'air, amenant la pression du sas à 0. Cela fait, seule la puissance d'une bombe pourrait ouvrir le hayon communiquant avec l'habitacle, qui restait fermé par la simple pression de l'air contenu à l'intérieur.

Lorsqu'elle ouvrait le hayon extérieur donnant sur le néant, Jean avait toujours l'impression de ressentir l'espace comme une présence physique. Tous les astronautes essayaient de décrire l'espace, et aucun n'y parvenait. Selon Jean, la définition la plus approchante avait été donnée par un cosmonaute : « L'espace est un cri que l'on entend avec les yeux. » C'était presque ça : les ténèbres avaient une texture, et le silence se faisait l'écho de l'infini.

L'écran anti-éblouissement s'abaissa automatiquement sur sa visière quand elle franchit le hayon, mais le soleil l'obligea néanmoins à cligner les paupières. La partie de son bras qui y était exposée sembla exploser de lumière, alors que les parties dans l'ombre cessaient tout simplement d'exister. Soudain, elle se perçut en deux dimensions.

Elle était sortie la première. Elle attacha son câble de sécurité aux barreaux de l'échelle extérieure, et Troy la suivit. Elle s'inquiéta de ne pas entendre le cliquetis métallique rassurant qu'elle attendait d'instinct, et vérifia par deux fois que le mousqueton était bien refermé avant de le lâcher et d'aller verrouiller le hayon.

Sous elle, la soute brillait dans les projecteurs. On ne voyait aucun cône de lumière entre la source et l'objet éclairé, puisqu'il n'y avait rien, ni air ni poussière, pour capter les rayons. Les objets semblaient briller spontanément. Les portes de la soute étaient rabattues sur le flanc du vaisseau, livre blanc de vingt mètres de long posé sur une gigantesque table noire. Tapi à l'intérieur, le satellite attendait en silence le moment ultime où serait actionné le bouton de mise à feu qui le mettrait sur l'orbite programmée.

Si Jean n'avait pas répondu à l'explication de Lockes quant à la véritable finalité de son système, c'était parce que, en toute honnêteté, elle ne savait qu'en penser. Elle comprenait tout ce qu'il permettait de faire, elle pouvait peser tous les arguments que Lockes lui avait donnés pour le justifier, mais elle était incapable de porter dessus un jugement moral. Elle se rendait compte qu'elle n'était ni pour ni contre. Jean avait ceci de particulier qu'elle vivait dans l'instant présent et uniquement dans l'instant présent – chose dont peu de gens sont capables –, et qu'en fin de compte les questions philosophiques sur ce qu'étaient la vie, la liberté ou la dignité n'avaient pas d'importance à ses yeux. Du moment qu'elle pouvait respirer le même air, voir les mêmes paysages et sentir l'ombre de sa mort la suivre à pas feutrés, elle serait aussi libre sous une dictature qu'en démocratie.

Elle ne comprenait pas pourquoi, autour d'elle, tout le monde semblait croire que la vie pouvait être analysée, organisée et jugée selon des critères logiques. Elle était capable de s'atteler aussi bien que n'importe qui avec logique et raison aux tâches qui lui incombaient, mais ces choses n'étaient pas la vie. Elles n'étaient que des prolongements adultes des jeux et des charades qui l'avaient occupée enfant. La vie, c'était ce dans quoi elle plongeait quand elle ouvrait les yeux après avoir traversé un pont en aveugle. C'était ce que son frère avait dû apercevoir en faisant le grand saut pour échapper à la sienne.

C'était cela, se disait-elle, qui avait dû l'attirer chez Josh Cloken. Même avant de savoir qu'il avait un alter ego, elle avait senti en lui une soif de vivre insatiable. Ils étaient totalement différents, nés aux antipodes, mais ils partageaient la seule chose qui avait jamais compté pour elle. Elle était incapable d'imaginer un lendemain, mais elle pouvait envisager que quelqu'un comme lui en fasse partie.

Par le hublot arrière du poste de pilotage, Lockes observait anxieusement les deux astronautes absorbés dans leurs tâches. Il savait que c'était Jean qui avait endossé le propulseur autonome pour aller travailler sur le bras pendant que Troy, toujours arrimé à la paroi de la soute, examinait les circuits sur l'unité centrale. En fait, sous leur scaphandre et leur visière sombre, les deux silhouettes étaient impossibles à différencier.

De toute sa vie, rien ne l'avait jamais préparé à ce sentiment de totale impuissance qu'il éprouvait en regardant Jean se déplacer, au milieu des petits nuages aussitôt dispersés que crachait son réservoir d'azote, le long de l'immense bras qu'elle dépouillait jusqu'à l'alu de ses couches isolantes. Pour la première fois, il était confronté à l'extraordinaire certitude de ne rien savoir. Il ne savait pas quelle décision il prendrait si on n'arrivait pas à localiser la panne, ni quel sens prendrait sa vie si Memphis 2 n'était jamais lancé. Il ne savait même pas ce qui l'avait motivé jusqu'alors.

Il dérivait dans l'océan de Dieu, aucune terre en vue, pas de boussole, pas d'étoiles. Chaque cellule de son corps, chacun de ses gènes, criait sa rébellion contre ce sentiment. Jusque-là, il avait toujours trouvé le moyen de dominer la situation.

À cet instant précis, sur Terre – si tant est que, là-bas au moins, tout ait fonctionné comme prévu –, la poignée de personnes sélectionnées par ses soins était en train de découvrir la vérité sur son satellite. Bientôt, toutes les télévisions, toutes les radios et tous les bars du pays diffuseraient la nouvelle. Les hommes politiques, par qui le scandale était arrivé, se rendraient compte que la Rectopuce, bien qu'opérationnelle, n'avait été qu'un leurre pour les amener à lui accorder l'orbite nécessaire au fonctionnement de Memphis 2. Les restaurants Pitt's Burger fermeraient leurs portes en hâte dès que se répandrait la vérité sur leur ingrédient secret.

Il savait qu'on ne pourrait éviter la panique, la colère, la violence – mais comme il serait trop tard, le soufflé retomberait et on ne serait pas plus avancé. Personne ne connaissait les localisations prévues pour ses transmetteurs – les glaces, les chocolats, les bonbons, les barres diététiques, le muesli et bien d'autres choses encore. Selon toute probabilité, personne n'y avait échappé. C'est du moins ce que rapportaient les statistiques.

Les minutes s'éternisaient douloureusement. Il entendait Troy vérifier les circuits de l'unité centrale avec soin, un à un, puis il le vit refermer les portes, abandonner.

Il était à la torture. Il regarda Jean se déplacer le long du bras, cherchant l'anomalie.

« Ça n'a pas l'air de gazer, on dirait », marmonna Adam Gallaher qui regardait par le hublot, à côté de lui.

L'estomac noué, Lockes ne put répondre ; il se contenta de secouer la tête tristement en croisant son regard.

Tout à coup, Jean s'arrêta.

Elle paraissait avoir repéré quelque chose sur l'articulation inférieure du bras. Penchée en avant, elle tendait sa main gantée.

« T'as trouvé quelque chose, Jean ? » lui demanda Gallaher par radio.

Elle ne répondit pas tout de suite, se redressa et s'écarta en crachant une petite houppe d'azote, puis :

« Mmm… non… pas vraiment, hélas.

— Allez, les gars, on arrête là, soupira Gallaher. Vous remettez tout en place et on rentre à la maison. » Il tourna vers Lockes un regard désolé. « Je suis navré, Josh. Il va falloir remettre le lancement.

— C'est absolument impossible ! cracha Lockes, dents serrées.

— Mais non… ce n'est qu'une question de temps. Je sais que c'est un coup terrible, mais nous avons déjà connu ce genre de problème. Dans la vie, rien n'est fiable à cent pour cent, vous savez. Il arrive qu'on se retrouve le bec dans l'eau.

— Pas moi.

— Je suis désolé, mais qu'est-ce qu'on peut faire quand il n'y a plus rien à faire ? »

Lockes tourna vers lui des yeux étranges et tristes, en murmurant : « On le fait quand même. »

Et il enclencha le bouton de mise à feu.

34

Depuis vingt-quatre heures, l'agent Pepsi et son équipe étaient trop occupés à mettre au point l'assaut de la banque pour écouter les infos. Ils ignoraient donc qu'à la veille des élections la politique avait été éclipsée par la révélation de la vérité sur le satellite Memphis 2 et sur les graines de pavot qui garnissaient le Big One de chez Pitt's Burger. Ils ne savaient pas que, une fois surmonté le premier choc, la population était scandalisée, ni que ce sentiment croissait sournoisement d'heure en heure, chargeant l'atmosphère d'une énergie sombre qui se répandait dans les villes comme par télépathie, entre deux regards échangés dans la rue, dans le métro, dans tous les endroits publics, chacun lisant dans les yeux de l'autre l'image de sa propre colère. Non sans complaisance, Pepsi et son équipe s'imaginaient, avec leur attaque imminente, sur le point de créer l'événement le plus spectaculaire d'Atlantis. Tandis qu'ils préparaient en catimini les charges d'explosifs qui souffleraient les portes et les fenêtres de la banque, ils ne se rendaient pas compte que la nation entière était devenue une poudrière, et que la fureur réprimée ne demandait qu'à tout faire sauter.

L'attaque avait été prévue pour la tombée de la nuit ; le courant serait coupé dans le bâtiment au moment même de l'explosion. Ils porteraient des masques à infrarouge, et débouleraient de tous côtés en abattant leurs cibles dans le noir. Chaque homme du commando avait reçu une photo de George Bailey, communiquée par ses anciens employeurs du World & Global Credit. Il n'aurait aucune chance.

Ils commencèrent à prendre leurs positions au moment où le soleil se couchait dans l'enfilade de la 5ᵉ Avenue, synchronisant les charges d'explosifs à leurs divers points d'entrée, fourbissant leurs armes. L'équipe de Pepsi devait intervenir au niveau des portes monumentales, qui à elles seules ne requéraient pas moins de dix charges, une par charnière. Ils travaillaient en silence, et communiquaient avec les autres groupes par radio, à voix basse.

Il ne leur restait plus qu'à attendre la nuit.

La coupure de courant avait été programmée un quart d'heure après le coucher du soleil, et Pepsi avait du mal à s'empêcher de regarder sur sa montre les minutes s'égrener vers la solution finale qu'il avait tant appelée de ses vœux. À cinq minutes de l'heure H, il attendait, radio en main, le doigt sur l'intercom, lorsqu'il fut distrait par un bruit de sirènes un peu plus loin dans la rue.

« Qu'est-ce que… ? » murmura-t-il en regardant le long de la 5ᵉ Avenue. Il distingua alors une grande foule derrière les barrières qui délimitaient le périmètre de sécurité.

Au début, il ne comprit pas ce que c'était : elle se dessinait à contre-jour et paraissait tourbillonner sur elle-même telle une volute de fumée, ceux de devant se faisant chasser sur le côté par ceux qui chargeaient depuis l'arrière. Elle descendait l'avenue tel un lent brouillard sombre qui aurait pénétré dans toutes les ouvertures du rez-de-chaussée, déclenchant les alarmes sur son passage.

Alors il comprit.

C'était une émeute.

Une gigantesque émeute, qui se dirigeait droit sur les barrières que personne n'avait osé franchir depuis plus d'un mois. Autrement dit, droit sur lui.

Dans sa lunette de visée, Pepsi put évaluer la situation. La foule semblait composée principalement de gens ordinaires, hommes et femmes en vêtements de ville qui en temps normal auraient été en train de regagner leurs pénates, mais qui s'étaient trouvés pris dans une cohue de rage et de violence. Le réticule se fixa sur un personnage qui courait un peu en avant des autres, farouche justicier aux yeux brûlants qui, par-dessus son épaule, exhortait la foule à le suivre.

Le visage de cet homme ne lui était pas inconnu, mais Pepsi n'avait pas le temps de fouiller sa mémoire pour retrouver où il avait pu le rencontrer. Il batailla avec sa conscience, refusant désespérément de voir ce que ses yeux lui montraient, mais c'était inévitable : la foule serait sur eux avant la coupure de courant.

« Vous voyez ce que je vois ? cria-t-il dans sa radio. La donne vient de changer. On est en situation de pacification urbaine, les gars ! Positionnez-vous face à la chaussée et préparez-vous à tirer une volée de semonce à mon commandement. »

Il descendit en hâte l'escalier de la banque jusqu'au QG mobile et ordonna de brancher le système de haut-parleurs à plein volume.

« Ici l'agent spécial Winston Pepsi, des Renseignements ! tonna sa voix dans toute la rue. Je m'adresse au rassemblement illégal qui se dirige actuellement sur un commando armé. Vous devez cesser – je répète : cesser – immédiatement d'avancer ! »

La foule sembla ralentir, s'épaissir, s'obscurcir, les premières lignes freinant et les autres venant buter dans leur dos. Soumise à ces deux forces contraires, elle se mit à trembler et à se propulser par bonds. Un peu en avant de la meute, le personnage isolé, au visage familier, continuait à exhorter les autres.

« Arrêtez ! ordonna Pepsi. Ne franchissez pas la barrière. Ne passez pas ou j'ouvre le feu ! »

Soudain, ce fut la rupture. Incapable de contenir plus long-temps les forces accumulées, le front se déchira ; les premiers perdirent pied, firent des moulinets avec les bras et tombèrent mollement, bientôt piétinés par la foule déchaînée.

Avant que les barrières tombent et disparaissent sous la marée humaine, Pepsi eut juste le temps d'ordonner un coup de semonce, qui resta sans effet. Les émeutiers avaient pris pour cible le petit agent stationné près du sous-marin ; Pepsi les vit foncer sur lui le visage tordu par une rage démente, aveugles, sourds à ses menaces. Il laissa tomber son micro, attrapa son arme et visa le plus proche. Mais chaque fois qu'il pointait son canon sur l'un d'eux, il se sentait incapable de presser la détente.

Ces cibles n'étaient pas ses ennemis habituels, les criminels endurcis, la lie de la société contre qui il avait été entraîné à lutter. C'étaient des hommes et des femmes en costume et en tailleur à la mode. Les gens qu'il était censé protéger ; à ce détail près qu'ils étaient armés de bâtons, de morceaux de tuyauterie, de briques, de battes de base-ball et même parfois d'un fusil.

Pepsi comprit qu'ils étaient prêts à se battre jusqu'au sang, mais il ne comprit pas pourquoi. Il ne pouvait pas non plus riposter contre des civils. Il chercha le meneur, sachant que c'était en lui que se trouvait la clé, mais il l'avait perdu dans la bousculade. Il promena sa lunette d'un visage à l'autre quelques secondes de trop. Cette hésitation lui fut fatale. Brusquement, ils s'abattirent sur lui, le rouant de coups si acharnés que leur violence même le maintenait debout. Il leva les bras devant son visage et sentit qu'on lui arrachait son pistolet ; il retint son souffle.

Toujours en mouvement, la foule compacte l'entraînait, talons raclant l'asphalte, sans cesser de le tabasser. Sur le point de perdre connaissance, il se sentit glisser entre les autres corps. Les pieds bientôt piétinés par d'autres pieds, il s'abattit au sol, et les coups de poing et de bâton furent remplacés par un martèlement de talons : la foule lui passait sur le corps. Il entendit ses côtes craquer, sentit sa bouche s'emplir de sang et son cou se tordre. Soudain, la douleur disparut, un sourire se forma sur son visage méconnaissable, et il glissa dans les bras protecteurs de la mort.

Cet homme… mais oui, bien sûr…

Épilogue

Rira bien qui rira le dernier

Jean Grey contempla la planète qui s'éloignait doucement devant elle en calculant qu'il ne lui restait plus que sept heures à vivre. Elle avait commencé à s'écarter d'*Avalon* à la seconde même où elle avait vu les brûleurs de Memphis 2 prendre feu, utilisant la poussée maximale de son propulseur autonome pour échapper à l'inévitable explosion. L'onde de choc l'avait rattrapée environ trente secondes plus tard, la projetant en avant à une vitesse qui, avec un peu de chance, serait suffisante pour l'expulser définitivement du champ gravitationnel de la Terre.

Mais, naturellement, elle serait morte depuis longtemps.

L'atrocité de cette pensée s'était vite estompée. Perdre doucement connaissance à mesure que l'air contenu dans son scaphandre serait remplacé par du dioxyde de carbone, sombrer dans le coma puis dans la mort… il y avait pire comme manière de finir. Et la vision de son corps continuant de voyager vers une destination inconnue, peut-être à des millions d'années de là, avait quelque chose de réconfortant. Tout le monde doit mourir, mais atteindre à une sorte d'immortalité, ce n'est… pas mal.

L'immortalité, justement, John l'avait désirée si fort qu'il avait détruit *Avalon* pour y parvenir.

C'était bien masculin, ça.

Le plus drôle, c'était l'inutilité de son geste. Elle avait menti. En fait, elle avait réparé le bras. Elle avait eu l'intention, une fois de retour dans la cabine, de faire mine de tenter la manœuvre une dernière fois pour s'apercevoir – surprise ! – que tout marchait bien.

Jean s'était attendue à découvrir un problème technique, un défaut insoupçonné dans la conception de la navette, tel qu'en révélaient presque toutes les missions. Mais en voyant la véritable cause du dysfonctionnement, elle avait été étrangement touchée par son incongruité.

Quelqu'un leur avait mis un bâton dans les roues, ou, plus littéralement, une clé dans l'engrenage. Elle avait dû tomber, cette clé, entre le bras et la couche d'isolation pendant qu'un technicien travaillait sur la navette. Elle y était restée jusqu'à la mise en orbite, et là, en apesanteur, elle était remontée pour aller se loger dans le mécanisme du bras, qu'elle avait empêché de se déployer.

C'était une clé ordinaire de 5, sur laquelle on pouvait lire, quand un rayon solaire se posait dessus : *Made in Kando*. Une clé comme on en reçoit en cadeau avec un plein d'essence. Dérisoire.

Peut-être était-ce cela qui l'avait amenée à mentir : l'absurdité de ce petit outil bon marché capable de bousiller une mission spatiale de près de 2 milliards de dollars. Toute la technologie, toute la précision militaire des préparatifs mises en échec par une petite négligence, par la touche d'humanité qui se répercute jusqu'aux vastes étendues glacées de l'espace. La piécette qui tombe dans l'escarcelle d'un mendiant de Wall Street.

Et en ce moment même, à New Toulouse, un technicien devait se demander avec un pincement au creux de l'estomac si la désastreuse panne du bras ne serait pas due à cette clé qui manquait dans sa boîte à outils, et essayer désespérément de se rappeler s'il l'avait utilisée depuis son travail sur le bras de la navette.

Le mensonge lui était venu inconsciemment. D'instinct. À partir du moment où la vérité serait connue, on remonterait aussitôt jusqu'au responsable. La vie de cet homme deviendrait un enfer à cause d'une clé fabriquée au Kando : sa carrière fichue – et tout, depuis la prochaine mensualité sur sa maison jusqu'aux études de ses enfants, lui ferait payer le prix de son oubli. De son humanité.

Quelque chose, dans cette situation, faisait compatir Jean au sort de ce malheureux. Peut-être le fait que le satellite et la mission avaient coûté une somme astronomique et que, malgré cela, on lui avait donné comme outil de travail une clé fabriquée par un Kandoen en état de semi-esclavage. C'était injuste. Elle l'avait donc couvert, cet inconnu. Elle avait enlevé la clé, et menti.

Et John Lockes, croyant tout espoir perdu, avait pris la décision de lancer son satellite depuis la navette elle-même.

Ah, les hommes.

En fusant du ventre de la navette dans une explosion meurtrière, le satellite la laissait donc seule survivante de la destruction d'*Avalon*, petit paquet d'âme solitaire fuyant à toute allure dans les ténèbres.

Le fantôme dans la machine.

Voilà ce qu'on gagne à vouloir aider les gens.

Jean serait pratiquement la seule Terrienne à ne jamais avoir connaissance des émeutes – il existe certes des tribus sauvages, des ermites et des individus atteints d'Alzheimer qui arrivent à éviter de savoir ce qui se passe dans le monde, ou de se sentir concernés, mais ils ne figurent pas dans les statistiques.

Quand tout serait terminé, le dernier brasier éteint et les décombres balayés, les vitres remplacées et les corps enterrés dans la dignité, plus personne ne pourrait situer le début des émeutes dans le temps ni dans l'espace. Elles avaient démarré partout à la fois. Quelques minutes après l'explosion de violence à Entropolis, la nouvelle s'était répandue aux autres villes, et le schéma s'y répétait, avec une violence brute, extrême. La grande illusion de la civilisation atlantienne s'effritait comme sur un claquement de doigts divin. Mais ce dieu n'était qu'un vulgaire mortel, l'homme qui avait jeté la première pierre dans la première vitrine, qui se retournait vers la foule et l'exhortait à le suivre en disant : « Alors, qu'est-ce que vous attendez ? » Cet homme avait un nom. Le nom qui était revenu à l'esprit de Winston Pepsi au moment où la foule l'écrasait.

Lincoln Abrams, l'homme qu'il avait fait enfermer à Parry. L'homme qui avait été plus fort que la Rectopuce. Lincoln Abrams, le grand vainqueur.

Il avait déchaîné une énergie irrésistible, que les rares avancées grignotées par la police et l'armée n'avaient pas plus affectée qu'un parapluie n'affecte la pluie. Bientôt, policiers et militaires enlevaient leurs uniformes et se joignaient à la foule, le seul refuge possible n'étant plus qu'en son sein. Les journalistes avaient suivi, et les chaînes de télévision avaient dû diffuser un programme préenregistré de sitcoms et de pubs pendant que, hors de leurs locaux désormais déserts, la société s'effondrait de partout. Mais, aspirés par le maelström de la révolte, les téléspectateurs eux aussi avaient abandonné leur poste. Tant qu'on n'essayait pas de résister, tant qu'on laissait l'énergie destructrice s'écouler par ses propres mains – détruisant, brûlant, pillant –, le cœur de l'émeute ne présentait nul danger, n'inspirait nulle crainte. Seuls ceux qui étaient assez braves ou assez sots pour résister, ou simplement pour rester à l'écart, en devenaient les victimes.

Ce n'est pas l'affrontement entre deux ennemis qui signe la fin de la civilisation, mais le moment où la neutralité devient dangereuse.

Deux jours et deux nuits durant, les foules parcoururent les villes, à la recherche de tous les symboles d'autorité. Leurs cibles, c'étaient les commissariats de police, les bâtiments administratifs, les feux de circulation. Partout où elles avaient déferlé, saccageant tout sur leur passage, d'autres suivaient bientôt pour achever de briser les morceaux et de brûler les restes.

À bien des égards, c'était l'anarchie, mais pas l'anarchie totale ; le fait que les quartiers chics étaient toujours visés les premiers suggère qu'une certaine dynamique consumériste était toujours en place. Mais au fil du temps, les attaques se généralisèrent, frappant au hasard. À la fin, des villes entières poussaient des vagissements de bébés, toutes sirènes hurlant à l'unisson dans la nuit.

Il existait bien un ennemi véritable, sur lequel se concentraient les forces destructrices chaque fois qu'elles en rencontraient un symbole. Cet ennemi, c'était Infologix…

Situé plusieurs kilomètres à l'écart de Petersburg, le Campus ne fut attaqué qu'une fois toutes les succursales d'Infologix livrées à la fureur des meutes, les employés paniqués fuyant les citoyens vengeurs après avoir rédigé à la hâte quelques derniers e-mails. Un par un, ils cessaient d'exister, les connexions électroniques qui les reliaient en permanence à la maison mère se rompant à mesure que les terminaux étaient arrachés de leurs prises et réduits en bouillie.

Conscients que l'invasion du Campus n'était plus qu'une question de minutes, les fidèles collaborateurs de John Lockes se débandèrent vers le parking ; les plus jeunes arrachaient les auto-collants Infologix de leurs pare-chocs et les directeurs milliardaires faisaient de l'auto-stop auprès de ceux dont les plaques d'immatriculation ne mentionnaient pas INFO.

Seul l'homme qu'ils connaissaient sous le nom de John Lockes choisit de rester. Miles Cardew savait que cela lui coûterait la vie, mais il se sentait tenu de faire tout ce qui était en son pouvoir pour sauver sa société. Il fallait qu'il transfère toutes les données vitales à l'étranger, qu'il convoque en réunion tous les directeurs de succursales pour décider de la future structure à donner à Info-logix compte tenu qu'il n'y avait plus aucune unité opérationnelle à Atlantis… Il ignorait de combien de temps il disposait, mais même une fois les émeutiers à ses portes, il était sûr de pouvoir les retenir encore un peu en actionnant le verrouillage électromagné-tique des grilles du Campus. Elles finiraient par céder, naturelle-ment, vu qu'elles n'avaient pas été conçues pour résister à une attaque en masse, mais avec un peu de chance cela les retarderait le temps de parer au plus pressé.

Il les vit arriver par sa fenêtre alors qu'il n'en était encore qu'à la moitié de sa tâche. Tout à coup, des foules comme en attirent les concerts de rock se répandirent sur les champs Élysées et accé-lérèrent l'allure en apercevant le bâtiment qui se dressait devant eux : chacun voulait être parmi les premiers à frapper au cœur même de l'objet de leur furie. Dans le calme menaçant de son bureau, Cardew les entendit fracasser les portes vitrées du hall dans une clameur de fête. Il se concentra sur son travail, refusant d'écouter le vacarme destructeur qui s'enflait, ordinateurs pulvé-risés, disques durs jetés par les fenêtres, câbles arrachés des murs.

Lorsqu'il eut terminé, lorsque Infologix fut domicilié à l'étranger, en toute sécurité, il s'assit calmement dans son fauteuil et écouta les dernières portes tomber, les yeux fixés sur l'écran de son ordinateur où des volutes s'enroulaient à l'infini : il avait mis dans son lecteur le logiciel Hypno.

Si la Bourse d'Entropolis ne connut pas de krach, c'est uniquement parce qu'elle ne put rouvrir. Les échanges étaient devenus impossibles. Tout avait été détruit. Bien qu'aucunement intentionnel, le stratagème était génial. Mais les retombées des émeutes d'Atlantis touchèrent les Bourses du monde entier, qui s'effondrèrent l'une après l'autre dès leur ouverture. Atlantis sombrant dans l'anarchie, la croyance dans le capitalisme libéral s'évanouit comme si, au fond, personne n'y avait jamais vraiment cru. Le krach fut soudain et total : dans une bousculade qui n'était pas sans rappeler les émeutes elles-mêmes, les actionnaires tentèrent de sauver les quelques liquidités qui pouvaient encore l'être sans se soucier de l'ampleur de leurs pertes. Deux jours durant, les échanges boursiers dégringolèrent en chute libre, des conglomérats multimilliardaires fondirent comme neige au soleil. L'argent liquide n'était plus sûr, avec le dollar et les autres devises du marché des changes qui tombaient pareils aux pompons des pom-pom girls quand leur équipe prend une déculottée.

Même pour les gens ordinaires, qui n'étaient ni actionnaires ni investisseurs, le monde semblait s'être arrêté de tourner. Privés de la certitude rassurante que leur mode de vie était étayé par l'avidité insatiable d'une petite minorité détenant tout le capital, ils conclurent que c'était désormais chacun pour soi, et se précipitèrent dans les rues pour s'approprier tout ce qui leur tombait sous la main. Les supermarchés tentèrent de faire face en régulant les entrées à la manière des boîtes de nuit, un qui entre pour un qui sort, mais, bientôt dépassés par l'hystérie des foules, ils furent pris d'assaut, dévalisés. Les caissières débordées crièrent un dernier « Au revoir, bonne journée » en se sauvant avec la caisse. Les banques fermèrent leurs portes jusqu'à nouvel ordre, les compagnies d'assurances publièrent un communiqué conjoint selon lequel, considérant que la situation s'apparentait à une guerre civile, elles s'estimaient dans l'incapacité d'honorer les réclamations ; quant aux théâtres et aux cinémas, ils fermèrent leurs portes eux aussi.

Mais le deuxième jour, en fin de soirée, au moment où l'anarchie semblait avoir atteint une sorte de stabilité perverse dans un nouveau statu quo hors la loi, les émeutes d'Atlantis cessèrent. À court d'énergie et de cibles, elles s'effilochèrent aussi vite et aussi mystérieusement qu'elles étaient apparues. L'orgiaque et apocalyptique soif de destruction avait cédé devant des besoins plus discrets mais plus urgents tels que prendre un bain chaud, s'offrir une bonne nuit de sommeil et nourrir le chat.

Ce soir-là, un calme étrange descendit sur les rues d'Atlantis, aussi désertes qu'au lendemain d'une épidémie de peste. Sans plus rien à piller, nulle part, le pays entier décida de se reposer.

Au début, l'on crut à une accalmie passagère. Chacun s'imagina que, si lui-même s'était livré jusqu'à satiété à sa soif de chaos, les autres auraient encore l'énergie nécessaire pour reprendre les rues d'assaut une fois le matin venu, et consolider le pouvoir et la liberté nouvellement acquis. Mais le calme régna jusque bien après le lever du soleil. Les rares personnes qui s'aventurèrent dehors marchaient d'un pas feutré, évitant le regard des passants de peur de se faire entraîner à un acte de vandalisme sur un parcmètre ou un distributeur de bonbons. Elles évoquaient ces adolescents qui, au lendemain d'une fête, s'éveillent avec la gueule de bois dans une pièce saccagée, mi-repentants mi-fiers de leurs excès.

Dès midi, il était clair que l'atmosphère avait changé. Aucune onde ne faisait vibrer l'air, hormis peut-être les premiers frémissements d'une prise de conscience : il faudrait beaucoup plus de temps pour nettoyer qu'il n'en avait fallu pour mettre la ville à sac. Les journalistes furent les premiers à reprendre le travail. Rapidement, et sans commentaire sur les programmes diffusés depuis vingt-quatre heures, les chaînes de télévision remplacèrent leur ribambelle de sitcoms par un reportage non-stop sur le chaos laissé par les émeutes.

Les choses étaient revenues à la normale : on l'avait vu à la télé. C'était officiel. Personne ne tenta d'avancer une explication sérieuse aux événements, et encore moins de porter dessus un jugement moral, parce que tout le monde comprenait qu'ils dépassaient l'entendement, et aussi parce que les rares têtes pensantes qu'on réussit à dénicher avaient l'air défait d'ex-émeutiers. D'ailleurs, les émeutes étaient définitivement terminées : à la télé, on en parlait à l'imparfait.

Enjouée et en pleine forme, Lola Colaco apparut bientôt sur les écrans en proposant pour thème « Les couples qui ont rencontré l'âme sœur pendant les émeutes ».

Comme le rappelèrent les journalistes, ce jour-là Atlantis était censé élire son nouveau président.

Et l'élection eut lieu avec un taux record d'abstention, ce qui n'empêcha pas sa validation. Elle fut remportée par feu Michael Summerday et feu Bob Redwood, les émeutes ayant occulté la nouvelle de leur décès.

Le sénateur Jefferson Smith, chef de la majorité sénatoriale, prit automatiquement la place de la première victime. Il choisit comme vice-président Susan Summerday, qu'il aimait en secret depuis longtemps. Ni l'assassin ni les commanditaires du crime ne furent jamais identifiés. De nombreux livres ont été écrits sur ce sujet, n'épargnant personne, de Jefferson Smith à Susan Summerday en passant par John Lockes et même par le révérend Bob Willis.

Des années plus tard, un assassin dans le couloir de la mort tenta de négocier son report d'exécution en passant aux aveux. Les détails qu'il fournit sur l'événement suggéraient qu'en effet il pouvait être l'assassin, mais quand il prétendit que le complot avait été ourdi par Summerday lui-même et qu'il l'avait abattu par erreur, on rejeta sa demande : le flingueur foireux fut envoyé sur le gril.

Lentement, dans les jours qui suivirent l'élection par contumace de Jefferson Smith à la présidence, le grand nettoyage commença. Depuis les émeutes, il subsistait un esprit de solidarité suffisamment fort pour que les résidents se mettent spontanément à déblayer – ou du moins à trier – leur rue. En l'espace d'une journée, la plupart des gens, soucieux de prendre des distances par rapport à leurs actes, avaient repris leur activité professionnelle ; mais aucun employeur ne put se vanter d'avoir retrouvé ses effectifs au complet. La plupart des absents allaient revenir au cours des quelques jours suivants, mais même une fois Atlantis de nouveau au travail et les dernières traces des émeutes effacées, les statistiques recensèrent une proportion non négligeable de disparus parmi la population urbaine.

Certains avaient péri, car tous les bâtiments incendiés comptaient des corps calcinés impossibles à identifier et toutes les rivières charriaient leur lot de cadavres, mais la plupart des disparus s'étaient bel et bien volatilisés.

Parmi les plus célèbres disparus, George Bailey. Seuls les employés du World & Global Credit se demandèrent ce qu'il était devenu. La presse ne daigna reprendre le feuilleton qui l'avait obsédée juste avant les émeutes qu'une fois le nom de George tombé dans l'oubli ; et encore le mystère ne fit-il l'objet que d'une petite phrase au journal du soir, un jour où l'actualité s'essoufflait.

Les premières personnes à pénétrer dans la banque avaient découvert une scène étrange : les détritus laissés par la prise d'otages avaient été ramassés dans des sacs-poubelle bien fermés et déposés près de la porte. Les matelas avaient été entassés, les draps et les couvertures pliés, à l'exception de six matelas disposés en rang sur lesquels reposaient six cadavres respectueusement recouverts d'un drap, fusil sur la poitrine. Lorsqu'on ouvrit le coffre, on y trouva l'argent liquide placé en sécurité, méticuleusement réparti en paquets de 1 000 dollars. Mais point de George Bailey. Point d'orphelins, point d'otages ; on n'entendrait plus jamais parler d'eux.

Les portes de la banque avaient été fermées à clé de l'extérieur.

On fit peu d'efforts pour les retrouver puisque, à part les six corps – qui s'avérèrent être ceux des braqueurs –, rien ne prouvait qu'il y ait eu crime. Quarante disparus en plus des milliers déjà recensés par la police, il n'y avait pas de quoi fouetter un chat : le dossier fut classé avec des dizaines de milliers d'autres sur lesquels la police avait décidé de tirer un trait.

Cependant, l'affaire n'avait rien de mystérieux. À une autre époque, où ces choses-là se traitaient à la main, George Bailey et les enfants auraient été découverts presque aussitôt. Mais aujourd'hui, seul un logiciel informatique gardait trace de leur existence : chaque mois, Bankmanager, le fameux programme d'Infologix, délivrait des relevés à vingt et un habitants de Bedford

Falls, tous millionnaires et tous, à l'exception d'un seul, des enfants.

Les fortunes générées par George Bailey au nom des otages, qui avaient chacun son tour braqué la banque et déposé son butin sur un compte, n'étaient rien en comparaison des dettes astronomiques engendrées par les émeutes. La destruction était telle que le coût de l'épisode n'était pas même chiffrable ; mais étrangement, cela n'eut pas de conséquences. L'argent était entièrement virtuel, et tant que les gens reprenaient confiance dans le système qui le soutenait, tant qu'ils étaient prêts à investir dans les secteurs qui avaient pris à bras-le-corps la reconstruction du pays, rien ne changeait vraiment. À sa réouverture, la Bourse d'Entropolis enregistra sa plus forte hausse en une seule journée d'échanges ; l'argent, en provenance de tous les pays, et même de pays dont les propres places boursières vacillaient encore suite aux séismes déclenchés par les émeutes, affluait vers Atlantis.

Un pays à reconstruire de zéro était manifestement un investissement juteux.

L'énigme concernant *Avalon* ne fut jamais résolue ; dans sa biographie à succès, *Les Vies secrètes de John Lockes*, Macauley Connor révéla que Lockes lui-même avait fait partie de l'expédition, achevant ainsi de brouiller les diverses théories en circulation.

Le remariage de l'auteur désormais célèbre avec sa femme fit l'objet de nombreux reportages ; le *Public Investigator* ne fut pas en reste, prétendant que l'épouse de son ex-reporter n'était autre que John Lockes, qui avait changé de sexe. Macauley abandonna le journalisme et l'écriture ; il investit les droits d'auteur de son livre dans quelques centaines d'hectares de prairie où il implanta une grosse affaire de recyclage de déchets. Aujourd'hui, il est milliardaire. Le couple coule des jours heureux dans une maison charmante perchée au sommet de la plus haute des Connor Hills, la colline sous laquelle sont enfouis les conteneurs de hamburgers. Les forêts poussent et les cours d'eau font leur lit. Malgré leur immense richesse, ils mènent une vie simple entourés de leurs enfants, de leurs chiens… et d'un poulet, cadeau de mariage reçu d'un mystérieux bienfaiteur, un illettré peut-être.

Plusieurs mois après que l'histoire fut tombée dans l'oubli, un satellite pirate fut détecté par hasard. À la surprise générale, il s'avéra que c'était Memphis 2. L'explosion de la navette l'avait dévié de sa trajectoire au moment où son lancement le plaçait sur orbite géostationnaire, et depuis il essayait patiemment de recueillir les données fournies par la Rectopuce au-dessus du Pacifique.

On parle de l'utiliser pour étudier les baleines.

Peut-être sied-il de terminer avec la seule personne qui ait appris quelque chose de cette aventure, qui ait fait un petit pas en avant dans sa compréhension du monde et de ses habitants.

Jean Grey connut une mort paisible au cours du voyage météorique qui l'emporta hors du champ de gravitation terrestre. Mais, alors que le dioxyde de carbone commençait son lent travail d'asphyxie, elle eut un sursaut de conscience, et une révélation frappa son cerveau agonisant.

Dans sa torpeur, elle songeait à la vie, à sa finalité, à son origine, et tout d'un coup elle entrevit une réponse. L'erreur la plus communément commise, comprit-elle, était peut-être de penser que la Création relevait d'un mystère. Pourquoi la vie, l'univers, tout, n'existerait-il pas pour la simple raison que la logique l'exigeait ?

Quelle était l'alternative ? Comment pouvait-il n'y avoir rien, rien qu'un néant infini, sans que, en soi, cela soit quelque chose ? Comment pouvait-il n'y avoir qu'un gigantesque zéro sans que ce zéro soit une singularité, et donc… *un* ? Un et zéro s'impliquaient l'un l'autre, et posaient entre eux l'espace de l'infini.

En glissant une fois de plus dans les doux bras aimants de la mort, elle sourit en pensant que, peut-être, l'énergie qui faisait tout tourner était ce simple paradoxe inscrit au cœur des choses, cette équation insoluble qui tentait vainement de se résoudre dans un déploiement infini de galaxies, de trous noirs, de soleils et de planètes, de mers et de montagnes, de plantes, d'êtres humains.

Chacun portait en soi ce paradoxe, qui lui donnait vie et la lui reprenait, et les questions qu'il se posait resteraient éternellement sans réponse.

Du moins était-ce à espérer.

Sa respiration se fit de plus en plus superficielle à mesure que se raréfiait l'air contenu dans son scaphandre. Et son cerveau avait beau avoir abandonné sa lutte contre les griffes des ténèbres, ses poumons s'efforçaient de prolonger la vie d'une inspiration, encore une, et encore une autre, jusqu'au moment où il ne resta plus que quelques miettes d'air à racler. Alors, sa mort sonna étrangement à ses oreilles : elle crut entendre le bruit de quelqu'un qui reprend vite son souffle suite à une longue crise de fou rire.

Après que ce dernier rire se fut éteint, après que son cœur eut livré son mot de la fin dans les échos du silence, elle regardait encore au-dehors, et entendait avec ses yeux, dans les étendues infinies, le cri singulier de l'espace.

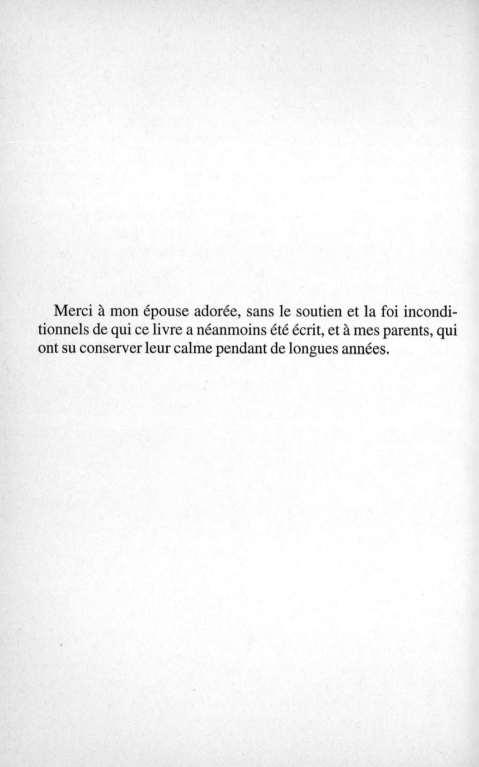

Merci à mon épouse adorée, sans le soutien et la foi inconditionnels de qui ce livre a néanmoins été écrit, et à mes parents, qui ont su conserver leur calme pendant de longues années.

Pour en savoir plus
sur les éditions Belfond
(catalogue complet, auteurs, titres,
extraits de livres),
vous pouvez consulter notre site Internet :

www.belfond.fr

Impression réalisée sur CAMERON par

BUSSIÈRE CAMEDAN IMPRIMERIES

GROUPE CPI

à Saint-Amand-Montrond (Cher)
en mars 2001

N° d'édition : 3766. N° d'impression : 011415/1.
Dépôt légal : mars 2001.

Imprimé en France